LA MORT DES NEIGES

De l'énigme des meurtres d'enfants à Boissy-les-Colombes, Élise Andrioli a tiré un livre intitulé *La Mort des bois.* Récemment opérée, elle décide d'aller se reposer à la montagne. Elle y est d'ailleurs invitée à narrer ses exploits aux pensionnaires d'un centre pour handicapés dirigé par Francine Atchouel Elle s'apprête à partir lorsqu'elle reçoit un courrier dans lequel un certain D. Vore déclare que certes, Élise est un ange, mais que justement : dès qu'il voit un ange, il sent tous ses démons se réveiller en lui et que le plus impérieux de tous, Désir, saura le mener à elle. Vaguement inquiète de cet admirateur singulier, Élise rejoint la station de Castaing, dans les Alpes.

Là, elle est abordée par un inconnu qui lui remet un bien étrange cadeau, lequel a un lien, et particulièrement saignant, avec un meurtre horrible qui s'est déroulé dans les environs quelques jours auparavant et dont tout le monde parle. Ce n'est pas tout ; à peine a-t-elle fait connaissance avec les pensionnaires du Centre, que certains d'entre eux sont victimes de meurtres saisissants. Élise est elle-même l'objet de menaces qui font froid dans le dos. Le canular va vite tourner au cauchemar…

Brigitte Aubert nous livre ici un roman policier qui aboutit à un retournement spectaculaire et, tout en respectant scrupuleusement les règles d'or du genre, entraîne le lecteur dans une réflexion énergique sur l'art et les conditions de sa production.

Née à Cannes en 1956, Brigitte Aubert n'est pas une novice dans l'art subtil de faire peur. Auteur de nombreux scénarios, elle est aussi productrice de courts métrages, dont l'adaptation de son Nuits noires, *nouvelle primée au concours « Série noire TF1/Gallimard » de 1984. Elle a obtenu en 1996 le Grand Prix de littérature policière pour* La Mort des bois.

Brigitte Aubert

LA MORT DES NEIGES

ROMAN

Éditions du Seuil

TEXTE INTÉGRAL

ISBN 0-02-050567-3
(ISBN 0-02-041573-9, 1re édition)

www.seuil.com

« On construit des maisons de fous pour faire croire à ceux qui n'y sont pas enfermés qu'ils ont encore la raison. »

MONTAIGNE.

PROLOGUE

Il pleut. Une grosse pluie épaisse qui martèle les vitres…

Non ! Ça, c'était dans le roman. Le roman qu'ils ont tiré du drame que nous avons vécu il y a deux ans à Boissy-les-Colombes. Ces atroces meurtres d'enfants. Ça a fait un des ces raffuts, à l'époque ! Les journalistes ont fondu sur Boissy comme des mouches sur une décharge. Du fait que c'était un peu grâce à moi que l'énigme avait pu être élucidée, on est venu m'interviewer et je suis même passée à la télé.

Et puis j'ai vendu mon histoire à un auteur de romans policiers et ils ont publié ça sous le titre *La Mort des Bois*.

Tout ce remue-ménage !

Aujourd'hui, la ville est redevenue paisible. On panse nos plaies. On essaie d'oublier. Mais dès qu'un enfant a plus d'un quart d'heure de retard, le cœur de sa mère rate un battement.

Ce qui m'a fait penser au roman, c'est la pluie. Une grosse pluie… Stop.

Je roule mon fauteuil vers la fenêtre et je colle mon front à la vitre fraîche. On est en janvier. Si la pluie continue cette nuit, elle risque de se transformer en neige. J'ai envie de sentir l'odeur de la neige. Je suis heureuse à l'idée que nous partons à la montagne dans quelques jours.

J'aimerais voir le jardin. J'aime bien les jardins d'hiver sous la pluie battante.

Mais je ne vois rien. Comme le savent ceux qui ont lu le bouquin, j'ai été indirectement victime d'un attentat en Irlande, il y a bientôt trois ans, et je suis restée paralysée, aveugle et muette. Jusqu'à l'an dernier, je ne pouvais m'exprimer qu'à l'aide de mon index gauche, ce qui n'a pas facilité les choses.

Après ma dernière opération, j'ai retrouvé la mobilité complète du bras gauche. Mais pas la vue. Ni la parole.

– Qu'est-ce que vous faites à la fenêtre ? Vous allez attraper mal ! me lance Yvette en surgissant derrière moi.

Je lève la main en signe d'apaisement.

– Comme vous voulez ! M. Tony a téléphoné, ajoute-t-elle. On entendait très mal, la mer est très mauvaise, il vous embrasse.

Yvette n'aime pas Tony. Elle l'appelle « Monsieur » avec ostentation. Tony, lui, se fout pas mal qu'on l'aime ou qu'on ne l'aime pas.

Je l'imagine debout au sommet de la plate-forme balayée par les embruns. Du moins, j'imagine un homme que je ne connais qu'à travers mes doigts.

Je ne sais toujours pas quel visage il a puisque j'ai fait sa connaissance après l'accident.

Ça me fait un drôle d'effet de penser que des tas de gens m'ont vue à la télé, répondant aux questions en levant ou en baissant la main, comme quand on joue à « Pigeon vole ».

Élise Andrioli, la star aux jambes d'acier, face au feu roulant des journalistes : « Comment avez-vous pu résoudre cette énigme clouée dans votre fauteuil roulant ? » « Y a-t-il une série "La femme de fer" en préparation ? » « Allez-vous vous marier avec Tony Mercier ? »

Non, je n'ai pas épousé Tony. Je n'ai pas eu envie de me précipiter dans une nouvelle histoire d'amour avant d'être sûre de nos sentiments réciproques, comme me le conseillerait le courrier du cœur. De toute façon, Tony ne me l'a pas demandé. En fait, il a repris son premier métier, avant l'alcool : matelot dans la marine marchande, et il est tout le temps en voyage. Virginie, sa fille, est pensionnaire à Paris, dans un établissement spécialisé pour les enfants victimes de graves traumatismes nécessitant un suivi psychologique.

Yvette, ma dame de compagnie, n'a pas non plus épousé le plombier, Jean Guillaume, même s'ils filent le parfait amour. « À notre âge, à quoi ça sert de repasser devant le maire ? Et puis j'aime bien mon indépendance », m'a-t-elle confié en aparté. Jean, qui n'est pas contrariant, et qui a lui-même ses petites habitudes de solitaire, a tout à fait accepté leur arrangement : Yvette continue à vivre auprès de moi ; ils passent ensemble tout leur temps libre et Jean vient dormir à la maison une ou deux fois par semaine.

En ce moment, il est absent. Il a dégotté un gros contrat en Bretagne : tout un manoir à retaper, avec tuiles en ardoise à l'ancienne et plomberie d'époque.

Ah ! le téléphone.

– C'est pour vous ! crie Yvette.

Je propulse mon fauteuil électrique jusqu'à l'appareil. Yvette plaque l'écouteur contre mon oreille.

– Bonjour, Élise. C'est B* A*.

Tiens ? Quelle coïncidence ! Mon auteur !

– Je me permets de vous appeler parce que j'ai reçu un courrier vous concernant. Je vous le faxe, me dit-elle.

Je tape une fois du doigt contre le combiné, ce qui veut dire « OK ». Deux coups, c'est « non ».

– J'espère que vous allez bien. À bientôt, il faut que je file. Je vous embrasse.

Tu peux m'embrasser, avec tout l'argent que je t'ai rapporté… Mais qui est-ce qui a failli périr brûlée vive et égorgée ? C'est moi ! Toi, tu as juste pris ton stylo et hop… passez la monnaie !

Le fax crépite. Yvette déchire la feuille et la parcourt.

– Je n'y comprends rien, marmonne-t-elle.

Je « trépigne ». Est-ce qu'elle va se décider à me le lire ? À quand le fax en braille ? J'ai appris et je commence à bien me débrouiller.

– Je vous le lis.

C'est pas trop tôt !

– *« Chère Mademoiselle Andrioli, Vous pouvez peut-être abuser le grand public, mais pas moi. Dès que je vous ai vue à la télévision, j'ai su la vérité. Vous êtes un ange. »*

Mince ! Comment il a deviné ?

– *« Un des anges envoyés par Dieu pour combattre les légions du mal. Je les reconnais toujours à leurs traits imbécilement satisfaits. »*

Non mais, dis donc…

– Vous y comprenez quelque chose ? marmonne Yvette, qui poursuit : *« Je ne peux pas résister : dès que je vois un ange, je sens se réveiller en moi tous mes démons. Ils m'enfourchent et me chevauchent, et le plus impérieux de tous se nomme Désir. J'espère que Désir saura me mener jusqu'à vous. Respectueusement vôtre, D. Vore. »* C'est un canular, je suppose, conclut Yvette en froissant la feuille.

Je saisis le bloc-notes, qui est toujours posé sur mes genoux, et griffonne rapidement : *« STP, rappelle B* A* et demande-lui d'où vient ce courrier. »*

– Comme vous voulez. Mais si on doit s'intéresser à tous les barjots qui vous écrivent…

Je suis prudente, j'aime mieux vérifier. Je n'ai aucune envie d'être la proie des projections délirantes de quelque schizoïde en liberté.

– Allô, oui bonjour, c'est Yvette Holzinski, je voudrais parler à B* A*, s'il vous plaît… Ah, bon tant pis… Merci, au revoir.

Yvette raccroche.

– On l'a ratée de cinq secondes ; elle vous avait appelée en attendant son taxi, elle part pour le Japon. Tournée de conférences. Bien… Si je nous faisais un bon petit thé ?

Je hoche distraitement la tête. « D. Vore ». Il m'a l'air drôlement secoué, le citoyen D. Vore.

On prend le thé en silence. Yvette est contrariée parce que Jean a joué gros au tiercé et a tout perdu. C'est un fana du PMU, Jean. Et des trucs à gratter. Il m'achète toujours des Blacks-Jacks. Je n'ai jamais gagné une seule fois. Ah, si : 10 francs, que j'ai donnés à Virginie.

Je suis tout agitée (!) à l'idée de partir à la montagne. Pas pour participer aux Olympiades du Slalom en Fauteuil Roulant, non, mais mon oncle Fernand, qui vit à Nice, m'a gentiment proposé de profiter de son chalet à Castaing, une petite station familiale de l'arrière-pays. Air pur, soleil, promenades en fauteuil dans la neige fraîche… On part dans deux jours. Les hommes et Virginie nous rejoindront pour les vacances de février. Je suis impatiente. Yvette a déjà refait trois fois les valises pour être sûre de ne rien oublier. Moufles, chaussettes, sous-vêtements en Thermolactyl, nous sommes prêtes pour l'Annapurna.

Le moins drôle, c'est ce courrier débile. Yvette a raison, ce n'est sûrement qu'une blague. Les lecteurs de polars se croyant toujours très malins, il y en a un qui a dû se dire : « Tiens, je vais lui foutre la trouille à cette pauvre handicapée… On va voir si elle est si fortiche que ça… » Je l'imagine très bien en frustré congénital, une écharpe en soie blanche soigneusement nouée autour du cou, chaussé de gros godillots de curé, avec une sacoche en cuir bourrée de manuscrits illisibles. Assis au fond d'une brasserie parisienne, il fume des Gitanes maïs en tripotant ses boutons de fièvre et ricane férocement en lisant mes aventures, l'air supérieur. Mais moi, je passe à la télé et lui, il compte sa monnaie pour payer son café dégueulasse, du robusta qui est déjà passé deux fois sous la buse vapeur. La vie est injuste…

1

Et voilà. Je trône comme une reine au pied des pistes, chaudement emmitouflée : faites confiance à Yvette. Je suis engoncée dans ma vieille combinaison bleu canard, avec des moonboots rouge vif prêtées par mon oncle, une chapka noire enfoncée sur la tête. Les oreillettes en mouton me démangent, je ruisselle. Il fait un soleil d'enfer, mais pas question de me découvrir d'un fil. Yvette veille et rajuste mon plaid dès qu'il glisse d'un millimètre, tout en me commentant les événements :

– En voilà un qui vient de se gameller en beauté, il a raté l'arbre de peu… Et l'autre, avec son surf, un vrai danger public… Vous revoulez un peu de thé ?

Je refuse d'un geste. Nous sommes installées à la terrasse du Chalet Canadien, point stratégique de la station. Tous les bipèdes en villégiature sont obligés de passer par là à un moment ou à un autre. Je tends subrepticement la main gauche vers ma chapka quand la voix d'Yvette résonne, tranchante :

– Pas question ! C'est par les oreilles que le froid rentre. Vous serez bien contente quand vous aurez la grippe !

Je n'ai pas la grippe et le thermomètre affiche + 5 degrés, je l'ai entendu à la radio, mais bon, essayer de faire comprendre à Yvette qu'on n'est pas en train de bivouaquer dans la toundra sibérienne est au-dessus de mes forces. Je n'ai pas envie de polémiquer.

L'air résonne des claquements métalliques des téléskis, j'entends des gens rire, s'interpeller, des gosses crier. Un bébé pleure. Sa mère essaie de le convaincre que, non, il ne pleure pas. Je suis bien. J'ai l'impression de me remplir d'air pur. Je vais bronzer et avoir bonne mine. Je cherche ma tasse à tâtons et la porte délicatement à mes lèvres.

– Élise Andrioli ! Vous êtes Élise Andrioli, n'est-ce pas ? s'écrie une femme derrière moi.

Je sursaute et renverse du thé.

– Je suis Francine Atchouel, du CLMPAH, poursuit-elle.

Clmpah ? C Q OI ?

– Votre oncle m'a dit que vous deviez venir. Je vous ai reconnue tout de suite.

Pas trop difficile, je ne pense pas qu'il y ait des flopées de ravissantes jeunes aveugles en fauteuil électrique dans le coin.

– Excusez-nous, mais Mlle Élise ne peut pas vous répondre, lui assène Yvette sur son ton « Marie-Antoinette expliquant aux manants de revenir aux heures d'ouverture ».

– Je sais, je sais, M. Andrioli m'a expliqué. Il est si gentil, votre oncle ! C'est un de nos plus généreux donateurs.

Mais de quoi parle-t-elle ?

– Il m'a assuré que vous seriez certainement ravie de visiter le Centre et de faire la connaissance de nos pensionnaires. Vous êtes un tel modèle pour eux… Vous devez être madame Holzinski, continue-t-elle à l'adresse d'Yvette, la fidèle collaboratrice !

– Oui, c'est exact. Je ne pensais pas que…, se rengorge Yvette, flattée.

– Mais tout le monde a entendu parler de vous ! Tenez, moi, j'ai prêté le bouquin à tous mes amis. Quelle histoire horrible ! Encore plus horrible quand on sait qu'il s'agit d'un fait divers réel ! Brrr, vous avez dû vivre des moments épouvantables ! Oh, excusez-moi, voilà notre estafette, je dois me sauver. Je vous laisse ma carte, appelez-moi pour prendre rendez-vous. Bye bye !

– Elle est partie, m'informe Yvette. Elle monte dans un minibus vert avec une inscription en lettres jaunes que je n'arrive pas à lire d'ici. Elle nous a laissé une carte de visite… Voyons… Ah : « Francine Atchouel, directrice » et en bas « CENTRE LOISIRS MONTAGNE POUR ADULTES HANDICAPÉS », avec un numéro de téléphone.

Je commence à comprendre. La brave dame veut m'exhiber à ses ouailles comme preuve de ce qu'on peut arriver à faire malgré un handicap. Et mon salopard d'oncle s'est bien gardé de m'en aviser. De toute façon, c'est idiot : je ne peux pas parler et je ne vais pas leur faire une conférence en langage sourd-muet.

– Elle a l'air gentille, me fait remarquer Yvette, mais un peu… heu… exubérante. Et cette polaire à fleurs roses, franchement, ça ne la flatte pas ; ça la grossit plutôt et comme elle n'est pas maigre… Ça vous dirait, un peu de tarte aux myrtilles ?

Je refuse d'un geste. Nous avons déjà englouti deux crêpes chacune et je ne fais pas assez d'exercice pour me permettre de m'empiffrer sans retenue.

– Bon, eh bien, je vais en prendre une quand même ! L'air de la montagne, ça creuse, décide Yvette en se levant.

J'arrive enfin à boire une gorgée de thé, froid. Des voix de jeunes gens, rieuses. Bourrades, cris. Moi aussi, adolescente, j'ai dévalé ces pentes à toute allure, rouge de froid et de plaisir. Je ressens encore la tension dans mes chevilles, les secousses des bosses, la sensation grisante de la glisse. Avec Benoît, on s'était mis au ski de fond. Randonnées dans la poudreuse étincelante. Skating à fond de train sur les boucles d'entraînement. Il doit encore y avoir le matériel tout neuf à la cave, on l'avait acheté un peu avant… l'accident. Fini, tout ça. C'est comme être condamnée à la prison à vie, et la cellule, c'est mon propre corps. Allons, pas de pensées négatives, je ne vais pas me mettre à pleurnicher en public.

– Élise…

Une voix sur ma gauche, douce, chuchotante. Encore une connaissance qui surgit à l'improviste ?

– Élise…

J'agite vaguement la main pour qu'on sache que j'ai entendu.

– J'ai un cadeau pour vous, poursuit la voix aux inflexions tendres.

Un admirateur ? Je sens une main toucher la mienne, peau sèche et chaude, on referme mes doigts sur l'anse d'un sachet plastique.

– À plus tard…

Je reste plantée là, le sachet à la main.

– Et voilà, vous avez tort : elle a l'air délicieuse !

Yvette s'assoit lourdement.

– Qu'est-ce que c'est, ce sachet ?

Je le lui tends et griffonne sur mon bloc : *« As-tu vu quelqu'un me parler ? »*

– Mais… si quelqu'un vous a parlé, vous devez quand même le savoir ! me renvoie-t-elle la bouche pleine. Non, je n'ai vu personne, mais avec tout ce monde… Qu'est-ce que c'est que ça ?… Un paquet cadeau ! Quelqu'un vous a fait un cadeau ?

J'écris à toute allure : *« Oui, mais je ne sais pas qui. Ouvre-le. »*

Bruit de papier qu'on défait.

– Ça alors ! C'est complètement idiot. Un steak sous plastique ! Quelle drôle d'idée d'emballer un steak pour l'offrir ! Et quelle drôle d'idée d'offrir un steak !

Un steak ?

Perplexe, je m'enquiers : *« Quel genre de steak ? »*

– Le genre steak, rouge, bien saignant, épais. J'espère que c'est de la viande française. Remarquez, il vaudrait peut-être mieux le jeter. On le donnera aux chiens ; j'aime pas manger de la viande qu'on ne sait même pas qui vous l'a donnée. Un steak ! Non mais, je vous jure…

Je sens mes neurones s'agiter en tous sens. Quelqu'un a pris la peine de venir m'offrir ce steak, sans dire son nom et en profitant de l'absence d'Yvette. Quelqu'un qui tient donc à rester anonyme. Mais quel est l'intérêt de la blague, si c'en est une ?

Ou alors, on veut me délivrer un message. Un rébus dont le steak est le premier élément. Oui, les stations de ski sont pleines de joyeux farceurs soumettant des rébus en 3D aux pauvres infirmes qui s'ennuient. Payés par le syndicat d'initiative pour mettre de l'ambiance. C'est réussi, je ne m'ennuie plus du tout. J'ai même plutôt la trouille.

– Ah ! Il y a un autocollant ! s'exclame Yvette : « Votre boucher vous souhaite un bon séjour. » Décidément, sont prêts à tout pour leur pub de nos jours !

Ouf, le mystère est résolu. En deux ans, j'ai eu mon comptant d'aventures, et ce qui sort de l'ordinaire a tendance à me déstabiliser, comme dit mon psy.

Il est pratique, mon psy : je peux l'emmener partout avec moi. Je l'ai imaginé un jour où j'avais vraiment envie de me foutre en l'air. Un grand type en blouse blanche avec une barbe assortie, une sorte de mélange entre Dieu et le Père Noël, assis dans un épais fauteuil en cuir, qui m'écoute avec attention et bienveillance. Parce que, avec lui, je peux parler. Les mots sortent de ma bouche comme autrefois. Et j'y vois. Je le vois, je vois la fenêtre derrière lui, le ciel bleu, les nuages. Et je bouge. Je croise les jambes. Je tire sur ma jupe. Je remue mes orteils dans mes chaussures. Et Psy me donne des réponses et m'encourage et me dit de ne pas désespérer. Merci, Psy.

Yvette me tire de ma rêverie en m'annonçant qu'il est l'heure de rentrer, le soleil décline. D'après elle, ici, après le coucher du soleil, c'est pire que la Transylvanie : tous les piétons imprudents courent le risque d'être congelés vifs ou dévorés par des meutes de loups-garous. Heureusement que nous, nous serons bien au chaud dans le chalet, devant un feu de bois.

Le feu crépite agréablement. Je me sens un peu engourdie. La fin de l'après-midi est passée à toute allure. Le temps de faire mes exercices musculaires et déjà Yvette nous installait devant *Des chiffres et des lettres*. Je joue sur mon bloc-notes. Yvette gagne toujours. Je me demande à quoi doit ressembler mon écriture, ma nouvelle écriture, devrais-je dire, puisque j'ai dû réapprendre à écrire de la main gauche, sans pouvoir surveiller mes progrès. Des heures et des heures d'exercice. Au début, Yvette semblait perplexe. Et puis un après-midi, elle s'est exclamée : « Mais ça y est ! J'arrive à vous lire ! Vous avez faim ? Eh bien, c'est pas encore l'heure. »

Je souris. Je me sens bien.

Finalement, après un essai gustatif positif, nous avons mangé le fameux steak accompagné de pommes vapeur et d'un côtes de nuits tout à fait convenable, et Yvette est en train de faire la vaisselle. Téléphone. Comme je suis à côté du guéridon, je décroche à tâtons.

– Mon ange.

Tony ! La joie m'envahit et reflue aussi vite : ce n'est pas la voix de Tony. C'est une voix doucereuse que j'ai déjà entendue cet après-midi même.

– Mon ange, est-ce que tu l'as goûté ? Est-ce qu'il était bon ? Tendre et juteux ? Comme ton cœur ?

– Qui est-ce ? demande Yvette.

– À bientôt.

Il a raccroché. Je fais une grimace à Yvette pour indiquer que je ne sais pas qui était mon interlocuteur.

– Sûrement une erreur, m'assure-t-elle. Bon, je vais préparer le lit.

Nous avons dû faire équiper la chambre pour que je puisse y séjourner sans problèmes. Le lit, les coussins anti-escarres, le bassin, la barre d'appui pour que je puisse me hisser en position assise... Un vrai palais pour handicapés.

Mais qui peut bien être ce type ? Sûrement pas le boucher, un brave gros bonhomme à la voix de stentor. Est-ce une coïncidence s'il y a quelques jours j'ai reçu un message très allumé signé « D. Vore » et me traitant d'ange comme si c'était une insulte, et si aujourd'hui on m'offre un steak avant de me téléphoner en m'appelant « mon ange » ? Combien de probabilités pour une coïncidence pareille ? Et si ce n'est pas une coïncidence, ça signifie que M. Vore m'a suivie à la trace. Qu'il me connaît. Qu'il savait que je devais venir ici en vacances. Qu'il m'observe.

Et qu'il me dit « mon ange » avec une voix passionnée. Depuis mon accident, les gens n'arrêtent pas de me dire qu'ils m'aiment. À croire que quand je pouvais bouger et m'exprimer normalement, je les faisais fuir.

Je n'aime pas ce coup de fil, mais alors pas du tout.

2

Après le petit déjeuner, Yvette me roule dans la rue principale afin de procéder à la cérémonie des courses. J'ai l'impression d'être une impératrice passant la garde en revue. Nous filons dare-dare chez le boucher et Yvette me gare devant la vitrine. Je m'imagine encadrée par une tête de veau et une hure de sanglier. Des gosses se lancent des boules de neige en poussant de grands cris. C'est mignon mais périlleux, et je redoute fort… Paf ! ça y est, je viens d'en recevoir une en pleine figure. Débandade de la petite troupe. La neige coule sur mes joues, mon menton, je me nettoie avec ma main valide.

– C'est pas lui ! s'écrie Yvette en empoignant le fauteuil. Il est pas au courant pour le steak. Oh là là, je vous l'avais dit, on n'aurait pas dû le manger. Avec toutes ces hépatites et ces vaches folles…

J'ai une brève vision d'Yvette gambadant de travers en poussant des meuglements discordants.

– Qu'est-ce qui vous fait rire ? Oh, c'est la dame d'hier, vous savez ? Celle des handicapés…

– Bonjour, chère madame Holzinski, bonjour, mademoiselle Andrioli ! lance la voix à l'accent pointu. J'espère que vous nous ferez l'honneur de venir prendre le thé avec nous cet après-midi. À cinq heures ? Je compte sur vous. Ça nous ferait tellement plaisir.

Yvette attend les ordres. Je dissimule un soupir et gribouille : *« Volontiers. »*

– Oh, mais vous pouvez écrire, c'est merveilleux ! À cinq heures précises, alors. L'estafette viendra vous chercher devant l'office de tourisme. Au revoir !

Yvette bougonne quelque chose sur le sans-gêne des gens et me propulse jusqu'à la supérette. Là, elle en a pour un bon quart d'heure, je peux profiter du soleil.

Halètements sur ma gauche et coup de langue râpeuse sur mes mains.

– Tintin, arrête ! Il est jeune, vous savez… Il n'a pas le droit d'entrer dans le magasin, ça ne vous ennuie pas si je vous le laisse ? demande une voix féminine très douce.

Un silence. Je cherche mon stylo qui a glissé sur mes genoux. La femme commence à comprendre.

– Oh, excusez-moi, je n'avais pas vu que… enfin je veux dire… Ça ne fait rien, je vais l'attacher à la barrière. C'est un labrador, ajoute-t-elle, il est noir.

Pourquoi sa voix est-elle si triste ?

Je lève la main, rencontre une fourrure épaisse, une truffe humide.

La femme s'éloigne, ses pas crissent sur la neige fraîche. Le chien pose son museau sur mes genoux en poussant un long soupir. Eh oui, mon vieux, c'est comme ça ! On attend dehors et on est sage. Je lui gratouille le crâne, il me léchouille la main. Brusquement, j'ai envie d'avoir un chien. Et un chat. Et un perroquet qui me ferait la conversation. Il faudra que j'en « parle » à Yvette.

Ah ! il n'y a plus de soleil. Le chien se raidit et se met à gronder en sourdine. Allons, bon, fallait que ça tombe sur moi ! Le seul labrador bouffeur d'infirmes de toute la station. J'écarte lentement la main, il se calme. Le soleil est revenu. Cette bête est peut-être allergique aux nuages. J'hésite à le toucher de nouveau, mais il fourre son museau dans ma main avec insistance.

Voix d'homme âgé, tout près :

– Le monde est fou, je vous dis.

– Il paraît qu'elle faisait partie d'une secte, répond une autre voix masculine, chevrotante.

– Vous croyez que c'est pour ça qu'ils l'ont crucifiée ? Une offrande satanique ?

– Des drogués, certainement ! Avec leurs drogues, ils ne se rendent plus compte de rien.

Les vieux messieurs s'éloignent en babillant. J'enfouis mes doigts dans la fourrure du labrador, bien décidée à ne pas laisser entamer ma bonne humeur par de sombres faits divers.

– J'ai cru que j'allais y rester des heures ! Qu'est-ce que vous faites avec ce chien ?

Au même moment, la voix triste intervient :

– Je vous remercie. J'espère que je n'ai pas été trop longue. Allez, Tintin, on y va. Au revoir, mesdames.

Le chien pousse un « ouaf » joyeux et s'éloigne. Yvette se penche et murmure :

– C'est une des filles qui travaillent à la discothèque, une blonde avec des cheveux jusqu'aux reins et en minijupe. En plein hiver ! Je vous dis pas l'allure qu'elle a ! Il y a eu un meurtre à Entrevaux la nuit dernière, continue-t-elle, tout excitée. J'ai acheté le journal, on va aller s'asseoir dans un coin.

Entrevaux est une petite ville proche d'ici, le genre de cité paisible où un meurtre fait la une du journal local pendant des jours et des jours. Je me remémore la conversation des deux vieux à côté de moi et m'attends au pire.

On s'installe au pied des remonte-pentes, moi dans mon fauteuil, Yvette sur une murette en ciment. Bruit de papier qu'on déplie.

– C'est en première page : *« Le corps nu d'une jeune femme crucifiée retrouvé dans une maison abandonnée. La victime, non encore identifiée »*, sûrement une SDF, *« a été crucifiée »*, crucifiée, vous vous rendez compte ! *« sur un panneau de contreplaqué de 25 mm d'épaisseur au moyen de vis de 70 mm »* ... il a dû utiliser une perceuse-visseuse, y font la pub en ce moment… *« D'après les premières constatations, le décès, qui remonterait à deux ou trois jours, serait dû à l'ingestion forcée d'eau de Javel. »* Mais quelle horreur ! Mais comment peut-on faire une chose pareille ? Et juste à côté d'ici !

J'ai une vague nausée en me représentant la malheureuse crucifiée vivante puis empoisonnée. Je regrette vivement qu'Yvette m'ait lu ce compte rendu. Non pas que je voudrais me boucher les yeux sur ce qui m'entoure, mais j'ai eu ma part de crimes. Avec cauchemars et sueurs nocturnes toutes les nuits pendant six mois. Yvette poursuit, inexorable :

– *« Escalade dans l'horreur : le meurtrier a prélevé après la mort »* heureusement ! *« de larges morceaux de chair sur les cuisses de la malheureuse victime, à l'aide, apparemment, d'une scie électrique. À Entrevaux, l'émotion bien légitime.. gendarmerie en état d'alerte… la maison, une masure abandonnée depuis des années, était régulièrement la proie de squatters… l'enquête s'orienterait vers un crime commis sous l'empire de stupéfiants. »* Je vois mal des drogués aller acheter du contreplaqué, des vis et *tutti quanti…* C'est pas le genre à préméditer un meurtre, commente Yvette en reposant le journal. À mon avis, c'est un fou. C'est normal avec tout ce chômage !

Puis elle se lance dans une longue diatribe contre le gouvernement et la dérive planétaire. J'essaie de me concentrer sur la chaleur du soleil et les rires des enfants, mais j'ai la tête envahie par la vision d'une jeune femme hurlant désespérément tandis qu'une vis de 70 mm s'enfonce dans son poignet…

Non, je refuse de penser à ça.

Penser au chien. La truffe du chien, ses poils chauds. Le relâchement de la vessie… la terreur absolue… le ronronnement de la scie tailladant la chair… Non ! Je saisis le stylo, j'ai du mal à le tenir, mais réussis à écrire : *« Je vais acheter un chien. »*

– Un chien ? Mais ça salit tout, ces bêtes-là ! Remarquez, c'est pas vous qui faites le ménage. Enfin, moi ce que j'en dis… C'est sûr qu'un chien, ça vous tiendrait compagnie. Un gentil petit machin qu'on peut poser sur ses genoux. Je pourrais lui tricoter un manteau pour l'hiver, vu qu'il pleut tout le temps chez nous.

Ouf, j'ai réussi à la faire changer de conversation ! Yvette en est à l'énumération de tous les chiens du voisinage quand j'entends un grand cri : « Attention ! » Yvette crie à son tour, on me pousse, quelque chose me percute violemment, le fauteuil dérape, glisse, bute contre une bosse et je me retrouve par terre, cul par-dessus tête dans une position encore moins confortable que seyante. Une voix d'homme, contrite :

– Je suis désolé, j'ai voulu éviter un gamin qui était tombé et…

– Quand on ne sait pas faire de surf, on ne prend pas de vitesse, lui lance Yvette en essayant de me redresser.

– Je suis vraiment désolé. Attendez, je vais vous aider.

Avant d'avoir pu dire ouf, je me retrouve dans les bras d'un inconnu qui sent l'after-shave. Ses cheveux me chatouillent le visage, ils doivent être longs. Il a l'air plutôt costaud, il n'a même pas poussé un soupir en me soulevant. Yvette a remis le fauteuil d'aplomb. Le type m'y assoit en douceur.

– Je suppose que c'est à vous, le bloc-notes et le stylo.

Il les dépose sur mes genoux.

– Je suis vraiment navré. Est-ce que je peux vous inviter à déjeuner pour me faire pardonner ?

Et toc, encore un ! Mon charme imparable l'a déjà rendu fou ! J'écris *« Oui, merci »* avant qu'Yvette ait pu refuser. Je me dis qu'au moins, pendant le déjeuner, même si c'est toujours délicat pour moi de manger en public, on ne parlera pas de cet affreux meurtre.

Tout faux, Élise. Le seul moment où Yvette et lui n'en parlent pas, c'est quand ils ont la bouche pleine. Mon caramboleur s'appelle Yann, il est éducateur et a lu le journal. D'où commentaires passionnés que j'écoute le ventre noué. Mais pourquoi est-ce que les gens ne s'intéressent qu'au mal ? Pourquoi ne pas parler de la couleur de la nappe, du chant des chardonnerets à la saison des amours ou des vertus de l'huile d'olive ? Essayez donc de déguster une raclette en écoutant ça :

– Moi, je suis sûre qu'il l'a découpée vivante ! C'est un sadique.

– Vous avez peut-être raison. Encore un peu de fromage, Élise ? Si vous saviez ce que j'ai vu pendant mon stage à l'hôpital psychiatrique… Des trucs à vous donner froid dans le dos. Déjà, pour l'avoir crucifiée, faut être un peu spécial. Un délire mystique sans doute. Ou une de ces sectes sataniques…

– Et l'eau de Javel ? Ça doit sacrément brûler ! Je vous remets un peu de vin blanc, Élise, me dit Yvette.

– Un rituel de purification… Je ne sais pas, hasarde Yann. Le fait est qu'il y a sans doute un criminel dangereux en liberté tout près de nous.

Voilà le genre de truc qui vous met à l'aise pour la journée ! Je vide mon verre d'un coup.

– Peut-être même ici, à la station, reprend Yann avec entrain. Quel meilleur endroit pour se dissimuler que la foule bigarrée d'une station de ski ? Un anorak, un bonnet, des lunettes : tout le monde se ressemble.

De toute façon, on ne sait même pas la tête qu'il a, l'assassin. Il n'a pas besoin de se cacher. Il peut continuer ses activités en toute tranquillité. Morose, je grignote ma salade sans appétit.

– Et vous êtes en vacances ? lui demande Yvette.

– Non, je travaille ici. Pour un centre d'handicapés.

Non, je rêve !

– Le CLMPAH ? lance Yvette plus vite qu'à *Questions pour un champion.*

– Comment est-ce que vous le savez ?

Explications, rires, « ah là là, quelle coïncidence ! », on commande les cafés dans la bonne humeur, sauf Élise, le rabat-joie de service, envahie de sombres pressentiments. Dix contre un que si un cinglé se promène dans les parages, sa route va croiser la mienne...

Café, pousse-café, la salle bruit des conversations animées des skieurs, Yvette s'épanche sur mon compte, raconte mes malheurs, parle du livre, des événements de l'année dernière, pendant que je fais la potiche. C'est exaspérant d'entendre continuellement les gens parler de vous comme si vous n'étiez pas là. J'ai presque envie de tirer sur la nappe et de tout renverser. Yann doit le comprendre car je sens soudain sa main sur mon poignet.

– Et pour vous, Élise, ce n'est pas trop difficile à vivre, cette célébrité soudaine ?

Bloc-notes : *« Je m'en fiche complètement. On y va ? »*

– Oh, oh ! Ou je me trompe ou vous êtes de mauvaise humeur. Mais vous avez raison : traîner ici alors qu'il fait si beau. Je vais essayer de descendre cette piste sans assommer personne. L'addition, s'il vous plaît. Non, non, pas question, c'est moi qui invite.

Dehors, le vent s'est levé. Yann nous quitte avec force serrements de main. Yvette m'apprend qu'il est vêtu d'un pantalon de surf gris et d'un chandail bariolé gris, noir et orange. Il a les cheveux longs, blonds, retenus par un bandeau. « On ne dirait pas un éducateur spécialisé, mais un moniteur de ski », ajoute-t-elle avec bonne humeur. Apparemment, Yann a réussi à conquérir mon dragon de compagnie.

On s'achemine tranquillement vers notre terrasse habituelle et Yvette se plonge dans le dernier Harlequin pendant que je me lance dans une série d'opérations de calcul mental. C'est un truc que j'ai découvert récemment, ça m'occupe. Longues additions, multiplications, règles de trois, etc. Quand je m'ennuie trop, je peux toujours brancher mon Walkman et écouter de la musique ou la radio. Le problème, c'est que je ne suis pas très musique et que je ne raffole pas de la radio. Les gens parlent, ça m'ennuie. Ce que j'aimerais vraiment, c'est lire un bon livre. Mais j'ai « lu » toute ma collection en braille et j'attends un nouvel arrivage.

1 356 + 2 417 = je n'arrive pas à penser à autre chose qu'à cette pauvre jeune femme assassinée. 752 × 235, deux cents fois 700 = 140 000 + 30 fois 50 = et ce Yann qui surgit de nulle part et qui travaille justement au CLMPAH. C'est peut-être parce que je suis murée en moi-même, mais j'ai tendance à voir des complots partout. Il faut dire à ma décharge qu'après avoir failli périr dans l'attentat qui m'a transformée en légume, j'ai subi plusieurs tentatives d'assassinat. Ça rend méfiant…

Je dois profiter du soleil. Je dois me détendre. Essayer de faire un petit somme. 365 moutons sautent 28 fois 36 barrières en 13 minutes. Combien chaque mouton saute-t-il de barrières en 42 minutes ?

On me secoue. Je bâille copieusement. Pour faire un somme, j'ai fait un somme. Je suis complètement abrutie.

– Il est cinq heures moins dix, m'annonce Yvette. L'estafette est là.

– Bonjour, je m'appelle Hugo ! lance une voix éraillée d'homme d'une cinquantaine d'années. Venez, jeune dame, que je vous installe.

Le véhicule est spécialement aménagé pour transporter des personnes handicapées. Je me retrouve sur une sorte de plate-forme. Yvette s'assoit devant, à côté d'Hugo, qui nous apprend qu'il est l'un des deux infirmiers du Centre, l'autre étant une infirmière.

L'estafette emprunte une route en lacet.

– On grimpe au-dessus du village, me dit Yvette, vers la grande bâtisse en pierre.

La grande bâtisse en pierre, comme elle dit, date du XIXe siècle et surplombe le village. Ici, on l'appelle toujours « le sanatorium » bien qu'il ait fermé il y a plus de quarante ans ! Quand j'étais enfant, il était à l'abandon et mon oncle m'avait formellement interdit d'y pénétrer. Je m'étais donc empressée de passer par une fenêtre brisée et m'étais retrouvée dans une vaste salle parquetée, voûtée, sombre et puant l'urine. Des canettes de bière jonchaient le sol. Une porte à moitié arrachée de ses gonds découvrait une grande pièce carrelée de blanc, dotée d'un énorme fourneau noir, évocateur d'enfants trop curieux cuits au court-bouillon par une ogresse souriante. Dans un coin, désarticulée, gisait une poupée, nue. J'avais eu envie de faire pipi, très fort. Une porte avait claqué quelque part, et j'étais ressortie en courant, terrorisée.

Je n'y ai jamais remis les pieds, d'autant que, devenant adolescente, les séjours à Castaing m'apparaissaient de plus en plus « ringards ». En 68, je préférais Londres et, comme tout un chacun, je rêvais de Katmandou…

Arrêt. Hugo me dépose au pied d'une rampe pour handicapés. Il est barbu, je sens des poils drus contre ma main, et fort, son biceps saille, volumineux. Claquements de talons sur le ciment. Francine Atchouel se précipite vers nous.

– Je suis tellement contente que vous ayez pu venir ! Merci, Hugo, je m'en occupe. Architecture italienne début XIXe siècle, précise-t-elle à Yvette. Le bâtiment servait à l'origine de caserne aux troupes piémontaises, puis il a été converti en « aérium » dans les années vingt, avant d'être abandonné dans les années cinquante.

– C'est la Fondation qui l'a racheté ? demande Yvette poliment.

– Le CLMPAH, oui. Il y a quatre ans. L'air est très sain ici, vous savez, et maintenant que tout a été rénové, c'est superbe !

Mes roues glissent sur un parquet qui sent bon la cire, tandis qu'elle nous conduit dans un grand salon, « notre foyer », où nous attendent les pensionnaires dans le silence le plus complet.

– Bonjour à tous ! claironne Mme Atchouel. Voici Élise et sa dame de compagnie, Yvette.

Gloussements, trépignements, borborygmes. Yvette toussote nerveusement.

– Je vais vous présenter, ils sont un peu timides, continue Francine. Voici Magali. Psychose infantile, nous souffle-t-elle.

Je tends la main dans le vide, petit rire et une main serre la mienne maladroitement. Puis claudication désordonnée et on me touche l'épaule sans dire un mot.

– Léonard de Quincey, annonce Mme Atchouel d'un ton cérémonieux. Léonard est notre astronome. Handicapé moteur, hélas, me chuchote-t-elle.

Léonard s'éloigne.

– Christian, continue-t-elle.

– Bon'ou ma'oizel ! lance une grosse voix. Zel zel zel de cuisine.

– Ne dis pas de bêtises ! Christian est débile léger, avec tendance à l'écholalie, me souffle Francine. Laetitia, viens donc par ici, ma chérie.

Un glissement étrange. Ah oui, un déambulateur glissant sur le parquet.

Ça continue comme ça pendant un bon quart d'heure. Il y a huit participants, handicapés mentaux ou moteurs : le Centre accueille tous les cas. Jean-Claude, 28 ans, victime de la maladie de Charcot qui entraîne une paralysie progressive et irrémédiable, est un fondu de vidéo qui vit caméscope à l'épaule. Bernard, 25 ans, qui n'a jamais été socialisé et chez qui « on a diagnostiqué le syndrome de Ganser » (quoi t'est-ce ?) et des TOC (troubles obsessionnels compulsifs – ça, je sais : ce sont les gens qui se lavent cent fois les mains ou vérifient six cents fois que le gaz est bien fermé). Émilie, 32 ans, trisomique. Clara, 43 ans, atteinte d'oligophrénie. Émilie prétend que Clara est idiote, mais elles s'entendent apparemment comme larrons en foire.

Toutes ces voix étrangères me donnent le tournis, je mélange les noms et commence à fatiguer quand on passe enfin au thé. C'est un peu compliqué parce que ce sont les pensionnaires qui font le service sous la surveillance des deux éducateurs, Hugo et Martine.

– Vous devez vous demander quelle tête on a, me dit gentiment Hugo. Eh bien, Martine ressemble à l'infirmière-chef dans *Vol au-dessus d'un nid de coucous*, continue-t-il en riant.

– Et toi, au capitaine Haddock, mais roux ! riposte-t-elle.

Francine Atchouel fait circuler un cake « confectionné par nos résidents » et insiste pour que nous nous resservions copieusement.

Yvette demande à voix basse à Hugo ce qu'est une « oligophrénie ».

– C'est le nom qu'on donne à l'arriération mentale, lui répond Hugo.

– Ceux qu'on appelait autrefois des « innocents », ajoute Martine. On distingue ceux qui peuvent parler et apprendre les rudiments de la lecture et de l'écriture, ceux qui ne peuvent que parler et ceux qui ne peuvent même pas acquérir la maîtrise du langage, ajoute-t-elle, tout en engueulant Clara qui essaie d'arracher sa tasse des mains d'Émilie.

– Quant au syndrome de Ganser, reprend Hugo, il s'agit de patients, tel Bernard, qui répondent systématiquement à côté bien qu'ils aient parfaitement compris (ou du moins on le croit) ce qu'on leur dit.

– Combien pèse Bernard ? demande Yvette encore plus bas.

– Cent vingt kilos pour un mètre soixante-dix, répond Hugo.

Un obèse. Ils continuent à papoter. J'écoute vaguement la conversation, je me sens tendue, je n'aime pas me trouver avec des inconnus qui m'observent alors que je ne peux pas les voir. Et – je sais que ce n'est pas un sentiment très honorable – la compagnie d'« arriérés » m'a toujours causé un léger malaise. L'impression de ne pas savoir répondre à leurs attentes, à leurs demandes. Et un certain recul par rapport au contact physique qu'ils réclament presque toujours. Je ne suis pas une fanatique du contact physique en dehors des rapports sexuels. Benoît me reprochait souvent ma froideur. Comme je suis différente aujourd'hui, Benoît ! Comme je suis dépendante !

Des cris de plaisir retentissent soudain tandis que quelqu'un lance un jovial « Salut, la petite troupe ! ». Yann. Apparemment, il a la cote avec les pensionnaires. Émilie répète son nom d'un ton extasié, Magali me secoue le bras dans son enthousiasme, Christian renifle avec vigueur.

Francine veut nous présenter, mais Yann lui explique que nous avons déjà fait connaissance.

Il faut moins de quinze minutes pour qu'on en vienne au meurtre sauvage d'Entrevaux. Yann a des nouvelles fraîches par un de ses « potes » surfeurs qui est accessoirement l'adjudant-chef de la brigade de gendarmerie locale chargée de l'enquête. Francine toussote vigoureusement dès qu'il aborde le sujet et Yann s'interrompt.

– Hugo, est-ce que ce n'est pas l'heure du feuilleton ? demande-t-elle. Ceux qui veulent voir le feuilleton dans la salle de jeu peuvent y aller avec Hugo.

– Vous les laissez regarder *Police City Blues* ? s'étonne Yvette qui connaît la grille des programmes par cœur.

Vague évocation de sons stridents, de coups de feu, de jurons, de poursuites en voitures pleines de crissements de freins, de halètements athlétiques et/ou amoureux…

– Ce sont des adultes ! réplique Francine Atchouel.

– Vous savez, on n'est pas en sucre ! lance Laetitia. Bon, j'y vais, j'adore ce truc !

Raclements de pieds, on me plaque un baiser sonore sur la joue.

– C'est Magali, m'explique Francine. Elle ne rate jamais un épisode, elle raffole des gyrophares.

On me broie la main.

– C'est Christian.

– Pin pon, pin pon, hiiiii !

Les autres sortent sans nous saluer. J'entends Bernard marmonner « Je dois me laver les deux mains, demain, c'est samedi » entre ses dents.

– Yann, j'apprécierais que vous n'abordiez pas des sujets pénibles devant nos résidents ! s'exclame Francine dès qu'ils sont sortis. Vous savez combien ils sont sensibles.

– Vous les plantez bien devant la télé ! s'offusque Yann.

– Et alors ? Qu'a dit votre ami gendarme ? les interrompt Yvette, dévorée par la curiosité.

– Rien de très joli joli. Les informations sont exactes : la fille a été crucifiée vivante, puis on l'a forcée à avaler un litre d'eau de Javel pure, à l'aide d'un entonnoir, sans doute.

Protestations horrifiées. Je serre les dents en m'intimant l'ordre de ne pas imaginer la scène.

– Et après ? demande encore Yvette, la voix altérée.

– On a découpé deux bonnes livres de chair dans ses cuisses, de quoi faire de sacrés steaks !

– Yann ! Un peu de respect ! s'écrie Francine, scandalisée.

J'ai le sentiment qu'elle n'apprécie pas tellement son éducateur sportif.

– D'après les premières constatations, la femme aurait une trentaine d'années, brune avec des cheveux longs, les yeux bleus, aucun signe particulier, reprend Yann sans se démonter. Il a contacté le STRJD sans succès pour l'instant.

– Le quoi ? demande Francine. Pourriez-vous nous parler en clair ?

– Le Service Technique de Recherche Judiciaire et de Documentation, récite Yann. Philippe est très branché méthodes scientifiques. Il a suivi des stages au CNPPJ et à l'IRCGN, ajoute-t-il avec délectation. Le Centre National de Perfectionnement de Police Judiciaire et l'Institut de Recherche Criminelle.

– Mazette ! siffle Yvette entre ses dents. Et ils ont trouvé quelque chose ?

– Rien. Ils vont diffuser la photo de la victime à la télé.

– Certainement une SDF qui est tombée par hasard sur un sadique dans ce squat, décrète Yvette.

– Un sadique qui avait acheté tout son petit matériel à l'avance... À mon avis, il l'a attirée là, il avait décidé de la tuer bien avant, répond Yann.

– Ou de tuer une femme, n'importe laquelle ! murmure Francine Atchouel. Mon Dieu, ça me donne des frissons. J'espère qu'ils vont l'attraper rapidement.

– Ça m'étonnerait. Hum, délicieux le cake. Ils n'ont absolument aucune piste, lui rétorque Yann avec une certaine satisfaction. Il portait certainement des gants. Ah, j'oubliais, ils ont retrouvé une bâche en plastique couverte du sang de la pauvre fille. Il a dû s'en servir pour protéger ses vêtements.

– Arrêtez, ça me donne mal au cœur ! proteste Francine.

– Comme vous voulez. Au fait, est-ce que le type des traîneaux a appelé ? demande Yann.

– Oui, tout sera prêt pour demain matin dix heures. Yann a organisé des promenades en traîneau pour nos résidents, avec des équipages de huskies, nous explique Francine.

– Oh, ça doit être superbe ! s'extasie Yvette.

– Vous n'avez qu'à venir avec nous ! lance Yann, enthousiaste.

L'idée me séduit plutôt. Promenade au grand air, bien emmitouflée, avec les halètements des chiens. Illusion de Grand Nord… Je presse la main d'Yvette en signe d'acceptation.

Rendez-vous est pris pour le lendemain, puis Yvette donne le signal du départ.

Dans l'estafette, la conversation tourne évidemment autour des pensionnaires. Hugo nous apprend que Jean-Claude n'a plus que quelques années à vivre.

– Il a un visage sympathique, mais il est tellement maigre ! fait remarquer Yvette, compatissante. L'astronome, lui, est plutôt beau gosse, ajoute-t-elle après un bref silence, avant de conclure avec tristesse : Quelle pitié !

– Il souffre beaucoup de son état, dit Hugo, il en a honte. C'est une âme tourmentée. Je surveille toujours ses médicaments.

– Vous avez peur qu'il se suicide ? s'écrie Yvette.

– On ne sait jamais. Tout le monde le prend pour un débile alors qu'il est agrégé de maths. C'est un peu dur à vivre, vous savez.

Oui, je sais ce que c'est. Je me souviens, après l'accident, quand tout le monde croyait que je n'étais plus qu'un légume. Cet horrible sentiment d'impuissance à se faire entendre, à montrer qu'on comprend. Ça me fait penser que, début février, je dois retourner à Paris pour de nouveaux examens. Et ensuite, peut-être, une nouvelle opération. Qui sait ? Si je recouvre un peu plus d'autonomie à chaque intervention, d'ici dix ans je pourrais peut-être jouer *Au clair de la lune*.

– En plus, reprend Hugo, toujours à propos de Léonard, il y a eu le feu dans sa classe quand il était en prépa de Polytechnique. Quinze de ses camarades ont péri. Il a fait une terrible dépression et a été sous traitement psychiatrique pendant des années. Mme Atchouel a préféré nous mettre au courant, on est toujours plus efficace quand on connaît les antécédents des gens.

Background plutôt sinistre, en effet. Hugo passe les vitesses en douceur. Rap tonitruant s'échappant d'un véhicule voisin, coups de klaxon, coup de frein.

– Les gens ont le chic pour se jeter sous les roues des bagnoles ! commente Hugo.

Il ajoute en riant :

– Remarquez, quand on promène notre petite troupe, c'est pas triste non plus. Hier, Magali nous a faussé compagnie, je l'ai retrouvée devant la supérette. Et Bernard a failli se faire renverser par le bus. Il voulait traverser pour aller voir les gâteaux dans la vitrine du boulanger.

– Vous le laissez manger autant qu'il veut ? demande Yvette.

– Il est censé suivre un régime, mais bon… Bernard a du mal à s'intégrer, il a longtemps vécu seul avec sa mère. Il est à la fois stupide et rusé, trop docile. Ce sont ceux-là qui passent parfois à l'acte et font de grosses bêtises.

– Et Christian ? Il me fait un peu peur, avoue Yvette. C'est un colosse, ajoute-t-elle à mon intention.

– Christian, c'est encore autre chose. Il a souffert de mauvais traitements dans son enfance, on l'a retiré à sa famille. Il est très impulsif et adore jouer avec les sonorités des mots. Pas bête du tout, mais incapable de se comporter en adulte. Un bébé d'un mètre quatre-vingt-cinq, bâti comme un rugbyman.

– Ce sont tous un peu des bébés déguisés en grandes personnes, murmure Yvette. Des bébés délaissés, abandonnés à leur chagrin.

– Hé ! Et nous alors, les éducs, on compte pas ? On est là pour remplacer leurs parents défaillants.

– Excusez-moi, je ne voulais pas mettre en cause votre dévouement. Il faut tourner là, à droite !

Crissement de pneus, l'estafette chasse un peu sur la chaussée glissante, la conversation m'a rendue mélancolique.

Une fois chez nous, Yvette se précipite devant la télé en ronchonnant : son émission est déjà commencée. Je roule mon fauteuil près de la fenêtre entrouverte. La nuit est tombée, j'entends la neige craquer sous les après-ski des passants, le flac-flac-flac des chaînes lorsque passe une voiture. L'odeur de la neige la nuit. Le vent s'est levé, charriant quelques flocons humides qui se déposent sur la vitre, sur mon nez, mes joues, mes lèvres, frais et doux. Yvette apostrophe violemment l'animateur à propos d'une réponse qui n'a pas son agrément. Je souris toute seule, et puis je repense à la jeune femme torturée et je n'ai plus envie de sourire. La nuit d'hier était aussi paisible que celle-ci et, pourtant, quelqu'un était en train de mourir dans d'horribles souffrances.

– Élise…

Je sursaute. Est-ce que j'ai rêvé ou est-ce qu'on vient de chuchoter mon nom, sous la fenêtre ?

– Élise…

Non, je ne rêve pas. Quelqu'un m'appelle. Yann ? J'ouvre plus grand la fenêtre avec ma main valide et frôle quelque chose. Un visage ? Oui, je pense que c'est un visage. Je tends le bras, mais ne rencontre plus rien. Puis mes doigts se referment sur un paquet mou.

– Pour toi, mon amour, chuchote une voix.

Encore !

Vite, vite, mon bloc : *« Qui êtes-vous ? »*, je brandis la feuille à la fenêtre.

Un petit rire déplaisant. Une main chaude effleure la mienne qui se rétracte. Puis des pas qui s'éloignent. Mon mystérieux visiteur est parti ! Je roule jusqu'à Yvette qui ne s'est rendu compte de rien. Tout en tripotant pensivement le petit paquet mou, je le renifle. Comme je m'en doutais, il sent la viande. Le donneur de steaks a encore frappé !

Steak. Oh, mon Dieu ! *Steak* ! J'ai l'impression d'avoir reçu un coup de poing dans le ventre. « Découpé de sacrés *steaks*… » Je lâche le paquet qui tombe par terre.

– Qu'est-ce qu'il y a ? Oh ! mais qu'est-ce que c'est ? Encore un steak ? Mais d'où est-ce que vous les sortez ?

Comme si je le faisais exprès ! Ma main tremble tandis que je m'oblige à écrire : *« Quelqu'un vient de me le donner par la fenêtre. »*

– Mais enfin, c'est insensé !

Bruit de papier qu'on déplie.

– Et oui, c'est un steak ! De la belle viande rouge, comme l'autre. Je ne comprends vraiment pas…

« Appelle Yann. »

– Je ne vois pas ce que Yann a à faire avec ce steak, ce n'est certainement pas lui qui nous fait cette blague.

« Appelle Yann. »

– Bon, bon, comme vous voulez, bougonne Yvette en décrochant le téléphone.

Elle lui explique tant bien que mal notre petit problème pendant que je lui glisse un message.

– Attendez que je lise… Élise voudrait savoir si votre ami gendarme pourrait faire analyser ce morceau de viande… Une lubie, je ne sais pas ce qui lui prend… Pas de problème ? Vous êtes vraiment très gentil. Je vous l'apporte demain matin… Au frigo, oui. Bonsoir, merci encore. On a l'air ridicule ! proteste Yvette en raccrochant. Il n'y avait qu'à foutre ce steak à la poubelle et puis c'est tout !

La sonnerie du téléphone l'interrompt : c'est Jean, son ami. S'ensuit une longue conversation que je m'efforce de ne pas écouter. J'ai hâte de savoir ce que va donner l'analyse. Pourvu que ce ne soit pas ce à quoi je pense ! Je croise les doigts, tout en sachant que ça ne sert à rien.

3

Depuis ce matin, je suis fébrile, impatiente, agitée. Yvette a remis le steak à Yann, qui l'a fait porter à son copain gendarme par l'entremise du facteur. Et puis, embarquement pour le cercle polaire. L'estafette du Centre nous a déposés au Camp nordique.

Les pensionnaires font un vacarme du diable, très excités par la perspective de l'expédition et les chiens ne sont pas en reste. Laetitia, qui en a peur, se cramponne à moi, tandis que Magali pousse des petits cris inarticulés. Hugo et Martine empêchent Christian de se rouler dans la neige, retiennent Émilie et Clara qui veulent mettre leurs doigts dans la gueule des molosses, distribuent des bonbons. Bernard demande l'heure à tout le monde et nous assure que le temps, c'est de l'argent. Je pense bien encore un peu à ce fichu steak et à son mystérieux donateur, mais je suis trop occupée à essayer de capter ce qui se passe autour de moi pour m'en soucier vraiment.

Jean-Claude a pris son caméscope et nous filme en continu. Lui qui est quasiment invalide aime enregistrer les mouvements. D'ailleurs, il lance toujours « C'est dans la boîte ! », comme si l'action se mettait en conserve.

J'aimerais bien me voir en film. Savoir la tête que j'ai. Me voir lever le bras comme une poupée Barbie automatisée.

Les chiens aboient, de leur long hurlement de loup, grognent, s'ébrouent, impatients de partir. Yann installe tout son petit monde, discute avec les conducteurs, trois jeunes dotés d'un fort accent du Midi. Le temps a fraîchi, le vent s'est levé. Yvette m'aide à boutonner le col de ma combinaison et à enfiler ma casquette. Hugo me soulève. Je sens ses muscles noueux, sa barbe taillée en collier, son odeur pharmaceutique. Il m'installe sur la banquette en bois recouverte de fourrure, à côté de Laetitia. En face de nous, Magali et Christian. Yvette grimpe la dernière et s'affale contre moi en murmurant : « C'est plus d'mon âge. » Hugo s'installe auprès d'Émilie, de Clara et de Bernard. Martine monte avec Jean-Claude et Léonard. Yann distribue des plaids épais, prodigue conseils et encouragements et fait claquer les rênes. Les autres conducteurs lancent des « you-hou » enthousiastes. Les traîneaux s'ébranlent, prennent de la vitesse. Nous glissons dans la forêt, je sens l'odeur puissante des sapins.

– Comme c'est beau ! s'écrie Yvette. On se croirait au Canada.

Le vent me fouette le visage, le chuintement des patins en bois dans la neige me rappelle le ski de fond, bref coup de cafard, je me ressaisis, écoute Laetitia qui s'extasie sur tout. À demi paralysée depuis son adolescence à cause d'un accident de voiture, c'est la première fois, à 24 ans, qu'elle vient à la montagne. Elle rit, d'un rire joyeux, du simple plaisir de filer sur la neige.

Je me demande si elle évoque sans cesse le temps où elle pouvait se servir normalement de ses jambes. Elle avait 15 ans quand l'accident s'est produit, m'a dit Yvette qui sait déjà quasiment tout du passé des pensionnaires car elle s'est liée d'amitié avec Martine, elles ont même échangé des recettes de gratin dauphinois. Le gratin dauphinois est un des principaux terrains d'affrontement des ménagères. Terrible, les ravages que ça peut causer, le gratin dauphinois ! Essayez donc d'en faire un le soir où votre meilleure amie vient dîner. Elle ne pourra pas, même en se pinçant jusqu'au sang, avouer qu'il est meilleur que le sien. Et ne parlons même pas du cas où son homme, la bouche pleine de patates, lancerait : « Tu vois, chérie, cha ch'est du gratin dauphinois ! » Je me sens d'autant plus à l'aise pour évoquer ce cas tragique de discorde féminine que Benoît, mon ex, détestait ça. Quant à Tony, je n'en sais rien. Tony se moque de ce qu'il mange. Et puis, avec le mal que j'ai à faire la conversation par écrit, on évite d'aborder les sujets mineurs.

– Le chien !

C'est Magali qui vient de crier, tout excitée. Yvette acquiesce distraitement.

– Le chien, le chien, le chien, le chien !

– Oui, c'est plein de chiens, admet Yvette, on les a vus. Assieds-toi, tu risques de tomber.

– Le chien ! Gros chien !

– Magali, arrête de t'agiter ! gronde Yann en se retournant.

– Calme-toi, Mag, regarde la neige, propose Laetitia gentiment.

– Ah, j'ai compris ! lance Yvette. Elle parle du gros chien noir, là-bas, le labrador !

Labrador ? C'est peut-être celui qui est venu me dire bonjour hier matin devant la supérette... Encore que sa patronne en minijupe ne doive pas être du genre à lui faire faire des promenades dans la forêt !

Mais Yvette me secoue le bras :

– C'est le chien de la fille de la boîte de nuit ! Vous savez, le gros noir. Je ne vois pas la fille...

Aboiements furieux.

– Mais qu'est-ce qu'il a, ce chien ? Il vient droit vers nous ! Oh là là, avec les huskies, ça va faire des his...

Yvette n'a pas le temps de finir sa phrase que les huskies se mettent à hurler et à tirer sur les rênes tandis que le labrador court à côté de nous en aboyant vigoureusement.

– Va-t'en ! Va-t'en ! hurle Yann.

Des fouets claquent, j'espère qu'ils ne sont pas vraiment dirigés contre le labrador. Oh ! ce que ça m'énerve de ne pas voir ce qui se passe et de ne rien pouvoir demander !

– Chien ! Viens ! crie Magali.

– Arrête ! Tais-toi ! lui intime Laetitia.

– Ouah ! Ouah ! Ouah ! chante Christian.

– J'ai envie de vomir, gémit Jean-Claude derrière nous.

– On va verser, prophétise Yvette en m'agrippant le bras.

Et je sens effectivement une inclinaison certaine du traîneau.

Et puis une masse énorme me tombe sur les genoux, me coupant le souffle. Tout le monde hurle, le traîneau ne verse pas et une grosse langue râpeuse vient me lécher la figure, tandis que les huskies se déchaînent.

– Chien ! dit Magali avec satisfaction.

– Non mais, quel con, ce chien ! constate Yann en faisant arrêter l'attelage.

– Attention, Magali, ne le prends pas par le cou, il est peut-être dangereux ! sermonne Yvette.

– Gentil, rétorque Magali, il m'aime.

– Apparemment, tu as raison, soupire Yann, tandis que la queue du labrador, qui s'est retourné pour lécher Magali, me fouette joyeusement le visage.

Le chien se met à aller de l'un à l'autre et nous nous retrouvons avec un labrador de cinquante kilos sautant à pattes jointes sur nos estomacs tout en aboyant fougueusement, ce qui provoque une certaine confusion.

Puis une voix inquiète :

– Tintin ! Tintin ! Où es-tu ? Viens ici ! Au pied !

Un « ouaf » vigoureux, une ultime secousse, et Tintin s'en va, poursuivi par les cris voraces des huskies.

– Vous devriez le tenir en laisse, on a failli avoir un accident ! crie Yann, furieux.

– Je suis désolée, il n'a pas l'habitude de s'échapper. Il a dû reconnaître Madame, ajoute la voix, plus proche, toujours aussi douce et triste.

– Ce chien est un de vos amis, Élise ? demande Yann, sarcastique.

Je ne réponds rien, bien évidemment.

– Nous nous sommes rencontrées hier matin à la supérette, explique Yvette.

– Je suis vraiment désolée, dit la voix douce et triste, si féminine.

– Ce n'est pas grave…

Tiens, tiens ! L'intonation de Yann a changé. Envolée, la colère. J'en déduis que la propriétaire de la voix ne doit pas être désagréable à regarder.

– Je ne vous avais pas reconnue, reprend Yann. Vous allez bien ?

– À votre avis ? répond la fille, ce qui me semble très étrange. Allez, viens, Tintin, reprend-elle, on file ! Au revoir.

Fin de l'épisode « équipée sauvage ». Début des commentaires. Le mot « chien » est bien prononcé trois cent cinquante-huit fois avant qu'on redémarre.

Pourquoi a-t-elle dit « à votre avis ? ». Cela sous-entend-il que Yann sait qu'elle va mal ? Qu'elle devrait aller mal ? Est-ce qu'elle a un cancer ? Ça expliquerait sa voix triste.

– Vous la connaissez, Yann ? demande Yvette.

– Un peu. Elle travaille au Moonwalk.

– Oui, on le sait, répond Yvette avant de se lancer dans une série de commentaires âpres sur les entraîneuses et leur manque de bon sens notoire.

Ainsi, la cousine de sa tante, qui travaillait en maison à Barbès…

J'essaie de me concentrer sur le chuintement du traîneau, sur le son caractéristique de la neige qui tombe des branches trop chargées. J'ai d'autant moins de mal à me concentrer que j'en reçois justement un bon paquet extrêmement frais sur la tête. Yvette m'époussette tandis que Magali rit aux éclats. Christian marmonne « n'homme d'neige, n'homme d'neige » d'un ton lugubre. Quelle délicieuse promenade !

Mais comme toutes les bonnes choses, elle a une fin et nous voici de retour au campement. On débarque les fiers trappeurs, Yann me soulève et me repose dans mon fauteuil sans faire ouf. Il sent l'eau de Cologne et son menton râpeux effleure ma joue. Pas désagréable du tout. Psy agite le doigt, grondeur, en chuchotant « Tony » et je rétorque à Psy qu'il n'est pas là pour jouer ma conscience, mais mon analyste dévoué.

Re-estafette, retour au Centre pour prendre une collation bien méritée. Où je vérifie que, même avec une seule main, on peut parfaitement engloutir une dizaine de crêpes à la même vitesse que les autres. Je m'aperçois soudain que je m'amuse, je suis détendue, j'ai envie de rire, je me laisse aller au bien-être d'une douce chaleur de feu de bois et de chocolat fondu. Même le taciturne Hugo plaisante avec nous.

– Décidément, la promenade a l'air de vous avoir plu ! répète pour la troisième fois Francine Atchouel, qui n'a pas jugé bon de venir faire secouer son embonpoint dans un attelage en bois. J'espère que personne n'aura pris froid ! Un peu de confiture de mûre, Yvette ? Et vous, très chère Élise ?

Non, merci, très chère Francine.

– La vie est si belle quand on sait l'aimer ! fait observer Martine.

– Martine est une vraie grenouille de bénitier, me chuchote Yann.

Le téléphone sonne.

– Yann, c'est pour toi : adjudant-chef Lorieux ! crie Hugo.

Brusquement, je n'entends plus rien. Ni les murmures, ni les vociférations, ni le tintement des couverts, ni le crépitement du bois dans l'âtre. J'entends uniquement le pas décidé de Yann qui va prendre l'écouteur.

– Allô, Philippe ?... Oui, salut. Alors ?... Quoi ?... Tu es sûr ?... Putain !

– Yann, voyons ! le tance chère Francine.

– Mais c'est dingue ! Quoi ?... Oui, bien sûr, mais ça va être difficile, elle est muette... OK, on vous attend.

Je serre le poignet d'Yvette. La muette, c'est moi, donc les gendarmes veulent me voir, donc... Yann revient vers moi : ses pas, puis ses cheveux contre ma joue.

– C'était mon copain gendarme. Il a fait analyser ce steak... Heu, eh bien, heu !...

– C'est de la vache folle ! dit Yvette. J'en étais sûre !

– Ce n'est pas de la vache, murmure Yann.

Je sens une grosse boule de crêpes s'immobiliser au creux de mon estomac.

– Élise, c'est assez difficile à croire, mais, eh bien, il s'agit de...

– Du porc ? Impossible ! Je sais tout de même reconnaître du porc ! proteste Yvette.

Yann colle ses lèvres à mon oreille :

– C'est de la... heum... chair humaine. Ils viennent vous interroger. Ils seront là dans une heure.

De la chair humaine.

Yvette, une pointe d'anxiété dans la voix :

– Qu'est-ce que vous avez dit, Yann ? Je n'ai pas entendu...

– Les gendarmes vous expliqueront, lui répond Yann en me pressant l'épaule.

– De quoi parlez-vous donc ? s'enquiert Francine.

– Rien, juste un petit problème de ravitaillement, réplique Yann.

De la chair humaine.

Et j'en ai mangé. Et Yvette aussi.

De la chair humaine très certainement prélevée sur un cadavre de jeune femme…

La boule de crêpes prend l'ascenseur direct pour la sortie et je me retrouve en train de me vomir sur les genoux.

Concert d'exclamations variées, gloussements des pensionnaires, on m'essuie la bouche, on me nettoie les genoux en m'assurant que « ce n'est pas grave, ma chère, pas grave du tout, ça arrive à tout le monde ! ». Sous-entendu : surtout tout le monde d'un peu spécial. Yvette surenchérit :

– Elle ne fait jamais ça d'habitude. Ce doit être la promenade qui l'a barbouillée…

– Ne dites pas de bêtises, passez-moi une serviette humide, bougez-vous un peu ! ordonne Yann.

– Pas la peine de s'énerver, grommelle Yvette tout en obtempérant.

Et voilà, je suis propre. Hugo et Martine ont emmené les chers pensionnaires regarder la télé, chère Francine nous refait un peu de thé très cher.

Psy me susurre que je suis conne d'avoir honte. Que ma réaction est tout à fait normale compte tenu de la situation. Mais je ne me vis pas comme une personne normale. Je me vis en monstre qui doit constamment prouver qu'il est « sortable » pour être accepté par les humains ingambes.

On sonne.

Hugo va ouvrir et annonce « les flics ! », sans cérémonie.

– Les gendarmes, ici ? Mais, doux Jésus, que se passe-t-il ? s'étonne Martine.

– Je ne sais pas. C'est cette affaire de steak, on dirait, marmonne Yvette, décontenancée.

– Adjudant-chef Philippe Lorieux ! lance une voix quasi féminine. Mademoiselle Andrioli ?

– Affirmatif ! répond Yvette qui adore les militaires. Mlle Andrioli est privée de l'usage de la parole, mon adjudant-chef !

– Bien, bien.

J'imagine un jeune blondinet imberbe, fraîchement émoulu de l'école de sous-officiers, se grattant le nez avec embarras.

– Je souhaiterais avoir un entretien particulier avec Mlle Andrioli et son interprète, annonce-t-il enfin de sa petite voix pointue.

Yvette me roule dans une petite pièce attenante. « Mon boudoir », précise Francine Atchouel d'une voix pâmée. L'adjudant-chef est-il du genre éphèbe qui fait de l'effet aux dames d'âge mûr ?

La porte se referme derrière nous. L'adjudant-chef toussote. Yvette s'éclaircit la gorge. Je ne fais rien. L'adjudant-chef se lance :

– Un des éducateurs du CLMPAH nous a fait parvenir une pièce de viande rouge aux fins d'analyse, pièce de viande subséquemment obtenue par votre entremise. D'où ma première question : comment êtes-vous entrée en possession de la pièce à conviction ?

– Pièce à conviction ? La viande était empoisonnée ? s'étonne Yvette.

– Répondez à ma question, je vous prie.

– Eh bien, Mlle Élise était à la fenêtre et, quand je suis revenue de la cuisine, elle avait ce paquet sur les genoux.

Je tâtonne pour trouver mon calepin et commence à écrire. Puis je tends le papier à l'adjudant-chef.

– Donc, l'individu qui vous a remis ce paquet ne s'est pas identifié ?

Re-écriture. Je sens le souffle d'Yvette penchée sur mon épaule.

– « *Et il s'était déjà manifesté la veille* » lit l'adjudant, « ... *un morceau de viande similaire que nous avons mangé* ». Oh, bordel !

Comme tu dis.

Sur ces entrefaites, la porte s'ouvre et Yann demande si tout va bien.

– Dans la mesure où ces dames ont sans doute ingéré une partie de la victime, je ne peux pas dire que tout aille pour le mieux, commente sobrement l'adjudant-chef Lorieux.

– De la victime ! Quelle victime ? s'étonne Yvette.

Lorieux toussote.

– La jeune femme d'Entrevaux. L'assassin a effectué quelques prélèvements sur le corps... Et le « steak » que Yann m'a fait parvenir... Enfin quoi... ça correspond...

Et voilà, je le savais...

Un grand boum me tire de mes lamentations silencieuses. C'est Yvette qui vient simultanément de comprendre et de s'évanouir. Empressement des hommes, on va quérir Martine, du rhum, de la menthe...

Philippe Lorieux se remet à toussoter jusqu'à ce que le calme soit rétabli, c'est-à-dire jusqu'au moment où Yvette cesse de psalmodier « c'estpasDieupossible » en soufflant dans son mouchoir tandis que chère Francine geint « maisc'estaffreuxditesnoustout ! » en tapant du pied.

– J'emmène tout le monde à la salle de jeu, dit Hugo.

– Emmenez, emmenez, lui répond Francine, et fermez la porte, merci. Eh bien, donc, capitaine...

– Adjudant-chef Lorieux.

– Comme vous voulez. Eh bien, donc, le meurtrier de cette malheureuse a, si j'ai bien compris, offert des morceaux du corps à nos pauvres amies. Quelle tragédie ! Est-ce qu'elles risquent d'être intoxiquées ?

– Je ne sais pas. Il faudra attendre le rapport d'autopsie complet pour savoir si la victime était malade.

– Parce qu'en plus on risque d'attraper quelque chose ! gémit Yvette, atterrée.

– Mais non, dit Yann, puisque vous l'avez fait cuire.

– Ahhrrrgh ! s'étrangle Yvette.

L'adjudant-chef doit se sentir un peu dépassé par les événements parce qu'il hausse la voix, ou plutôt il essaie :

– S'il vous plaît, un peu de calme, procédons avec ordre. J'ai besoin de vos identités complètes. Ensuite, nous recueillerons vos dépositions. Schnabel, les formulaires.

– Oui, chef ! répond une voix qui évoque un roulement de tambour.

Une fois Schnabel installé et prêt à noter nos réponses, l'adjudant-chef Lorieux commence les interrogatoires. Il n'en ressort pas grand-chose : un inconnu non identifié m'a parlé et m'a remis à deux reprises des morceaux de chair prélevés sur la victime d'un meurtre.

– S'agit-il même de l'assassin ? se demande Yann à haute voix. Pourquoi pas un inoffensif cinglé découvrant le cadavre et se livrant à des jeux macabres ?

Je ne sais pas pourquoi je n'y crois pas une seconde. Le type m'a appelée « mon amour » avec toute la tendresse d'un cannibale pour une femme appétissante…

– … ressemble un peu, dit Lorieux.

Perdue dans mes sombres pensées, je n'ai pas fait attention à ce qu'il a dit et je ne comprends pas pourquoi Yvette se récrie :

– Mais alors, elle est peut-être en danger !

Qui ? Chère Francine ? J'attrape mon carnet pour poser la question.

Silence. Puis l'adjudant-chef se racle la gorge et annonce de sa voix de fille :

– Je disais simplement que vous offrez une certaine ressemblance avec la victime. Couleur des cheveux, des yeux, silhouette…

Ça va, pas besoin de me faire un dessin, j'ai pigé. Un tueur fou se balade dans le village, ses mains rouges de sang enfouies dans ses moufles, attendant le moment de m'expédier *ad patres*. Ça me rappelle un million de mauvais films.

Mais les tueurs aussi vont au cinéma.

Pendant quelques minutes, un calme fébrile règne dans la pièce. Yann va rejoindre Martine et Hugo. On entend mugir le vent derrière les vitres. Puis le téléphone sonne. Francine Atchouel décroche.

– Pardon ? Parlez plus fort, je n'entends rien ! Qui demandez-vous ? Quoi ? Ah, ne quittez pas ! C'est pour notre chère Élise, explique-t-elle.

– Qui sait que vous êtes ici ? me demande aussitôt Lorieux.

– Heu, personne…, répond Yvette.

– Je prends l'écouteur ! décide-t-il.

– Il n'y en a pas, c'est un nouveau poste sans fil…, commence Francine.

– Mais bon sang ! Passez-lui la communication ! l'interrompt Yann, qui est revenu, en me plaquant le combiné contre l'oreille.

Une affreuse petite voix me susurre :

– Bonjour, mon amour.

Chair de poule. Je lève le bras, désigne l'appareil, forme un cercle avec le pouce et l'index.

– C'est lui ! comprend Lorieux. Qu'est-ce qu'on peut faire ?

– Appuyer sur la touche « plus », murmure Francine, boudeuse.

Un doigt frôle le mien à la recherche de la touche qui augmente le volume, pendant que l'affreuse petite voix poursuit :

– Est-ce que tu as encore faim ? Est-ce que tu veux d'autres petits cadeaux ?

La voix résonne maintenant dans la pièce, dans le silence absolu.

– Je suis prêt à tout pour te contenter, mon amour. Et toi, est-ce que tu es prête à tous les sacrifices pour moi ?

Clic. La communication vient d'être coupée sur cette question menaçante. On m'ôte l'appareil. Je me rends compte que la paume de ma main est moite, je m'essuie sur le plaid.

– Schnabel, préviens le QG ! Il est peut-être dans le coin. Si seulement on savait d'où il a appelé !

– Regardez l'écran, le numéro d'appel s'y inscrit durant trente secondes, lance Francine.

– Vous ne pouviez pas le dire ! hurle Lorieux.

– Mais on ne me laisse jamais parler ! proteste Francine. Et puis, de toute façon il y a une touche « rappel » !

Personne ne l'écoute, ils piétinent tous autour du téléphone avec des grognements évoquant une mêlée de rugbymen.

– 04.93.78.77.79, s'époumone Lorieux. Schnabel, vite, le QG ! Appelle-les de l'estafette au cas où il rappellerait ici !

Schnabel s'éloigne au pas de course ; les vibrations du parquet me laissant supposer qu'il n'est pas vraiment maigre.

– Il neige, constate Francine.

Personne ne lui répond, sauf Yvette qui ne peut s'empêcher d'observer que « lune voilée le soir, demain sans grand espoir ». Un sympathique proverbe de circonstance. Yann fait les cent pas en sifflotant avec acharnement un des tubes latinos de l'été passé. J'essaie de remettre un peu d'ordre dans ma tête. Pourquoi un tueur sadique voudrait-il m'impliquer dans ses crimes ? D'où me connaît-il ? Comment sait-il que je suis en villégiature ici ? J'ai bien envie d'appeler Tony à la rescousse, mais il ne va pas revenir de la mer d'Islande. Après tout, je ne suis pas en danger, puisque le type m'offre des cadeaux.

Ne te mens pas, Élise, chuchote Psy. Tu es en danger. Est-ce que tu ne le sens pas dans ce frisson sur ta peau ? Est-ce que tu ne le sens pas dans sa voix doucereuse, écœurante ? Fais confiance à tes intuitions, ma petite Élise. Tire-toi de Castaing.

Pour aller où ? Si un malade mental me suit à la trace, je ne tiens pas à le ramener chez nous. Maintenant que les gendarmes ont pris les choses en main, je suis protégée.

Lorieux fait irruption dans le boudoir en s'écriant :

– Il a appelé de la cabine en face de la supérette ! Même pas à cent mètres d'ici ! Les renforts arrivent.

Je sais déjà qu'ils viendront pour rien. Un skieur anonyme passe un coup de fil et s'éloigne dans la cohue, petite silhouette floue sous la neige.

Une demi-heure s'écoule encore en supputations diverses. Chère Francine nous propose de rester dîner. Yvette accepte. Lorieux décline bien évidemment l'invitation et prend congé en nous recommandant la prudence.

Je demande l'heure par écrit. Dix-sept heures, me répond Yann en quittant la pièce. C'est l'heure de la gymnastique pour les pensionnaires.

Encore deux heures jusqu'au repas, à écouter Francine et Yvette vitupérer.

Si seulement je pouvais moi aussi arpenter la pièce d'un pas rageur, émettre des commentaires indignés, me prendre la tête à deux mains ou scruter la nuit tombante, mais je ne peux rien, que rester assise dans le noir qui m'enveloppe perpétuellement.

Avant le dîner, que tout le monde prend en commun dans la grande salle à manger – « notre cher réfectoire », comme dit Francine –, les pensionnaires ont le droit de regarder les informations régionales à la télévision.

Où l'on reparle du meurtre d'Entrevaux, et de l'enquête « qui progresse à grands pas ».

Laetitia vient me faire la conversation :

– Je n'aime pas entendre parler de choses tristes, me déclare-t-elle en s'asseyant à côté de moi. Je voudrais que la vie soit toujours pleine de couleurs vives…

Moi aussi, mon enfant. Même une seule, je m'en contenterais.

– Et ce que je voudrais le plus au monde, c'est skier. Je sais que c'est impossible. Mais je rêve souvent que je skie. Je glisse sur la neige. J'ai vu les jeux Olympiques des Handicapés à la télé. J'ai dit à mon père que je voulais m'entraîner, faire du sport. Mais il ne veut pas. Il trouve que c'est dangereux.

Elle baisse la voix, chuchote :

– Yann me comprend, lui. Il est en train de me bricoler un appareil spécial. Il ne faut pas en parler, c'est un secret !

Décidément, Yann me semble avoir un penchant prononcé pour les cœurs féminins en détresse. Et dire que je ne sais même pas quelle tête il a !

– Pourquoi est-ce que les gendarmes sont venus ici ? reprend Laetitia en baissant la voix.

Désarçonnée, je crayonne un vague : *« Raisons administratives. »*

– Je ne vous crois pas. Ils avaient l'air bien trop agité. Et leur chef, le joli blond qui ressemble à une fille, il transpirait de la lèvre supérieure. C'est un signe de nervosité.

Lorieux a donc bien un physique délicat. Pas de chance pour un adjudant-chef !

– Vous savez, Élise… Je peux me permettre de vous appeler Élise ?

Elle peut, parce que de toute façon elle n'attend pas ma réponse.

– Tout le monde me parle comme à une attardée. Mais à part le fait que j'ai du mal à me déplacer, mon cerveau est intact, comme le vôtre, ou celui de Mme Atchouel…

Je n'aime pas trop qu'on compare mon cerveau à celui de Mme Atchouel.

– Moi, ce que je pense, c'est que les gendarmes sont venus à cause de ce meurtre, en ville. Ils croient que quelqu'un ici sait quelque chose.

Elle doit lire ma stupéfaction sur mes traits car elle enchaîne en riant :

– Je ne suis pas médium ! En fait, j'ai entendu celui qui s'appelle Schnabel, le grand costaud, téléphoner à son QG.

Elle se penche vers moi, je sens son souffle sur ma joue :

– C'est vrai que vous avez mangé un morceau de la victime ?

Allons bon, ça commence ! J'écris : *« Hélas, oui. »* Pourquoi mentir ?

Petit sifflement incrédule et excité.

– Et quel goût ça avait ? Je veux dire : est-ce que c'était *différent* ?

Je me pose sincèrement la question. Puis-je répondre à une jeune âme curieuse qu'en fait c'était délicieux ? Comment nos estomacs ne se sont-ils pas révulsés au contact de la chair humaine ? Je sens la nausée revenir à l'évocation de la viande tendre et goûteuse entre mes lèvres. Laetitia me serre la main.

– Oh, excusez-moi, vous êtes toute blanche ! Mais c'est tellement, tellement... vous comprenez... On ne rencontre pas souvent des...

Des cannibales. Merde, merde et merde ! J'ai un sursaut de colère. Si ce salopard de Vore – car je suis sûre que c'est lui – se trouvait là devant moi, je...

Je quoi ? Il pourrait me manger vivante sans que je puisse me défendre. Même pas besoin de m'attacher. Je le suis à ce fauteuil par des liens bien plus solides que du barbelé.

Vore. Cette lettre que j'ai reçue. J'essaie de me souvenir des termes exacts. Il me traitait d'ange. Parlait comme si nous devions engager un combat. Lui représentant les forces du Mal. Mais dans ce cas, pourquoi m'offrir ces immondes présents ? Pourquoi m'appeler « mon amour » ? Ou alors, cela n'a aucun rapport. Vore est un pauvre cinglé qui a la manie d'écrire aux gens célèbres, et le tueur est un autre pauvre cinglé qui a la manie de tomber amoureux des gens célèbres. J'ai toujours plu aux maniaques. Je n'ai jamais pu prendre le métro sans qu'on me pelote les fesses.

– Nous passons à table ! annonce soudain Francine Atchouel en interrompant le cours décousu de mes réflexions.

Le repas se déroule tant bien que mal dans une ambiance agitée. Borborygmes, boulettes de pain volantes, ricanements, accès de toux interminables, rots, les pensionnaires sont survoltés. Magali, à côté de moi, ne cesse de glousser en me tapotant l'avant-bras. Yvette et Francine jouent à « six degrés de séparation » et sont en train de se découvrir une arrière-petite-cousine commune à Sydney, Australie. Clara et Émilie se disputent à propos d'un élastique à cheveux. Jean-Claude écoute sur son Walkman les entretiens Truffaut-Hitchcock. Laetitia compare les avantages de deux marques de produits de beauté. Je chipote dans mon assiette, énervée. Yann m'encourage à manger. Dieu merci, il n'y a pas de viande, mais une raclette, plat dont je suis affreusement gourmande en temps ordinaire. Bernard nous assure que « Qui a bu boira, qui a mangé mangera, est-ce qu'il reste du saucisson ? » « Tu manges trop, mon gros ! » lui lance Yann avec bonhomie. Hugo et Martine discutent à voix basse d'une conférence sur l'accompagnement des mourants. C'est gai. Christian, en face de moi, me lance des coups de pied nerveux sous la table et crie « pa-tat ! pa-tat ! » à intervalles réguliers. Heureusement, le dessert calme tout le monde et les cuillères plongent avec avidité dans la mousse au chocolat maison.

On nous présente ensuite Mme Raymond, la cuisinière, une solide villageoise de 75 ans, avec un accent ensoleillé, qui fait aussi office de femme d'entretien. J'imagine une sorte de Raimu au féminin, sans la moustache : quand je dois me représenter le visage d'un inconnu, je puise dans le stock d'images que mon cerveau a enregistrées avant l'accident. C'est sans doute limité, mais je n'ai pas le choix. Je confectionne des portraits-robots de mon entourage et les modifie selon les tons de voix, les odeurs, les pas, le contact.

Café noir bien corsé. Pas assez sucré, mais j'ai la flemme de saisir mon bloc pour écrire « sucre ». Je me sens lasse, triste et lasse, j'ai hâte de retrouver mon lit.

4

Quelle heure peut-il bien être ? Je me suis réveillée et je n'arrive pas à me rendormir. Tout est silencieux. On se croirait dans un tombeau. Pour mon anniversaire, je demanderai un réveil parlant. Aucun bruit extérieur. Pas le moindre chuintement de pneus, la moindre bribe de conversation. J'ai beau tendre l'oreille, je n'entends rien. Juste le frémissement du rideau contre la fenêtre entrouverte.

Il faut que je me rendorme. Je n'ai aucunement l'intention de me mettre à gamberger sur les sordides événements des deux derniers jours. Aucunement l'intention de rester paralysée dans le noir, à m'imaginer que Mister Vore rôde autour de moi avec un grand scalpel. Qu'il me regarde en ricanant. Qu'il se penche sur mon visage, ses lèvres ensanglantées tout près des miennes… Non, pas question ! Je compte des moutons, des tas de moutons, gros, sales, puants, avec leurs gros yeux stupides, bêêê bêêê, allez, les moutons, on saute ! Une deux, une deux, on remue son suint, non, il n'y a pas de loup, non, personne ne vous mordille les jarrets, il n'y a rien, vous dis-je !

Le chat saute sur le parquet, son petit trottinement discret… Le chat ? Quel chat ? J'ai dû m'assoupir. J'ai rêvé de mon chat qui est mort il y a quatre ans. Une tumeur au foie. Allons, bon, je ne vais pas me mettre à pleurnicher sur mon chat. J'ai vraiment les nerfs en capilotade. Demander à Yvette d'acheter des vitamines. Mais le bruit ? J'ai bien entendu un bruit. Un léger « boum » sur le parquet.

Est-ce qu'Yvette n'avait pas fermé la fenêtre avant d'aller se coucher ?

Je retiens ma respiration pour mieux entendre. Un chuintement sur ma gauche. Si infime… Mon cœur bat trop fort, je n'entends plus que lui. Courant d'air sur mon visage, courant d'air ou respiration ? Je lève brutalement le bras, cherchant à frapper au hasard, ma main heurte quelque chose, bruit de verre brisé sur le parquet, assourdissant dans la nuit.

– Qu'est-ce qu'il y a ? s'écrie Yvette dans la chambre voisine.

Elle se lève lourdement.

– Élise ? Tout va bien ?

Sifflement de dépit. Je ne rêve pas, je l'entends. Un petit sifflement de reptile. Grincement de parquet. Bouffée d'air frais. Il est parti, le salaud est parti, je l'ai mis en fuite !

– Oh ! Vous avez renversé votre eau ! Il y a des éclats de verre partout !

Qui était-ce ? Qui s'est introduit chez moi en pleine nuit ? Pour quoi faire ?

– Vous avez dû faire un cauchemar. Moi aussi, je dors mal. Je n'arrête pas de me réveiller. Vivement le matin ! J'ai dû oublier de fermer la fenêtre. Avec le vent, ça n'arrête pas de battre. Oh, le pauvre petit !

Le pauvre petit quoi ?

– Il a dû mourir de froid… Il est tombé sur le parquet, sous le radiateur…

Qui ? Quoi ? Bon Dieu, Yvette…

– Un petit moineau tout recroquevillé.

Ma grand-mère prétendait que les oiseaux morts au seuil des maisons sont de sinistres présages. Une sotte croyance paysanne ?

– Bon, je vais le mettre à la poubelle. Allez, essayons de dormir un peu.

Yvette ressort.

Un moineau mort de froid. Qui tombe pile poil dans ma chambre par ma fenêtre ouverte. Certes, ça peut arriver. Il aurait même pu me tomber sur la tête. Ou faire un looping et atterrir sous mes draps. Mais si ce moineau a été déposé là par mon mystérieux visiteur, qu'est-ce que ça signifie ? Suis-je censée y comprendre quelque chose ? Me taper le front en me disant : « Ah, oui, un moineau, c'est donc bien sûr que… »

Je frissonne. J'ai froid. J'ai peur. J'ai mal au cœur. Nous sommes seules dans ce chalet, Yvette et moi, une vieille dame et une invalide. Et un tueur sadique rôde dans la nuit, tout près. Je me surprends à espérer qu'il soit réellement amoureux de moi, qu'il ne me veuille pas de mal. Et l'ambiguïté de ce désir m'écœure.

– Il neige toujours !

Yvette me passe le bassin en commentant la météo défavorable. Après un brin de toilette, elle me bascule dans mon fauteuil électrique, direction la cuisine. Œufs brouillés, café, jus de pamplemousse. Après un an de tisane et de corn flakes « faciles à mâcher », j'ai décidé cet hiver de passer au solide, et, pour une fois, Yvette m'a obéi. En fait, elle s'y est mise, elle aussi, renonçant sans remords à soixante-cinq ans de tartines beurre-confiture. Le dimanche, on a même droit aux saucisses et aux crêpes au sirop d'érable.

Je mâche consciencieusement. Il y a une odeur désagréable. Je renifle.

– C'est le moineau. Je l'ai mis dans un sac en plastique, mais l'odeur passe quand même. Je le jetterai dans le container en sortant. Je ne sais pas si je vais vous emmener faire les courses. Avec toute cette neige, ce ne sera pas pratique pour le fauteuil…

Je griffonne rapidement : *« J'ai envie de prendre l'air. »*

– Prendre l'air, prendre l'air, bougonne-t-elle. Quand votre fauteuil se sera renversé et que vous serez ensevelie sous deux mètres de glace, vous serez bien contente…

Si Bruce Willis vient me sauver, pourquoi pas ?

« Juste prendre l'air sur le perron. »

– Vous n'en faites toujours qu'à votre tête. Je me demande bien pourquoi je me fatigue.

Sonnerie à la porte d'entrée. C'est Yann, odeur de neige fraîche, bouffée de vent froid. Je l'entends taper ses bottes contre le paillasson.

– Fait pas chaud aujourd'hui. On annonce une bonne petite tempête.

– Élise s'obstine à vouloir sortir, annonce Yvette, pincée.

– Elle n'a pas tort. Si le temps empire, il vaut mieux en profiter maintenant. Je vais vous accompagner si vous voulez, je ne travaille pas ce matin.

On m'emmitoufle, recherche fiévreuse du porte-monnaie, des clés, des lunettes d'Yvette, ça y est, on a tout, on y va.

Par une sorte de consensus tacite, personne ne fait allusion aux événements de la veille. Mon fauteuil cahote sur la route, fermement conduit par Yann qui me commente ce qui se passe. Le chasse-neige vient de passer. Le camion de salage se traîne devant nous. Une petite fille vient de glisser sur du verglas. On arrête le télésiège parce qu'un ado est suspendu à la nacelle. Il y a une file d'attente interminable à la station-service : l'essence est rationnée, les routiers bloquent encore le dépôt qui approvisionne le Sud-Est. Yvette est entrée chez le boulanger. Il faut qu'il achète des timbres… et silence.

Hou hou, Yann ? Métamorphosé en bonhomme de neige ? J'ai à peine le temps de me poser la question qu'une chose chaude et mouillée se pose sur ma joue. Une langue. Je n'ose croire que Yann… Une langue qui me chatouille le nez, je sens des poils, et l'haleine, hélas un peu chargée, d'un chien. Tout s'explique. Voici mon copain Tintin. Et je suppose que Yann est en train de faire ami-ami avec sa maîtresse. Gagné, je sens une bouffée de « L'Air du temps ».

– Élise, c'est Sonia, me dit Yann comme il dirait « c'est l'impératrice de Chine ». Sonia Auvare, du Moonwalk.

– J'ai l'impression que Tintin vous apprécie beaucoup, me dit Sonia de sa douce voix dépressive.

– Tout le monde apprécie Élise ! assure Yann avec bonne humeur.

– Si tu l'aimes, il faut que tu la fasses partir loin d'ici, dit Sonia.

Le tutoiement me fait comprendre qu'ils se connaissent bien mieux qu'ils ne l'ont montré hier.

– Emmène-la, Yann, reprend-elle d'un ton pressant. Tu sais qu'il va se passer des choses terribles.

– Mais de quoi parles-tu ?

– Je parle de la folie, de la destruction, du mal, voilà de quoi je parle.

Je frissonne. Elle s'exprime d'une voix si posée. Yann semble inquiet :

– Tu sais quelque chose ?

– Tintin, on y va !

– Sonia ! Attends ! Tu ne peux pas balancer des trucs comme ça et te tirer ! Sonia !

Crissement de bottes qui s'éloignent. Je reste toute seule.

– Eh bien, où est passé Yann ? lance Yvette. Je fais un saut à la maison de la presse, ajoute-t-elle. Ça va ? Vous n'avez pas froid ?

Signe de dénégation. Où donc est Yann ?

Un léger jappement sur ma gauche. J'actionne la commande de mon fauteuil et avance d'un mètre ou deux dans la direction du son. La voix de Sonia, basse, contenue. La voix pressante de Yann. J'avance encore en priant le ciel de ne pas me cogner dans un obstacle.

– Laisse-moi, je ne veux rien de toi !

– Écoute…

– Tu sais que rien ne peut arrêter les forces mauvaises quand elles se déchaînent. Elles sont en route, Yann. Elles ont déjà frappé, n'est-ce pas ?

– Mais…

– Non, tais-toi. Tu n'as pas appris que les mots ne servent à rien ?

– C'est stupide. Fais-moi confiance, Sonia !

– La confiance est un luxe au-dessus de mes moyens. Laisse-moi partir !

La voix de Yann se fait très pressante :

– Je veux te revoir.

– Peut-être.

– Non. Ce soir.

– Ce soir, je travaille.

– À la fermeture. Il faut qu'on parle.

– Lâche-moi, tu me fais mal !

– D'accord ?

– Oui. Tintin, on file !

Je relâche mon souffle. Yann grommelle quelque chose d'inintelligible. Puis :

– Ah, vous êtes là ! Et Yvette ?

Sans attendre de réponse, il empoigne le fauteuil et nous rejoignons la rue principale.

Sans vouloir me prendre pour Sherlock Holmes, je déduis de la conversation que je viens d'entendre que Sonia sait des choses sur le meurtre d'Entrevaux. Yann n'aurait pas dû la laisser partir. Même s'il ne s'agit que de soupçons stupides, il faut qu'elle en fasse part aux gendarmes… J'ai l'impression que nous nous comportons tous comme si cela n'était pas vraiment réel, comme si une jeune femme n'était pas vraiment morte, comme si Yvette et moi n'en avions pas vraiment mangé un morceau, comme si le tueur n'était pas vraiment en liberté dans Castaing. État de choc nous entraînant à nier la réalité ? Ou est-ce ma perception du réel qui s'altère à force de vivre recluse en moi-même ?

– J'ai acheté du Nux Vomica pour nous faire digérer, annonce Yvette sur ces entrefaites. Ça ne va pas, Yann ? Vous avez l'air tout drôle. Vous voulez un peu de Nux ?

– Non, merci. Nous venons de rencontrer Sonia, et elle m'a semblé… très… perturbée.

– La jeune entraîneuse ?

Yann doit tiquer car Yvette précise :

– La crémière m'a dit que c'était une gentille fille mais un peu… un peu légère, disons. En fait, elle vit occasionnellement de ses charmes. C'est la nièce du vieux Mauro, un berger illettré qui n'a jamais quitté son alpage. C'est lui qui l'a élevée. On ne croirait jamais, une jolie fille à la mode et tout… nourrie au lait de chèvre !

– Vous en savez autant sur les habitants du village en une semaine que moi qui ai toujours vécu dans la région ! s'exclame Yann.

– Est-ce que vous insinuez que je suis une incorrigible bavarde ?

– Bien sûr que non ! Une fine psychologue, tout au plus.

Perplexe, Yvette donne le signal du départ. Je sens les flocons se déposer sur mes joues, mon front, je dois être recouverte d'une fine couche blanche. Statue de femme assise, fin XXe siècle.

Sonia se prostituerait donc. Serait-elle entrée en contact avec l'assassin ? Ce pourrait être un de ses clients. Un client qui la terroriserait au point de ne rien vouloir dire. Ou son oncle ? Le berger sauvage descendant à la ville pour crucifier des jeunes femmes impudiques ? Bon sang ! Pourquoi Yann l'a-t-il laissée filer ?

Je farfouille sous le plaid, sors mon bloc-notes et le stylo qui y est accroché et griffonne : « *Sonia doit parler aux flics !* »

– Comment voulez-vous que je l'y oblige ? me rétorque-t-il, maussade.

« *Pas un film !* »

– Mais je le sais ! Lorieux m'a montré les photos du cadavre, figurez-vous. J'ai failli gerber sur son képi.

Lorieux est donc plus petit que Yann. Mais quelle est la taille de Yann ? Oh, voyons, Élise, ce qu'on s'en moque !

Nous retournons au chalet en silence. Yann prend congé sans s'attarder. La journée se traîne, morose. On déjeune sans appétit. Yvette pousse des soupirs à fendre les bûches. Café, pousse-café, feuilletons télé, je me sens bouillir d'ennui ! Soudain, coups de klaxon, puis carillon.

– On vient, on vient ! Zut, juste au milieu de *La croisière s'amuse* !

– Coucou ! On a eu envie de passer vous dire un petit bonjour !

Chère Francine ! Yvette marmonne un « bonjour » peu empressé et va éteindre la télé tandis que Francine envahit le salon.

– Je me suis permise d'amener notre chère Laetitia, qui apprécie beaucoup la compagnie de notre chère Élise, et Justine, qui vient d'arriver. Justine Lombard. Ça ne vous dérange pas, j'espère ? Je n'ai pas dormi de la nuit avec cette horrible histoire ! Justine, je vous présente Yvette et Élise.

– Bonjour, lance Justine d'une voix sensuelle à la Marlène Dietrich.

– Laetitia, tu peux conduire Justine jusqu'au canapé, s'il te plaît ?

Conduire Justine ? Serait-elle aveugle ? Le déambulateur de Laetitia glisse sur le parquet.

– J'ai pensé à vous toute la nuit, m'assure-t-elle. Voilà, Justine, nous y sommes, vous pouvez vous asseoir. Justine est non-voyante, me confirme-t-elle.

Ça me fait tout drôle de nous imaginer face à face, incapables de nous voir. Un léger silence meublé par les pépiements de Francine qui a décidé d'aider Yvette à faire du thé. Laetitia toussote. Justine se racle la gorge. Je crispe mes doigts sur ma jupe en laine. On doit avoir l'air de trois monstres de foire dans une maison de poupées. Justine rompt soudain le silence :

– Je sais que vous ne pouvez pas parler. Laetitia m'a expliqué. Je suis désolée…

Moi itou.

– Il paraît que mes cheveux sont blond vénitien, que ma peau a des taches de rousseur, que je mesure un mètre soixante-huit et que je pèse cinquante-huit kilos. J'ai 52 ans. Je vous dis cela pour vous permettre de m'imaginer.

– Justine ressemble un peu à Grace Kelly, précise Laetitia.

Grace Kelly avec la voix de Marlène, fichtre ! Tony a bien fait de ne pas venir !

– Laetitia m'a dressé un portrait de vous. Je l'ai traduit à ma manière. Je suis aveugle de naissance, me dit Justine.

Je saisis mon bloc-notes : *« Comment Justine se représente-t-elle les gens ? »*

Je tends le bloc en direction de Laetitia, qui lit la question à voix haute pour Justine.

– Je ne sais pas, c'est difficile à expliquer. Je ressens des masses, des volumes…

– Le thé est servi ! Comme elles sont mignonnes à bavarder toutes les trois ! lâche une Francine extatique.

Yvette sert le thé en ronchonnant qu'il fait un froid de canard. Francine décrète aussitôt qu'on crève de chaud. J'essaie d'attraper ma tasse sans rien renverser, mais c'est raté parce que Justine lance :

– Laetitia m'a mise au courant, pour ce terrible événement.

Francine toussote. Justine poursuit :

– Dès que j'ai passé le seuil du Centre, j'ai senti une tension anormale. L'air était tordu par une mauvaise vibration. J'espère qu'ils vont rapidement mettre la main sur le coupable. Une créature capable de toute cette violence ne va pas s'arrêter en chemin !

C'est bien ce que je pense, hélas !

– J'ai rencontré le brigadier Schnabel, nous apprend Francine, et ils n'ont rien de nouveau, hélas !

– Un bel homme, celui-là..., murmure Yvette.

Je traduis : un mètre quatre-vingts, le quintal, des moustaches, le teint vif.

– J'ai comme dans l'idée qu'il aime les femmes bien enveloppées, poursuit-elle, rêveuse.

– Vous croyez ? demande Francine.

Le temps passe. On évite d'aborder le sujet du crime. Laetitia bavarde de tout et de rien – stars de cinéma, top models, cancans mondains –, elle a la gaieté d'une jeune fille de son âge. Justine intervient peu, elle m'apprend qu'elle vit des œuvres qu'elle expose. Je la fais répéter, assez impoliment. Chère Francine s'en mêle :

– Oui, notre chère Justine est une artissssste...

J'imagine des napperons en dentelle et des dessous-de-plat en vannerie achetés par les dames des œuvres de bienfaisance.

– ... exposée dans plusieurs galeries, Barcelone, Tokyo, Paris...

Quoi ? Des galeries internationales de macramé ?

– ... la matière brute de la peinture sur la matière brute du support, le choc des volumes...

Alors, là ! Si je n'étais pas déjà muette, j'en resterais coite. Justine est peintre ?! Je me demande à quoi peuvent bien ressembler des toiles peintes par une aveugle de naissance qui n'a aucune idée de ce que peut être une couleur. Et le pire c'est que je ne risque pas de le savoir puisque je ne vois rien moi-même. La situation a une saveur douce-amère qui se marie bien avec le thé...

Brusquement, la main de Justine effleure mes cheveux ; elle me dit :

– Laetitia m'a dit que vous étiez mêlée à cette affaire de meurtre... Vous devriez faire attention. Je sens beaucoup de rouge autour de vous.

Du rouge ? Et ma chère, comment peux-tu savoir que c'est du rouge, pas du gris ou du bleu ? Bloc-notes, rageur : « *Qu'est-ce que le rouge ?* »

Laetitia lit la question à Justine.

– Le rouge, pour moi, c'est le nom qu'on donne à la souffrance. Quand j'approche mes mains de votre visage, je sens votre aura. Elle est rouge. La souffrance vous nimbe comme un halo.

Une aveugle peintre mystique ! Cher Psy, je te rappelle qu'au début de cette histoire j'étais juste partie prendre quelques jours de repos à la neige, OK ? J'aimerais bien qu'on s'en tienne là ! Comment, tu n'es pas Dieu ? Eh bien, c'est regrettable. Et l'autre qui me fout les jetons avec son aura de souffrance nimbant mon beau visage méditerranéen. Je me rencogne dans mon fauteuil, maussade. Yvette et Francine jouent au rami, à un centime le point. Laetitia entreprend de décrire les divers pensionnaires du foyer à Justine. J'écoute car chaque nouveau détail me permet d'ajouter une touche au portrait mental que je me fais de chacun d'eux.

– Il ne faut pas avoir peur de Christian, explique-t-elle à Justine, il a l'air d'une brute, mais il est très gentil. Il fait penser à un dogue qui aboie tout le temps.

– Quel âge a-t-il ?

– Oh, la quarantaine, je crois...

Et moi qui imaginais un adolescent !

– Et puis Bernard, enchaîne-t-elle. Il est très gros et très peureux. Il ne parle que par dictons, c'est rigolo. Il y a aussi Émilie et Clara, les meilleures amies de la terre. Émilie est brune, avec le visage caractéristique des trisomiques.

– Je n'en ai jamais vu, lui fait doucement observer Justine.

– Ah oui… Heu, Clara a les cheveux châtains, elle n'est pas très jolie, elle louche un peu et a toujours la bouche ouverte. Magali, elle, est ravissante avec une magnifique crinière rousse. À la voir, on ne devinerait jamais qu'elle a l'intelligence d'une enfant de 5 ans. C'est quand elle parle qu'on s'en aperçoit et aussi lorsqu'on croise son regard. Vous savez, il est… je ne sais pas… différent. Elle a toujours vécu dans un foyer. Ses parents n'ont jamais voulu s'occuper d'elle.

– Vraiment ? Comme c'est triste ! Moi aussi, j'ai été placée très tôt dans un foyer, à la mort de mes parents. Et vous, Élise ? me demande Justine.

Que répondre ? Que j'ai vécu très heureuse chez mes parents, puis fait des études très agréables, dirigé le cinéma avec plaisir, aimé Benoît avec passion ? Que je me considère comme en transit dans le tunnel ? Je griffonne *« normale »*. Laetitia fait l'interprète.

– Ça fait plaisir de rencontrer des gens normaux, dit Justine, avec un sourire dans la voix.

S'adressant à une personne paralysée, aveugle et muette, la remarque est originale. Laetitia continue :

– Jean-Claude est sympa, mais il croit toujours tout savoir. Je crois que, comme il ne peut pas bouger, il essaie de prouver qu'il a quand même de la valeur.

Est-ce que je fais ça, moi aussi ? Est-ce que j'ai l'impression que tous les autres sont stupides, que j'ai toujours raison ? Non, Élise, pas toi, ma fille ! Toi, tu es tellement modeste…

– Léonard est handicapé moteur et agrégé de maths. Il ne parle pas beaucoup : il a trop de mal à s'exprimer.

Et puis, il ne s'intéresse pas trop à nos papotages. Sa passion, c'est l'astronomie, c'est pour ça qu'il est venu ici. À cause du ciel. En ville, on ne voit pas bien les étoiles.

– Moi, je suis venue pour les sons. Ils sont plus purs, plus distincts à la montagne. On entend craquer l'écorce des arbres. J'ai l'impression de me mouvoir dans un palais de cristal, explique Justine.

Et moi, j'ai l'impression d'être immobilisée dans une gangue de boue. Tsss tsss, positive ! Imaginons que je sois dans une capsule spatiale voguant dans ces foutues étoiles que je ne peux plus voir…

– Encore un peu de thé, les filles ? Il est délicieux, votre thé, Yvette.

En voilà une qui positive ! Toujours optimiste, la mère Atchouel. Devrait plutôt s'appeler Atchoum, porter un bonnet rouge et marcher au pas en chantant « aïli aïlo ! on rentre du boulot… ».

– C'est vous qui avez fait les sablés ? reprend-elle. Il faudra en refaire pour nos chers pensionnaires, ils sont tellement croquants…

Croquants, les pensionnaires ? Ce ne sont pas les seuls. M. Vore aussi est particulièrement croquant. Mauvais jeu de mots, Élise. Sinistre et vulgaire.

– Et puis, Martine… elle fait un peu bonne sœur, mais on peut compter sur elle, poursuit Laetitia, intarissable. Et Hugo, attention, il n'aime pas les tire-au-flanc. Je me demande s'ils sont ensemble, conclut-elle en baissant la voix.

L'après-midi se passe ainsi, en bavardages feutrés sur fond de théière sifflante. Quand j'avais l'usage de mon corps, je détestais rester enfermée. L'idée de traîner des heures autour d'un goûter me donnait de l'urticaire. Il me fallait du mouvement. Du grand air. J'aurais pris mes skis, dévalé les pentes… Attaqué Tony à coups de boules de neige. J'ai du mal à m'imaginer dans ces séquences de rêve avec Tony, parce que, lorsque je l'ai connu, j'étais déjà clouée sur ce fauteuil et parce que je n'ai jamais vu son visage, son corps. Je m'en suis fait une idée en le touchant, je sais qu'il est mince, musclé comme un boxeur, je sais que son nez est droit, ses mâchoires carrées, que ses tempes se dégarnissent. Mais je ne l'ai jamais *vu*. Alors, dans ces petits films que je me joue dans ma tête, je suis souvent seule.

Je me rends soudain compte que Francine a sonné le signal du départ. Elle me secoue la main, Justine me serre l'épaule, Laetitia m'embrasse, Yvette les raccompagne à la porte et revient avec le courrier. Il y a plusieurs lettres pour moi. Depuis que mes aventures sont parues en roman, je reçois de nombreuses lettres de lecteurs. Ils se demandent toujours dans quelle proportion mon auteur a romancé les faits. Hélas, elle n'a fait que les relater dans leur triste vérité. Si elle savait qu'en ce moment même je suis de nouveau mêlée à un drame... C'est l'éditeur qui va être content. Pas de cynisme, Élise, pas quand des vies humaines sont en jeu. Élise Andrioli, porte-parole des détectives en fauteuil roulant, se doit d'être *politically correct*.

La soirée passe lentement. Yvette regarde le téléfilm sur le racket scolaire, puis le débat sur la violence à l'école. J'écoute vaguement. Est-ce que ce n'est pas le même débat que l'an dernier, et l'année d'avant ? Avec les mêmes invités ? Je me sens somnolente. Tous ces mots, comme le vent dans les branches...

5

Je me réveille en sursaut, dans mon lit. Yvette a dû me coucher. Quelle heure est-il ? Je l'entends qui s'agite à côté. Est-ce qu'elle se couche ou est-ce qu'elle se lève ? Ma porte s'ouvre sans bruit. Je lève la main pour montrer que je suis réveillée.

– Ah, je me demandais... Vous vous êtes écroulée, hier soir ! Il est encore très tôt, à peine cinq heures, mais je n'arrive plus à dormir. Je vais me doucher et j'arrive.

Cinq heures. Quelle idée de se réveiller si tôt. Il doit faire encore nuit noire. À vrai dire, pour ce que ça me change... Yvette s'éclipse dans la salle de bains. Je bâille copieusement, étire mon bras valide, me frotte les yeux. J'effectue ensuite une série de moulinets. Ma gym du matin. La sonnerie du téléphone me fait sursauter intérieurement. Le répondeur se déclenche, la voix de mon oncle s'élève :

– Bonjour, vous êtes bien au Chalet Montrouge. Merci de laisser votre message après le bip sonore.

– Oh, mon Dieu, aidez-moi, aidez-moi, par pitié ! Il va me... Oh non, non !

Mon sang se fige. La fille à la voix triste ! Mais qu'est-ce que...

– Non ! Oh ! Il arrive ! Il arrive ! Je ne veux pas ! Je vous en supplie, aidez-moi...

Je suis pétrifiée, tétanisée, j'entends la douche couler dans la salle de bains, j'entends cette voix terrifiée et *je ne sais pas quoi faire*.

– Aidez-moi par pitié, je ne veux pas…

Un bruit en arrière-plan. Une sorte de vrombissement. *Le vrombissement d'une perceuse électrique.* Spasme douloureux de mon estomac. Je rêve, dites-moi que je rêve, dites-moi que ce n'est pas vrai.

Sonia hurle maintenant, elle hurle comme une possédée et le vrombissement se rapproche, j'entends une porte claquer, puis des coups redoublés contre cette porte. Des coups déterminés et puissants. Je roule jusqu'au téléphone, je l'attrape de ma bonne main, mais je ne peux pas parler, je ne peux pas lui demander où elle est, et Yvette qui ne vient pas, qui n'entend rien, que je ne peux pas appeler ! Je lâche le combiné, je roule comme une folle jusqu'à la salle de bains, me cognant dans les meubles, lance le fauteuil contre le contreplaqué, une fois, deux fois, pendant qu'à l'autre bout du fil la porte cède brusquement, j'entends craquer le bois, et de nouveau la perceuse qui rugit…

– Mais ça ne va pas, non ? Qu'est-ce qui vous prend ?

Le hurlement dans le salon, les supplications effrénées. Yvette sort, odeur d'eau chaude, de savon.

– Qu'est-ce qu'il y a ?

Je tends le bras vers le téléphone, d'où sortent des gémissements indistincts mêlés d'appels au secours.

Yvette se met à courir, floc floc de ses pieds nus.

– Allô ? Qui est à l'appareil ? Allô ?

– Trop tard…, murmure Sonia avec une tristesse infinie. Trop… tard…

– Qui est à l'appareil ? Où êtes-vous ? Où êtes-vous ?

– Le chien… ai réussi à sauver le chien… s'il vous plaît…

– Où êtes-vous ? Que se passe-t-il ?

Le silence. Un silence entrecoupé de *deux* respirations. L'une sifflante et laborieuse, l'autre lente et profonde.

Un clic. On a raccroché. Bourdonnement de la ligne occupée.

– On aurait dit la fille au chien ! J'appelle les gendarmes. C'était peut-être une blague, mais…

Je ne pense pas que ce soit une blague. Je pense que Sonia vient de mourir en direct, au bout du fil. Que, si elle avait appelé quelqu'un d'autre, on aurait pu la sauver.

Yvette téléphone à la gendarmerie. Lorieux n'est pas de service, on lui passe l'aspirant Morel. Elle explique ce qui vient de se passer en bafouillant. Raccroche.

– Ils vont se rendre à son domicile. Et à la boîte de nuit. On ne leur a signalé aucune disparition, alors…

Difficile de signaler une disparition avant qu'elle se produise.

Le vrombissement de la perceuse. Je l'entends résonner dans tous mes nerfs. Je serre les mâchoires si fort que mes dents crissent. Yvette fait les cent pas en se lamentant :

– Mais c'est incroyable ! Ces cris, cette jeune femme… C'est une farce, ce n'est pas possible, et le chien, elle a dit que le chien était en sécurité… Je ne peux pas croire que…

Yann avait rendez-vous avec Sonia. Il devait la retrouver à la fermeture de la boîte. Qu'est-ce qui a pu se passer ? Yann… Non, impossible.

Une demi-heure se passe ainsi, moi le front pressé contre la vitre froide de la fenêtre, Yvette astiquant furieusement la cuisine.

Le téléphone.

Yvette décroche avant la deuxième sonnerie.

– Oui… Oh non ! Vous êtes sûr ?… Oui, excusez-moi… Non, non, on ne bouge pas.

Déclic. La main d'Yvette sur mon épaule.

– Ils l'ont retrouvée. Dans le sous-sol de la discothèque. Elle… elle est morte.

Je serre le poing à sentir mes ongles.

– Ils vont venir tout à l'heure, reprend-elle.

Nous restons silencieuses un long moment. Yvette allume la radio et écoute les nouvelles en sourdine. Crash aérien en Malaisie : 225 disparus. Mise en examen d'un député. Nouvelles dispositions en matière d'orientation scolaire : on revient aux anciennes. Quatrième jour de blocus pour le dépôt de carburant de Puget-sur-Argens. Pénurie d'essence en vue.

De l'essence. Des gens qui partent au travail, qui prennent leur voiture, qui écoutent les mêmes informations au même moment que nous, qui allument une cigarette ou qui se jurent d'arrêter de fumer. Et un corps dans un sous-sol, inerte.

– Mais pourquoi a-t-elle téléphoné ici ? demande brusquement Yvette.

C'est exactement la question que je me pose. Pourquoi, poursuivie par un fou meurtrier, prendre la peine de chercher un numéro de téléphone qui aboutit chez une muette ? Non, non, Élise, tu raisonnes mal. Elle n'a peut-être pas cherché à nous joindre, Yvette ou moi. Elle a peut-être composé un numéro qu'elle connaissait par cœur. Le numéro de mon oncle. Mon oncle fréquente-t-il le Moonwalk ? Posons-nous la question franchement : mon oncle était-il un des « clients » de Sonia ? Après tout, il est veuf depuis vingt ans. Et encore gaillard. Il n'a que 63 ans, et la dernière fois que je l'ai vu, hormis sa bedaine, il portait beau, avec ses épais cheveux gris, sa haute stature et son visage de patricien romain.

L'arrivée de Lorieux, essoufflé, m'empêche de poursuivre mes élucubrations. Avant même de dire bonjour, il nous demande :

– Est-ce que Yann est ici ?

– Yann ? répète Yvette. Ici ? À six heures du matin ?

– Yann avait rendez-vous avec Sonia Auvare cette nuit, n'est-ce pas ?

– Mais je n'en sais rien ! proteste Yvette.

– Élise ! Répondez-moi !

Je lève le bras en me demandant pourquoi Lorieux semble tellement agité.

– Si c'est lui qui a fait ça, je le tuerai !

Yvette hoquette :

– Pardon ?

– Rien. Il n'avait pas le droit d'essayer de la revoir !

– Vous allez bien, mon adjudant-chef ? Vous ne voulez pas un peu de café ?

– Elle est morte ! lui renvoie-t-il. Si vous voyiez son corps, si vous voyiez ce que ce salaud lui a fait ! Il y avait du sang partout... sur les murs... au plafond... et son ventre... Oh, mon Dieu...

– Heu... calmez-vous... Tenez, c'est bien chaud...

Je suppose qu'elle parle du café. Lorieux souffle bruyamment. Il se calme, respire à fond.

– Excusez-moi.

Je ne peux pas me retenir, je griffonne : *« Étiez-vous intime avec Sonia ? »* et lui tends la feuille à l'aveuglette.

– Oui, répond-il d'une voix soudain lasse. Oh, oui... on est sortis un an ensemble. On devait se marier. C'était un rêve, un beau rêve, c'est tout. Elle n'a jamais pu arrêter la came. Et pour se payer la came... vous me comprenez. On a rompu il y a plus de six mois. Yann savait que... que je lui étais très attaché. Je n'aurais pas cru qu'il... enfin qu'il...

« Qu'il décide de la draguer ? »

– Oui. Pourtant, j'aurais dû m'en douter. Yann est incapable de résister à une jolie fille. C'est un chasseur.

Le tueur que nous recherchons aussi. Je tambourine sur le bras de mon fauteuil, irritée, l'estomac en capilotade. Yvette boit son café ; l'adjudant-chef boit aussi, je les entends déglutir.

Donc le gradé chargé de l'enquête a couché avec la victime et en est, semble-t-il, toujours amoureux. Son meilleur ami a donné rendez-vous à la victime le soir de sa mort, puis a disparu.

– Il faut que j'écoute son appel, lance-t-il brusquement, les dents serrées.

– C'est terrible à entendre, lui dit Yvette.

Il ne répond pas, manipule l'appareil, et la voix affolée de Sonia résonne dans la pièce. Je sais que j'entends parler une morte et, pourtant, je l'entends mourir encore et encore.

Il ne fait pas un seul commentaire, mais quand le bip de fin retentit, il fait craquer ses doigts, avant d'articuler avec effort :

– Répondeur numérique. Il n'y a pas de cassette. N'effacez pas ce message, je viendrai le faire enregistrer.

– Vous voulez encore un peu de café ? propose misérablement Yvette.

Il ne répond pas, reprend :

– On l'a trouvée dans les toilettes du sous-sol. Elle a dû essayer de s'enfermer, la porte est défoncée.

Un silence. Yvette tousse.

– Elle était là, par terre, le téléphone à trente centimètres de son visage. Un sans-fil, ajoute-t-il machinalement.

À cet instant précis, le téléphone se met à sonner, me faisant sursauter intérieurement. Yvette se précipite.

– C'est pour vous, mon adjudant-chef, dit-elle.

– Adjudant-chef Lorieux, j'écoute... Où ça ? ... Ivre mort ?!... Oui, j'arrive... Dix minutes...

Il raccroche.

– On a retrouvé Yann. Dans la neige, au pied des pistes. Coma éthylique. Il est à moitié gelé. On l'emmène à l'hôpital. Il y avait une bouteille de vodka vide à côté de lui. Mademoiselle Andrioli, j'ai besoin d'une déposition rapide. Pouvez-vous me noter sur cette feuille tout ce que vous savez à propos des événements de cette nuit ?

J'obtempère et relate la rencontre avec Sonia, le rendez-vous, etc.

Il me relit à voix haute, fait claquer la feuille sur sa cuisse.

– Elle savait quelque chose ! Pourquoi ne m'a-t-elle rien dit ? Pourquoi ?

Dix mille raisons me viennent à l'esprit, mais je ne me risque pas à les exprimer. Yvette se tait, apparemment sous perfusion de café. Lorieux me fait signer, puis sort à grandes enjambées. Yvette soupire :

– J'ai un peu mal à la tête. Cette pauvre petite... Et puis de savoir qu'on l'a entendue... Oh, je crois que je...

Elle court aux toilettes. Je me sens patraque, moi aussi. Les événements pénibles se bousculent un peu trop, je voudrais bien descendre du manège. Yvette revient en s'excusant. Me propose un verre de lait d'amande. Je sirote, c'est frais. Ça calme la sensation de brûlure au creux de l'œsophage.

– Nous devrions rentrer à Boissy, suggère soudain Yvette.

Bloc-notes : *« Je ne crois pas que ce soit possible. Nous sommes des témoins. »*

– Eh bien, je m'en moque ! s'écrie-t-elle. Ils viendront nous interroger là-bas. Je vais appeler Jean. On ne peut pas rester ici, avec ce cinglé en liberté, ces femmes assassinées, ce gendarme amoureux, Yann à l'hôpital... Si ça vous amuse de jouer les détectives, moi non. Pas quand de vraies personnes meurent.

Elle file dans le salon. J'entends encore la radio : pénurie d'essence. Qui nous emmènera à l'aéroport, si tant est que les avions ne soient pas en grève ? Chaque fois que je veux me déplacer, c'est le cas, et j'évite les longs trajets en train ou en bus à cause du problème pipi. Et puis, à Boissy, on ne sera pas vraiment plus en sécurité. À la limite, je préfère ne pas m'éloigner de nos amis gendarmes.

Yvette revient dans la cuisine, commence à essuyer la vaisselle comme quand elle est en colère.

– Il n'y a plus d'essence dans le département. Air Inter a lancé un préavis de grève pour après-demain. Et il y a douze heures de train avec trois changements. Franchement, en l'an 2000, se déplacer en France, c'est pire qu'au Moyen Âge ! explose-t-elle soudain.

Bloc-notes : *« De toute façon, toutes seules là-bas... »*

– Je pensais que Jean aurait pu rentrer, vu les circonstances, mais non, Monsieur doit finir son boulot, il se fout complètement qu'on nous assassine ! Et quand je lui ai dit qu'on pourrait le rejoindre là-bas, il a eu l'air embêté. Embêté ! C'est un monde, tout de même ! Et paraît-il que les installations sont précaires, qu'il fait un froid de loup... On pourrait aller à l'hôtel...

« Et on y va comment à Quimper ? On loue une limousine avec chauffeur ? »

– Ah, là, vous n'avez pas mal au poignet... D'habitude, c'est plutôt « Faim ! Soif ! Sortir ! », mais là, on prend son temps, on écrit tout !

Bloc-notes : *« Excuse-moi, je crois qu'on est un peu énervées. »*

Bougonnements approbateurs. Rangement de la vaisselle dans les placards.

– Bon, si je comprends bien, on est coincées ici. Jean a promis qu'il nous appellerait tous les soirs. Les hommes, les hommes..., on ne peut jamais compter sur eux !

Si. Pour tuer. Détruire. Le sexisme primaire de ma remarque cache-t-il une blessure secrète ? Psy me regarde avec ses gros yeux sourcillus. (Je revendique l'entière paternité de « sourcillu ».) Va te faire voir, Psy ! Toi aussi, t'es qu'un sale mec !

Téléphone. La sonnerie commence à me porter sur les nerfs. Le répondeur s'enclenche :

– Ici l'adjudant-chef Lorieux !

Yvette décroche aussitôt.

Long silence entrecoupé de « pas possible ? » et de « vraiment ? ». Et pour finir : « Je lui passe l'écouteur. »

Par chance, le poste de mon oncle est un ancien modèle. Yvette me colle l'écouteur à l'oreille.

La voix de Lorieux, lasse et creuse.

– Je disais à Mme Holzinski que vous deviez vous demander pourquoi Sonia (il reprend sa respiration) avait appelé le chalet de votre oncle.

– C'est vrai ! approuve Yvette.

– Sonia m'avait confié qu'elle avait un parrain qui lui donnait parfois un peu d'argent. Un ancien gars du pays, qui avait été enfant de chœur avec son oncle Mauro. Un certain Fernand. Je n'y pensais plus jusqu'à ce matin. Comment s'appelle votre oncle ?

– Fernand Andrioli, confirme Yvette.

– C'est ce que me disait Schnabel. Voilà donc l'explication de son appel. Le numéro était le premier des numéros enregistrés sur son portable.

Sa voix s'est faite quasiment inaudible quand il ajoute :

– Elle a dû appuyer dessus en essayant de fuir.

Il reprend, plus haut :

– Vous avez un numéro où joindre M. Andrioli ? C'est son seul parent, puisque Mauro Auvare est décédé il y a six mois.

Yvette lui communique le numéro du téléphone cellulaire de mon oncle en lui précisant qu'il est entrepreneur en bâtiment et qu'il doit actuellement se trouver en Pologne pour une foire commerciale. Puis elle repose le combiné à sa place en s'exclamant :

– Ça alors ! Votre oncle était le parrain de Sonia ! Vous vous rendez compte ?

Si je me rends compte… Mon oncle était le parrain de Sonia. Curieux qu'il ne m'en ait jamais parlé. Curieux aussi comme soudain tout le monde a des liens avec cette deuxième victime alors qu'on ignore jusqu'à l'identité de la première. Tiens, j'ai même l'impression que tout le monde s'en fout de la victime anonyme. Et s'il y avait deux tueurs ? Si le meurtre de Sonia était un meurtre « classique » motivé par la jalousie, la haine ou l'argent et que son assassin ait profité des circonstances pour le commettre en pensant qu'on le ferait endosser au tueur fou…

Mais que ferait Vore dans cette histoire ? Réfléchis, Élise, fais tourner tes petites cellules grises, comme dirait Poirot. Vore est un psychopathe amoureux de moi. Il crucifie une malheureuse et m'offre des morceaux de sa victime. Parallèlement, quelqu'un assassine Sonia Auvare avec une perceuse électrique. La violence des meurtres suggère le même auteur, donc le deuxième assassin se croit insoupçonnable. Ouais, ça se tient. Mais ça ne me dit pas qui est Vore, ni qui est l'autre, le copieur.

Téléphone !

Yvette, excédée :

– Allô ! Ah, bonjour Francine… Oui, je sais… Nous avons même été les premières informées, hélas… Je vous expliquerai… Quoi ? … Oh ! c'est affreux… Oui, d'accord, à tout à l'heure.

Elle raccroche.

– Le brigadier Schnabel s'est rendu au Centre pour vérifier l'emploi du temps de Yann. Il était tout retourné. Il a dit que c'était inimaginable la façon dont ce monstre s'est acharné sur cette pauvre petite avec sa perceuse. Schnabel a avoué à Francine qu'il avait failli vomir et pourtant il a fait l'Algérie…

Yvette se tait, heureusement. J'apprécierais beaucoup que personne ne se croit obligé de me raconter en détail ce qu'a subi Sonia ! Je préfère penser à n'importe quoi d'autre. Schnabel, par exemple. Disons 18 ans en 61, nous sommes en 2000, ça lui fait dans les 57 ans. Se faire commander par un tout jeune officier, ça doit lui faire drôle.

– Francine nous a invitées à venir…

Elle s'interrompt :

– Où est mon porte-monnaie ?

« Prendre le thé ? »

– Comment le savez-vous ? Ça nous fera du bien de voir un peu de monde. Je file chez le boulanger. N'ouvrez à personne !

Non, et j'irai pas non plus courir le kilomètre lancé, t'en fais pas. Cliquetis des verrous. Enfin un peu de calme et de silence. Je me propulse près de la fenêtre. Est-ce qu'il neige toujours ? Est-ce qu'il y a des gens qui passent, dehors, et qui me voient, assise là ? Vore, par exemple. Je recule le fauteuil. Yvette a oublié d'allumer le feu. Dommage, j'aime bien le crépitement des bûches. Assise au milieu du salon, j'écoute le silence en ruminant des pensées sinistres.

Ma théorie d'un deuxième assassin ne cadre pas avec la conversation que Sonia a eue hier avec Yann. Hier, à peine ! Cette conversation donnait l'impression qu'elle se savait en danger. Si elle se pensait en danger, c'est forcément qu'elle craignait une action du meurtrier de la première victime. Il n'y en a donc qu'un. Bon sang ! Que savait-elle ? Pourquoi ne s'est-elle pas enfuie si elle avait peur ? Sa voix frissonnante : « Il va se passer des choses terribles. » Et cette mort abominable… Vore. D. Vore, le dévoreur.

Coup de sonnette impérieux. Yvette a dû oublier ses clés encore une fois ! Je roule mon fauteuil jusqu'à la porte en suivant le mur du couloir du bout des doigts. Je lève le bras pour tirer le verrou. De l'autre côté du battant, le silence. Sans savoir pourquoi, je suspends mon geste.

Il est là, il est là, de l'autre côté de la porte, j'en suis sûre ! Quelques secondes se passent. Puis j'entends le clapet de la boîte aux lettres qui se soulève et un objet qui tombe à l'intérieur. Des pas qui s'éloignent. Même si j'ouvrais, je ne saurais pas qui c'est. Je crierais « Arrêtez cet homme ! » dans le vide. Soit c'est le facteur et j'aurais l'air d'une folle. Soit c'est *lui* et il se retournerait et me poignarderait. Je n'ouvre pas. J'ai peur.

Je tâtonne dans la boîte aux lettres, ma main se referme sur un petit paquet carré. Si c'est encore un morceau de… J'hésite à défaire l'emballage. Allons, Élise, du cran ! J'arrache le papier tant bien que mal, découvrant une boîte en bois de la taille d'un paquet de cigarettes. Je soulève le couvercle, avance la main. La boîte contient deux objets ronds et mous, comme des billes en caoutchouc. Des boules anti-stress ? Je les presse un peu, pas trop, de peur de les casser. Des chocolats ? Je renifle, ça ne sent rien… si, une odeur pharmaceutique. L'éther, peut-être. Qu'est-ce que ça peut bien être ?

La porte s'ouvre soudain sur Yvette tempêtant contre la neige qui n'en finira jamais, la lenteur du boulanger et toutes ces vieilles bonnes femmes qui bavassent pendant des heures quand il y a un monde fou…

– Avec ça, on va finir par rater les infos ! Vous avez bien fait de ne pas venir, avec ce temps de… Ahhahhhhhh !

Le hurlement strident d'Yvette me tétanise. Que se passe-t-il ?

– Oh, mon Dieu ! Les yeux !

Quoi, mes yeux ? Image d'une énorme mygale velue approchant ses pattes de mes yeux… Mais parle !

– Les yeux… dans votre main ! ahane Yvette.

Pardon ? Les *yeux* dans ma *main* ? Oh noooon ! Les boules gélatineuses ! Mon cœur me descend jusque dans les talons. J'ouvre les doigts, j'entends deux petits « flocs » sur le parquet. Ce n'est pas possible. J'ai dû mal comprendre. Je roule vers Yvette. Nouveau hurlement.

– Stop ! Vous allez les écraser. Oh ! vite, les gendarmes, vite ! Mais où est-ce que vous avez pris ces yeux ?

Comme si j'étais allée les chercher exprès pour faire une bonne blague ! J'écris *« boîte aux lettres »* d'une main tremblante avec l'impression de jouer dans un film surréaliste.

– Dans la boîte aux lettres, répète Yvette d'un ton sinistre. Ce fou sait où on habite. Il va venir nous découper en morceaux. On ne peut pas rester ici. Allô, l'adjudant-chef Lorieux, c'est urgent !... Comment, occupé ?... Je vous dis que c'est urgent... Pourquoi ? Parce que j'ai une paire d'yeux bleus sur le parquet de mon salon, voilà pourquoi !... Non, je ne plaisante pas, jeune homme, et je ne suis pas soûle ! Dites-lui de venir immédiatement au Chalet Montrouge ! Et ne traînez pas !

Elle raccroche violemment.

– Vous avez de la chance de ne pas voir ça... Oh là là, comment je vais faire pour aller dans la cuisine ? Je ne peux pas enjamber ces... ces choses ! Ne bougez surtout pas, Élise. Vous imaginez si vous roulez dessus ?

J'imagine. La roue caoutchoutée du fauteuil aplatissant un œil bleu, le faisant craquer comme un œuf mollet... On arrête immédiatement de penser à ça, on pense aux petits oiseaux dans les arbres, avec leurs petits yeux noirs comme des raisins prêts à éclater, non, aux jolis papillons, voilà, des papillons voletant dans des bosquets de fleurs. Œil. Œil humain. Œil de bœuf en classe de sciences naturelles. Énorme. Mort. Mort. Mort.

Yvette farfouille nerveusement dans son cabas, froissement de sacs en papier. Je m'aperçois que je m'agrippe au bras du fauteuil comme à une bouée de sauvetage.

– Vous m'avez fait un de ces chocs !

Moi ? Et moi, j'en ai pas eu un, de choc ?! Savoir que j'ai tenu des yeux dans ma main, que je les ai palpés, pressés, presque mis dans ma bouche ! Les yeux d'un cadavre !

– Vous croyez que ce sont ceux de la pauvre Sonia ? me demande Yvette à voix basse.

Y a des chances, hélas ! Et quand Lorieux va voir ça... Sonnette. Ma main se crispe sur le bras du fauteuil. Yvette regarde par l'œilleton, puis ouvre.

– Oh, mon adjudant-chef, c'est affreux... Regardez...

Deux pas dans ma direction. Un souffle. Puis un choc sourd.

– Mon adjudant-chef ! Il est tombé dans les pommes !

Yvette lui donne de petites claques rapides. La porte s'ouvre, courant d'air froid, grosse voix de Schnabel :

– L'adjudant-chef m'a dit de le rejoin... Qu'est-ce qui lui est arrivé ? s'enquiert-il, surpris.

– Il a vu les yeux, explique sobrement Yvette.

– Les yeux ? Quels yeux ?

– Les yeux, là...

– Oh ! Putain d'Adèle ! C'est à qui ?

– Mais je ne sais pas, moi ! tempête Yvette. Sûrement à la pauvre Sonia ! Aidez-moi, on va le mettre sur le canapé.

Schnabel obtempère en marmonnant :

– Jamais vu ça en trente ans de carrière !

Un vague gémissement s'élève du canapé, puis la voix chavirée de Lorieux :

– Les yeux de Sonia...

– Je vais prévenir les gars du labo, chef. On a de la chance, ils sont restés déjeuner à l'Alpe d'Azur.

– De la chance ?! Tu as vu ça, Roger ? Tu as vu ce que ce salaud a fait ! hurle Lorieux en bondissant sur ses pieds.

– Calmez-vous, chef, calmez-vous ! Madame Yvette, vous n'avez pas un peu de gnôle ?

– Si je chope ce fils de pute, je lui fais bouffer ses... ! clame Lorieux d'une voix vibrante de haine.

– Tenez, buvez, ça vous fera du bien, mon adjudant-chef. C'est du génépi, du vrai.

Glouglou. J'entends qu'on remplit des verres. Pour ma part, je ne cracherais pas non plus sur une rasade d'alcool bien fort, mais on ne m'en offre pas. Schnabel appelle le resto où déjeunent les techniciens de scène du crime. Lorieux fait les cent pas dans le salon. Yvette s'enfile du génépi. Et moi, je suis seule dans le couloir avec ces putains d'yeux, sans oser bouger de peur de rouler dessus.

– Schnabel, prends la déposition de Mme Holzinski, dit soudain Lorieux qui a repris la maîtrise de lui-même. Je m'occupe de Mlle Andrioli. Vous avez votre bloc-notes ? Écrivez-moi ce qui s'est passé, m'ordonne Lorieux.

Sa voix paraît plus dure, tendue par la colère et le désespoir. Il lit mes brèves notes.

– Ce salaud est venu vous apporter ça chez vous. Mais qu'est-ce qu'il veut à la fin ? On croirait presque qu'il joue avec nous !

Je songe aux chats qui ramènent leurs proies chez leur maître. Peut-être bien qu'il joue. Peut-être bien qu'il veut me montrer comme il est fort, malin, impitoyable. Mais pourquoi à moi ? Se pourrait-il que je le connaisse ? Bloc-notes : *« Il me connaît peut-être... d'avant mon accident. »*

– Exact. Je n'y avais pas pensé. Ça expliquerait qu'il vous apporte ses… ses trophées de chasse, l'enfoiré !

Jamais rencontré de gendarme qui s'exprimât ainsi. On se croirait presque dans un feuilleton américain avec des flics en blouson qui « fuckfuckent » à tout bout de plan.

Sonnette. Les gars du labo débarquent en râlant parce qu'ils n'avaient pas fini leur repas et commencent à saupoudrer des trucs partout. Un flash crépite. Des voix :

– Passe-moi la pochette en plastique.

– Attention, celui-là il a collé au bois, vas-y doucement…

– Je pensais pas qu'y avait de gros filaments comme ça derrière…

– Et tu crois que ça tient comment ?

– Une seconde, j'en prends une dernière, voilà, c'est bon.

Je déglutis lentement. Lorieux grince des dents. Littéralement. Nouveau courant d'air frais.

– Alors, Lorieux ! Qu'est-ce qui se passe encore ? Je n'ai même pas eu le temps de boire mon café.

– Voyez vous-même, docteur.

– Bon Dieu, votre type ne fait pas dans la dentelle !

Il doit se pencher, j'entends sa respiration plus forte.

– Quatre-vingts chances sur cent pour que ce soit ceux de notre cliente de ce matin, puisqu'elle a été énucléée, laisse-t-il tomber. C'est vraiment moche de voir des choses comme ça.... Bon, les gars, vous faites le nécessaire, je vous rejoins.

– Faut qu'on se magne si on veut rejoindre le labo à temps. Il neige toujours, la route va être coupée d'ici ce soir. On vous appelle demain, chef ! lance l'un d'eux à Lorieux.

Ils partent en trombe, comme ils sont arrivés. Une heure de route jusqu'à Entrevaux et la civilisation. Le docteur tapote un objet qui doit être une pipe. Gagné ! Une douce odeur d'Amsterdammer envahit le couloir.

– Sale histoire, votre truc, là... Vous avez une piste ?

– Non, pas vraiment.

– Un tueur de femmes dans les Alpes-Maritimes ?

– À votre avis ?

– Les blessures ne me permettent pas de me prononcer avec certitude, mais l'impression générale est que, oui, on a affaire au même homme. Drôlement secoué, le lascar, entre parenthèses. Ça me rappelle..., commence-t-il, bien décidé à énumérer tous les cas passionnants qu'il a connus.

– Celui-là, je l'aurai, croyez-moi ! l'interrompt Lorieux tout à sa rancœur.

Le docteur renifle d'un air contrarié, tapotements de pipe.

– J'espère bien ! C'est pour ça qu'on vous paie ! Bon, je vous fais un rapport préliminaire. Je suppose que le juge va demander une autopsie complète, à Marseille.

Lorieux acquiesce. Le docteur prend congé. Schnabel et Yvette nous rejoignent, l'air embaume le génépi.

Lorieux pousse de longs soupirs. Schnabel toussote. Yvette se mouche. Je me gratte. On dirait des animaux tristes et perplexes.

– Je n'ai pas réussi à joindre M. Andrioli, dit soudain Lorieux. Son portable n'est pas accessible en ce moment. Vous ne pouvez pas rester seules ici, ajoute-t-il d'un ton définitif. Votre amie, Mme Atchouel, ne peut-elle vous héberger ?

– Heu, je ne sais pas… On n'y avait pas pensé… Je ne voudrais pas la déranger, marmonne Yvette prise au dépourvu.

– Voyez donc ça avec elle et tenez-moi au courant.

Il sort, suivi de Schnabel, et nous restons seules avec la perspective peu alléchante d'un séjour au CLMPAH.

6

Et voilà.

Nous sommes installées dans deux petites chambres mansardées, lambrissées de pin, avec vue sur les sommets, *dixit* Yvette.

Chère Francine nous a de nouveau fait un petit topo historique, nous rappelant qu'au début du siècle il y avait eu un essai pour convertir Castaing en station thermale, grâce à une source sulfureuse aujourd'hui tarie. C'est à cette période que le Centre a été transformé en résidence pour les enfants en mauvaise santé, chétifs, malingres : malnutritions, anémies, tuberculoses, etc. On les envoyait à la montagne, à ce qui s'appelait alors « l'aérium ». L'aménagement intérieur de l'ancienne caserne a alors été repensé en fonction des handicaps des pensionnaires. Salles de soins, salles d'eaux aménagées, etc. Un vaste ascenseur, récemment modernisé, dessert les trois étages de la bâtisse.

Chère Francine m'a remis un plan en braille et Hugo m'a fait tout visiter pour que je puisse plus ou moins me déplacer seule. Justine, Laetitia et Léonard logent sur le même palier que nous. Ce n'est pas pour me déplaire. Les pensionnaires les plus agités sont regroupés au second, près des éducateurs. Jean-Claude bénéficie d'une chambre spéciale au rez-de-chaussée, en face de celle de Yann.

Je fais rouler mon fauteuil dans mon nouvel espace : le lit, la commode, l'armoire d'où s'exhale une agréable odeur de lavande. La fenêtre se situe au-dessus de ma tête ; en levant la main j'atteins le loquet. On frappe. Je ne crie pas « entrez », on entre.

– Élise ? Vous êtes là ?

C'est Justine. Je roule doucement vers elle à la voix, heurte son bras tendu.

– Bonjour ! J'espère que je ne vous dérange pas. Je voulais juste prendre de vos nouvelles.

Je reste coite, évidemment, et inutile d'écrire puisqu'elle ne peut pas me lire. Je tapote donc contre le montant de ma roue, trois petits coups vifs.

– Vous connaissez le morse ? demande Justine avec à-propos.

Pas de réponse.

– Je vous apprendrai, c'est facile. Comme ça, on pourra discuter.

Ça me changera de l'index et du bloc-notes.

– Je vous laisse. À ce soir.

Elle se cogne dans le montant de la porte avec un petit rire, puis s'éloigne dans le couloir. Une porte se referme. Elle ne connaît pas encore bien les lieux, elle doit avoir du mal à se repérer. Pour moi, en fait, c'est plus simple, puisque le plus souvent on me conduit. Pas forcément où je veux, mais…

Je profite de ce moment de calme pour essayer de me relaxer. J'inspire longuement, j'expire, une bonne dizaine de fois. Je tente de faire le vide dans mon esprit. Je me concentre sur l'image d'un sommet pointu encapuchonné de blanc, la paix sépulcrale des cimes. Des goélands passent et repassent dans le ciel d'un bleu étincelant en poussant leurs longs cris. OK, je sais qu'il n'y a pas de goélands à la montagne, mais dans ma méditation à moi, il y en a. La neige et le sel ont la même brillance, l'horizon la même intensité. Blanc, bleu. Le bleu d'un iris sur le blanc d'une cornée. Et voilà, c'est fichu ! On frappe, je sursaute.

La porte s'ouvre. Des pas mal assurés. On tousse. Une toux d'homme. Je resserre nerveusement mon étreinte sur le montant de la roue.

– B-ien… ve-n-ue…, articule difficilement une voix grave.

L'homme marque une pause, sa respiration siffle.

– Voi-si-n… Lé-o-nar-d.

Ah, le fameux Léonard ! Le jeune savant ténébreux privé de parole. Je tends la main vers lui, à l'aveuglette. Des doigts tièdes enveloppent les miens. Une légère pression et il me lâche. Des pas maladroits, le silence, la porte qui se referme.

Eh bien, ça va pas être triste, les petites soirées entre amis. Un qui voit mais ne parle pas. Une qui parle mais ne voit pas. Et moi qui ne parle ni ne vois. J'essaie de reprendre le cours de mes pensées. Laisser libre cours aux images. Un flot de visions violentes et bariolées me déboule dans la tête. Un goéland grignotant les orbites vides d'un cadavre abandonné à flanc de montagne. Un adjudant-chef avec de longues boucles blondes hurlant à la mort sous la lune. Yann, les yeux dissimulés derrière des lunettes noires, les canines tachées de sang. On se calme, Élise. On réfléchit.

Deux femmes ont été tuées. Pourquoi ? Par qui ? On m'a offert deux morceaux de la première, les yeux de la deuxième. Y a-t-il un schéma ? Une progression ? L'adjudant-chef Lorieux, chargé de l'enquête, était amoureux de la seconde victime, Sonia Auvare. Ladite Sonia, plus ou moins prostituée, était la filleule de mon oncle. Son oncle à elle, un berger sauvage, vivait dans la montagne. Sonia prétendait savoir quelque chose sur le premier meurtre, celui de l'inconnue. Le seul lien entre tous ces éléments, c'est donc Sonia. Si je pouvais dessiner un diagramme ou me servir d'un de ces ordinateurs magiques qu'on voit au cinéma… On y rentrerait toutes les données que je possède et crac, sur un écran quadrillé, le visage de l'assassin apparaîtrait lentement pendant que la salle retiendrait son souffle.

Et comme je ne vois rien, je serais la seule conne à ne pas savoir de qui il s'agit.

Yann est sorti de l'hôpital. Nous étions en train de déguster le délicieux-ma-chère thé de Francine, quand il est entré. Francine l'a accueilli plutôt fraîchement et il s'est longuement justifié : Sonia n'était pas venue au rendez-vous, il avait attendu en vain, tambouriné à la porte de service sans résultat et décidé de se soûler avec une bouteille de vodka qu'il avait dans son coffre.

Sur ce, Francine lui a demandé s'il avait l'habitude de stocker des bouteilles de vodka dans sa voiture et il a rétorqué qu'il avait fait des courses l'après-midi en vue d'une éventuelle invitation à boire un verre chez Sonia. Francine a fait « heum heum », Yvette a fait « heum heum » et Yann a pris la mouche. Si on voulait sa démission, on n'avait qu'à le dire, et ce qu'il faisait en dehors de ses heures de boulot ne regardait que lui, etc.

– Reconnaissez que vous me mettez dans une situation délicate, lui a rétorqué Francine.

Sur ces entrefaites, tout le monde s'est calmé. Yann s'est excusé : c'était l'heure de la gym pour les pensionnaires. Il est sorti d'un pas raide.

– Il aurait pu se raser ! a lancé Francine, acerbe.

– Il a encore les yeux injectés de sang. Il doit avoir une de ces gueules de bois ! a dit Yvette.

– Je suis très ennuyée. Loin de moi l'idée de soupçonner Yann d'avoir pu… Mais enfin… il n'a aucun alibi, n'est-ce pas ?

– Vous ne croyez tout de même pas que Yann aurait été capable de…

– Ma chère Yvette, si vous saviez ce dont les gens sont capables…

– Oh ! Mais nous ne le savons que trop, n'est-ce pas, Élise ?

Ça, tu l'as dit. L'an passé, j'ai pu expérimenter de très près la duplicité de l'âme humaine. Yvette et moi sommes en quelque sorte les rescapées d'un corps expéditionnaire lancé à travers les limbes brûlantes de la folie. Et quand je dis « brûlantes », c'est littéralement, puisque nous avons failli brûler vives. Après le feu, la glace. Va-t-on essayer de nous congeler sous un sapin ?

Je sais, Psy, je sais. Nier ses émotions en se réfugiant derrière l'autodérision conduit à l'autodestruction. Mais j'ai toujours été comme ça. Du genre à rire nerveusement aux enterrements. À ne pas pouvoir retenir un bon mot. À me protéger derrière une infranchissable barrière d'humour. C'est mon système, il a ses lacunes, mais je n'en connais pas d'autre. Et puis, qu'est-ce que ça peut faire aujourd'hui que je ne communique plus vraiment avec personne ? Je ne risque pas d'offenser qui que ce soit.

Francine a dû mettre la radio. Jingles de pub. Comme je n'ai pas l'intention de partir à Singapour avec Transtour, d'échanger mon scooter contre une Range Rover ou d'acheter la compil de Doc Persil, j'écoute distraitement. Ronronnement des infos.

« … Tornade en Polynésie… Bruxelles : toujours pas d'accord sur le calibrage des bananes… Meurtre d'Entrevaux : la victime identifiée ! Il s'agit d'une SDF, Marion Hennequin, qui vivait à Digne depuis trois ans environ…. »

– Je vous l'avais dit que c'était une SDF ! triomphe Yvette.

« … la jeune femme prenait régulièrement ses repas dans un foyer d'accueil dont le responsable s'est étonné de son absence… »

Marion Hennequin. Repose en paix, Marion. Quelle est la probabilité pour que Marion, SDF à Digne, et Sonia, entraîneuse à Castaing, se connaissent ? Que faisait Marion avant de vivre dans la rue ? J'espère que Lorieux va nous en apprendre un peu plus.

Des pas, des rires, des grognements : les pensionnaires reviennent de la séance de gymnastique.

– Je suis crevée ! lance Laetitia en riant. Yann nous as tués !

La plaisanterie tombe un peu à plat et chère Francine se précipite en cuisine pour superviser le goûter. CLMPAH : Centre Loisirs Mangeaille Pour Adultes Handicapés. J'ai l'impression de passer mes journées à bouffer. Je vais finir par ressembler à une barrique posée sur une étagère.

La petite Magali, qui m'a prise en affection, se jette sur mes genoux en rugissant : « Super, le sport ! » Je dis « petite » parce que sa voix et son comportement d'enfant de 5 ans me font toujours oublier qu'en fait elle en a 22. Je lui tapote la tête. Elle entreprend de me faire des nattes. Elle adore me coiffer. Ça tombe bien, j'adore qu'on me tripote les cheveux. Je voulais toujours que Benoît me les brosse et lui me répondait toujours que je pouvais me brosser… Ça nous faisait rire comme des baleines. Quand je songe qu'il devait penser à sa maîtresse tout en plaisantant avec moi ! Quand je pense qu'il est mort. L'explosion, les morceaux de verre acérés qui volent partout, les cris, la panique, l'éclat pointu fiché dans son cou, son regard incrédule. Plein d'étonnement et de terreur. Le dernier regard que j'aie vu, avant de me réveiller aveugle. Il y a quelques mois encore, l'évocation de cette scène où ma vie a basculé provoquait immanquablement une crise de larmes. Maintenant, c'est comme un film dont les couleurs s'estompent. Il faut que je fasse un effort pour « revoir » les détails avec précision. À vrai dire, j'évite.

– … Marion Hennequin, une sans-abri…, est en train de dire Yvette.

– C'est marrant, ça me dit quelque chose…, marmonne Yann, pensif.

– Marrant n'est pas vraiment le mot ! le corrige Francine revenue en trombe. Allons, c'est l'heure de notre petite collation. Mon cher Léonard, vous voulez bien m'aider à porter ce plateau ?

Grognement. J'imagine l'épreuve que ça doit représenter pour un homme qui n'arrive pas à coordonner ses mouvements. Tintements de tasses qui s'entrechoquent. Je croise les doigts pour qu'il ne renverse rien.

– Bien, Léona'd, bien ! l'encourage Christian en applaudissant.

Un handicapé mental félicitant un agrégé de maths parce qu'il arrive à poser un plateau sur une table. Que ressent Léonard ? À quoi sert toute l'intelligence du monde si le corps refuse d'obéir ? Je me souviens d'un garçon de Boissy qui venait souvent au cinéma. Quand il marchait, il projetait ses membres dans tous les sens comme un épileptique et sa tête ballottait sur ses épaules. Pour gagner sa vie, il vendait des fleurs dans les restaurants, le métro… Il parlait avec énormément de difficulté. Souvent, les gens le chassaient comme un chien. Il dérangeait, il faisait peur, il faisait honte. À cette époque, j'y voyais encore et, un jour, dans le journal local, j'ai lu une interview de lui, dans le cadre d'une enquête sur les SDF, etc. Il expliquait qu'il pensait et sentait exactement comme tout le monde, et qu'il refusait de vivre dans un foyer, assisté, et préférait affronter le regard des autres et gagner sa vie comme un homme « normal ».

Depuis mon accident, je pense souvent à ce garçon. Moi, j'ai eu la chance d'avoir de quoi vivre, d'avoir Yvette, un toit, un oncle. Je suis libre, indépendante. Comment vivrais-je mon handicap si j'étais enfermée dans un Centre avec un tas de chères Francine ? Oh là, gente Élise, que de pensées moroses aujourd'hui ! Eh oui, cher Psy, mais les événements actuels ne portent pas à la gaieté, bien que j'en aie de reste, je sais…

Téléphone en fin d'après-midi. Lorieux : le rapport du labo de médecine légale confirme que les yeux qu'on a fourrés dans ma boîte aux lettres sont bien ceux de Sonia Auvare. Le tueur les a récupérés *post mortem* en se servant d'un couteau à huîtres retrouvé sur place. Pas d'empreintes.

La neige a cessé. Un soleil radieux brille sur la station et le calme semble être revenu avec le beau temps. Plus de coups de téléphone, plus de « cadeaux » morbides, plus de cadavres mutilés. Deux jours de répit. Je les savoure en respirant l'air frais et sec à pleins poumons. Une légère brise fait froufrouter les branches des sapins. Je me prends à espérer égoïstement que le tueur est parti vers d'autres horizons.

Je suis installée sur la terrasse qui surplombe la route principale, les toits du village à mes pieds. Les sons me parviennent atténués. Un corbeau passe en croassant. Martine m'a enveloppée dans un plaid en laine écossaise, j'ai juste le nez qui dépasse.

– Si vous pouviez voir quelle belle journée nous avons ! m'a-t-elle lancé avant de s'éloigner. Une vraie journée du Bon Dieu !

Par la baie vitrée entrouverte du salon, derrière moi, me parviennent les exclamations âpres d'Yvette et de Francine qui s'adonnent à leur passion commune pour le rami. Elles y jouent jusque tard dans la nuit. Le matin, en les écoutant, je devine qui a gagné ou perdu au timbre de voix triomphant ou pincé. Pour l'instant, c'est Yvette qui mène et qui en glousse de plaisir.

Yann a emmené les pensionnaires valides en promenade le long de la colline. Boules de neige et glissades en perspective.

Laetitia et Justine sont au sauna. Elles m'ont proposé de les y accompagner, mais j'ai décliné leur offre. Pas envie de suffoquer entre des planches de bois. Envie de plein air et de soleil. Envie d'imaginer les pics acérés et scintillants, le vol des corneilles, la fuite d'un lièvre entre les talus enneigés. En me concentrant très fort, je peux presque les voir.

Des pas. Quelqu'un monte l'escalier menant à la terrasse. Déjà Martine ? De l'ombre sur mon visage. Je cherche mon bloc pour dire à Martine que je veux rester encore un peu dehors.

– Pourquoi ne m'aimes-tu pas autant que je t'aime ?

Oh non ! C'est comme un coup de poing à l'estomac. Je me contracte, le cœur battant. Yvette et Francine sont juste là, derrière les rideaux. Elles peuvent le voir. Il ne va rien tenter, rien du tout. Mon bloc !

« Qu'est-ce que vous voulez ? Qui êtes-vous ? »

Un petit rire, son petit rire déplaisant d'enfant vicieux.

– Ce que je veux ? Toi. Qui je suis ? Moi. Toi et moi, mon ange, une passerelle entre le Bien et le Mal.

On dirait qu'il récite un texte appris par cœur. C'est insupportable de le sentir si près et de ne pas savoir ce que préparent ses mains. Son chuchotement de nouveau :

– Tu as aimé mes cadeaux ?

« Non. »

J'entends sa respiration rapide pendant que j'écris, son souffle sur ma joue, il dégage une curieuse odeur épicée. Du poivre !

« Pourquoi est-ce que vous avez tué ces filles ? »

– Pourquoi est-ce que le soleil brille ? Pourquoi est-ce que la nuit tombe ? Tu poses des questions idiotes.

Sa voix se durcit :

– Je crois que tu es idiote. Je crois que je me suis trompé sur toi. Je crois que je vais devoir aimer quelqu'un d'autre, conclut-il avec une jubilation évidente.

Le chuchotement s'est accéléré, ses lèvres frôlent les

miennes, je sens son haleine chargée et je ne peux retenir un renvoi. Sa main se crispe sur mes cheveux comme une serre de rapace.

– Espèce de petite salope ! Tu te crois tout permis ! Mais tu n'es rien, rien qu'un tas de viande posé sur un fauteuil ! Et la viande, moi, je la bouffe !

Je me sens inondée de sueur glacée. Est-ce qu'Yvette ne va pas lever la tête de son rami ? Et Martine arriver en chantonnant ? Mon cœur bat si fort que j'ai l'impression qu'on l'a remplacé par un tambour.

Un truc froid contre mon visage. Je sais tout de suite ce que c'est : un couteau. On m'a déjà fait le coup l'année dernière. Je sais ce que ça fait quand ça entaille la chair. Je sais la douleur. Je sais la peur. Je sais la haine. La haine et la colère qui montent en moi, annulant presque la peur. Mais je ne peux rien faire. La lame est plaquée contre ma gorge. Son haleine empuantie me suffoque. Est-ce qu'il va me tuer ? M'égorger par ce bel après-midi d'hiver ?

Mon fauteuil avance. La lame reste plaquée contre ma carotide. Où est-ce qu'il m'emmène ? La peur revient, en rafales. S'il m'enlève, je serai à sa merci, à la merci d'un type qui crucifie des femmes ou les viole à la perceuse électrique.

On avance tout droit. Pas vers l'escalier donc. Non. Vers le vide. Il va me jeter du haut de la terrasse, je vais m'écraser sur la route. Le fauteuil s'immobilise. Le vent a forci. La lame s'écarte.

– Le saut de l'ange, tu connais, ma douce ? Tu vas nous faire une sortie magnifique !

Je vais mourir. Je vais mourir dans quelques secondes. Bêtement, là, à dix mètres d'Yvette. Je vais m'éclater le crâne sur l'asphalte gelé. À cause de cette ordure ! Je jette mon bras valide en arrière, essayant de l'agripper, mais il se contente de ricaner.

– Je compte jusqu'à trois, mon ange, allez ! Un...

Non, non, ce n'est pas vrai !

– Deux...

Je ne veux pas. C'est trop bête !

– Trrr...

Un grondement sourd, profond, terrifiant. Est-ce lui ? Un choc dans mon dos, un cri étranglé. Martine est-elle arrivée en catimini ? Je presse le bouton « recul » du fauteuil, je cogne dans quelque chose par terre, le grondement s'accentue, un chien, c'est un chien ! Et puis le chien pousse un gémissement. Des pas affolés qui s'éloignent. Le chien aboie en gémissant.

– Mais qu'est-ce qui se passe ?

Yvette, enfin !

– Mais c'est le chien de Sonia ! Regardez, Francine !

– Ça alors ! Qu'est-ce qu'il fait là ?

Il m'a sauvé la vie ! voudrais-je leur hurler. Brave Tintin.

– Oh, mais il saigne ! Il est blessé au flanc !

– Il faut appeler le vétérinaire, ça a l'air profond. Ne bouge pas, mon gros, on s'occupe de toi. Je vais lui donner à boire, dit Yvette, il a l'air déshydraté.

Je reste seule avec Tintin. Il pose sa truffe brûlante sur ma main et je lui caresse la tête. Ce salaud lui a flanqué un coup de couteau. J'espère que le chien a eu le temps de le mordre copieusement.

Yvette revient, le fait boire.

– Ça faisait longtemps qu'il était là ? Vous auriez dû taper à la vitre.

C'est sûr. Comment n'y ai-je pas pensé ? J'aurais dû demander poliment à mon agresseur de patienter quelques minutes avant de me jeter dans le vide ! Je saisis mon bloc d'une main lasse et retranscris ce qui s'est passé en lettres tremblotantes.

Exclamations yvettiennes, appel aux gendarmes. Francine, mise au courant, y va de son concert de lamentations. Puis c'est au tour de Martine qui me répète cent fois qu'elle est désolée, si elle avait su, etc. Je m'applique à respirer calmement en me disant combien c'est merveilleux d'être en vie. Justine et Laetitia surviennent, et Francine les met au courant.

– Oh ! ma pauvre Élise ! s'exclame Justine en serrant mes mains dans les siennes, je vous avais prévenue ! Votre aura est si perturbée…

Elle lâche soudain mes mains comme si elles brûlaient.

– Oh ! Il est là, il est tout près de vous !

Qui ça ? C'est ridicule !

– Le mal… il vous enveloppe comme un suaire, chuchote-t-elle d'une voix pressante. Prenez garde, votre âme est en danger.

Mon âme ? Ne t'inquiète pas pour mon âme, c'est mon corps qui a failli finir en crêpe Suzette sur le bord de la route.

– Eh bien, que s'est-il passé ? Écartez-vous, s'il vous plaît.

Lorieux. Tout le monde se met à parler en même temps jusqu'à ce qu'il crie :

– Une personne à la fois, s'il vous plaît !

– Tenez, dit Yvette. Élise a tout noté.

Temps mort. Il doit lire. Puis il appelle Hugo et s'isole avec lui dans un coin, avant de passer à Yvette et Francine. Toussotements.

– Donc, si j'ai bien compris, Mme Martine Pasquali, infirmière attachée au Centre, a installé Mlle Andrioli sur la terrasse pour « profiter du soleil ». Elle s'est ensuite rendue au bureau principal pour « remplir des paperasses ». Pendant ce temps, un individu non identifié a attaqué Mlle Andrioli et a tenté de la jeter dans le vide. Il en a été empêché par un chien, un labrador noir identifié comme le chien de feue Sonia Auvare (il reprend sa respiration), ledit chien a été blessé au flanc droit. Mme Holzinski et Mme Atchouel sont arrivées sur ces entrefaites et ont découvert le chien blessé et Mlle Andrioli en état de choc.

État de choc, il exagère. Je trouve que j'encaisse remarquablement bien.

L'arrivée du vétérinaire passe presque inaperçue dans le brouhaha ambiant et il est obligé d'élever la voix pour se faire entendre. Pendant qu'il donne les premiers soins à Tintin, je me dirige vers Lorieux à la voix et lui tends une feuille de mon carnet :

« Connaissiez-vous Tintin ? »

– Bien sûr, c'est moi qui l'ai offert à Sonia. Elle rentrait tard la nuit, je pensais qu'un chien, c'était bien…

Sa voix se brise. Le vétérinaire nous interrompt : la blessure du chien n'est pas très profonde, aucun organe vital n'a été touché. Il l'emmène au dispensaire pour le recoudre, on pourra le récupérer dès demain. Le récupérer ?

– Le problème est que la propriétaire du chien est décédée, dit Lorieux qui s'est repris.

– Garder ici ! s'exclame Magali, juvénile.

– Eh bien, ma chérie, je ne sais pas…

– Il a quand même sauvé la vie d'Élise ! s'exclame Jean-Claude.

– C'est vrai que c'est une brave bête, laisse tomber Yvette avec une intonation qui me fait penser qu'elle se demande ce que dirait Jean Guillaume en la voyant revenir avec cinquante kilos de labrador dans ses bagages.

Chère Francine se laisse finalement fléchir. Émilie pousse un grand « youppee ! » qui fait pleurer Clara, on ne sait pas pourquoi. Magali crie : « Pas pleurer ! Pas pleurer ! Privée dessert ! » Bernard déclare sentencieusement qu'il doit prendre un bain et que bon chien chasse de race. « Taquouère ! » crie Christian avant de se mettre à aboyer.

Je sens la présence de Justine à mes côtés. Comme moi, elle ne perçoit cette scène qu'à travers les sons. Mais en a-t-elle la même représentation ? Peut-être que ce n'est pas Émilie qui pleure, mais Clara. Peut-être que ce n'est pas Christian qui aboie, mais Léonard. Peut-être qu'Yvette n'est pas en train de pousser mon fauteuil à l'intérieur en me promettant une tisane reconstituante, peut-être que Tintin n'est pas intervenu, que je suis morte et que mon esprit, fonctionnant encore quelques secondes, continue à fabriquer des images familières.

Non. L'odeur écœurante de la tisane ne peut qu'appartenir au monde réel.

Tintin est revenu. Il me suit partout. Sa présence est très rassurante et j'aime tendre la main et sentir son pelage rêche. Il est pourri-gâté par tout le monde, depuis la cuisinière jusqu'aux pensionnaires qui le gavent de cake maison. Chère Francine passe son temps à taper dans ses blanches mains pour faire revenir le calme. Ça a le don d'exciter le chien. Au milieu de ce brouhaha, j'essaie une fois de plus de faire le point, et pour une aveugle, c'est difficile. Jeu de mots lamentable, Élise.

Schnabel a confirmé à son amie Yvette que Yann était bien en promenade avec les pensionnaires pendant qu'on essayait de me convertir en ULM. De toute façon, je connais maintenant assez Yann pour l'identifier au toucher, à l'odeur, à la voix. L'homme qui m'a attaquée était plus petit que lui, il avait une haleine déplaisante et une curieuse odeur de poivre… Lorieux m'a demandé comment je savais que cet homme était plus petit que Yann. Je lui ai expliqué que je continuais, par réflexe, à lever la tête vers mes interlocuteurs quand ils me parlaient. J'arrive à situer approximativement la hauteur du son et donc de leur bouche. La voix de Vore provenait d'environ vingt centimètres au-dessus de ma tête. Lorieux s'est livré à un rapide calcul :

– Voyons, nonobstant que vous êtes assise dans un fauteuil et que le sommet de votre crâne culmine à…

Schnabel, un mètre ruban !... Un mètre et trente-deux centimètres, que la bouche d'un individu est située à environ... Schnabel ! ... deux tiers du visage, donc, subséquemment, le suspect mesure à peu près un mètre soixante-douze.

– Comme vous, quoi, a fait remarquer Francine. Qui reveut du thé ?

Je commence à imaginer chère Francine en samovar géant doté de la parole. Lorieux a repoussé l'offre assez... impatiemment, dirais-je, et il est parti faire son rapport, nous laissant à la garde de Schnabel, qui est lui-même sous la surveillance d'Yvette.

Un mètre soixante-douze. Yann mesure plus d'un mètre quatre-vingts, d'après Laetitia. Oh ! et puis pourquoi s'acharner à soupçonner ce pauvre Yann ? Il ne me connaissait pas avant que je vienne ici, il n'a pas pu m'envoyer ce fax la veille de mon départ !

Veille de mon départ. Mais oui, Vore m'a contactée. Il ne peut pas se trouver à Castaing en même temps que moi par pure coïncidence. Donc, ou il m'a suivi, ou il était au courant de ma venue. Par qui ? Réponse : seul mon oncle était au courant. Nouvelle théorie : Vore habite la région. C'est un psychopathe qui a fait une fixation sur moi. Il apprend incidemment par mon oncle que je vais séjourner ici. Et il vient m'y défier. En tuant successivement une SDF et la filleule de mon oncle.

D'où hypothèse : est-ce quelqu'un qui en veut à mon oncle ? On tue sa filleule, on essaie de tuer sa nièce... Un habitant de Castaing qui le haïrait en secret ? Mais dans ce cas, pourquoi avoir tué Marion Hennequin ? Pour perturber l'enquête ? J'ai peut-être mis l'index sur quelque chose d'important.

– J'ai fait votre portrait ce matin.

J'étais perdue dans mes pensées, la voix de Justine me fait tressaillir. Mon portrait ?

– C'est incroyable, c'est très réussi ! lance Laetitia, qui reprend aussitôt : Oh ! excusez-moi, je ne voulais pas dire…

– Aucune importance, la coupe Justine.

Bloc-notes : *« Comment faites-vous ? »*

– Je me laisse guider par les couleurs, me répond-elle après que Laetitia lui a lu ma question. Leurs textures sur ma peau. Je peins avec les doigts. C'est pour ça que je touche souvent les gens. Pour sentir leur configuration matérielle.

Ce disant, elle m'effleure le menton, les tempes, les sourcils. J'ai la sensation d'être frôlée par une aile de corbeau.

– N'ayez pas peur de moi, dit Justine, de sa belle voix grave, je ne suis pas une sorcière.

J'essaie de ricaner pour montrer que je n'ai aucunement peur des sorcières et Laetitia me chuchote à l'oreille :

– Vous voulez aller au petit coin ?

Index de dénégation. Si l'on confond sur mon visage le défi du scepticisme et le désir de miction, je ne suis pas au bout de mes peines pour communiquer.

– Ah ! vous êtes là, Justine ! Je vous cherchais. C'est l'heure de votre leçon ! dit Yann en faisant irruption dans notre petit groupe, dans une odeur de neige, de cheveux lavés de frais et de tabac.

– Justine va prendre son premier cours de ski ! m'explique Laetitia. On va voir ?

Yvette maugrée un peu : elle est en train de battre Francine à plate couture, mais Laetitia ne peut pas pousser mon fauteuil à cause du déambulateur.

Nous voilà dans la neige. Tintin trottine à côté de moi et me flanque de petits coups de tête amicaux dans les cuisses. Yvette m'enfonce mon bonnet sur la tête d'un grand coup inamical.

– Une leçon de ski, marmonne-t-elle, on aura tout vu. La pauvre femme va se casser la figure…

– Mais non, regardez !

Laetitia se penche vers moi :

– Yann la tient par la taille, et il va descendre la pente avec elle. C'est pour lui donner la sensation de la glisse, vous ne pouvez pas savoir comme c'est merveilleux, de glisser !

Je me revois en train de glisser vers le bord de la terrasse.

– Sensation, sensation, ce n'est pas très convenable tout de même, bougonne Yvette, que l'altitude, la ruralité et la passion du jeu transforment en duègne sourcilleuse.

Il fait froid. Quelques flocons voltigent et viennent fondre sur mes joues. Des branches craquent.

– Le temps qu'ils remontent la colline à pied, on sera congelées, grommelle Yvette.

– Oh, un écureuil ! s'écrie Laetitia.

J'imagine une queue empanachée bondissant sous les arbres. Tintin lance un « wouaf » indécis. Courser ou ne pas courser la petite créature poilue ? Je lui tapote la tête, il se rassoit.

– On y va ! dit Yann loin au-dessus de nos têtes.

Chuintement d'une paire de skis. Je regarde consciencieusement le spectacle que je ne peux voir. Le rire de Justine. Un rire de gorge, perlé, très féminin. Justine dans les bras vigoureux de Yann. Schnabel et Yvette ahanant dans une étable. Chère Francine en cuir noir, fouet à la main, dirigeant les ébats de Martine et Hugo. Ouh là, crise de libido imminente et pas de Tony sous la main !

– Et voilà le travail !

– Super ! dit Laetitia. Vous n'êtes même pas tombés !

– Yann est un remarquable professeur, acquiesce Justine. J'ai presque cru que je faisais du ski !

– Il faudrait peut-être rentrer, il commence à faire vraiment froid, marmonne Yvette.

– Et vous, Yvette, vous ne voulez pas essayer ? Un petit coup de tire-fesses et hop, je vous lâche sur la piste noire !

– Mon pauvre Yann, mais votre piste noire, c'est un toboggan pour maternelle !

– Ah, parce que vous savez skier ? demande Yann, moqueur.

– Un peu, mon neveu ! Mon père était facteur.

Silence interloqué.

– Dans le Jura. J'ai passé mon enfance à le suivre, pour distribuer le courrier dans les fermes. Et pas en 4 × 4.

– Ça alors ! Quelle cachottière vous faites !

Et quelle menteuse ! Son père était le chef du bureau de poste, je le vois mal s'élancer à travers bois, sacoche en bandoulière et Yvette en remorque.

– … faire une démonstration ? dit Yann, tout en guidant Justine, un bras passé autour de sa taille.

Laetitia chantonne, Tintin renifle, j'écoute sans écouter, agréablement bercée par le glissement des roues dans la neige fraîche.

Soirée au coin du feu. Je savoure lentement le cognac que Yann m'a proposé après le repas. Laetitia joue Chopin au piano numérique. Justine fait ses exercices de relaxation, allongée sur le tapis. Francine et Yvette : duel à la crapette. Magali, Christian et les autres sont installés dans la salle de jeu, devant un téléfilm qui parle-de-la-différence (au choix : de taille, de classe, de sexe, d'idées…).

Bruit de pas sur le parquet certainement bien ciré.

– Un cognac, Léonardo ?

– Hon. C-o-ca.

– Vas-y, sers-toi.

Respiration sifflante, sensation de masse en mouvement chancelante, pschiit de la bouteille qu'on débouche, crac du verre qui se brise par terre.

– C'est pas grave, on va ramasser ça, dit Yann.

Silence de Léonard.

– Comment ça se fait que tu sois trempé ? Tu es sorti ? reprend Yann.

– …É-t-oi-les. C-e soir…

Une pause. Respiration laborieuse

– Mi-z-ar et A-lc-or sup… sup…

– … perbe ! termine Justine à sa place. L'atmosphère est si pure ici !

Comme si elle avait jamais vu une étoile de sa vie ! Apprendre les constellations juste pour frimer !

– Venez vous asseoir près de moi, Léonard, poursuit-elle en tapotant les coussins du canapé.

Laetitia plaque un accord un peu trop fort. Yann me ressert un cognac, je l'entends vider son propre verre d'un trait.

– Bon Dieu ! lâche-t-il tout à trac, si je pouvais comprendre !

Et moi donc…

– Yann, Yann ! Viens voir la course, télé, viens !

Magali a surgi brusquement, excitée, joyeuse.

– C'est la retransmission des finales hommes de snowboard à La Colmiane, explique Hugo.

– Hmmm, acquiesce distraitement Yann.

Il se lève, s'éloigne d'un pas lourd.

– Lise, viens voir, télé, course, viens !

– Magali ! Tu sais bien qu'Élise ne peut pas voir la télé ! lance Laetitia entre deux triples croches.

– Dommage ! Ton ami dans la télé.

Ami ? Quel ami ?

– Ton ami qui donne cadeaux à toi. Cadeaux, cadeaux, jolis cadeaux, merci.

Mon ami qui me donne des cadeaux ! Est-ce qu'elle veut dire que… Vore ? À la télé ? Vite, mon bloc-notes. *« SVP, demandez à Magali de vous montrer mon ami à la télé ! »*

Je tends la feuille au hasard devant moi. Laetitia, retourne-toi, Justine ne peut pas lire !

– Lae-ti-tia…, articule Léonard, Lae-ti-tia…

– Oui ?

Elle doit voir la feuille, elle soupire.

– *« SVP, demandez à Magali... »* Oh là là, c'est illisible !

Vite, bon Dieu, vite !

– *« De vous mordre »* ? Non, ça ne veut rien dire, de vous… Ah, *« montrer... mon ami à la télé »*. Heu, je ne comprends pas bien…

Bloc-notes : *« Demandez-lui ! »*

– Magali, tu me montres l'ami d'Élise à la télé ?

– Ami qui donne cadeaux, pourquoi pas à Magali ?

– Tu me le montres ?

Chuintements du déambulateur, gloussements de Magali, je tends l'oreille.

– Parti ! Parti !

Évidemment. Magali regardait la course de ski, quelle course et où ? Je pose la question par écrit et tends de nouveau ma bafouille à l'aveuglette.

– Mais à quoi est-ce que vous jouez ? demande Yvette en levant une demi-seconde les yeux de ses sacro-saintes cartes.

Je griffonne rageusement : *« Magali a vu Vore à la télé ! »* en résistant à l'envie de lui envoyer une boulette de papier à la tête.

– Comment ? Mais Magali ne sait pas qui est Vore, voyons ! Où l'aurait-elle vu ?

Bonne question. Forcément en ma compagnie, puisqu'elle le décrit comme l'ami qui me donne des cadeaux. Mais quand ? Oh ! et puis je n'ai peut-être rien compris !

– Magali, qui est-ce que tu as vu à la télé ? demande Yvette.

– Monsieur. Monsieur ami Lise. Monsieur de la terrasse.

– De la terrasse ? répète Yvette avec moins d'assurance.

– Monsieur jouer avec Lise sur la terrasse. Pourquoi pas jouer avec Magali ? Magali veut jouer fauteuil ! Tout de suite !

– Arrête ça ! l'interrompt Francine. Le fauteuil d'Élise n'est pas un jouet et tu le sais très bien. Comment est-il, ce monsieur ?

– Sais pas. M'en souviens pas.

– Magali ! Reviens ici !

Petits cris qui s'éloignent.

– Elle va nous faire une crise, prédit Martine, elle est très sensible.

– Elle a vu l'assassin ! lance Francine. Je me contrefous de ses crises à la noix ! Allez la chercher.

– Mais… Madame Atchouel…, proteste Martine, désarçonnée par ce brusque éclat.

– Francine a raison, dit Yvette, il ne s'agit pas d'un jeu. On a failli tuer Mlle Andrioli, tout de même ! Prévenons Lorieux.

Coup de fil. Yann revient pour s'enquérir de ce qui se passe. Laetitia le lui explique.

– Mais Magali n'était-elle pas en promenade avec vous pendant ce malheureux incident sur la terrasse ? demande Justine.

Yann réfléchit quelques secondes.

– Lorieux arrive, dit Francine en raccrochant.

– Chris-tian… par-ti…, dit soudain Léonard.

Yann frappe dans sa paume.

– Exact ! J'ai dû courir derrière Christian qui dévalait la colline sur les fesses. Magali a pu nous fausser compagnie quelques instants. Je me rappelle maintenant qu'elle ne voulait pas venir, elle disait qu'elle avait mal à la tête.

– Elle aurait assisté à l'agression contre Élise et vous aurait ensuite rejoint tranquillement ? s'étonne Justine.

– Allez, avance ! ordonne Martine à quelqu'un (Magali sans doute). On ne va pas te manger !

Paroles malheureuses, vu le contexte.

– Excusez-moi, j'ai entendu ce que vous disiez, reprend Martine, et je pense que j'ai la clé du mystère. En sortant du bureau, j'ai aperçu Magali devant le garage, et je l'ai raccompagnée jusqu'au groupe. Yann était en contrebas derrière le talus en train de remorquer Christian. Je me suis dépêchée de revenir, parce que c'était l'heure des soins de Jean-Claude.

Donc, *a priori*, Magali ne ment pas. Sur ces entrefaites, arrivée de Lorieux, suivi de Schnabel. On leur explique la situation : Magali prétend avoir vu mon agresseur à la télévision, pendant la retransmission de la finale hommes de la Coupe d'Europe de snow-board à La Colmiane, une station distante d'une cinquantaine de kilomètres. Lorieux demande ce qui nous permet de penser que « l'ami d'Élise » est forcément Vore et pas un quidam quelconque du village. On lui explique l'histoire des « cadeaux ». Il en conclut comme moi que Magali a donc vu l'homme m'aborder avant la scène de la terrasse. Tout le monde se tourne vers Magali qui se met à pleurer en disant qu'elle a mal à la tête.

– Quand pleurent les demoiselles, le soleil perd ses ailes, lui dit Schnabel.

– Il a pas d'ailes, le soleil ! proteste Magali d'une voix brouillée.

– Ah bon ? Et comment tu crois qu'il vole dans le ciel ?

Magali semble considérer la question avec intérêt pendant que Francine marmonne :

– Comme si elle avait besoin qu'on lui raconte ce genre de bêtises !

– Tu veux un bonbon ? reprend Schnabel.

– Un bonbon à quoi ?

– À la potion magique. Il enlève le mal de tête.

Bruit de cellophane froissé.

– Alors, ça va mieux ?

« Oui » hésitant de Magali. Schnabel continue sur sa lancée :

– Alors, comme ça, tu m'as vu à la télé ?

– Pas vrai, pas toi ! L'ami de Lise !

– Moi aussi, je suis un ami de Lise, dit Schnabel, manœuvrant avec finesse.

– T'es trop gros ! T'as la tête trop haut ! crie Magali. T'étais pas dans la télé, menteur !

– Mais j'ai les cheveux blonds, réplique Schnabel en stratège consommé.

– Noir ! glapit Magali. L'ami d'Élise comme le chien ! Tintin ! Tintin !

Bref jappement.

Un homme brun, plus petit et moins corpulent que le sergent Schnabel.

– D'accord, d'accord. Et il faisait quoi, l'ami d'Élise ? Il skiait ?

– Pff ! Bête ! Il regardait, comme nous !

Vore, spectateur anonyme de la course, épinglé par les caméras. Un coup de chance incroyable ! Lorieux s'affaire avec son radio-téléphone à fréquence spéciale. Tout le monde commente l'événement. Magali réclame un autre bonbon magique pour son mal au ventre. Au bout d'une demi-heure de palabres avec ses homologues de La Colmiane et les organisateurs de la course, Lorieux a enfin au bout du fil un des membres de l'équipe de TMC qui s'apprêtait à redescendre sur Monaco. L'enregistrement de l'émission ne peut être visionné que sur leur matériel. Lorieux prend rendez-vous pour le lendemain matin neuf heures.

– Je passerai prendre Magali à sept heures trente. Il faudra que quelqu'un nous accompagne.

– Je viendrai, dit Yann, devançant tous les autres.

J'ai du mal à croire que demain nous connaîtrons le visage de Vore ! Moi qui critique toujours l'omniprésence des médias… Nous sommes tous très excités, les pensionnaires doivent se demander ce qui nous arrive… Schnabel offre encore un bonbon à Magali, puis MM. les gendarmes se retirent.

– Champagne ! crie Yann.

– Il ne faut pas vendre la peau de l'ours…, commence Yvette.

– Ma chère Yvette, jusqu'à l'intervention miraculeuse de Magali, j'étais le principal suspect dans cette affaire. Non, ne protestez pas, Lorieux ne peut pas me piffer !

– C'est votre meilleur ami. Vous dites n'importe quoi !

– Je croyais que c'était un ami. Je me suis aperçu qu'il n'avait jamais digéré sa rupture avec Sonia. Depuis que j'ai manifesté de l'intérêt pour elle, il me déteste.

Je songe à part moi que l'analyse de Yann est exacte.

– Évitez de laver votre linge sale en public, Yann, s'il vous plaît, déclare Francine d'une voix pincée. Quant au champagne, il n'y en a pas. Désolée, mais nous sommes une structure de soins, pas une discothèque.

– Et si vous m'emmeniez voir les étoiles, Léonard ? dit Justine avec affectation.

– Il y a plein de nuages ! lance Laetitia.

– Mais non, le ciel est parfaitement dégagé, dit Martine ingénument.

– Pour ce que ça change pour Justine ! jette Laetitia.

– Les étoiles émettent d'autres vibrations que les ondes lumineuses, réplique Justine, mais seules certaines personnes entraînées peuvent les percevoir.

Laetitia reste coite.

Je sens Léonard passer près de moi, reconnaissable à ses mouvements désordonnés, suivi du parfum de Justine.

– Je suis heureuse pour vous, Élise, me dit-elle au passage, j'espère qu'on va enfin mettre cette créature hors d'état de nuire.

À son intonation, on pourrait croire qu'elle parle d'un être surnaturel, genre loup-garou des cimes.

La porte se referme.

– La vibration des étoiles ! Ce qu'il ne faut pas entendre ! Il y en a qui s'en racontent ! marmonne Laetitia.

Bloc-notes : *« Est-ce que Léonard est beau ? »*

– Bof… Si on aime le genre très brun, maigre, avec un regard émeraude intense…

– Dracula atteint de la danse de Saint-Guy, confirme Yann.

– Yann ! Vraiment ! s'écrie Francine.

– Oui, vraiment.

– Vous m'avez très bien comprise ! susurre Francine. Hugo, est-ce qu'il n'est pas l'heure de mettre tout notre petit monde au lit ? Une dernière partie, Yvette, ou bien vos finances ne vous le permettent-elles pas ? Notre chère Yvette n'a pas arrêté de perdre aujourd'hui, ajoute-t-elle à notre intention.

– Et si on allait boire un verre au village ? dit Laetitia.

– Je crois que je vais aller me coucher aussi, répond Yann dont l'humeur a changé. Allez, bonne nuit.

– Quelle super ambiance ! commente Laetitia. Oh, vous, bien sûr, vous vous en fichez ! lance-t-elle à mon adresse avant de quitter la pièce à son tour.

Je reste avachie près de l'âtre en attendant qu'Yvette se souvienne de mon existence. Je ne m'ennuie pas, j'ai de quoi penser. Je suis tellement impatiente d'être à demain matin pour savoir !

7

Je n'arrête pas de bâiller. Impossible de m'endormir avant je ne sais quelle heure, et ce matin, réveil à sept heures pour assister au départ de Magali. Il a fallu toute la persuasion de son ami Schnabel pour la convaincre de monter dans l'estafette : elle croyait qu'on voulait l'emmener en prison. Les bonbons magiques ont repris du service. À l'heure qu'il est, l'estafette doit être en vue du littoral. Je « vois » déjà les menottes se refermer sur les poignets de Vore. Des poignets osseux et velus, couverts des griffures de ses victimes.

Hugo m'a roulée au salon, où nous avons pris notre petit déjeuner. Chère Francine et Mme Raymond dressent la liste des provisions nécessaires. Martine et Hugo s'occupent de la toilette des pensionnaires. Jean-Claude disserte sur le concept de la structure narrative chez le cinéaste Abel Ferrara. Léonard n'est pas descendu, il travaille dans sa chambre. Justine, très en forme, explique à Laetitia les dernières théories en matière de quark et de quasar, et Laetitia demande à Yvette de lui passer le beurre. « Et je reste couchée aux rives du silence où le mol clapotis des vagues de l'ennui berce tout doucement ma mélancolie » (Élise Andrioli, prix Nobel de poésie 2000).

La matinée s'étire ainsi jusqu'à ce que le téléphone sonne. Yvette se précipite, bousculant Hugo.

– Allô ? Oui, bonjour, mon adjudant-chef... Oui, je

vous reçois cinq sur cinq… Comment ?… Ah… Évidemment… Bien sûr… À tout à l'heure, oui.

Elle a l'air déçue.

– Qu'est-ce qu'il a dit ? demande avidement Laetitia.

– Magali leur a montré un homme.

– Un homme ? répètent Martine et Hugo en chœur.

– Un homme en tenue de ski rouge.

– Une tenue de ski ? lance chère Francine en sortant de la cuisine.

– Une tenue de moniteur de l'école de ski de Castaing. Il portait une cagoule noire, des lunettes et des gants.

– Mais comment Magali a-t-elle pu le reconnaître dans ce cas ? demande Laetitia.

– Elle a reconnu un moniteur de ski, dit Justine.

Mon bloc : *« En tout cas, ça signifie que mon agresseur était habillé en moniteur. »*

– C'est peut-être bien un moniteur, ajoute Yvette.

Un moniteur de Castaing, se mouvant tranquillement dans le village, figure si familière qu'on n'y fait plus attention. Ou Vore déguisé en moniteur ? Avec un bonnet et des lunettes, tout le monde peut être n'importe qui et vice versa. Bravo, Élise, après la poésie, tu viens de remporter le Grand Prix de philosophie contemporaine décerné par le professeur La Palice.

Lorieux va donc orienter son enquête vers l'école de ski. Je doute pour ma part que Sonia ou Marion Hennequin aient jamais pris des leçons.

Francine essaie de se remémorer tous les moniteurs de la station et se rend compte qu'elle les a presque toujours vus arborant des lunettes à verre réfléchissant, le visage peinturluré de ces nouveaux fards multicolores et les cheveux masqués par des bandeaux ou des bonnets.

– Finalement, on les reconnaît surtout à la voix, conclut-elle.

– Encore du rouge, soupire Justine. Vous voyez que j'avais raison, Élise, le mal est rouge et trace sa piste dans le blanc comme un animal affamé.

Je serais vraiment curieuse de voir ses tableaux. Bouffée de frustration aiguë à l'idée que je ne verrai jamais plus rien. Comment est-ce possible ? Pourquoi moi qui aimais tant voir, regarder, observer ?

J'ai dû serrer le poing, car Francine me chuchote :

– Il faut écarter les doigts pour libérer le stress.

À ce moment précis, je serais ravie de les écarter pour te les flanquer en travers du visage et te faire taire. J'ai déjà assez d'emmerdements comme ça sans qu'on vienne me donner des leçons ! Est-ce que quelqu'un se rend compte que je passe mon temps à encaisser sans rien dire, comme un boxeur groggy sous une avalanche de coups ?

– Ce que je ne comprends pas, dit Laetitia, c'est pourquoi Vore est allé voir la course à La Colmiane dans sa tenue de moniteur ?

– Ce n'est peut-être pas Vore. Magali a cru reconnaître l'ami d'Élise, lui renvoie Justine avec l'intonation d'un professeur patient mais excédé.

– On voit des moniteurs tous les jours dans le village et elle n'a jamais rien dit, fait observer Laetitia.

Parce que, comme nous tous, Magali perçoit globalement un individu, son poids, sa taille, son attitude, et qu'elle n'a pas besoin de réellement voir ses traits pour savoir qui c'est. Quand je voyais, je pouvais reconnaître quelqu'un à son épaule, sa main, sa manière de marcher, etc. Est-ce que ça signifie que c'est réellement Vore qui est sur la bande vidéo ? Et s'il se déplace habillé en moniteur, est-ce parce que c'en est réellement un ? Impression de me poser les mêmes questions en boucle. Heureusement que ce n'est pas moi qui ai écrit le bouquin sur l'affaire de Boissy, les lecteurs se seraient suicidés d'ennui.

Ça me fait penser que mon auteur va être ravie de me savoir mêlée à de nouveaux meurtres. Et hop, un beau tirage en vue ! Les nouvelles aventures du sac à patates sur roues. On pourrait envisager toute une série comme ça : *Élise au Congo*, *Élise en Serbie*, *Élise et le cigare des intégristes*, *On a marché sur Élise*…

Et si je meurs, ça se vendra encore mieux. *La véritable et tragique histoire d'Élise Andrioli, dévorée par le cannibale des neiges !* Avec une couverture bien racoleuse.

Heureusement que personne ne sait les horreurs que je peux penser toute seule dans mon coin. Je me sens amère comme une tisane de sauge. Ou un verre de gentiane, vu les lieux.

– Madame, dit soudain Mme Raymond, le père Clary est là, pour le beurre et le fromage.

– J'arrive.

Le père Clary ? Un curé qui vend des laitages ?

– Vous devriez venir aussi, Yvette, reprend Francine, il n'a que des produits cent pour cent naturels, qu'il ramène de la bergerie. Tous les produits laitiers, mais aussi du miel des alpages, du saucisson d'âne…

Un berger. Un collègue de l'oncle de la pauvre Sonia ? J'appuie sur le déclencheur électrique du fauteuil et roule vers les voix. Je commence à être familiarisée avec les lieux et à pouvoir m'y déplacer toute seule. Je passe le seuil de la cuisine sans trop d'encombres (un bleu au genou). Courant d'air frais, la porte-fenêtre doit être ouverte. Ils discutent. Voix d'homme rugueuse, à l'accent prononcé. Yvette s'extasie sur tout, prête à manger de la brousse au miel de lavande jusqu'à la fin de ses jours. Au moins, nous ne rentrerons pas sans cadeaux. Si nous rentrons.

J'entends le père Clary dire :

– Et pour la pauvre dame ? Prenez-lui donc un peu de crottin au poivre vert, ça la requinquera.

Je comprends qu'il parle de moi et, en attendant d'être gavée de crottin, je saisis mon bloc : *« Connaissiez-vous Mauro ? »*

– Ah ! En plus, vous ne parlez pas ! Remarquez, pour les bêtises qu'on dit le plus souvent…

Je secoue de nouveau ma feuille.

– Ah oui, Mauro, le pauvre ! répond-il laconiquement.

– Il est décédé il y a six mois, je crois ? dit Yvette.

– Sept, bientôt. Il était parti vers les Aiguilles. Les moutons, ils sont revenus avec les chiens huit jours plus tard. Pas de Mauro.

– Alors, vous avez prévenu la police ?

– Qué police ? J'allais pas redescendre. Je l'ai cherché pendant quinze jours. Je connais mieux la montagne que les gendarmes.

– Et… ?

– Il était tombé dans une crevasse. Raide mort, le pauvre vieux. À moitié mangé par les loups.

– Les loups ! s'exclame Yvette.

– Eh oui, les nouveaux loups qui sont venus d'Italie. Ils m'ont bouffé une dizaine de moutons, ces salauds. Quand je suis redescendu, j'ai prévenu les flics et sa nièce, la pute.

– Monsieur Clary !

– Eh quoi ? « Monsieur Clary ! » Une pute, c'est une pute. Même une brave pute, parce qu'elle était brave, la petite, paix à son âme.

Je suppose qu'il se signe pendant que j'écris à toute allure :

« Mon oncle, Fernand Andrioli, était son parrain. »

– Vous êtes la nièce du Fernand ? Ça alors ! Qué voyou, celui-là ! On en a fait des conneries ensemble quand on était pitchoun'. C'est devenu un monsieur, maintenant, le Fernand. C'est vrai que vous avez un air de famille !

« Est-ce que Sonia a hérité de quelque chose ? »

– Té, oui ! Je lui ai ramené le feutre du vieux et sa canne en olivier sculpté.

Ça ne semble pas un mobile très motivant pour un assassinat. Après quelques politesses, Clary prend congé : d'autres clients l'attendent. Toute une vie s'éloigne avec lui, d'alpages brûlés de soleil, d'odeur d'herbe sèche, de pierres grises roulant au flanc des névés. Oh ! le souvenir des courses en montagne, des torrents glacés, du frémissement de l'air embrasé de cigales.

Yvette va ranger nos achats. Je me propulse au salon, me positionne devant la grande fenêtre. C'est mon coin préféré, j'ai l'impression de voir ce qui se passe, d'être près de la lumière. C'est si fatigant le noir à perpétuité. C'est comme une chambre aux volets toujours clos. Ça sent le renfermé, la maladie. Je respire à fond, plusieurs fois.

– Coucou ! Ils m'ont donné une cassette ! Lucky Luke ! Plus vite que son ombre !

Magali me fourre un objet sous le nez, me l'écrasant à moitié.

– Doucement, jeune demoiselle ! dit Schnabel en l'écartant. Elle est surexcitée, m'explique-t-il.

– McDo ! crie Magali. Beaucoup, beaucoup !

– Heu, on s'est arrêtés au McDonald's, la petite mourait de faim.

– Frites ! Trois frites pour le général !

– Vous nous aviez caché votre promotion, Schnabel ! ricane Lorieux.

Schnabel bredouille quelque chose d'inintelligible.

– Elle ne va rien manger à table, se plaint Francine. Où est Yann ?

– Il avait envie d'un peu de calme, il est allé se faire une piste noire, répond Lorieux pince-sans-rire. On n'a pas beaucoup avancé, continue-t-il à mon intention. Yvette vous a expliqué ?

Je lève la main.

– J'ai envoyé deux de mes hommes à l'école de ski relever les noms de tous les employés et leurs photos, reprend-il. Mais je ne crois pas que ça débouchera sur grand-chose.

Bloc-notes : *« Où peut-on se procurer des tenues de moniteur ? »*

– Bof… Je suppose qu'on peut s'en fabriquer une. Il suffit de broder en bleu « École de ski de Castaing » sur le dos d'une combinaison rouge et de coller un écusson sur la manche.

Je vois mal Vore faire le travail lui-même. Est-il allé chez une brodeuse ? Il faudrait s'en assurer. Je l'écris.

– Vous avez raison, c'est à vérifier. Cela mis à part, j'ai oublié de vous parler du rapport concernant la femme Hennequin. Elle était originaire d'Entrevaux. Âgée de 29 ans. Née Gastaldi. Très bonne famille de banquiers. Elle a été mariée à un sieur Hennequin de 1990 à 1992, ledit Hennequin étant décédé fin 1992 d'une overdose. Lui et Marion buvaient et se camaient continuellement. Elle est renvoyée de son boulot de caissière en 1993. Cesse de payer son loyer dans la foulée et se fait expulser six mois plus tard. À partir de là, elle quitte la ville et on perd sa trace.

Et on la retrouve morte, à Entrevaux, six ans plus tard.

Bloc-notes : *« Que disent ses parents ? »*

– Ils sont morts. Gastaldi père, de la maladie d'Alzheimer l'année dernière. Quant à Mme Gastaldi, elle est décédée en 97, sans avoir revu sa fille. Les voisins disent qu'il y avait tout le temps des disputes dans la famille du temps d'Hennequin.

« Métier d'Hennequin ? »

– Informaticien. Au chômage quand Marion l'a épousé. Avait déjà subi deux cures de désintoxication. Ils se sont rencontrés dans le cadre d'un programme à la méthadone.

Le romantisme d'aujourd'hui. Ça remplace les sanatoriums de nos arrière-grands-parents.

Lorieux prend congé, suivi d'un Schnabel qui remercie Yvette pour la tasse de café et d'une Magali glapissante qu'on doit retenir à l'intérieur. *Exeunt* les forces de l'ordre. Place aux pensées du désordre. « Ma tête est un foutoir, où j'm'balade dans l'noir. » Après avoir joué un moment avec l'idée que cette composition puisse atteindre les sommets du hit-parade jouée par un synthétiseur vocal, j'en reviens au morne accablement qui m'étreint depuis le début de la matinée.

Deux jeunes femmes sont mortes. Un homme a essayé de me tuer. Qui ? Pourquoi ? Ou pour qui ? Vore est-il manœuvré par quelqu'un ? Lorieux devrait se renseigner sur les déséquilibrés récemment sortis de HP.

Marion Gastaldi. Sonia Auvare. Qui étaient les parents de Sonia ? Sûrement pas de riches banquiers. Je note la question sur mon calepin. Demander également à Lorieux qui héritera de l'argent des Gastaldi, maintenant que Marion est morte.

– À table ! crie Francine, tout près de mon oreille droite en me faisant sursauter jusqu'au plafond.

Et sans attendre ma réponse, elle me roule vers la longue table d'hôtes que je suppose surchargée de victuailles. Les pensionnaires font leur entrée en bande, dans le vacarme habituel. Je me retrouve placée à côté de Martine.

Je tâtonne un peu pour trouver mon assiette, remplie de charcuterie et de pommes de terre vapeur pendant qu'elle murmure le *benedicite*. Je me sens soudain affreusement mécréante. Et affreusement horrifiée quand elle me propose soudain :

– Ça vous dirait d'aller à la messe dimanche ? Le nouveau curé est vraiment très tonique.

Hop, je fais la sourde et muette qui bâfre. Elle n'insiste pas. Claquements de mandibules, grognements de satisfaction.

– Où est donc notre chère Justine ? demande Francine.

– Tiens, c'est vrai, elle n'est pas descendue, remarque Martine.

– Et Léonard non plus ! fait observer Hugo. Je vais les chercher.

– J'aimerais que l'ordre et la discipline du Centre ne soient pas trop perturbés par les développements dramatiques que nous subissons, dit Francine d'un ton sec.

Christian se met à pousser des soupirs lascifs.

– Christian ! crie Martine.

– Han han han, Léona', Jutine. Han han han ! Sales !

– Sales quoi ? demande Émilie. Sales caca ?

– Caca caca ! se mettent à crier les autres en frappant la table avec leurs couverts.

– Allons, allons, on se calme ! ordonne Francine. Ou on sera privé de dessert !

Silence instantané dans les rangs.

– C'est Christian ! dit Magali.

– Plus un mot ! Martine, vous serez gentille de vérifier que Christian prend bien son traitement, je le trouve très… agité.

Martine me chuchote à l'oreille :

– Christian subit des assauts de testostérone. Je le trouve souvent en train de vous savez quoi. J'ai prié pour lui et doublé ses doses, mais la nature est plus forte. Ça m'inquiète un peu, imaginez qu'il s'en prenne aux petites ? Des âmes si innocentes !

J'imagine. Comme j'imagine très bien Léonard et Justine. Le retour d'Hugo m'empêche d'en imaginer plus.

– Eh bien ? demande Francine.

Il s'éclaircit la gorge.

– Ils n'ont pas faim.

– Ni l'un ni l'autre ? s'étonne-t-elle.

– Léonard a une crise de migraine et Justine a mal à l'estomac. Ils préfèrent rester couchés.

– Ils auraient pu prévenir, dit Laetitia. Après tout, nous formons une équipe.

– Exactement ! approuve Francine. Encore un peu de jambon, ma chérie ?

Laetitia refuse et demande la permission de quitter la table. Elle a oublié ses gouttes dans sa chambre.

– Je vais te les chercher, dit Hugo.

– Pas la peine, je peux me débrouiller toute seule.

– Exactement. Mangez donc, Hugo, ça va être froid. Laetitia n'est pas impotente.

– Je t'accompagne, dit Martine.

– Je sais quand même où est ma chambre ! proteste Laetitia.

– J'ai oublié mon *Voici* dans la mienne, et j'ai envie de lire un peu sur la terrasse, explique Martine sans qu'on lui demande rien.

– Vous achetez *ça* ? dit Francine.

– Pour les mots fléchés, précise Martine.

– C'est le dernier ? demande Yvette. Celui où on voit Richard Gere en caleçon ?

Laetitia est déjà dehors. Je suis sûre qu'elle se propulse le plus vite qu'elle peut vers la chambre de Justine ou de Léonard. Martine réussit enfin à se dépêtrer d'Yvette et se précipite dehors à son tour. Après le drame, le vaudeville.

Les dix minutes suivantes s'écoulent dans un calme relatif. Puis une porte claque à l'étage et une voix de jeune femme en colère hurle :

– Comment peux-tu ? Elle pourrait être ta mère !

– Laetitia ! la tance Martine.

Nouvelle porte qui claque. Silence. Apparemment, le handicap moteur de Léonard ne s'étend pas à tous ses membres. C'est fin, ça, Élise, c'est chic, c'est distingué !

Martine revient. Je l'entends chuchoter et Francine dit :

– Je m'en doutais. Nous verrons ça plus tard. Pas de panique, passons au dessert.

J'ai bu deux tasses de café, bien serré et bien sucré, comme je l'aime. Yvette lit les pages « people » du magazine en commentant les articles à voix haute. Francine tient de grands conciliabules avec Mme Raymond. Hugo dirige l'atelier créativité : puzzles et jeux d'éveil. Martine fait du rangement dans l'armoire à pharmacie. À l'étage, tout semble calme. Je suis en train d'élaborer une sombre histoire : on a tué le vieux Mauro avant de tuer sa nièce. Le tueur poursuit une vendetta ancestrale qui s'étend aussi aux Gastaldi. C'est peut-être le fils d'un fermier autrefois spolié, d'un amoureux autrefois éconduit, d'un voleur qu'on a autrefois fait chanter ? Cependant, si une vendetta opposait plusieurs clans, on peut supposer que ce serait de notoriété publique et que même la maréchaussée en aurait eu vent. Je remballe provisoirement ma théorie, mais j'ai la sensation que ces meurtres ont des racines sombres qui plongent profondément dans la terre âpre de la région.

– Je crois que je vais aller faire une sieste, dit Yvette en reposant l'hebdomadaire. Vous voulez monter vous reposer un peu, Élise ?

J'acquiesce. Ascenseur. Je réussis à manœuvrer toute seule le fauteuil pour en sortir et avancer dans le couloir. Une porte s'ouvre.

– C'est vous, Élise ? demande Justine. J'ai entendu le bruit du fauteuil.

– Oui, c'est nous, répond Yvette. On va se reposer un moment.

– Entrez donc cinq minutes, propose Justine.

– Non, merci, c'est gentil, mais je suis vraiment fatiguée, dit Yvette.

Je fais pivoter mon fauteuil vers la voix de Justine et j'avance lentement.

– Eh bien, je vous laisse, dit Yvette. Vous saurez bien retrouver votre chambre, je suppose. C'est la deuxième porte à droite en sortant de chez Justine.

J'avance encore un peu et bute dans un obstacle.

– C'est ma jambe, dit Justine. Je recule, suivez-moi.

Nous franchissons le seuil de sa chambre au ralenti. Elle referme la porte. Ça sent l'encens. Justine empoigne mon fauteuil et le pousse à travers la pièce en comptant à voix haute :

– Un, deux, trois, quatre. Voilà, vous êtes juste devant votre portrait ! À hauteur de vos yeux, sur le mur.

Je lève le bras, je tends la main, j'effleure une toile. Épaisseur de la peinture. Je laisse mes doigts glisser dessus. Toile blanche. Peinture. Un long trait. Une courbe sinueuse. Je sens de fines différences d'épaisseur et des variations de sens. Horizontal, vertical… Une grosse tache ovale peinte à coups verticaux. Mon visage ?

– Ça vous plaît ? demande Justine.

Cette femme est incroyable ! Est-ce qu'elle croit que je vois avec le bout des doigts ?

– Je vous ai mis une robe violette. Comme un ciel d'orage.

Le dessin que mes doigts déchiffrent en suivant les traces de peinture est en forme de L.

– Et vous êtes assise, bien sûr. Assise dans le vide interstellaire, poursuit-elle, extatique.

Charmant. Et avec l'auréole rouge sang du Mal nouée autour du cou, je suppose. Et puis, qu'est-ce qu'elle en sait qu'elle a mis du violet pour ma robe ? Peut-être qu'elle s'est trompée et qu'elle a mis du jaune. Du jaune soleil. Le jaune va bien aux brunes.

– J'ai commencé à peindre Léonard, reprend-elle. Il est venu poser tout à l'heure.

Poser, c'est ça, et nu, je suppose.

– J'ai passé mes mains sur son visage, sur son corps…

Tiens donc !

– … pour en capturer l'essence que je projette ensuite sur la toile.

Je ne sais pas qui a projeté quoi, mais…

– Et Laetitia nous a interrompus, c'est dommage, un moment si fragile, si délicat.

Je me retiens pour ne pas pouffer.

– Toute cette colère dans un si jeune cœur, si innocent… J'ai parfois l'impression que bien qu'elle puisse voir et se mouvoir, elle souffre plus que vous ou moi de sa différence. Vous devriez lui parler.

Oui, avec mon ordinateur qui reproduit la voix de la Callas.

– Lui dire que sa jeunesse devrait la préserver de toute jalousie. Léonard l'aime beaucoup.

OK, mais c'est avec toi qu'il…

– Il a du respect pour elle.

Alors, celle-là, je l'ai entendue trois mille fois. Un mec qui respecte une fille, c'est qu'il n'en veut pas, un point c'est tout.

– Vous savez que Léonard connaissait le mari de la jeune morte ?

Le mari de la jeune morte ? Hennequin ?

– Ils étaient en seconde ensemble, à Nice. Un vrai con, d'après Léonard.

Mais alors, Léonard a peut-être aussi connu Marion ? Je saisis mon bloc, y écris *« Avertir Lorieux »*, puis je tends ma feuille devant moi à… l'aveuglette, avant de me rappeler que Justine ne peut pas la lire. Sa main heurte la feuille.

– Ah, vous voulez me dire quelque chose. Attendez, je vous passe mon bac à sable.

L'idée stupide d'une litière à chat me traverse l'esprit, puis elle pose sur mes genoux une boîte rectangulaire remplie de sable fin.

– Tracez vos lettres dans le sable, afin que je puisse les relire.

Pour raccourcir, j'inscris *« gendarmes »*. Justine suit mon tracé.

– Les gendarmes ? Vous croyez vraiment que ça va les intéresser ? Une vague camaraderie d'étudiants, avant même qu'Hennequin soit marié ?

J'efface mon message et je trace : *« Sûr que c'est le même H ? »*

– Je suppose. Léonard ne fait pas de très longues phrases, vous savez. Hennequin ne doit pas être un nom très courant et un Hennequin se destinant à l'informatique… De toute façon, quel rapport avec ces affreux meurtres ?

Et quel besoin Léonard a-t-il eu d'aller te raconter ça ? Lui qui a tant de mal à s'exprimer.

Elle reprend le bac à sable. Fin de la visite. Je commence à me propulser vers ce que je pense être la porte. Bing. J'avance machinalement la main. Un drap défait. Le lit. Je repars en arrière. Bang.

– Bon Dieu ! lâche Justine, d'une voix exaspérée.

Puis, se reprenant :

– Vous ne vous servez pas assez de votre sonar intérieur, Élise. Ce que j'appelle notre vision infrarouge et qui nous permet de déceler des formes dans l'obscurité. Des masses thermiques. Des volumes solides. Il faut que votre sonar balaie votre environnement, constamment, et vous verrez, vous ver-rez !

Elle me guide vers la porte en comptant à nouveau. Je me retrouve dans le couloir, ma main frôlant le mur pour me diriger. Deuxième porte à droite, ma porte. J'ouvre. J'ai dû laisser la radio allumée, un haute-contre interprète du Haydn.

– Qu'esse… là ? dit la radio.

Léonard ? Dans ma chambre !

Masse gesticulante dont je sens effectivement le rayonnement thermique.

– V-ou-lez quo-i ? me demande-t-il.

Juste la question que je voulais lui poser. La conversation s'annonce difficile. Bloc-notes : *« Vous connaissiez Hennequin ? »*

– Oui. É-tu-d-es.

« Et sa femme, Marion ? »

– Noon. É-lise… pren-dre dou-che.

Une manière élégante de me dire que je pue ? Ce pauvre garçon a perdu la boule ou quoi ?

– S-or-tir, s'il vou-s p-laît.

Mais qu'est-ce qu'il raconte ? Je lève la main pour protester et je rencontre un ventre. Nu. Poilu. Je retire la main comme si je venais de la plonger dans un nid de fourmis rouges. De son côté, le ventre a fait un saut en arrière. Il est nu, chez moi ! Images d'un Léonard me violant sous la douche en chantant du Haydn, moi suspendue par les cheveux à la tringle du rideau en plastique.

– S-or-tir, répète Léonard.

On ne demande pas de sortir à quelqu'un dont on désire abuser bestialement. Un certain soupçon me vient. Bloc-notes : *« Où sommes-nous ? »*

– M-a… cham-br-e.

Effectivement, j'ai toujours confondu la gauche et la droite. Je me perds en excuses muettes et ressors tant bien que mal. Je traverse le couloir droit devant. Ma porte, enfin ! J'ouvre, j'entre et bing. Bing dans deux pieds chaussés de tennis.

Deux pieds chaussés de tennis ? Je lève la main avec appréhension et tâte l'obstacle, en sentant ma température chuter de plusieurs degrés. Oui, là, à hauteur de mon visage, il y a bien des pieds, des chevilles, des jambes, oscillant lentement. Oh, non ! Non ! Je recule, me cogne dans la porte. Pourvu que Laetitia n'ait pas… Oh, mon Dieu ! Couloir. Prévenir Yvette, vite ! Je frappe à sa porte.

– Je ne veux voir personne ! crie une voix énervée.

Laetitia ! Je frappe encore. Et encore. Deux portes s'ouvrent.

– C'est vous qui faites tout ce raffut ? demande Yvette, ensommeillée.

– Élise, j'ai envie de rester seule ! s'exclame Laetitia.

Bloc-notes : *« Ma chambre, vite ! »*

Yvette, préparée au pire, court jusqu'à ma chambre, suivie de Laetitia appuyée sur son déambulateur. Le cri que pousse Yvette confirme ce que je redoutais. Deux autres portes s'ouvrent.

– Qu'y a-t-il ? demande Justine, inquiète.

Laetitia pousse un cri à son tour.

– Laetitia ? dit Justine. Que se passe-t-il ?

– Magali ! Magali ! balbutie Laetitia d'une voix mécanique, tandis qu'Yvette lance :

– Aidez-moi, tenez-lui les pieds, il faut couper la corde !

– Mais je ne peux pas ! dit Laetitia, je n'ai pas la force.

Yvette empoigne mon fauteuil et me place sous les tennis. J'ai un frisson de répulsion, mais je n'ai pas le choix. Je l'entends tirer une chaise, grimper dessus, en lançant :

– Justine, prévenez quelqu'un, vite ! Léonard, passez-moi ces ciseaux !

Léonard me frôle, tissu éponge. Laetitia émet des petits sons incontrôlés, entre le sanglot et le cri. Les baskets frôlent mon visage, odeur de cuir et de terre. Une secousse, puis une masse me choit dessus brusquement, me coupant le souffle. J'essaie de retenir le corps de mon bras valide, aidée par Léonard dont je respire l'eau de Cologne. Je sens des cheveux, un visage, ma main se rétracte, je m'oblige à la passer sur ce visage. Des yeux grands ouverts. Étrange impression des cils qui chatouillent ma paume, c'est comme un mauvais rêve, je suis l'arête du nez, les lèvres froides, molles, la langue saillante et humide, brusque nausée, je descends encore, je cherche la carotide. Rien. Yvette, essoufflée :

– Alors ?

Elle gifle, secoue le corps inanimé, en disant : « Respire, bon Dieu, respire ! » Je ne bouge pas, figée, tous les sons et toutes les odeurs ont une acuité exceptionnelle. Magali gît en travers de mes genoux, comme une grande poupée inerte. Je sais qu'elle est morte. Elle n'émet plus de chaleur, le fleuve de la vie ne court plus sous sa peau. Ce n'est plus qu'une masse de particules solides, comme la chaise ou mon fauteuil.

Une cavalcade.

– C'est pas possible !

Hugo se précipite, m'arrache le corps des bras, entreprend un massage cardiaque. Le choc de ses poings sur la cage thoracique. Laetitia pleure maintenant, sans bruit. Léonard est figé près de moi. Il tremble. Le froid ? L'émotion ? Moi aussi, j'ai froid.

– Mais comment a-t-elle pu ?..., gémit Yvette. Comment a-t-elle pu avoir l'idée de prendre de la corde à linge et de la passer autour de la poutre ? Elle aura vu ça dans un de leurs satanés films ! Mon arrière-cousin est mort comme ça, en jouant à se pendre à un radiateur.

Bloc-notes : *« Où était la chaise ? »*

– Renversée par terre, répond Yvette. Alors, Hugo ?

– Je crois que c'est fini, répond-il, haletant. Bon sang ! Qu'est-ce que fout l'ambulance ?

Piétinements dans le couloir.

– C'est par là, dit Francine.

Une grosse voix :

– On allait partir chercher une jambe cassée. Dégagez, dégagez ! Oh merde ! Allez, on l'embarque ! Une, deux, trois, hop, poussez-vous !

– Est-ce que vous croyez... ? demande Yvette.

– Je crois rien, ma bonne dame, le docteur vous dira ça. Mais franchement...

Re-piétinements. Sirène d'ambulance qui s'éloigne. Hugo est parti avec eux.

– Elle est morte, n'est-ce pas ? dit Laetitia en reniflant.

– Je crois bien, dit Yvette.

– Mais qu'est-ce que Magali faisait dans votre chambre ? demande Francine.

C'est bien la question que je me pose. Francine sort pour questionner Martine, tout en lançant :

– Et si vous vous habilliez, Léonard ?

Yvette me pose une main sur l'épaule. Je pose ma main sur la sienne. Magali avait 22 ans. Je crois qu'elle était rousse. J'ai encore la sensation de son visage sous mes doigts. De ses yeux qui ne cillaient pas sous ma paume. Je ne crois pas une seconde qu'elle se soit suicidée. Même en jouant. En jouant à quoi ? Et dans ma chambre ? Ça n'a pas de sens. Je me sens oppressée, j'ai du mal à respirer à fond.

– Ne restons pas là, dit Yvette en me dirigeant vers l'ascenseur.

Nous descendons tous. Francine nous propose du thé, je lui enverrais volontiers la théière à la figure. Yvette se permet de déboucher le flacon de cognac et nous en sert deux, d'autorité. L'alcool dissout un peu le nœud qui me ronge l'estomac. Des pas dans le couloir. Je reconnais la démarche de Lorieux, sa manière de frapper du talon.

– Les gendarmes, annonce Justine au même moment.

– Mesdames, dit Lorieux.

– Elle est… ? demande Yvette.

– Décédée depuis plus d'une demi-heure. Il n'y avait plus rien à faire. Madame Atchouel, vous serez aimable de donner au brigadier Schnabel tous les renseignements nécessaires pour l'état civil. Il faut aussi prévenir la famille.

– Tout est dans mon bureau. Si vous voulez bien me suivre, brigadier.

– Que faisait Magali toute seule dans la chambre de Mlle Andrioli ? reprend Lorieux.

Je suppose que tous les regards se tournent vers Hugo, car il marmonne :

– Je… je ne sais pas. Nous avions l'atelier créativité, et Magali aime beaucoup ça, les découpages, les puzzles et…

– Vous ne vous êtes pas aperçu de son absence ? le coupe Lorieux, glacial.

– Ils étaient tous occupés, tout le monde était calme, je suis juste allé jusqu'à la cuisine pour écouter les résultats du match, cinq minutes, pas plus…, avoue-t-il soudain.

– Quel match ? demande Lorieux.

– Tennis. Finale dames.

Magali aperçoit mon agresseur lors d'une course de snow-board et meurt pendant un match de tennis. Je ne sais pas pourquoi, je trouve ça encore plus pitoyable.

– Et quand vous êtes revenu ? s'enquiert Lorieux en faisant claquer son carnet contre sa cuisse.

– J'ai entendu Justine appeler depuis le couloir, je suis allé voir et voilà…, marmonne Hugo d'une voix lasse.

Il a dû s'absenter au moins dix bonnes minutes pour que Magali ait le temps de grimper jusqu'à ma chambre, de nouer la corde à linge, de…

– Je veux l'emploi du temps de toutes les personnes présentes, minute par minute, depuis le déjeuner jusqu'à maintenant ! tonne Lorieux. Le brigadier Mercanti prendra vos dépositions. Et je veux aussi l'emploi du temps des malades.

– Des pensionnaires, rectifie Martine, machinalement.

– Si ça peut vous faire plaisir. À nous deux ! reprend-il en posant sa main sur mon bras. À croire que vous attirez la mort, comme le miel les mouches !

Bloc-notes : « *Bête et méchant.* »

– C'est vrai. Excusez-moi, mais je commence à être un peu sur les nerfs. Cette gamine maintenant… Et c'est tout de même dans votre chambre !

Il se tait, ruminant je ne sais quelle pensée. On reste là un moment, silencieux, écoutant les interrogatoires menés par le brigadier Mercanti, un nouveau venu dont la voix posée laisse transparaître un esprit méthodique et froid.

Au moment supposé des faits, c'est-à-dire à la fin du repas, Yvette faisait la sieste. Laetitia boudait dans sa chambre. Martine discutait avec Francine. Léonard s'apprêtait à prendre une douche. Justine me faisait visiter sa chambre. Hugo écoutait le match à la radio. Et les pensionnaires ? Jean-Claude était couché, en train de regarder la télé, mais pour les autres, personne n'en sait rien. Il y a un trou d'une quinzaine de minutes. Ils disent qu'ils n'ont pas bougé de la salle de jeu. Quelqu'un a-t-il vu Magali sortir ? Non, personne. « Magali pas so'ti ! » crie Christian qui doit avoir peur qu'elle se fasse gronder.

– Mais quand Hugo est sorti ? insiste le brigadier Mercanti.

– Hugo pas so'ti ! crie Christian. Toi, so'ti' !

Le brigadier soupire. Christian aboie.

Le reste de l'après-midi se déroule dans une morne confusion. Yann fait irruption vers cinq heures, son surf sous le bras, charriant avec lui l'odeur du grand air, et reste pétrifié par nos mines abattues. On le met au courant, on lui demande où il était. Il jure comme un charretier, dévide une liste de pistes, cite les noms de copains rencontrés sur les cimes. Mais vers deux heures, non, il ne peut pas dire où il se trouvait exactement. Vers la Tête de Chien, sans doute. Il ne surfe pas le nez braqué sur sa montre, qui se trouve d'ailleurs recouverte par son gant. Mercanti note, sans commentaires.

Sa déposition finie, Yann s'affale sur le canapé à côté de moi, me propose du cognac. Je refuse. Je veux garder l'esprit clair. Je suis comme un soldat dans un film de guerre, au milieu d'un bombardement. Avancer, un pied après l'autre, s'en sortir à tout prix. Je sais que Johnny vient d'être abattu, que Frank a les deux jambes arrachées, que le lieutenant va mourir, je le sais, j'en ai de la peine, mais je dois avancer. Vers la sécurité. Et ici, vers la vérité.

Glissement de déambulateur.

– Ses parents enverront leur homme de loi s'occuper des formalités, dit Laetitia. Ils tiennent un hôtel à Fort-de-France, et la saison bat son plein. Ils n'ont pas vraiment le temps de s'occuper du cadavre de leur fille !

– La mère de Magali n'a jamais voulu la revoir quand elle a compris que la petite fille ne se développerait pas normalement, m'explique Yann. Une réaction de rejet assez rare, mais moins qu'on le pense. Martine vous dira que ce genre de mères a l'impression d'avoir accouché d'un monstre et que la vue de l'enfant réveille sans cesse une culpabilité insoutenable. Il vaut mieux qu'elles les placent en institution. Dans le cas contraire, on arrive souvent à des infanticides déguisés en accidents. Ou à de vrais accidents.

Et la mort de Magali, est-ce un vrai accident ?

Bloc-notes : *« Où s'est-elle procurée la corde à linge ? »*

– Bonne question, dit la voix froide du brigadier Mercanti. Les produits ménagers sont habituellement rangés dans le cellier, qui est toujours fermé à clé. Chaque membre du personnel a un double de cette clé à son trousseau.

« Est-ce qu'il manquait de la corde ? »

– D'après Mme Raymond, non, me répond-il. Le rouleau qu'elle garde en réserve est toujours là.

« Est-ce qu'il s'agit de la même corde ? »

Un soupir.

– Exactement. C'est une marque qui est vendue dans les supermarchés du coin. Si vous voulez bien m'excuser…

Il s'éloigne.

« Quel genre d'homme, ce Mercanti ? »

– Poisson mort, me dit Yvette. Tout beige, avec des yeux bleu pâle. On dirait un robot déguisé en gendarme.

Je retourne à mes pensées fébriles. S'il ne manque pas de corde, il faut bien que Magali en ait trouvé quelque part. Je ne la vois pas aller en acheter à la supérette ! Donc, on la lui a fournie. De là à déduire qu'on la lui a passée autour du cou… mais elle aurait crié, se serait débattue, elle était plutôt costaud ! À moins qu'on ne l'ait persuadée que c'était un jeu. « Monte sur la chaise, tu vas voir… » Pas très convaincant. Je m'aperçois que je frissonne. Je pose ma main valide sur le chauffage : il est brûlant.

– Yann, dit Justine, vous m'emmenez respirer un peu d'air frais ?

Yann grommelle un « oui, bien sûr » des moins enthousiastes et se lève. Couinement du canapé.

– Si vous la voyiez ! me siffle Laetitia. Toujours en train de minauder, c'est d'un ridicule ! Mme Atchouel disait qu'elle devrait peut-être partir plus tôt que prévu, une expo à Berlin, je crois, eh bien tant mieux ! Qu'elle prenne ses croûtes et qu'elle nous fiche la paix !

« Je croyais que mon portrait était réussi. »

– Bon, d'accord, il se dégage quelque chose de ses œuvres, une force, je ne sais pas, mais ça n'empêche que c'est une… une… une vraie pétasse ! lâche Laetitia pour finir.

Je traduis : une femme extrêmement séduisante. Qui a pris soin de m'attirer dans sa chambre à l'instant précis où Magali… Un alibi à toute épreuve. *Idem* pour Léonard, dont j'ai pu vérifier *de manu* qu'il était en tenue d'Adam dans sa chambre à l'heure fatale. Vous me direz qu'il ne m'a pas demandé de me tromper de porte. Donc, il ne pouvait pas anticiper ma venue. Donc, il était vraiment en train de chanter en se déshabillant.

Chanter ? Mince, j'avais oublié. Il chantait ! Comme tout le monde. Parfaitement juste. Une belle voix de haute-contre que j'ai cru provenir de la radio. Un type qui ne peut pas parler sans bégayer peut-il chanter sans accrocs ? Un type qui a connu le mari de la première victime.

« SVP, appelle Lorieux. »

Laetitia s'exécute. Lorieux arrive.

– Il fait trop chaud ici. Vous vouliez me voir... heu parler... heu m'entretenir ?

« Léonard de Quincey a connu Hennequin, le mari. »

– Oui, je sais. Une vague connaissance de lycée. Du fait de son handicap et de ses notes très supérieures à celles de ses camarades, Quincey ne s'est jamais fait beaucoup d'amis.

« Hennequin connaissait-il Sonia ? »

– Je ne vois pas...

Moi non plus. Mais il faut mettre au jour des ramifications souterraines. Il y a un lien quelque part entre tous ces gens. Quelque chose dans leur passé, peut-être. Seulement, c'est juste une intuition, trop compliquée à expliquer par écrit.

– Marion et Sonia se connaissaient-elles ? poursuit Lorieux en réfléchissant à haute voix. À vérifier.

Il s'éloigne et je l'entends héler Léonard.

– La nuit tombe, dit Yvette.

La nuit est la plus froide des tombes.

8

Le soleil brille. Je le sens sur mes joues. Nous sommes installées au pied des pistes, Tintin à nos pieds. J'ai écrit à Yvette que j'avais besoin de prendre l'air, d'échapper à l'atmosphère étouffante du Centre. D'où orgie de tartes aux myrtilles avalées sans plaisir.

Le docteur a fait transférer le corps de Magali à Nice, c'est de là qu'il sera expédié à ses parents, en Martinique. Les résultats des examens ont confirmé qu'elle était morte étranglée. Je suis de plus en plus sûre qu'il s'agit d'un meurtre. Magali avait peut-être bel et bien reconnu Vore à la télé. Il l'a suicidée et l'a pendue dans ma chambre en guise de représailles, d'avertissement ou de message.

– Je vais aux toilettes, m'annonce Yvette.

Les moniteurs de l'école de ski ont tous été interrogés, ainsi que les membres du personnel. Il en est ressorti que trois personnes seulement n'avaient d'alibi ni pour la nuit où Sonia a été assassinée, ni pour l'heure où j'ai été agressée. Trois seulement et les trois mêmes : deux moniteurs – Hervé Payot et Véronique Gans – et un ski-man, Kevin Destreille. Et pour le meurtre de Marion, là encore c'est le flou : Destreille prétend avoir été en boîte à Nice et avoir fini la nuit dans sa voiture avant de remonter pour reprendre le boulot à midi. Payot assure qu'il a joué au poker jusqu'à trois heures du matin avec des vacanciers de passage. Gans, quant à elle, était dans le lit d'un bel inconnu prénommé Sammy, rencontré en boîte et jamais revu depuis. Payot et Destreille ont le gabarit requis pour pouvoir être Vore, Gans est hors concours. Car Vore m'a parlé et je suis sûre à 70 % que c'est un homme.

– Évidemment, il n'y avait pas de savon ! Heureusement que j'ai gardé les rince-doigts du restaurant, l'autre fois ! lance Yvette en revenant.

Et si tu te trompais, Élise ? Si Vore était une femme ? Il m'a toujours parlé en chuchotant. Et un costume de ski matelassé porté par une sportive mince et musclée a pu abuser Magali. Voyons, Véronique Gans a la trentaine, soit sensiblement le même âge que Sonia Auvare et Marion Hennequin. Des amies à elle ? Mais pourquoi s'acharner sur ces deux jeunes femmes avec une violence typiquement masculine ? OK, Psy, cette observation est dénuée d'objectivité. Mais je t'emmerde, parce que tu ne m'aides pas, parce que j'ai mal, parce que j'ai de la peine, parce que j'ai peur, parce que j'en ai marre ! Marre ! Je veux redevenir l'Élise d'avant ! Je n'en peux plus !

– Élise !

Yann.

– Ne le dites à personne, mais je me suis évadé.

– Vous êtes bête ! dit Yvette en riant. Vous prenez un café ?

– Une Suze, merci, répond Yann apparemment très en forme. Vous savez, reprend-il, j'ai beaucoup réfléchi. Personne ne pouvait savoir que Hugo allait sortir écouter le match. Donc, personne ne pouvait prévoir que Magali allait filer dans votre chambre. Donc, quelqu'un la surveillait. Quelqu'un qui était sur place, achève-t-il d'un ton sinistre.

– Oh ! Mais c'est impossible ! s'exclame Yvette.

Le raisonnement de Yann est correct. Personne ne pouvait savoir que Magali allait monter dans ma chambre. Donc, le tueur était là, prêt à agir à la moindre occasion.

La conclusion n'est pas des plus agréables.

– De toute façon, dit Yvette, rien ne permet d'affirmer qu'il ne s'agit pas d'un accident ou d'un suicide.

– Il a bien fallu que quelqu'un lui procure la corde à linge ! répond Yann.

– Vous faites toute une histoire avec cette corde à linge ! riposte Yvette Elle a pu en chiper un bout n'importe où. L'autre jour, Christian est bien revenu avec un vieux tuyau d'échappement, il disait que c'était sa trompette. Magali a pu prendre une corde à linge pour une corde à sauter. Vous savez bien qu'elle se comportait comme une petite fille.

– Il faut que j'y aille, soupire Yann, ou la mère Atchouel va nous faire une attaque.

– Francine prend très à cœur tout ce qui concerne le Centre. Elle est très inquiète pour nous tous, dit Yvette, pincée.

– Elle est surtout inquiète pour la réputation de son établissement. Les gens qui se débarrassent de leurs proches en les fourrant dans des institutions n'ont aucune envie qu'on les accuse de les y envoyer se faire assassiner.

Je ne peux pas laisser passer ça. Bloc-notes : *« Vous croyez que tout le monde a le temps et l'argent nécessaires pour s'occuper toute la journée d'une personne handicapée ? »*

– Oh là, quel discours ! Excusez-moi, moi aussi, je suis un peu à cran, et puis vous avez dû remarquer qu'entre Atchouel et moi, ce n'est pas vraiment le grand amour. J'ai hâte que mon contrat soit fini ! Il faut vraiment que je file ! conclut-il en se levant.

Tintin s'ébroue avec un bref jappement. Apparemment, il en a marre de prendre le thé. Je lui tapote la tête. Bloc-notes : *« Et si on marchait un peu ? »*

Yvette se lève en soupirant. On avance lentement le long de la rue principale inondée de soleil. Deux solutions : ou bien quelqu'un s'est introduit subrepticement dans les lieux afin de tuer Magali si l'occasion s'en présentait ou bien le tueur est l'un des résidents du Centre. Éducateur ou pensionnaire. Car quoi de plus facile que de jouer la comédie de l'aliénation ? Enfin, pas pour Magali ou pour Jean-Claude. Mais qui me dit que Justine est vraiment aveugle ? Et Léonard vraiment handicapé ? Léonard le haute-contre. Nu dans sa chambre, prêt à prendre une douche. Pour éliminer toute trace de cheveux roux de Magali ?

Mais comment le chien ne reconnaîtrait-il pas l'assassin de sa maîtresse s'il vivait au Centre ?

Le poivre ! L'odeur de poivre ! Pour brouiller son odorat !

Si c'est ça, ça confirmerait que c'est bien l'un d'entre nous.

Récapitulons.

Avant mon départ en vacances, je reçois une lettre de menaces signée D. Vore.

Peu après mon arrivée, Marion Hennequin, 29 ans, est assassinée par un tueur sadique.

Le même jour, je fais la connaissance de Sonia Auvare, barmaid et prostituée à ses heures, dont mon oncle est le parrain.

Dans la foulée, je fais la connaissance de Yann, un éducateur du Centre pour handicapés.

On m'offre un steak qui est en fait un morceau de Marion. Je le mange.

Puis on m'en offre un second. Nous le faisons analyser.

Peu après, Sonia est assassinée à son tour.

Yann avait rendez-vous avec elle.

Le gendarme chargé de l'enquête a été l'amant de Sonia.

Non, non, ça ne va pas. Il faut que je fasse un diagramme, ou je ne m'en sortirai pas. D'un côté Marion, de l'autre Sonia, et toutes les connexions. Essayer de le dessiner dans ma tête.

– Je vais acheter le journal.

OK. Où en étais-je ? Oh ! il y a trop de questions, trop de faits à mettre en parallèle, tout se mélange. Par exemple, les deux victimes ont été mutilées. Mais pas de la même façon. Cela a-t-il un sens ? On m'offre un morceau de cuisse. Pour que je marche ? Une paire d'yeux. Pour que je voie ? Stop, Élise, c'est du délire. L'assassin n'est pas un primitif qui essaie de venir à ton secours avec des moyens pittoresques, mais maladroits : il a essayé de te jeter du haut d'une terrasse ! Pour que tu voles, peut-être ?

– Ils parlent de vous !

Impossible de réfléchir avec un moulin à paroles branché en permanence à mes côtés. Quoi ?

– Un petit entrefilet pour signaler le décès de Magali. « Castaing : décès tragique au CLMPAH. Magali Delgado, une des jeunes résidentes, trouve la mort accidentellement dans la chambre d'Élise Andrioli. Élise Andrioli est cette courageuse jeune femme invalide, qui, bien que clouée sur un fauteuil, a permis la résolution de sordides meurtres d'enfants il y a deux ans à Boissy-les-Colombes. » Pas un mot sur moi. Pas même pour dire que j'ai eu le crâne fracassé en essayant de vous aider !

Ça y est, dans cinq minutes, tout va être de ma faute ! C'est moi qui pousse les gens à tuer et à mutiler leurs semblables. Quoi, Psy ? Et si c'était vrai ? Si je dégageais vraiment une force mauvaise, cette aura sanguinolente dont parle Justine, la voyante aux yeux clos ? Merci, Psy, ça me rassure. Dorénavant, tu la fermes tant que je ne t'interroge pas.

Nous cheminons encore un moment, en silence, quand, brusquement, Tintin émet un grondement sourd. Je tire sur son collier, mais il ne s'arrête pas, figé, le poil hérissé.

– Qu'est-ce qu'il a, ce chien ? s'étonne Yvette. Il a dû voir un chat.

Un prédateur beaucoup plus gros qu'un chat, à mon avis. Bloc-notes : *« Où sommes-nous ? »*

– Près de l'école de ski.

« Qui y a-t-il autour de nous ? »

– Ben… Une famille. Deux moniteurs. Un homme qui vient de se garer. Un gendarme qui surveille la circulation. Des gamins qui rentrent du ski…

« Que regarde Tintin ? »

– Le parking.

« Beaucoup de gens ? »

– Plutôt !

Tant pis. Je lâche le chien. Mais il ne s'élance pas. Il se blottit contre moi en tremblant. Il a peur.

« Yvette, Vore est sûrement là. »

– Parce que Tintin a vu un chat ?!

« Il n'a pas peur des chats, il a peur de celui qui lui a filé un coup de couteau ! »

J'écris si vite que le stylo accroche le papier. Yvette lit par-dessus mon épaule.

– Vous croyez ?! Mon Dieu, il y a un homme qui nous regarde. Un vieux avec des yeux vicieux. Ah non, il attendait sa femme. Et les deux moniteurs ? me chuchote-t-elle. Je vais aller voir de plus près.

Elle s'éloigne. Trop tard, le chien ne gronde plus. Vore a filé. Frustrée, je pianote sur le bras du fauteuil en attendant qu'Yvette revienne.

– Il y avait leur nom brodé sur leur badge : Hervé et Véronique.

Troublant. Juste les deux moniteurs suspects !

– Je leur ai demandé les tarifs pour une heure de cours, en observant Tintin : il n'a pas réagi.

Exact. S'il avait cru Yvette en danger, il aurait bondi, même terrorisé.

– C'est vous, Élise Andrioli ? me demande soudain une voix féminine, jeune, ferme.

– Qu'est-ce que vous lui voulez ? s'interpose Yvette.

– On parle de vous dans le journal, me dit la jeune femme en négligeant la question. C'est à cause de vous que les gendarmes sont venus nous emmerder !

– C'est Mlle Gans, m'explique Yvette. La monitrice de ski.

Mlle Gans se penche vers moi :

– Si jamais je perds mon boulot…

Je la joue cool. Bloc-notes : *« Désolée qu'on ait essayé de me tuer ! »*

– C'est peut-être pas de votre faute, mais la mongolienne qui s'est suicidée a dit aux flics que votre agresseur était un moniteur !

« Et ça, c'est de ma faute ? »

– Oh ! Ça va, hein ! En attendant, tout le monde nous regarde de travers. Et on nous a posé des tas de questions sur notre emploi du temps le jour du meurtre de Sonia et de la clocharde. Évidemment, vous, vous êtes bien tranquille dans votre fauteuil, qu'est-ce que ça peut vous foutre !

Quelle sympathique jeune femme ! Vive, pleine d'entrain, communicative.

Yvette bougonne un « ça suffit maintenant ! » plein de menaces. Je crains fort que Véronique Gans se ramasse un coup de sac à main sur le crâne dans de très brefs délais. Et le sac à main d'Yvette doit bien peser dans les trois kilos.

Bloc-notes : *« Si vous n'avez rien à vous reprocher, vous ne risquez rien. »*

– Facile à dire ! Mais les flics, c'est comme les chiens, quand ça mord, ça vous lâche plus.

« Dénoncez un de vos camarades, comme ça, vous serez tranquille. »

– Ah, c'est drôle ! Espèce de momie !

Bang. Sac à main.

– J'ai dit : ça suffit !

– Mais elle est cinglée, la vieille toupie ! Mais je vais la massacrer !

Grrrr.

Sourd, guttural, très impressionnant.

– Foutez le camp ou je lâche le chien ! lance Yvette.

– Ça ne se passera pas comme ça ! Je vais me plaindre ! Tout ce que je souhaite, c'est que ce type vous retrouve !

Murmures autour de nous des badauds ravis. Yvette empoigne le fauteuil et tire d'un coup sec.

– Cette Gans est complètement folle ! Dire qu'il y a des gens pour lui confier leurs enfants !

Folle, je ne sais pas. Affolée, c'est sûr. Elle a peut-être déjà eu affaire à la police auparavant, ça expliquerait la violence de sa réaction.

– Excusez Véronique, elle est vraiment à cran en ce moment, nous dit une voix masculine à l'accent ensoleillé. Je suis Hervé Payot, reprend-il, je suis moniteur moi aussi. Un de ceux qui n'ont pas d'alibi satisfaisant, conclut-il avec amertume. Vous savez, dans une petite station comme ici, tout se sait. Le moindre soupçon sur votre moralité et vous perdez tous vos clients. Alors, imaginez : des meurtres !

« Je suis désolée. »

– Je m'en doute. Véronique sait bien que ce n'est pas de votre faute. Mais ce n'est pas très facile pour elle, elle remonte à peine la pente, alors…

– De quoi parlez-vous ? demande Yvette.

– Vous l'auriez vue il y a deux ans, nous chuchote Payot, vous ne l'auriez pas reconnue. Squelettique, des yeux de folle… Heureusement qu'elle a perdu connaissance dans la rue, on l'a internée d'office, ça l'a sauvée.

– La drogue ?

– Je ne devrais pas vous en parler, mais comme ça peut expliquer des choses… Elle en a vraiment bavé, vous savez, reprendre le sport, s'astreindre à une discipline de fer, et là, elle a retrouvé du boulot, elle ne touche même plus une clope et, hop, les gendarmes débarquent, c'est dur.

– Ce n'est pas une raison pour être vulgaire ! dit Yvette.

– Il faut la comprendre, dit Payot. Elle sort de l'enfer. Moi, j'y suis en plein, ça fait trois ans que ça dure et je crois que j'en ai encore pour vingt ou trente. Mais ça, évidemment, ça ne va pas consoler la douce Véronique.

– C'est tellement absurde, cette histoire, reprend Payot qui a « visiblement » envie de parler. Comme si l'un d'entre nous était un assassin ! Comme si l'un de nous pouvait avoir tué Sonia ! Elle était si jolie, et puis si... tellement... Bref, aucune raison de la tuer !

– Vous l'avez bien connue ? lui demande Yvette d'une voix pleine de sous-entendus.

– Une fois, au début de la saison, répond-il sans ambages, mais n'allez pas le crier sur les toits, hein ! Surtout que l'adjudant, il en pinçait dur pour elle, tout le monde le sait. Et Véronique non plus n'est pas au courant, ajoute-t-il en baissant encore plus la voix, j'ai préféré me taire, si vous voyez ce que je veux dire, et puis elle aimait pas Sonia, parce que Sonia l'avait vue, pendant sa cure. Elle avait toujours peur qu'elle en parle. Comme si c'était le genre de Sonia...

« Sonia a suivi une cure de désintoxication ? »

– Non, elle était venue rendre visite à une amie et, paf, elle tombe sur Véro ! La tête de Véro quand elle m'a raconté !

Parle encore, merveilleux jeune homme si bavard !

« Qui est-ce que Sonia était allée voir ? »

– J'en sais rien. C'est pas important, ce qui est important c'est...

– Hervé !

– Merde, c'est Véro ! Bon, j'y vais, à plus !

– Quel moulin à paroles ! s'exclame Yvette. J'ai cru qu'il ne s'arrêterait pas. Ouh là, si vous voyiez comme elle l'engueule !

Eh non, je ne vois pas. Je suis occupée à me repasser la bande-son de M. Payot. Sonia a rendu visite il y a deux ans à une amie qui se trouvait en cure de désintoxication. Marion Hennequin ? Comment le savoir ? Par Lorieux. Il pourra consulter les registres de l'hôpital. J'ai enfin l'impression que ça avance et que la menace s'estompe.

Mais même si j'arrive à comprendre le lien qui relie les victimes, quel peut bien être le rapport avec moi ?

De retour au CLMPAH. Ambiance morose. Les pensionnaires ont été très perturbés par la disparition tragique de Magali. Pour certains, comme Émilie, le concept de la mort est trop abstrait et l'impossibilité de concevoir une absence définitive induit un comportement d'attente et de prostration. Pour d'autres, comme Jean-Claude, la disparition de Magali renvoie à leurs propres maladies, porteuses d'une fin apparemment inéluctable.

Et puis, tout bêtement, la gaieté et l'entrain de Magali nous manquent. Laetitia ne cesse de se reprocher de s'être trouvée dans la chambre voisine et de n'avoir rien entendu. « J'avais mis la radio à fond, de la techno », m'a-t-elle dit. Quoi qu'il en soit, les cloisons sont minces et si Magali avait crié ou s'était débattue, elle l'aurait entendue malgré la musique. Ça me conforte dans l'idée que Magali ne s'est doutée de rien et n'avait pas peur de la personne qui l'a persuadée de monter dans ma chambre.

À moins qu'elle s'y soit rendue d'elle-même et qu'on l'ait suivie. Mais qu'aurait-elle pu vouloir faire là-haut ? Me voir ?

Tu tournes en rond, Élise, écureuil en cage, à s'émousser dents et griffes sur des raisonnements aussi rigides que des barreaux. « Voir » différemment. Penser autrement. Si je considère qu'un meurtre est l'énoncé d'un problème, je dois apprendre à le lire. Parce que dans l'énoncé se trouve la solution. Cachée sous une formulation absconse.

– J'ai terminé le portrait de Léonard, j'aimerais que tu me dises ce que tu en penses, Laetitia. Et vous aussi, Élise, bien sûr.

J'émerge lentement de mes cogitations. Le parfum musqué de Justine. Laetitia, qui lit un article sur le rock alternatif, froisse nerveusement les pages.

– Je n'ai aucune compétence en peinture, répond-elle sèchement.

– Mais je ne cherche pas l'avis d'un critique professionnel, je serais simplement heureuse de connaître ton opinion sur mon travail. D'être humain à être humain.

Un point pour Justine. Laetitia soupire « OK ». On me pousse vers l'ascenseur.

Chambre de Justine. Il y a quelqu'un à l'intérieur. Présence thermique détectée.

– Elles sont venues voir ton portrait, Léo. Il reste encore du thé ?

– B-on-j-our.

Les doigts fins de Laetitia se resserrent douloureusement sur ma clavicule. Léonard farfouille dans de la vaisselle, faisant s'entrechoquer des objets. Belle démonstration. « Regardez l'animal, il est chez moi, domestiqué. »

– Tu peux retourner la toile, s'il te plaît ?

Elle ne dit pas « chéri », mais c'est tout comme.

– Et voilà ! dit Justine qui se comporte en toutes circonstances comme si elle voyait normalement.

– Mon Dieu ! murmure Laetitia. Quelle… quelle violence ! Tout ce noir et ce vert… si sombre !

– La profondeur abyssale des espaces interstellaires qui bouillonne sous le crâne de notre Léo ! s'exclame Justine théâtralement.

– V-erts m-es y-eux, balbutie Léonard à mon adresse, je suppose.

– Mais ils sont si froids, si opaques ! s'exclame Laetitia. On dirait deux pierres au fond d'un étang !

– Léonard est rempli de glace, dit Justine, de la glace qui craque et qui bouge et sous laquelle percent les fleurs du printemps.

– Je ne sais pas, je… Franchement, je trouve le tableau déconcertant.

– Tout ce qui ne fonctionne pas selon les normes est déconcertant, tu ne crois pas ? Toi, moi, Léonard, Élise, nous sommes des monstres. Ah, le thé, merci. Donne donc une tasse à Élise.

Le chien de cirque astronome pose une tasse sur mes genoux, je referme mes doigts sur la porcelaine hyper-brûlante et la lâche malgré moi. La tasse s'écrase par terre.

– Qu'est-ce que c'est ? demande Justine. La tasse est tombée ? Aucune importance. Il y a des essuie-tout sur l'étagère. Laetitia, j'aimerais beaucoup faire ton portrait avant de partir, reprend-elle.

– Quand partez-vous ?

– Samedi prochain, je crois. Francine doit s'occuper des billets d'avion. Hugo m'emmènera à Nice, à l'aéroport. Je vais à Berlin, pour une exposition pré-passéiste.

– Heu… pré-passéiste ? répète Laetitia.

– Oui, le post-modernisme a vécu. Il faut anticiper. Le retour de la tradition, la réaction. On est à la charnière entre l'après d'après et l'avant de demain.

J'imagine Justine en commissaire de police avec des brigades entières d'inspecteurs sous Prozac. « Mais dites-moi, est-ce que vous l'avez tué pour lui prendre son vécu ou est-ce que vous avez vécu pour lui voler sa mort ? »

– Oh, s'exclame Laetitia, *le PsyGot'yK* !

De quoi parle-t-elle ?

– Vous connaissez cette revue ? demande Justine, étonnée.

– Non, mais ça a l'air marrant.

– Marrant, je ne sais pas. Mais intéressant. C'est une revue d'art qui s'intéresse aux liens entre les troubles de la personnalité et la créativité, explique Justine. J'ai fait une ou deux expos pour eux et rédigé quelques articles conceptuels sur l'art expérimental.

Troubles de la personnalité. L'expression évoque assez bien un Vore vorace.

– Au fait, quelle heure est-il ? demande Justine tout à trac.

– Six heures, répond Laetitia.

– Ah, il faut que je passe un coup de fil, s'excuse-t-elle. Mon portable doit être par ici.

– Le voilà. On vous laisse. À tout à l'heure.

Nous sortons, et Léonard sort également.

– Fais attention, Léonard, lui dit Laetitia. Justine essaie de capturer ton âme.

– J-e n'e-n-ai-pa-s, répond Léonard très calmement.

Il regagne sa chambre de son pas claudicant. Nous descendons.

– Si vous aviez vu ça, me siffle Laetitia en me conduisant au salon. Ça m'a fait froid dans le dos. Des traits noirs qui cisaillaient la toile dans tous les sens, et ces taches de vert presque minérales, on aurait dit qu'on avait ouvert la porte sur quelque chose de malfaisant.

Bloc-notes : *« Et mon portrait ? »*

– Il est plus doux. Vous êtes assise dans un ciel bleu, comme un grand tournesol, et vos cheveux flottent en corolle. On dirait Ophélie allongée dans un tableau de Van Gogh.

Ophélie se noyant dans le ciel bleu des Alpes.

« Tu vas poser pour elle ? »

– Je ne sais pas. Je crois que je me sentirais ridicule à poser devant quelqu'un qui ne peut pas me voir. Tout son cirque de médium m'énerve. D'un autre côté, je serais assez curieuse de voir ce qu'elle pourrait faire de moi, conclut-elle rêveusement. Je la vois très bien me vêtir de marron caca d'oie avec un peu de blanc sale pour les yeux.

Comment l'humour vient aux filles…

– Excusez-moi, Élise, me chuchote-t-elle soudain, tout excitée, mais Léonard vient de descendre et me fait signe !

Hop, on abandonne mamie dans son Caddie et on déambule aussi vite que possible vers le monstre aux yeux verts. J'ai l'impression d'être une petite crevette dans un gros panier de crabes. L'arrivée de Lorieux me fait l'effet d'une goulée d'air frais. Je lui tends la page où j'ai noté les questions qui me préoccupent. Il les relit à haute voix. Puis s'éclaircit la gorge.

– Bien. En ce qui concerne le point numéro un, je peux déjà vous répondre. C'est Gastaldi qui tenait les cordons de la bourse. Sa femme avait fait une excellente affaire en épousant l'héritier de la banque familiale. Leurs économies – il y en a pour 2 millions de nouveaux francs au bas mot – iront à leurs descendants, très classiquement. Leur fille unique, Marion, étant décédée, le notaire est en train de rechercher d'éventuels parents survivants susceptibles de devenir légataires.

« En ce qui concerne le point numéro deux, je vais vérifier si la femme Hennequin a été hospitalisée en même temps que Véronique Gans. Vous croyez à une connexion possible à travers la drogue ? Un règlement de comptes ?

Je ne crois rien. Je lance des questions comme autant d'hameçons en me demandant ce qui va mordre.

– Sonia aussi avait suivi une cure il y a deux ou trois ans, reprend Lorieux en faisant craquer ses phalanges. Sonia, Marion Hennequin, Véronique Gans…

« Et Yann, son stage en HP ? »

– Vous suggérez que… Les aurait-il rencontrées lors de son séjour à l'hôpital ? se demande-t-il à voix basse. Je vous laisse, il faut que j'aille vérifier plusieurs choses.

Il est déjà reparti. Les noms tournoient dans ma tête. Sonia. Marion. Véronique. Le lien est-il la came ? Et Yann ? Ou la came et Yann ? Yann est-il un dealer ? Imaginons que Sonia et Marion aient escroqué leurs fournisseurs et qu'ils aient commandité leur exécution. Que Vore ne soit qu'un tueur professionnel. OK, mais alors, qu'est-ce que je viens faire là-dedans ? Brouiller les pistes ? Et Véronique Gans, est-elle en danger ? J'ai la tête farcie de points d'interrogation. M'étais jamais rendu compte auparavant de l'importance de ce foutu point. Si on le supprimait à l'instant même de la langue française, je ne pourrais plus penser. Imaginons un polar sans points d'interrogation : plus de questions, pas de réponses. Sans point d'interrogation, mes pensées seraient comme une mer étale. Inertes. Comme moi.

Le premier jour de notre séjour, Yann m'est tombé dessus, littéralement. Rencontre fortuite ? (Et hop, encore un « ? » Avec moi, les fabricants de « ? » seraient milliardaires. Pour être équitable, je vais essayer de mettre des « ! ».) Et si Yann avait délibérément provoqué cette rencontre !!! (Paf, trois d'un coup.)

Et encore pire : si on supprimait les « . », comme dans les inscriptions latines. Comment ces types pouvaient-ils penser clairement sans ponctuation ? Mon Dieu, je disjoncte. Court-circuit synaptique. Au feu, les pompiers, y a l'Élise qui brûle, au feu les pompiers, y a l'Élise qu'est cramée. Élise, c'est Église sans le g. Le temple de la connerie. Je sais, Psy, je ne dois pas me dévaloriser comme ça. Je suis une personne aussi estimable qu'une autre. Je dois m'aimer. Ça, t'as raison, mon vieux, parce que, si je m'aime pas, je vois pas qui va le faire.

– Pauvre conne, me confirme Psy de sa voix doucereuse.

Quoi ?!

– Pauvre petite conne, comme tu vas souffrir !

Bon sang ! Il est là !

Vore est là, dehors, à la fenêtre, vite, regardez, bougez-vous ! Je recule vivement le fauteuil, je me cogne dans la table, aïe, quelque chose m'a transpercé l'épaule, ça brûle, fort, comme quand on marche sur un clou, ahh, encore, au creux du ventre, lever le bras, me protéger le cœur, ahhh, dans le poignet, mais qu'est-ce que… ahha, ma joue, oh ça fait vraiment mal, il y a quelque chose de gros et de dur enfoncé dans ma joue, qui racle ma gencive comme un scalpel, reculer, reculer, cette putain de table me bloque, du liquide coule sur mes lèvres.

– Vous ne trouvez pas que ça sent le sang ?

Justine !

– Le sang ? demande Yvette.

Mes yeux, cacher mes yeux, si jamais…

– Ça va, Élise ? Oh non ! Non !

Galopade. Mon bras de nouveau, juste sur l'os, ça vibre. Je veux serrer les dents, et je m'entends hurler de douleur dans ma tête.

– La fenêtre ! Écartez-vous de la fenêtre, Justine !

– Où est la fenêtre ? demande Justine.

– Oh, ma pauvre chérie, ma pauvre chérie ! se lamente Yvette en me poussant.

Elle tire sur des choses plantées dans ma chair. Secousses douloureuses, profondes, brûlantes.

– Hugo ! Martine !

– Merde ! Mais qu'est-ce que…, s'exclame Hugo.

– Quelqu'un a attaqué Élise à coups de fléchettes ! crie Yvette. Par la fenêtre, là !

Cavalcade.

– Martine, il faut des pansements, de l'alcool, reprend Yvette, la voix altérée. Ça va, ça n'a pas l'air trop profond.

Peut-être, mais ça fait très mal. Surtout la joue. J'ai la bouche pleine du goût âcre du sang. Je m'essuie tant bien que mal, Yvette m'intime de me tenir tranquille.

Hugo revient en disant qu'il n'a vu personne. Le contraire aurait été étonnant. On me tamponne à l'alcool, on essuie le sang qui a coulé partout, Justine pose des questions auxquelles personne ne répond, je suis en état de choc. Je le sais, parce que je tremble sans rien ressentir. Le vide. Un faux calme terrifiant. J'ai l'impression d'être isolée du monde par une couche d'ouate. Le silence dans le silence. Ils parlent, ils s'agitent. Élise Andrioli, cible pour pub irlandais ! Quelle ironie du sort après la bombe irlandaise qui a réduit ma vie à néant. Ou presque à néant.

– Lorieux est à Digne, il ne pourra pas être là avant ce soir. On nous envoie Mercanti, annonce Francine.

Mercanti arrive presque aussitôt et pose des questions précises et pertinentes. Il me dit que le docteur va venir m'examiner afin d'établir le certificat médical. « Avec ça, vous en aurez au moins pour quinze jours d'immobilité... », lance-t-il avant de s'interrompre soudainement et de rajouter un « heu... » piteux. Il enchaîne rapidement en demandant pourquoi le chien n'est pas intervenu. « Il était dehors avec Laetitia et Léonard », répond Yvette. « Monsieur de Quincey, mademoiselle Castelli, vous n'avez rien vu ? – Non, nous étions en contrebas, côté colline, devant la grange. De là, on ne voit pas la porte-fenêtre, ni le sentier, explique Laetitia. On s'amusait à lancer un bâton à Tintin. » Ça non plus, Vore ne pouvait pas le prévoir. À moins de surveiller la maison. Il nous épie peut-être constamment, à la jumelle, tapi dans les bois. Je serre le poing, ça ravive la douleur au poignet.

Le docteur fait son apparition, grommelant qu'il est débordé.

– Voyons voir... Oh là là, ma pauvre petite ! bon, ça va, c'est pas trop vilain, je vais vous faire une piqûre antitétanique au cas où, passez-moi ma trousse, merci, et une piqûre pour votre gencive, faudrait pas que ça s'infecte, la bouche, c'est toujours ennuyeux, tirer des fléchettes sur une infirme, franchement, quel monde ! Sûrement des gosses de banlieue en vacances, voilà, c'est fait, j'y vais, excusez-moi, vous passerez me régler au cabinet.

9

Je suis couchée dans mon lit, le coussin anti-escarres entre les genoux, le dos calé par les oreillers, une poche de glace autour du poignet, une compresse froide sur la joue. Il doit être tard. Il n'y a pas de bruit. Pas de chants d'oiseaux. Pas de coups de klaxon au loin. Rien. Un peu de vent dans les branches. Ils ont prévu d'importantes chutes de neige pour demain. J'entends Yvette ronfler à travers la cloison. J'ai rêvé que Magali pleurait, pieds nus dans la neige, parce qu'elle avait froid et qu'elle ne voulait pas enfiler la grande chemise de nuit blanche que lui tendait Francine Atchouel. Ses cheveux roux brillaient dans la nuit, et Laetitia lui faisait manger de la neige en lui disant que c'était de la potion magique, elle se débattait, elle étouffait, elle recrachait la neige, elle était remplie de neige, noyée par la neige, et je me suis réveillée alors que ses yeux roulaient dans ses orbites, affolés.

Je transpire. Trop chaud. Et cette couverture pèse une tonne. Impression d'être enterrée vivante. Comment ai-je pu trouver du plaisir à lire *La Chute de la maison Usher* ? Oh ! s'asseoir, juste repousser la couverture et s'asseoir. Tapoter l'oreiller. Se pencher pour prendre un livre. Lire. Oh, lire ! Tourner les pages. L'odeur des pages. Lire rapidement, avec indifférence, en pensant qu'on pourra lire autant qu'on voudra, quand on voudra. Lire.

Qu'est-ce qu'elle a pensé, Magali, quand ses pieds ont battu en vain dans le vide, quand le souffle lui a manqué ?

Qu'est-ce qu'elle a ressenti ? Le silence de la nuit te rend morbide, Élise. Imagine-toi plutôt dans ta belle robe jaune tournesol flottant dans le ciel pur de la montagne.

Jamais raffolé de ce tableau, les *Tournesols*. Tournesol. J'entends encore Justine : « Je vous ai mis une robe violette. Comme un ciel d'orage. » Depuis l'accident, ma mémoire auditive est devenue aussi fiable qu'un magnétophone. Laetitia a dû se tromper. Ou bien Justine m'a menti. Ou bien c'est Laetitia. Demander demain à Yvette d'aller voir le tableau. Yvette est le seul scanner fiable dont je dispose.

Cette nuit ne finira donc jamais ? Je n'ai pas sommeil. J'ai mal au bras, mal dans la bouche. J'ai envie de me tourner sur le côté. De regarder la lune dans le ciel. Est-ce que c'est la pleine lune ? Hugo a vérifié trois fois que tous les volets étaient bien fermés. Impossible d'accéder à ma chambre sans une échelle. Et Tintin dort dans le couloir.

On marche, en bas. L'idée de Magali nue et tremblante surgit sans crier gare, je la repousse. On marche. J'en suis sûre. Tintin, sorti fureter dans les poubelles ? Non, impossible, tout est fermé à double tour. Un animal sauvage qui espère trouver à manger ? Ce n'est pas un animal. Craquement caractéristique de bottes s'enfonçant dans la neige. Un être humain qui rôde. Hugo, qui fait une ronde ? Mais oui, certainement. Il marche lentement, d'un pas égal. C'est ça, je suis bête, toujours à paniquer pour rien.

Je sais très bien que ce n'est pas Hugo. J'ai envie de faire pipi. Je cherche le bassin de ma main valide, je le cale tant bien que mal.

Quelqu'un siffle *Marinella*. Impossible d'uriner, tout est bloqué. Je n'ai pas rêvé, j'ai bien reconnu les premières mesures sifflotées tout doucement. Donc, c'est Hugo. Un tueur ne serait pas assez con pour se promener en douce sous nos fenêtres en sifflant *Marinella*.

« Marinella, j'ai pris tes jambes pour tes bras et quand je m'en suis aperçu… » Bon Dieu, Élise, mais qu'est-ce qui t'arrive, ma fille ? Peut-être qu'on me drogue à mon insu ? La piqûre du docteur. Ou la nourriture. La tisane. Une tumeur au cerveau. De l'amiante dans les roues du fauteuil. Est-ce qu'on va se remettre à siffler, dehors ? Je n'entends plus rien. Plus de pas. Parfois, on n'a pas conscience qu'on dort. J'ai peut-être fermé les yeux quelques secondes et tout imaginé. On verra bien demain. Maintenant tout est calme. Je n'aime pas le calme. Je n'aime pas ce calme.

Sale goût dans la bouche, besoin de café fort. J'ai vraiment mal dormi. J'ai demandé à Yvette si personne n'avait rien entendu cette nuit. « Je suis allé faire un tour dehors vers une heure, a dit Hugo, et je n'ai rien vu. » Donc, c'était bien Hugo dans la version moderne du « Dormez, braves gens ! ».

– Il neige, dit Laetitia en soupirant. Ils prévoient de la neige pour trois jours.

– Chaque saison a sa raison ! s'exclame Martine de ce ton toujours positif qui commence à me taper sur les nerfs.

– On va faire un bonhomme de neige ! décide Yann. Madame Raymond, il me faut une carotte, deux patates et une tomate. Émilie, va avec Mme Raymond. Christian, tu aides Émilie. Et Tintin, tu aides Christian.

Rires. Cliquetis des griffes du chien qui les suit en jappant.

– Et moi, je fais quoi ? demande Jean-Claude qui zappe de documentaire animalier en documentaire géographique.

– Oh, mais tu vas nous servir, mon gars, répond Yann. En fait, j'ai oublié de te dire que c'est toi qu'on va recouvrir de neige.

Jean-Claude laisse échapper un gloussement. Laetitia a pris froid, elle n'a pas envie de sortir, Francine préconise le thé chaud avec du miel, Yvette la tisane de thym, Mme Raymond un lait de poule. Laetitia dit qu'elle a ses médicaments, merci.

– J'ai écrit à mon père, me dit-elle en se laissant tomber sur le canapé. Je ne veux plus rester ici. J'aimerais aller aux États-Unis, il y a un institut en Floride où on nage avec les dauphins. Je nage bien, avec les bras. Papa va râler parce que c'est très cher, mais il fait toujours tout ce que je veux. Il culpabilise à mort depuis l'accident. Il roulait trop vite. C'est à cause de lui que je suis handicapée. Depuis, j'ai toujours tout ce que je veux !

Et c'est pour ça que tu ne comprends pas que Justine te pique Léonard. Pique. Piqûres. Je porte machinalement ma main à ma joue qui me fait un mal de chien. Je tâte ma gencive avec ma langue, c'est tout gonflé.

– On dirait que vous avez un œuf dur sous la joue, me dit Laetitia en riant. Un œuf rouge à cause de la teinture d'iode.

Elle pouffe à nouveau. La joyeuse imbécillité de la jeunesse. Bruit de pas précipités.

– J'ai du nouveau !

Lorieux manœuvre mon fauteuil sans me laisser le temps de dire ouf et me propulse à l'écart.

– Marion Hennequin était hospitalisée en même temps que Véronique Gans ! Et le réceptionniste de l'hôpital a reconnu Sonia sur les photos. « Une fille ravissante, qui venait régulièrement voir sa cousine. » Et ladite cousine, c'était bel et bien Marion. Elles se connaissaient !

Dans son exaltation, il secoue le fauteuil dans tous les sens.

– Elle me disait qu'elle allait là-bas pour voir son psy. En fait, c'était pour voir la femme Hennequin ! Mais pourquoi ?!

J'ai l'impression de l'entendre se ronger les ongles.

– Et autre chose : c'est bien à cette période que Yann a fait son stage en psychiatrie. Je me suis souvenu ce matin que Sonia m'a dit une fois l'avoir vu, et qu'elle s'était cachée parce qu'elle ne voulait pas qu'il l'aperçoive.

Et moi, je me rappelle Yann me disant que le nom de Marion Hennequin ne lui était pas inconnu.

– On avance, on avance enfin ! Je vais coincer l'enfoiré qui a fait ça, je vous le jure ! m'assure soudain Lorieux.

Le désir de vengeance vibre dans sa voix. Et le secret désir que ce soit Yann. Je suis sûre qu'il est en train de se demander si Yann n'a pas connu Sonia à l'hôpital et s'ils n'ont pas eu une liaison alors qu'elle sortait encore avec lui. Le démon de la jalousie a les griffes les mieux aiguisées et les crocs les plus pointus. J'en sais quelque chose, il m'a salement secouée il n'y a pas si longtemps quand j'ai appris que Benoît…

Vous chérissez le souvenir d'un mort, vous vous réfugiez dans un passé idyllique et vous découvrez soudain que ce salaud vous trompait depuis deux ans ! Je ne souhaite pas ça à Lorieux.

– Le registre des entrées et sorties de l'époque a été informatisé, mais la fille qui s'en occupe ne sera là que demain. On va essayer de retrouver les patients. Et passer au crible le personnel.

Bloc-notes. À cause de mes blessures, écrire me fait un mal de chien. Je vais à l'essentiel :

« Et si Sonia - Marion vraiment cousines ? »

– J'ai posé la question au notaire. Il n'y a apparemment aucun lien familial entre les Gastaldi et les Auvare. Mais ça pourrait être des cousines à la mode du pays, des arrière-arrière-petites-cousines ou quelque chose comme ça.

« Mon oncle sait peut-être ? »

– J'ai encore essayé de le joindre, soupire-t-il. Cette fois-ci, je suis tombé sur le répondeur de son portable. Je lui ai demandé de me rappeler.

Bien. Il n'y a plus qu'à attendre.

– La supérette vend des jeux de fléchettes, reprend-il. Mais personne n'en a acheté cette semaine. J'ai insisté, le gérant est allé vérifier le stock : il manquait un jeu.

Vore se promène dans le village, il s'ennuie un peu, aperçoit les jeux de fléchettes : « Tiens, si j'allais faire un carton sur la mère Andrioli ? »

– Ah, vous êtes là !

La voix virile de Yann résonne au-dessus de ma tête.

– Salut, Philippe. Je cherchais Élise, au cas où elle aurait voulu venir prendre l'air.

Philippe Lorieux fait claquer son calepin.

– Tu as une minute, Yann ?

– Les pensionnaires m'attendent…

– Juste une minute. Tu te souviens de ton stage en HP ?

– Évidemment.

– Tu avais l'occasion de rencontrer les toxicomanes ?

– Tu penses à Sonia ? Je ne me souviens pas de l'y avoir vue.

– Tu n'as pas répondu à ma question.

– Bien sûr que j'avais l'occasion de les rencontrer, ils avaient leurs séances de thérapie de groupe dans la salle de télé de la section psy. Pourquoi tu me demandes ça ? Mince ! J'y suis ! Marion Hennequin ! C'est là que je l'ai vue !

Re-claquement de calepin.

– Tu peux m'en dire plus ?

– Attends, je réfléchis.

Un temps mort. Puis :

– Ça me revient. Elle était différente des autres patients. Froide, réservée, la peau très pâle, les cheveux sombres, on aurait dit qu'elle sortait d'un tableau romantique. La dame aux camélias se mourant de consomption au milieu des accros à l'héro. Voilà, ça avait beau être une cloche, elle faisait classe. Elle refusait de participer.

Restait dans son coin. Rabrouait quiconque essayait de l'aider.

Fille de bonne famille jusqu'à la mort.

Bloc-notes : *« Lorieux a dit que je lui ressemblais, physiquement. »*

Il semble réfléchir un instant, puis :

– Effectivement, maintenant que vous le dites. Mais vous avez tellement bronzé depuis que vous êtes ici que vous n'avez plus du tout l'air malade.

Galant Yann.

– En fait, moi, je trouve que vous ressemblez plus à Sonia, poursuit-il. D'ailleurs, c'est marrant, mais Sonia ressemblait beaucoup à Marion. Tu crois que c'est important, Philippe ?

– Ne nous égarons pas. Marion recevait des visites ? demande Lorieux d'un ton neutre.

– J'en sais rien. Si, une fois, je l'ai vue en conversation avec une visiteuse. Une fille. Blonde, je crois. Je l'ai vue de dos, en passant dans le couloir. Qu'est-ce que... attends un peu ! Attends un peu, c'était Sonia, la fille ?

Vif d'esprit, le Yann, aujourd'hui.

– Je ne suis pas autorisé à te répondre, lui dit Lorieux.

– Oh arrête, tu parles de l'enquête à tout le monde !

– Élise n'est pas tout le monde. C'est une victime en puissance. Euh, excusez-moi, je voulais dire, heu...

Je lève la main, style « laissez courir ».

– Et moi, un coupable en puissance, c'est ça ? demande Yann, un rien agressif.

– Tu es un témoin, c'est tout.

– Mais je n'ai rien vu !

– Tu as vu Marion Hennequin.

– Pure coïncidence !

– Personne d'autre que tu puisses identifier, lors de ce stage ?

– C'était pas le Club Med.

– OK, si jamais tu te souviens de quelque chose d'autre… À tout à l'heure.

– Mais qu'est-ce qu'il va s'imaginer ? marmonne Yann tandis que Lorieux s'éloigne. Que je me tapais Marion et Sonia ?! Que je les ai tuées parce qu'elles ont voulu me larguer ? Quand je pense qu'on a fait des virées d'enfer, lui et moi, et qu'il porte maintenant cet uniforme à la con !

Bloc-notes. Je demande : *« Depuis quand amis ? »* avec l'impression de jouer dans un *Tarzan*.

– On était au lycée ensemble. Après, on s'est un peu perdus de vue, et puis on a renoué quand je suis venu bosser ici.

« Lui encore avec Sonia ? »

– Non. Je ne savais même pas qu'il l'avait fréquentée. Le black-out total sur ce sujet. Je l'ai appris par Payot, un des monos. Il m'a dit que Lorieux sortait d'une grave déprime à cause de la barmaid du Moonwalk. Une passion qui avait fait jaser tout le village. Le gendarme et la putain. Maintenant que j'y pense, c'est bizarre qu'elle ait connu Marion et que toutes les deux se soient fait assassiner dans la même semaine. Et puis, surtout, je ne vois pas le rapport avec vous. À part la ressemblance physique. Bon, le chien les surveille, mais il faut vraiment que j'y aille. Je vous emmène ?

Je fais signe que non. Je n'ai pas envie de bouger. Rectification : je n'ai pas envie qu'on me bouge. J'ai l'impression qu'à la moindre secousse, je vais tomber en morceaux. Mon bras me lance, ma joue me tire, mon sternum me brûle. « J'ai la rate qui se dilate… » Élise, comique-troupier. Tiens, ça m'aurait plu. Arpenter l'Alcazar de Marseille en glapissant des refrains débiles, en déshabillé de plumes d'autruche. Je roule au hasard dans le grand salon en dessinant des huit comme une abeille.

– Votre oncle au téléphone ! me crie Yvette, tout essoufflée.

Elle a dû appuyer sur la touche augmentant le volume sonore, car j'entends la voix de mon oncle, couverte de grésillements.

– Où êtes-vous ? lui demande Yvette. Ça fait une semaine qu'on essaie de vous joindre !

– J'étais à Cracovie, maintenant je suis en Italie, à Carrare, pour une commande de marbre. Moi aussi, j'ai essayé de vous joindre plusieurs fois, mais je suis tombé sur le répondeur ! ajoute-t-il, courroucé.

Mince, personne n'a pensé à lui dire que nous n'étions plus au chalet.

– Comment va Élise ? reprend-il.

– Heu… bien, tout va bien, enfin c'est-à-dire…

– J'ai eu un appel de la gendarmerie, le petit Lorieux. Apparemment, ça avait l'air sérieux.

Yvette s'embrouille dans de vagues explications. Je griffonne sur le bloc-notes : *« Dis-lui tout ! »* Elle obtempère après un long soupir. Mon oncle écoute en silence, sauf quand elle lui annonce la mort de Sonia.

– Oui, je suis au courant, lâche-t-il à voix basse. Est-ce que l'enquête a progressé ? ajoute-t-il.

– Hélas, non ! crie Yvette car la communication est mauvaise.

– Je n'entends plus rien ! s'égosille-t-il pendant que je note rapidement les questions à lui poser, négligeant la douleur.

Succession de « allô », puis la ligne redevient claire.

– Je vais appeler la gendarmerie, dit mon oncle. Et j'arrive le plus vite possible.

Attends ! Vite, je tends ma feuille à Yvette.

– *« Voyiez-vous souvent Sonia ? »* C'est Élise qui veut que je vous pose la question, précise-t-elle.

– Elle m'appelait parfois quand je venais pour le week-end. Elle se sentait très seule, ajoute-t-il d'une voix altérée.

– Je continue à vous lire les questions d'Élise : *« Saviez-vous qu'elle se droguait ? »*

– Évidemment ! Tout le monde le savait. C'est moi qui l'ai convaincue de se faire désintoxiquer.

– *« Connaissiez-vous Marion Hennequin ? »* lit Yvette.

Un bref silence au bout du fil. Puis mon oncle reprend d'une voix qui me semble trop dégagée :

– Non, pas du tout. Je devrais ?

– Je n'en sais rien, moi ! proteste Yvette.

– Écoutez, mes fournisseurs m'attendent et le compteur tourne ! Je vous rappelle demain ! Et pas d'imprudences, Élise !

Sur ce, il raccroche.

– Il appelait d'Italie ! Franchement, ça va lui coûter une fortune ! me dit Yvette, avec désapprobation.

Je froisse rageusement la feuille avec les questions sans réponse entre mes doigts. Ça craque sous les croûtes.

– Et voilà, vous avez réussi à vous faire saigner ! Mon Dieu, vous étiez moins pénible quand vous aviez 4 ans !

Évidemment, je croyais encore au Père Noël.

Yvette va chercher de l'alcool et du coton. Je mettrais ma main valide au feu que mon oncle sait quelque chose que nous ignorons. Retour d'Yvette qui me tamponne l'avant-bras et la main avec une relative douceur. « Cette fois-ci, Francine est fichue ! » me glisse-t-elle avant de se précipiter à la table de jeu dans la pièce voisine. Qui aurait pu imaginer Yvette métamorphosée en flambeuse monomaniaque ? Bientôt on pourra me poignarder sous ses yeux sans qu'elle lâche son carré d'as.

– Élise, vous êtes là ?

Non, je suis en train de godiller sur les pistes.

– Élise ? Si vous êtes là, tapez sur la roue de votre fauteuil, poursuit Justine.

Mue par je ne sais quel mauvais démon, je ne bouge pas. Je retiens mon souffle. Heureusement, le vacarme de l'aspirateur de Mme Raymond couvre le bruit de ma respiration. C'est à mon tour de tendre l'oreille pour situer Justine dans la pièce.

– Il n'y a personne ?

Si je suis une aiguille pointée sur midi, elle est à quinze heures, sur ma droite.

– Ce n'est pas le moment de faire des blagues ! ajoute-t-elle d'une voix tendue.

Je suis bien d'accord, mais j'ai horriblement envie d'être méchante. Ma seule crainte est que quelqu'un, qu'aucune de nous deux ne puisse voir, soit en train de nous observer du seuil de la porte. Démasquée, la gentille Élise ! Je pourrais toujours prétendre que je dormais.

Justine a bougé, elle a heurté quelque chose. La grande table basse.

– Oh et puis je m'en fiche !

Elle attend encore un peu. Silence, vrombissement de l'aspirateur dans le couloir. Puis bip-bip-bip-bip. Le téléphone ! Elle a mémorisé le clavier, comme moi, et elle est en train de composer un numéro.

– Allô ? Oui, c'est moi. Je ne peux pas parler longtemps… Non, je ne suis pas encore sûre, ce n'est pas si simple !… D'accord, demain, quatre heures.

Elle raccroche.

Passe tout près de moi, je sens son parfum, je me rétracte sur mon siège pour me fondre dans le mur.

– Je sais qu'il y a quelqu'un ! lance-t-elle soudain.

Mon cœur fait un bond de trois mètres. Elle avance, je m'apprête à sentir ses griffes se refermer sur moi quand elle pousse un petit cri de douleur. Le guéridon au plateau de marbre. Tout le monde se le paye. En pestant entre ses dents, elle rebrousse chemin.

– Oh ! Madame Lombard ! Vous vous êtes fait mal ?

Providentielle Mme Raymond.

– Ce n'est rien, je me suis cognée dans un meuble, répond Justine d'un air détaché.

– Té, donnez-moi le bras, je vous guide.

Les voix s'éloignent pendant que je fonce vers le téléphone, le cherche à tâtons, l'attrape au vol avant qu'il dégringole par terre. La touche « rappel ». Sur le mien, elle est à droite, en bas. Hop. Le numéro qu'elle a appelé est sûrement inscrit sur l'écran. Mais ça ne me sert à rien. Je fais pivoter le fauteuil, j'enclenche le turbo et je le lance vers le salon. Premier essai raté : je m'aplatis dans le mur. Deuxième essai transformé ! Je déboule dans quelqu'un.

– Aïe ! Attention !

Hugo. Je tends le téléphone devant moi, comme une mendiante sa sébille.

– Vous voulez appeler quelqu'un ?

Ça commence. Je secoue le téléphone sous son nez, vite ! le numéro va disparaître. Il le prend, lit machinalement : « 06.09.18.26.33. » Je le note sur mon bloc.

– OK, je vous le compose… Ah, il n'y a personne, c'est le répondeur. Vous voulez laisser un message ?

Je tends la main pour lui signifier que je veux écouter. Il approche l'appareil de mon oreille. Une voix électronique me répète que le numéro demandé n'est pas joignable et que je peux laisser un message. Je le lui rends.

– On essayera une autre fois, me dit Hugo. Excusez-moi, mais je dois aller préparer la salle d'hydrothérapie pour Jean-Claude.

Il s'éloigne avec l'appareil. Je continue à rouler droit devant moi, guidée par les voix d'Yvette et de Francine se disputant âprement quelques points. J'accorde sans doute trop d'importance à ce coup de fil. Mais l'insistance avec laquelle Justine voulait savoir s'il y avait quelqu'un dans la pièce me trouble. Et d'autre part, si elle désirait passer un appel tranquillement, pourquoi ne pas se servir du portable qu'elle a dans sa chambre ? Parce qu'elle ne voulait pas qu'on puisse remonter jusqu'à elle à travers la liste des appels reçus par son correspondant ? À propos de Justine, je m'aperçois que j'ai oublié de demander à Yvette d'aller voir le tableau. Je rédige un petit mot et m'avance jusqu'à la table de jeu.

– Je suis désolée, ma chère Yvette, mais vous avez pioché deux fois ! est en train de dire chère Francine.

– Négatif ! Regardez, je n'ai que six cartes !

– Je vous assure que… Oui, Élise ?

Je tends le petit mot.

– C'est pour vous, je suppose, dit Francine en le saisissant.

– 06.09.18.26.33, lit Yvette.

Zut, je me suis trompée de papier.

– Vous voulez appeler votre oncle ? continue-t-elle.

Le ciel me tombe sur la tête ! Justine a téléphoné à mon oncle ! Oh mais, mais… Qu'est-ce que ça veut dire ?!

– Vous ne croyez pas qu'on l'a suffisamment dérangé comme ça ? reprend Yvette. On l'appellera demain. Hep, c'est à mon tour de jouer !

– Ah, mais non, vous vous trompez ! proteste Francine.

– Je sais très bien que c'est à moi ! rugit Yvette.

Je recule lentement. Justine et mon oncle. Sonia et mon oncle. Que se passe-t-il ? Qui sont ces gens ? Est-ce que tout le monde joue la comédie ? Des acteurs payés pour me tromper ? La parano me guette, Psy, je sais, mais… mon oncle et Justine !

Et si Lorieux en était aussi ? Si tout ça n'était qu'un jeu ? Qui me prouve qu'il y a eu crimes à part ce qu'on m'a dit ? Non, on ne lance pas des fléchettes sur les gens pour jouer. Et c'est Yvette qui m'a lu la première le journal local relatant le meurtre d'Entrevaux. Yvette ne peut pas faire partie d'un complot !

Calme-toi. Respire. Ne laisse pas la confusion t'envahir. Attrape un fil et tiens-le. Tu as tenu le corps sans vie de Magali entre tes bras. Froid et sans pouls. On t'a blessée physiquement. Yvette a vu des yeux humains entre tes doigts. Ou Yvette ment ou tout est vrai. La seule idée qu'Yvette puisse me mentir me colle des frissons glacés. C'est la seule béquille sur laquelle je puisse m'appuyer pour affronter le monde. Mais qu'est-ce qui m'arrive ? J'ai tellement besoin de repères stables, tangibles et, là, tout tournoie et fuit entre mes doigts.

Courant d'air froid sur mes mains. En le suivant, je vais jusqu'à la fenêtre, j'appuie mon front contre la vitre fraîche, je respire l'air du dehors par l'entrebâillement. Les cris excités des pensionnaires et les aboiements joyeux du chien résonnent dans la clairière.

– Émilie, tu me prêtes ton nez pour le bonhomme de neige ? demande Yann.

– Non ! Non ! hurle Émilie. C'est la carotte !

– Ah bon, d'accord. Jean-Claude, passe-moi le nez d'Émilie.

– Non ! Non !

Je souris malgré moi. Un oiseau se pose tout près et lance quelques trilles enjouées. Il s'en fout pas mal, lui, des boucheries humaines. Sauf pendant la période de la chasse. Faut vraiment qu'on fasse suer toute la planète pour se sentir exister.

– J-e sui-s f-at-i-gué.

Léonard. Tout près. En bas, sous la fenêtre. Je tends l'oreille.

– Moi aussi, je suis fatiguée, tout le monde est fatigué !

Laetitia. Elle parle à voix basse, pressante. J'entends presque son cœur battre.

– Je… j-e…

– Oui ? l'encourage Laetitia.

– Pa-s p-ossi-ble. T-rop m-al.

– Il ne faut pas parler comme ça. Il faut aller de l'avant. Il ne faut pas te laisser piéger par leur sale normalité !

Justine avait donc raison de dire qu'elle avait honte de son état, qu'elle ne l'acceptait pas.

– So-u-vent… v-ou-drai-s… en f-in-ir.

– Tu n'as pas le droit de dire ça ! On est tous là, avec toi !

Ils respirent fort tous les deux. Déplacements, piétinements.

– Oh, Léonard ! balbutie-t-elle encore.

Je l'imagine se blottissant contre lui, les bras malhabiles de Léonard cherchant à l'étreindre.

– Et alors, les amoureux, on roucoule ? lance la voix ensoleillée de Mme Raymond. Attention à pas vous transformer en pigeons !

Elle passe son chemin en riant toute seule.

– À tout à l'heure, dit Laetitia certainement cramoisie.

Léonard acquiesce d'un grognement. Piétinements. Je me penche le plus que je peux. Dix secondes de silence. Craquement d'une allumette. Odeur de tabac. Je ne savais pas que Léonard fumait. Ou alors, c'est Hugo ou Martine. Bon, je crois que je peux refermer la fenêtre.

Marinella ! Quelqu'un siffle *Marinella*. Juste en dessous. La personne qui fume.

– Attention à ne pas vous enrhumer ! me dit Hugo en traversant la pièce.

Hugo. Ici. À l'intérieur. Donc, pas sous la fenêtre. Donc, ce n'était pas Hugo qui sifflait l'autre nuit. Léonard ? Animal chantant et sifflant, mais incapable d'aligner trois mots d'une traite ? J'ai une idée ! Je soulève le plaid posé sur mes genoux, je le roule en boule tant bien que mal et je le laisse tomber par la fenêtre.

– Qu'est-ce que… ? grogne Lorieux. Ah, c'est vous Élise ? Vous avez fait tomber votre couverture ! Je vous la remonte.

Mince ! Quel besoin avait-il de passer à ce moment-là ! Juste quand j'étais sur le point de démasquer Léonard. Je recule, contrariée, et attends.

– Tenez, la voici. Je me demande comment elle a pu glisser de vos genoux. À propos de fenêtre… je voudrais me livrer à un petit exercice. Vous permettez ?

Question de pure forme, je suis déjà poussée à travers la pièce jusque dans la salle à manger.

– Voyons… Madame Holzinski, s'il vous plaît.

– Oui ? demande Yvette de mauvaise grâce.

– Où était exactement placé le fauteuil de Mlle Andrioli quand on l'a agressée avec les fléchettes ?

– Ici, à peu près, répond Yvette en se levant et venant positionner le fauteuil.

– Schnabel, vous notez. À un mètre de la fenêtre et deux mètres cinquante de la table à laquelle vous étiez en train de jouer aux cartes, je crois, mesdames.

– Heu, oui, en effet.

– Le fauteuil n'était pas situé face à la partie médiane de la fenêtre, mais décalé sur la droite. Or toutes les blessures se situent sur le recto du corps et les pointes des fléchettes se sont enfoncées perpendiculairement à la chair et non en biais, comme me l'a confirmé le docteur.

– Et alors ? demande Francine, perplexe.

– Et alors, le lanceur de fléchettes se trouvait donc face à Mlle Andrioli.

– Et alors ? demande Yvette.

– Voyez par vous-même. Si je me rends sur la terrasse, Schnabel, suivez-moi, vous constaterez que, pour que mon tir suive une trajectoire perpendiculaire à la cible, je dois être situé dans la partie gauche de la terrasse, selon une diagonale comme ceci.

– Et alors ? demandent en chœur Yvette et Francine.

– Zorro est arrivé-é-é ! lance Yann, facétieux. À quoi est-ce que vous jouez ?

– À démasquer un assassin, répond froidement Lorieux. Je continue. Si vous admettez que notre homme a nécessairement dû se tenir ici pour qu'Élise soit touchée ainsi, alors…

Il rentre, suivi par les autres.

– Alors, toute personne assise ici a dû obligatoirement le voir ! Qui occupait cette place ?

– Heu… moi, je crois, hasarde Francine, mais…

– Réfléchissez bien !

– Je n'ai pas fait attention, on jouait aux cartes, tout était tranquille.

– Vous avez peut-être vu quelqu'un qui vous était familier, tellement familier que vous n'y avez pas prêté attention, mais votre cerveau a certainement enregistré l'information !

Francine se triture le cerveau en silence un moment. Lorieux a raison. Chacun circule à sa guise, difficile de se rappeler avec précision la présence d'un tel ou d'un tel à tel endroit. Francine a très bien pu apercevoir une silhouette familière sans en prendre conscience.

– Je ne vois pas, dit-elle, je suis désolée, je ne me rappelle pas avoir regardé par la fenêtre.

– Le soleil ! s'exclame Yvette. Vous vous êtes plainte d'avoir le soleil dans les yeux ! Rappelez-vous, je menais trois cents à cent vingt… Vous êtes allée tirer un des rideaux.

De mieux en mieux. Moi qui me croyais face à la montagne, je contemplais en fait un bout de tulle et Vore pouvait s'approcher tranquillement, pour viser par l'entrebâillement.

Lorieux tape du pied, comme chaque fois qu'il est énervé. Tap tap tap, la pointe de la chaussure qui frappe le parquet sur un petit rythme rapide. Schnabel se racle la gorge. Le tapotement s'interrompt.

– Bien, reprend Lorieux, où sont Laetitia Castelli et Léonard de Quincey ?

– Nous sommes là, dit Laetitia tout essoufflée.

– Vous avez déclaré vous trouver en contrebas, près de la grange et ne pas pouvoir apercevoir la terrasse. Exact ?

– Je suppose que vous parlez de l'agression d'Élise ?

– Non, de la foire de la Saint-Jean.

– Très drôle. Oui, j'étais près de la grange, avec Léonard et le chien.

– Je croyais que vous aviez du mal à vous déplacer.

– Je me sers du déambulateur ou de mes béquilles. Ça me prend plus longtemps qu'à vous, bien sûr, mais j'ai l'habitude. Je ne vais pas passer ma vie enfermée.

– Il ne vous arrive jamais de tomber ? Avec la neige…

– Oui, ça m'arrive. Ou de rester coincée. L'autre jour, j'ai dû attendre que Hugo vienne me soulever, la neige était trop profonde.

– « Sous l'épais manteau blanc
où la terre se terre,
pour dormir sans colère
loin de nos hurlements… »

– Ah, madame Lombard ! exhale Lorieux avec un long soupir. Je crois que vous nous quittez bientôt ?

– Samedi prochain, sauf contretemps. Que se passe-t-il ? Il y a du nouveau ?

– Dans la mesure où nous ne nous baignons jamais deux fois dans la même eau, on peut dire qu'il y a toujours du nouveau, n'est-ce pas ? lui réplique Lorieux d'un ton sec.

Hébétement général. Je crois que nous sommes tous très fatigués, et sur les nerfs. Justine demande si elle peut avoir un verre d'eau, Laetitia si elle peut s'asseoir, Francine si elle peut dire à Mme Raymond de se préparer à servir.

– Vous n'êtes pas en garde à vue ! s'emporte Lorieux. Et pour ce qui me concerne, vous pouvez aussi bien aller tous vous faire…

– Je n'en crois pas mes oreilles ! s'écrie Francine, scandalisée. Je ferai un rapport à vos supérieurs !

– Tant mieux ! Tout ce que je demande c'est qu'on me décharge de cette affaire. J'en ai ras le bol de cet asile de fous !

Long silence pincé, d'autant que les pensionnaires sont de retour. Puis chère Francine :

– Bien. Ces messieurs de la maréchaussée voudront bien nous excuser, mais je crois qu'il est l'heure de passer à table.

– Chaussu'e ! s'écrie Christian. Ma'échaussu'e ! Éc'ase-me'de !

– Merdemerdemerde..., répètent en chœur trois voix enthousiastes.

– Écoutez, je me suis laissé emporter, dit Lorieux.

– Pas du tout, rétorque Laetitia, vous n'avez même pas dit « musée des horreurs ».

– Cette affaire n'est pas comme les autres... Sonia...

Sa voix tremble. C'est pire qu'un *reality show*.

– Merdemerdemerde.

Tintin se met à aboyer de concert.

– Ça suffit ! Hugo, faites quelque chose !

– Quelqu'un veut un porto ? propose Yvette d'un ton apaisant.

– Je ne crois pas que l'alcool soit très indiqué, ces messieurs sont en service et ils sont pressés ! susurre une Francine excédée.

– Je prendrais volontiers un verre de fine, dit Lorieux.

– Tu m'en diras des nouvelles de celle-là, c'est celle du vieux Clary ! dit Yann en débouchant une bouteille.

– De la fine biologique ? s'enquiert Justine.

– Totalement. Vous voulez goûter ?

– Je suppose qu'étant majeure, j'ai le droit d'y goûter aussi, dit Laetitia.

– Mais bien sûr, tout le monde va y goûter !

– Goûtergoûtergoûtermerdegoûtermerdegoûter.

– Même Élise !

Je nage en plein délire. Peut-être qu'ils sont tous vraiment fous. Mais quand j'y réfléchis, on se comporte si facilement de façon étrange, je veux dire étrange par rapport aux *sitcoms*.

On boit notre fine avec force clapements de lèvres. Il n'y a que Francine qui s'abstient. Je suppose qu'elle a la main sur la poignée de la porte dans l'attente de voir déguerpir les képis mal polis. Qu'est-ce qu'on va devenir si notre enquêteur pète les plombs ? On va nous le remplacer par le brigadier Mercanti ? Ou un type venu de Nice. Un Maigret poilu sentant l'ail et la socca. Dommage, je l'aimais bien, moi, notre petit gendarme. Je l'imagine toujours comme un courageux petit Poucet, suivant obstinément la trace des cailloux, déterminé à tuer l'ogre et ses hydres. Même que je le vois avec un grand bonnet pointu, comme dans mon livre d'images. Un bonnet avec un grelot, ah non, ça, c'est Oui-Oui, il était sympa Oui-Oui. Terrible la fine, quand on est à jeun. Pardonne pas.

– Au revoir, merci de votre visite.

Faut que je parte ? Pourquoi ce fauteuil ne veut-il pas rouler ?

– Arrêtez de taper dans le mur ! Ça me tape sur les nerfs !

Ça, c'est Yann. Le tombeur de ces dames. Celui qui les met dans la tombe ? Couchée, Élise. J'ai la tête qui tourne. Yann m'a resservi deux fois, deux bonnes doses. L'aurait dû être barman, le Yann.

Téléphone. Strident.

– Allôô ? lance Yvette, qui m'a l'air d'avoir elle aussi abusé de la fine. Oui… oui, il est là, hip, le pauvre, oh là là j'ai le hoquet, je vous, hip, le passe… Mon ad-hip-chef, c'est pour vous, c'est l'oncle d'Él-hip.

Lorieux a dû prendre l'appareil et s'éloigner, j'entends sa voix, mais je ne distingue pas les mots. Demande à mon salaud d'oncle pourquoi Justine lui a téléphoné ! Où est mon bloc ? Merde, perdu. Pas possible. Ah, non, enfoui sous le plaid. Stylo. Et maintenant, rejoindre Lorieux.

– Élise, enfin ! Vous vous cognez dans tout le monde ! Où voulez-vous aller ?

Va donc voir là-bas si j'y suis, chère Francine. Avance, stupide fauteuil.

Yvette, secouée par le hoquet, claironne :

– Vous voulez faire hip pipi ?

– Hou'a ! s'écrie Christian.

J'agite mon bloc pour dire non. Mon bloc sur lequel est inscrit le nom de Lorieux. Peut-être que quelqu'un va penser à lui remettre la feuille ? Apparemment non. OK, je fonce dans le tas.

– Mais enfin, ça suffit ! Mais qu'est-ce qui lui prend ?

– Elle a trop bu, dit ce faux jeton d'Yvette, il ne faut pas lui donner tant d'hip-alcool, Yann, ça ne va pas avec les cachets. Venez !

Elle me pousse dans un coin. Je secoue mon bloc comme si j'avais la maladie de Parkinson.

– Vous voulez hip-crire ? Votre stylo est là ! me dit Yvette en tirant sur le cordon que je porte autour du cou.

Est-ce qu'elle ne voit pas que j'ai écrit ? Je lève le bras si brusquement que je la cogne en pleine figure, je sens un nez qui s'écrase.

– Aïe ! Oh, ce bloc-notes, je vais le foutre par la fenêtre ! Vous avez failli me casser le nez ! Tiens, ça m'a fait passer le hoquet, on dirait. Je ne recommande pas la méthode, mais... Bon, je peux savoir pourquoi vous secouez ce carnet comme une malade ? Voyons un peu... je ne comprends pas, il n'y a rien d'écrit. Vous êtes vraiment pompette !

Yvette m'abandonne. Je suis bien sûre d'avoir écrit : *« Demandez à mon oncle s'il connaît Justine. »* Mince ! Ça veut dire qu'on a enlevé la feuille du bloc.

J'essaie de m'éclaircir l'esprit. Concentration. Me fabriquer un bouclier mental contre les attaques tordues de l'alcool. À quoi est-ce que je dois penser ? Ah oui ! La feuille. Qui a pris la feuille ? La réponse la plus évidente serait : Justine. Mais pour ça, il faudrait qu'elle l'ait lue. Et donc qu'elle y voie. Et si elle y voyait, elle m'aurait vue ce matin dans le salon, quand elle est venue téléphoner. Donc, ce n'est pas Justine. Et si ce n'est pas Justine, c'est donc son frère. C'est-à-dire un complice. Quelqu'un qui a lu le message destiné à Lorieux et qui a voulu protéger Justine. Mais quel peut être l'intérêt de cette manœuvre ? Je peux reposer la question quand je veux. Sauf si je meurs dans les cinq minutes qui suivent. Empoisonnée à la fine. Rigole, Élise, rigole, t'as vraiment de bonnes raisons de rigoler en ce moment ! Est-ce que mon estomac ne me brûle pas bizarrement ? Et j'ai la gorge qui pique. J'ai mal quand je déglutis. Yvette, tu es là ? J'ai l'impression qu'on m'as mise au piquet. Hou hou, est-ce que je suis toute boursouflée avec des taches rouges sur le visage ? J'ai la langue qui enfle, j'en suis sûre.

– Alors, Élise, ça va mieux ?

Parfait, cher Yann, je suis juste un tout petit peu empoisonnée au cyanure.

– C'est à vous ça ? reprend-il. *« SVP, Lorieux, demandez à mon oncle s'il connaît Justine ? »*

Silence dans la salle.

– C'était froissé par terre, on a dû marcher dessus.

– Donne-moi ça ! ordonne Lorieux.

– Votre oncle ? dit Justine dans le silence. Mais ma pauvre amie, je ne sais même pas que vous avez un oncle !

– Vous niez connaître le sieur Fernand Andrioli ? demande Lorieux de sa voix officielle.

– Fernand ? Bien sûr que je connais Fernand ! C'est lui qui m'a recommandé le CLMPAH.

Big boum badaboum !

– Fernand Andrioli est l'oncle d'Élise, lui explique Lorieux.

– Ah ? Enchantée, répond-elle mécaniquement.

– J'aurais quelques questions à vous poser, madame Lombard, dit Lorieux. Pouvez-vous venir par ici, s'il vous plaît ?

– Heu, je veux bien, donnez-moi la main, brigadier.

Schnabel doit la conduire jusqu'à Lorieux, qui est près de moi.

– Si vous voulez bien vous retirer dans l'autre pièce, messieurs-dames. Schnabel, accompagne-les.

Ils s'éloignent. Personne ne me bouge. J'essaie de me transformer en potiche chinoise. Lorieux s'éclaircit la gorge.

– Puis-je vous demander de me préciser la nature de vos relations avec le sieur Andrioli, madame ?

– Elles participent précisément de la nature, monsieur l'adjudant-chef.

– En d'autres termes, c'est votre amant ?

– Ouh, le vilain mot ! C'est d'abord un ami, et parfois un peu plus. Nous nous connaissons depuis une dizaine d'années, vous savez.

Et il ne m'a jamais parlé d'elle !

– Je l'ai rencontré lors d'un de ses voyages en Italie. J'étais en vacances chez des amis, il se rendait à la carrière de marbre et ma voiture a embouti la sienne.

Lorieux bondit :

– Votre voiture ?! Vous conduisez peut-être ?!

– Ce n'est pas parce que j'ai une voiture que j'en tiens le volant. C'est mon chauffeur qui conduisait.

– Peu importe. Continuez. Vos relations avec M. Andrioli.

– Excellentes.

Soupir de Lorieux.

– Il a commencé par hurler, reprend Justine, et puis il s'est aperçu que j'étais...

– Non-voyante ?

– Française, et il s'est calmé. Le soir même, il m'a invitée à dîner et voilà, nous sommes devenus amis. Je le rencontre à l'occasion, il vient à mes vernissages, ce genre de choses.

– Et il ne vous a jamais parlé de sa nièce ?

– Il m'a dit qu'il avait une nièce, une fois. Il me parle très peu de sa famille. C'est un homme très discret, qui voyage beaucoup, qui ne pose jamais de questions.

On dirait qu'elle dresse le portrait d'un espion ou d'un tueur à gages. Mon tonton Fernand toujours prêt à lâcher une bonne blague aurait-il une double vie ?

Lorieux se tait un instant.

– Si vous n'avez plus besoin de moi…, dit Justine.

– Je vous en prie. Schnabel !

– Ça ne vous inquiète pas que je n'ai pas senti votre présence, ce matin ? me glisse Justine d'un ton assez froid. C'est peut-être que vous commencez à vous dématérialiser.

Cause toujours, traîtresse, voleuse d'oncle ! Et tu le trompes avec Léonard, en plus !

Elle s'éloigne au bras de Schnabel, trottinements de ses hauts talons, claquements de godillots.

Lorieux toussote pensivement en tapant du pied.

– Il y a quelque chose de pourri au royaume du CLMPAH, lâche-t-il finalement. Trop de coïncidences. Trop de gens qui se connaissent. On dirait une réunion de famille ! Et ces meurtres qui n'ont aucun sens ! Et vous, là-dedans. Le juge commence à s'impatienter. Il part en vacances demain, il voudra certainement des résultats à son retour la semaine prochaine. On va encore se foutre de la gueule des gendarmes, les bouseux en képi. Dire qu'il faut confier l'enquête à un vrai flic, un Navarro en Air Max. Et ça ne ramènera pas Sonia.

Sa voix se met à trembler. Pourvu qu'il ne se mette pas à pleurer, les hommes qui pleurent, c'est terrible, ça me noue la gorge.

Quelque chose d'humide me tombe sur la main. Ça y est, il pleure ! Je sens mes propres yeux s'embuer tandis que je l'entends renifler discrètement. Je croise les doigts pour que personne ne surgisse et le surprenne en larmes, ça la foutrait mal. Sa main se pose sur mon épaule et il la serre convulsivement.

– Je suis nul ! balbutie-t-il. Je ne suis même pas foutu de comprendre quoi que ce soit aux femmes, alors là, vous pensez !

Mais il va me faire chialer, ce con !

– Je sais même pas pourquoi j'ai choisi la gendarmerie. L'honneur, la patrie, la justice, si vous saviez comment je m'en tape aujourd'hui ! Le monde est sale, les gens sont dégueulasses, la vie est sinistre, et je devrais mettre de l'ordre là-dedans ? Les protéger de leur propre saloperie ? Les défendre contre leur méchanceté, leur avidité, leur stupidité ? Mais ils n'ont qu'à crever, la bouche ouverte, cramponnés à deux cents à l'heure au volant de leurs tombeaux roulants, ils n'ont qu'à les brûler leurs stops, les foutre en l'air leurs scooters, tabasser leurs vieilles, bouffer leurs pesticides, ils n'ont qu'à continuer à se suicider sans moi !

– Tout va bien ? demande Schnabel de loin.

– Ouais. J'arrive ! lui lance Lorieux. Ça m'a fait du bien de parler avec vous, Élise.

Il s'en va, me laissant plantée là, bien chargée de tout ce qu'il a déversé. Élise, la poubelle émotionnelle. Du vague à l'âme, un trop-plein de chagrin ? Hop, videz tout dans Élise, c'est comme une valise, on ferme le couvercle et, voilà, on repart plus léger. Et moi, je me remplis de tristesses, de deuils, de souffrances, comme d'une marée noire montante qui un jour me submergera. Devraient m'emmener dans les pavillons pour malades incurables, on me promènerait entre les lits, j'écouterais les confessions, les agonies, mieux qu'un prêtre, parce qu'un prêtre, ça parle. Moi, l'avantage, c'est que je ferme toujours ma gueule.

Et Fernand. Fernand qui couche avec cette femme depuis dix ans et qui ne m'a jamais parlé d'elle et ne lui a jamais parlé de moi, Fernand qui devait se douter qu'on se rencontrerait ici. Qu'est-ce que ça signifie ? Oh, peut-être que je m'évertue à toujours chercher un sens à des choses qui n'en ont pas. À chercher un sens à cet univers de dingues. Le pessimisme de Lorieux m'a contaminée, on dirait.

– Alors, qu'est-ce qu'elle a raconté, votre Justine ?

Yvette a surgi près de moi. Je prends mon stylo.

– Depuis dix ans ! s'exclame-t-elle quand elle a fini de lire. Ben, dites donc, quel cachottier, votre oncle ! On lui donnerait le bon Dieu sans confession à cet homme et il entretient des poules derrière votre dos ! Qui sait si lui et cette Sonia..., continue-t-elle sur sa lancée, puis elle se reprend : Enfin, il est majeur et vacciné, comme on dit, et encore vif.

« Sonia était sa filleule. »

– Ça, c'est lui qui le prétend. Le nombre de vieux beaux qui se trimballent avec des nièces, des cousines, des filleules !

C'est vrai, c'est lui qui nous l'a dit, et ni le vieux Mauro, ni Sonia ne pourront le contredire. Vision déstabilisante d'un oncle transformé en James Bond à moumoute entouré de créatures vénales.

Yvette me pousse sur la terrasse, chauds rayons du soleil, ça me fait du bien de respirer de l'air frais. Tintin nous suit en mordillant mes chaussures. J'essaie de me rappeler les paroles de Justine. « Non, non, ce n'est pas si simple... » Ça peut évoquer un rendez-vous galant aussi bien qu'un plan. Quelque action préméditée. Et dans la situation présente, un complot. Je croise les doigts pour que mon oncle n'ait rien à voir dans tout ça. Je l'aime bien, mon oncle. Il m'a fait sauter sur ses genoux, m'a emmenée en bateau, m'a appris à connaître les bons vins. Menée en bateau. La phrase trouve un écho sinistre.

– J'ai eu Jean au téléphone, est en train de dire Yvette. Avec la tempête de l'autre nuit, il y a toute une partie de la gouttière qui a été arrachée, il a passé la nuit sur le toit, trempé comme une soupe, à essayer de retenir les ardoises sans tomber en bas. Je n'ai pas osé insister pour qu'il vienne. Il vous embrasse et vous dit de faire attention à vous, si vous voulez qu'on écrive la suite de vos aventures !

Tout à fait d'accord avec ce brave Jean. Je n'ai pas de plus cher souhait que de devenir une héroïne récurrente, de celles qui ne meurent jamais. Mais pour l'instant, j'ai une bonne dizaine de trous sur le corps, ça ne pousse pas à un optimisme délirant.

Bloc-notes : *« Tu n'es pas obligée de rester. Francine peut s'occuper de moi. »*

– Comme si j'allais vous abandonner ! Et ce pauvre petit Lorieux, il faut bien lui donner un coup de main, non ? C'est quand même sa fiancée qu'on a assassinée !

« Son ex. »

– Les sentiments ne cessent pas à date fixe, répond dignement Yvette.

10

À quatre heures ! « Rendez-vous demain à quatre heures », voilà ce qu'a dit Justine au téléphone. Et demain, c'est aujourd'hui. Mon oncle doit la voir aujourd'hui. Mais il ne nous a pas dit qu'il venait. À moins qu'il s'agisse d'un rendez-vous téléphonique. Il faut que je charge Yvette de la surveiller. Si elle se déplace sans bruit, Justine ne le saura pas.

Yvette peut-elle se déplacer sans bruit ?

– Bon appétit ! lance Francine du ton enjoué d'une pub pour petit déjeuner.

Ça mâche sec tout autour de moi. Je n'ai pas très faim. J'ai encore rêvé de Magali, je me suis réveillée avec un poids sur l'estomac. C'est étrange de rêver de quelqu'un dont on n'a jamais vu le visage. Je savais que c'était Magali, mais elle avait les traits de la Vénus de Botticelli, avec plein de taches de rousseur et des cheveux jusqu'aux pieds, des cheveux qui lui entravaient les chevilles et la faisaient trébucher à chaque pas, et moi je reculais chaque fois qu'elle s'approchait de moi, je reculais parce que j'avais peur qu'elle me touche, parce que je savais qu'elle était morte et que ses yeux n'étaient que deux trous noirs et vides. Tiens, je n'étais pas dans mon fauteuil, non, je marchais. Oh ! la sensation de marcher, si vraie, si forte, je croirais presque qu'il me suffirait de me lever et…

Et rien.

Cliquetis métallique, c'est Jean-Claude dans l'appareillage qui lui permet de se tenir debout et de se déplacer quelque peu. On ne l'a pas beaucoup vu ces derniers jours : il souffre énormément et reste dans sa chambre.

– Souriez, vous êtes filmés ! lance-t-il.

– T'en as pas marre de garder l'œil vissé à cette caméra ? lui demande Laetitia.

– Je suis un témoin de mon temps. Alors, où en est l'enquête ?

– Quête-quête-quéquette !

– Christian ! Stop ! lance Martine.

– Les forces de l'ordre m'ont l'air un peu dépassées, fait observer Francine, narquoise. Je crains que l'adjudant-chef (elle appuie sur le « chef ») ne soit bientôt remplacé par quelqu'un de plus compétent en matière criminelle.

– Columbo ? ricane Yann.

– C'est curieux, je n'ai pas souvenir de vous avoir engagé pour vos traits d'esprit, lui répond Francine sans se démonter. Où en est la sortie en scooter des neiges ?

– Je vais voir ça tout à l'heure.

– J'ai relu tous les journaux cette nuit, reprend Jean-Claude. Si ce Vore voulait vraiment tuer Élise, il l'aurait fait depuis longtemps. Nous ne sommes pas des gibiers très difficiles à traquer.

– Jean-Claude ! On ne parle pas de ces choses à table ! proteste Francine.

– Il vaut mieux en parler à table qu'au cimetière, ne peut s'empêcher de faire observer Yann.

– Jean-Claude a raison, dit soudain Laetitia. Élise ne se cache pas. Il suffirait à ce Vore de la viser avec un fusil à lunettes ou je ne sais quoi.

Désagréable impression que Vore, caché dans un coin, se dit : « En voilà une idée qu'elle est bonne ! »

– Quel but poursuivrait-il alors ? demande Yann en émiettant du pain entre ses doigts (j'entends la croûte qui se brise).

– Nous faire peur ? suggère Francine.

– Nous manœuvrer ! dit Jean-Claude. Détourner notre attention pendant qu'il manigance une saloperie quelconque. Comme les prestidigitateurs.

– On ne peut pas dire qu'il ait simplement fait semblant de faire du mal à Élise, fait observer Yann.

– Oui, mais rien de sérieux, répond Jean-Claude qui ne s'est pas pris une dizaine de fléchettes dans la couenne.

– Et puis, nous détourner de quoi ? reprend Yann. Les saloperies, il les fait, de toute façon.

– Quand même, s'obstine Jean-Claude, voilà un individu qui menace Élise de façon outrancière, qui tue deux femmes de manière atroce et puis plus rien. Silence radio. Si c'est un maniaque, il va de nouveau passer à l'acte. Pourquoi nous attirer sur sa piste par ses provocations envers Élise ?

– Tu veux dire que c'est quelqu'un qui joue les maniaques ? lui demande Yann, intéressé.

– Hon hon, acquiesce Jean-Claude, la bouche pleine. C'est pour ça qu'il fait tout ce cirque, les lettres, les steaks, etc. En fait, il poursuit un but bien précis.

– Transformer Élise en *carpaccio* ? ricane Yann en s'attirant les protestations scandalisées de l'assistance.

Il me serre vigoureusement l'épaule pour se faire pardonner sa plaisanterie d'un goût plus que douteux. Le fait est que ça m'aurait fait rire s'il s'était agi de quelqu'un d'autre que moi. Le fait est aussi qu'il sent légèrement, mais indéniablement, la gentiane.

– Moi, je crois que c'est vraiment un fou ! dit Yvette. Quand je repense à ces yeux, dans la main d'Élise... Un homme capable de dépecer une femme n'est certainement pas un plaisantin.

– Sadique ne veut pas dire cinglé, s'obstine Jean-Claude. On va bien voir s'il recommence.

À ce moment-là, Lorieux devrait entrer et dire : « Il a recommencé !! » Je m'attends à entendre son pas rapide et nerveux, suivi du pas lourd de Schnabel et je me demande si j'hallucine quand j'entends effectivement la porte d'entrée s'ouvrir et deux hommes remonter le couloir à vive allure.

– Est-ce que Véronique Gans est là ? demande Lorieux d'une voix encore plus aiguë que d'habitude.

– Véronique qui ? demande Francine.

– Une des monitrices de ski, lui répond Yann. Pourquoi Véronique serait-elle là ? dit-il à l'adresse de Lorieux.

– Je viens de passer à l'école de ski pour lui poser quelques questions supplémentaires. Kevin Destreille nous a dit qu'elle s'était rendue au CLMPAH pour voir quelqu'un à qui elle voulait communiquer des informations importantes.

J'imagine des échanges de regards suspicieux.

– Donc, personne ne l'a vue ? reprend Lorieux.

Tout le monde reste aussi muet que moi. Glissement de la porte-fenêtre.

– Bon-jour.

– Ah ! Monsieur de Quincey ! Je cherche Véronique Gans.

– C-onn-ais pa-s.

Bruit de chaise qu'on tire, un verre se renverse, Léonard s'assoit.

– Elle est peut-être montée voir Mme Lombard, dit Lorieux.

– On me demande ?

Chuintement des portes de l'ascenseur qui se referment derrière Justine.

– Vous n'auriez pas rencontré Véronique Gans ? s'enquiert Lorieux pour la quatrième fois.

– Je ne connais pas cette personne, répond Justine d'une voix enrouée, et quant à vous dire si je l'ai croisée…

Elle laisse élégamment sa phrase en suspens et passe devant moi dans un sillage de parfum à la violette et d'inhalateur à la menthe.

– J'ai un de ces rhumes ! me dit-elle en s'asseyant.

– Schnabel, monte voir dans les étages ! ordonne Lorieux.

– Vous avez un mandat ? glapit aussitôt Francine.

– Un mandat de quoi ? riposte Lorieux avec suavité. Nous cherchons quelqu'un qui a dit se rendre ici. Je suppose que vous ne voyez pas d'inconvénient à ce qu'on vérifie qu'elle ne s'est pas égarée dans les couloirs ?

– Ou en train de fouiner dans les chambres, dit Yvette d'un ton sec.

Je lui pince le gras du bras pour la faire taire.

– Oh, vous pouvez bien me pincer ! Cette créature est capable de tout ! Une grossièreté inouïe !

– Je vois que vous, au moins, vous la connaissez ! dit Lorieux.

Les pas de Schnabel résonnent au-dessus de nos têtes. On entend des portes s'ouvrir et se refermer sans douceur.

– Je n'apprécie pas beaucoup que votre gendarme se balade comme ça dans les chambres privées de mes chers résidents, dit Francine.

– Mais que cherche-t-il au juste ? demande Justine entre deux quintes de toux.

– Il colle des micros partout, lui répond Yann.

Laetitia pouffe. Glouglous de liquide, odeur de Suze. Yann fait claquer ses lèvres avec satisfaction. Dans la salle voisine, Hugo a sorti la pâte à modeler, il dicte ses directives aux chers résidents. Éclats de rires, onomatopées, petits cris, qui contrastent avec notre silence et les pas de Schnabel qui résonnent dans le bâtiment.

– C'est bien, Clara, c'est bien, elle est très jolie ta dame. Non, Bernard, ça ne se mange pas, tu le sais. Je me fous que le boudin soit blanc comme Noël. Et toi, Christian ? Qu'est-ce que tu nous as fait de beau ? Un teckel ? Mais il lui manque les pattes à ton chien.

Des pas dans l'escalier.

– Je ne l'ai pas trouvée, chef, dit Schnabel, essoufflé.

– Bien. Désolé d'avoir perturbé votre petit déjeuner. Si Véronique Gans se présente, merci de m'en avertir aussitôt.

Mon bloc : *« Pourquoi la cherchez-vous ? »*

– Son alibi ne tient pas, me chuchote Lorieux à l'oreille.

– On vous dérange peut-être ? dit Francine, glaciale.

– Pas plus que d'habitude, lui répond Lorieux avant de refermer soigneusement la porte derrière lui.

– Quelle tête à claques, ce type ! lance Francine.

– Philippe s'est toujours pris très au sérieux, dit Yann. Bon, j'ai besoin d'un autre verre.

– Vous ne trouvez pas que l'adjudant-chef sent l'edelweiss ? demande Justine.

– Il me semble tout à fait au bord d'un précipice professionnel ! ricane Francine. Quelqu'un reveut un peu de thé ? Élise, un toast ?

Je refuse de la main. Pourquoi Véronique Gans a-t-elle prétendu devoir venir ici ? Pourquoi dire ça au ski-man si ce n'est pas vrai ? J'aurais préféré que Schnabel la trouve en train de fouiller mes affaires. J'écoute distraitement le brouhaha ambiant.

– Et toi, Clara, fais-moi voir. Mais non, ma puce ! Il faut que tu mettes la tête de ton bonhomme sur ses épaules, pas à côté ! Christian, essaie donc de faire autre chose que des bananes et des oranges pour changer.

– J'ai oublié mon Walkman en haut, dit Laetitia.

– Je crois que je vais installer mon chevalet sur la terrasse, il y a un soleil de rossignol, roucoule Justine.

– Le type des scooters me rappelle dans une heure. Il faudra prévoir des pique-niques, marmonne Yann d'une voix un peu empâtée.

– Mais non, Clara, je viens de te dire qu'on met la tête sur les épaules, voyons ! Tu ne portes pas ta tête sous ton bras, si ?

– Je monte ! lance Laetitia.

Déambulateur. Chuintement des portes de l'ascenseur qui s'ouvrent. Et un hurlement qui me glace. Un hurlement qui ne s'arrête plus. Quelqu'un me bouscule en courant, une chaise se renverse, Justine demande : « Que se passe-t-il ? Que se passe-t-il ? », Francine et Yvette se mettent à crier elles aussi, j'étreins mon plaid fiévreusement, les portes de l'ascenseur s'ouvrent et se ferment, s'ouvrent et se ferment, Laetitia hoquette, Yann, la voix virile de Yann qui téléphone :

– Prévenez Lorieux, tout de suite ! Qu'il revienne au CLMPAH immédiatement !

– Que se passe-t-il ? Quelqu'un peut me répondre ?

Bousculades. Et ces portes qui battent sans arrêt.

– Hugo, ferme la porte de la salle de jeu ! lance Yann.

Criaillements contrariés.

– Ne touchez à rien ! hurle encore Yann.

– Mais…

– Et bloquez cette putain de porte !

– Yann !

– Bon Dieu, Atchouel ! Vous ne voyez pas que nous avons affaire à un meurtre ?! Que quelqu'un a tué cette fille pendant que vous nous serviez votre foutu thé ?!

Tué. Fille. Véronique Gans. Dans l'ascenseur. Oh ! Seigneur !

– On a tué qui ? Léonard ! Léonard, où es-tu ? glapit Justine.

– Suis-là. Mo-ni-t-ri-ce mor-te. Dé-dé-…

– Qu'est-ce que tu veux dire ? Calme-toi, respire. Vas-y, bien à fond. Qu'est-ce qui s'est passé ? lui demande Justine, haletante.

– Dé-dé…

– Dénudée ? On l'a violentée ?

– Ca-…

L'idée incongrue qu'il veut un café me traverse l'esprit.

– Dé-c-ap-i-té-e, achève Léonard dans un souffle.

Est-ce que j'ai bien entendu ?

– Mais c'est effroyable ! s'écrie Justine. Je vous avais dit que le Mal était là, Élise, tout près ! Tout ce rouge, tout ce rouge !

Véronique Gans a été décapitée dans l'ascenseur. La dernière personne qui a pris l'ascenseur, c'est toi, ma vieille. Toi et ton foutu rouge sang.

– Oh, ma pauvre chérie, ma pauvre chérie ! balbutie Yvette en m'étreignant. Heureusement que vous ne pouvez pas voir ça ! Elle est allongée au fond de la cabine, sa tête entre les chevilles. Il lui a coupé la tête ! Elle a les yeux grands ouverts, elle nous regarde et il y a encore plein de sang qui coule !

Flots de sang s'écoulant d'un ascenseur. *Shining* de Stanley Kubrick. Reste dans le réel, Élise, concentre-toi. Véronique est bel et bien venue au CLMPAH voir quelqu'un. Quelqu'un qui l'a assassinée dans l'ascenseur. Sans un bruit. L'ascenseur qu'a emprunté Justine pour descendre prendre son petit déjeuner. Elle n'a pas senti la présence thermique du corps ? L'odeur si poignante du sang ? Oublié de brancher son détecteur sensoriel ? Vision d'une Justine grimaçante et échevelée maniant un couperet de boucher avec la dextérité d'un bûcheron. Au fait, et l'instrument du crime ?

À côté de moi, Yvette marmonne toujours des pourquoi et des comment sans réponse. Francine Atchouel réclame deux aspirines et en propose à la ronde. On a assis Laetitia sur le canapé, Yvette lui fait manger un sucre, lui passe une serviette mouillée sur le front. Mme Raymond est sortie de sa cuisine et a failli tourner de l'œil. Elle s'est cramponnée à mon fauteuil en gémissant : « Oh boudiou, oh boudiou. » Pour une fois, je suis bien heureuse de ne rien voir. D'être trop loin pour sentir la mort. De ne pas toucher de corps rigide, de peau glacée. D'être vivante et de ne pas avoir éprouvé pour la morte une affection qui me fasse ressentir un chagrin insurmontable. Juste la compassion due à tout défunt, à chacun d'entre nous qui rompt la chaîne humaine pour s'en retourner dans les limbes.

Des pas, des admonestations, plusieurs hommes. Lorieux, Schnabel, Mercanti et d'autres. Mercanti nous rassemble tous dans un coin de la pièce. Lorieux dirige les techniciens de scène du crime qui ne peuvent s'empêcher d'échanger leurs commentaires. Quatre morts violentes en si peu de temps dans ces contrées paisibles, ça choque. J'avance pour mieux entendre, profitant de ce que Schnabel est en grande conversation avec Yvette.

– Je veux un prélèvement complet, dit Lorieux. Ah, docteur ! Désolé, mais nous avons de nouveau besoin de vous.

– Je vois ça. Bon Dieu, il faudrait voir à y mettre fin ! Qui est la fille ?

– Véronique Gans, une des monitrices de ski.

– Ah oui, je la reconnais, mon petit-fils avait pris des leçons avec elle. Vous parlez d'une boucherie ! Entre la petite Auvare et ça… C'est la première fois que je vois des trucs pareils en trente ans ! D'habitude, c'est plutôt les jambes cassées, à la rigueur une moelle épinière sectionnée ou un accident de la route et c'est pas joli à voir, les accidents, mais là, c'est ignoble ! Vous pouvez m'éclairer un peu mieux ? Merci.

– Depuis combien de temps est-elle morte ?

– Le corps est encore tiède. Une demi-heure ? Une heure maximum. Vous voyez les bords de la blessure, là ?

– Oui. Très irréguliers.

– Exact. Et les mêmes marques se retrouvent sur le côté opposé. Ça m'intrigue. Vous avez trouvé l'arme ?

– Non, pas encore.

Le docteur s'affaire en silence. Quelqu'un me bouscule, une voix jeune lance : « Je ne me sens pas très bien… » Et on vomit juste à côté de moi.

– Bon sang, Morel, faites un peu attention ! le tance Mercanti.

– Désolé, brigadier, s'excuse ledit Morel.

– Je pencherais pour un instrument à double lame, du type sécateur, est en train de dire le docteur.

– Je vous demande pardon ? demande Lorieux.

– Les chairs ont été cisaillées, pas sciées, donc je pencherais pour un sécateur ou un coupe-boulon, les gros modèles dont on se sert pour cisailler les cadenas, les barres de fer, etc.

– C'est difficile à dissimuler sous ses vêtements.

– Pas plus qu'une scie. Et puis sous une doudoune...

Toujours la même rengaine. Une mouche bourdonne, tout près.

– Empêchez-la de se poser sur la victime, c'est écœurant, dit Morel.

– Elle ne fait que son boulot, répond le docteur. De toute façon, d'ici quarante-huit heures, le corps sera infesté de larves.

– Vous pensez réellement que quelqu'un est entré dans l'ascenseur en même temps que la victime, a sorti un coupe-boulon de sous son anorak, lui en a passé les deux branches autour du cou et, crac ! a serré jusqu'à ce que la tête se détache ? lui demande Lorieux, incrédule.

– Vous verrez bien ce que vous dira le labo.

– Et elle n'aurait pas crié ?

– On l'a peut-être assommée avant. L'examen nous l'apprendra.

Un bruit de pas.

– Apparemment, personne ne sait rien, personne n'a rien entendu, comme d'habitude, dit Mercanti à voix basse.

– Elle s'est bien introduite dans le bâtiment. Soit on l'y attendait, soit on l'y a suivie. Est-on sûr que personne n'a utilisé l'ascenseur après Mme Lombard ?

– D'après les déclarations que nous avons enregistrées, non. Schnabel a emprunté les escaliers pour monter et descendre afin de vérifier que Véronique Gans ne s'y cachait pas.

– Et dire qu'elle était là, dans la cabine ! À quelle heure précise Mme Lombard est-elle descendue ?

– À neuf heures seize, d'après l'infirmier qui dit avoir regardé sa montre à ce moment-là, précise Mercanti.

– Il regarde sa montre chaque fois que les portes de l'ascenseur s'ouvrent ? grogne Lorieux. Et qui est descendu avant elle ?

– Clara Rinaldi, Émilie Domengue et Christian Leroy à huit heures quarante avec l'infirmière. Mme Holzinski, Mlle Andrioli et Mlle Castelli à huit heures cinquante environ.

– Et de Quincey ?

– Il était descendu plus tôt, vers huit heures quinze.

– Mais il n'a pas assisté au petit déjeuner ? demande Lorieux comme s'il disait « mais il avait du sang sur les mains ».

– Il est allé se promener. Il n'avait pas très faim. Embarras gastrique, répond Mercanti.

– C'est ça, grommelle Lorieux.

– Heu, excusez-moi, chef, mais…

Il se met à chuchoter. Puis on empoigne mon fauteuil et on me pousse vers le reste de l'assemblée. Mince ! Quel besoin a-t-il de faire du zèle ? Et voilà, je n'entends plus rien. En plus, tout le monde bavarde. J'essaie de me concentrer. L'assassin a disposé d'une demi-heure environ entre le moment où nous sommes descendues et celui où Justine a emprunté l'ascenseur en compagnie du cadavre de Véronique Gans. Est-ce que quelqu'un s'est absenté pendant le petit déjeuner ? Comment pourrais-je le savoir ? Et Léonard ? Troublante absence. Autre question : pourquoi Véronique Gans a-t-elle pris l'ascenseur ? Avait-elle rendez-vous dans l'un des étages ?

Un coupe-boulon. J'ose à peine imaginer à quoi peut ressembler un cou humain enserré entre les deux lames affûtées d'un coupe-boulon. Quel est le diamètre d'un cou ? Voyons, à peu près la distance entre mon pouce et mon index, un peu moins même. Donc, vingt centimètres. Oui, ce n'est pas si épais que ça. Elle a certainement été assommée avant. À moins que… Est-ce qu'on peut crier quand deux lames d'acier s'enfoncent dans votre chair, vous coupant le souffle et la carotide ?

– Ça va, Élise ? me demande Laetitia. C'était vraiment atroce à voir, enchaîne-t-elle sans attendre ma réponse. Ils viennent de la mettre dans un sac en plastique. Ils vont l'emporter. Je n'oserai plus jamais prendre cet ascenseur, je vais demander à Mme Atchouel de me donner une chambre au rez-de-chaussée. Il y a plein de sang qui a giclé partout. Yvette s'est sentie mal, Mme Raymond lui a fait respirer du vinaigre. Ils n'ont pas arrêté de nous demander qui avait pris l'ascenseur et à quelle heure, et qui avait fait quoi depuis sept heures ce matin. Heureusement qu'on est descendues toutes les trois ensemble. Vous imaginez Justine, debout dans la cabine, sans savoir qu'il y a un corps décapité juste derrière elle ? Et peut-être même le tueur ! ajoute-t-elle, surexcitée.

L'idée d'un homme couvert de sang, accroupi derrière Justine, les yeux brillants de folie, me fait froid dans le dos. Non, l'ascenseur est resté au rez-de-chaussée, on l'aurait donc vu en sortir. Attention, Élise, réfléchis. Personne n'a vu Véronique entrer dans l'ascenseur. Donc, elle est montée dans les étages avant que nous soyons tous en bas pour prendre le petit déjeuner. Papier, stylo, raisonnement.

L'ascenseur débouche dans un hall qui donne à la fois dans le salon et la salle à manger, lesquels ne sont séparés que par une arcade. De chacune de ces pièces, les « voyants » peuvent voir les portes de l'ascenseur et donc la ou les personnes qui l'empruntent.

Le petit déjeuner est servi de huit heures quarante-cinq à neuf heures quinze, car, auparavant, les pensionnaires font leur toilette avec l'aide de Martine et Hugo. Yann dort au rez-de-chaussée, comme Jean-Claude, dans les chambres situées derrière la salle de jeu et la cuisine, chambres qui n'ont pas vue sur l'ascenseur. Disons que Véronique arrive vers huit heures trente. Elle guette le moment où le salon est vide. Grimpe dans l'ascenseur pour se rendre à son mystérieux rendez-vous.

Que fait-elle jusqu'à huit heures cinquante, moment où nous prenons l'ascenseur et où nous savons que son corps ne s'y trouve pas ?

Elle est dans une chambre. Où on l'assomme avant de la traîner dans l'ascenseur, de bloquer les portes et de la tuer. Puis l'assassin emprunte l'escalier, qui débouche dans un recoin obscur du hall d'où l'on peut gagner le salon par une porte latérale toujours ouverte, et il attend avec nous qu'on découvre le corps. Un sacré coup de poker, qui suppose que personne ne va décider de remonter dans sa chambre chercher quelque chose et que Justine ne descendra pas avant neuf heures quinze, son heure habituelle, ce qui fait toujours râler la mère Atchouel. Donc, le tueur connaît les habitudes de Justine.

Et où était notre brave Léonard durant le petit déjeuner ? En balade.

On charge le corps de Véronique dans l'ambulance qui démarre lentement.

Fiacre noir galopant dans la Transylvanie enneigée vers les sombres tours d'un château gothique, le corps livide d'une malheureuse jeune femme tressautant dans son cercueil. C'est bien moins poétique. Le cercueil est un sac en plastique, le fiacre noir une ambulance rouge et blanc qui fait « pin pon », le conducteur un type fatigué et écœuré. La seule constante, c'est le prédateur : une créature obligée de tuer pour survivre. Dans le premier cas, pour éviter que son corps physique se détruise ; dans le second, pour éviter que sa structure mentale implose. Tu vois, Psy, bientôt je prends ta place : c'est toi qui t'allonges sur le divan et qui racontes ta vie. Combien de fois par jour tu te cures le nez et si ça symbolise le désir de posséder ta mère, tout ça.

– Ils sont en train de fouiller toute la baraque, m'informe Laetitia en me tirant de mes pensées confuses. Nous n'avons pas le droit de quitter le salon.

– Les ténèbres nous enveloppent de leurs longs doigts glacés, énonce Justine d'une voix prophético-nasillarde, je vous l'avais bien dit, tout ce rouge, toute cette haine, ramassée, concentrée, prête à bondir…

– Son visage était tout blanc, ajoute Laetitia, comme de la cire, et elle me regardait. Rien que d'y penser… Excusez-moi.

Glissement de déambulateur.

– Le visage de la mort a toujours la pâleur de la glace, reprend Justine après avoir éternué. Quand un être expire, la température chute et l'atmosphère se fait cristal.

C'est ça. Va le dire aux gens qui crèvent sous les tropiques, dans la puanteur et les mouches.

– Madame Lombard, nous avons trouvé ceci dans une des poches de la victime, dit Mercanti de son ton de maître d'école.

– Ceci, quoi ? demande Justine à Mercanti.

– Touchez, lui répond le brigadier.

Court silence. Mercanti dégage une odeur d'après-rasage bon marché et de Malabar à la fraise.

– Eh bien, on dirait un étui à cigarettes…, dit enfin Justine.

– Passez votre main sur le boîtier et dites-moi quelles initiales y sont gravées.

– Un F et un A, épelle-t-elle d'une voix incertaine.

– En possédez-vous un similaire ?

– Oui, celui que Fernand m'a donné, répond rapidement Justine, mais…

Petite pointe de colère et de jalousie enfantine au creux de ma poitrine.

– Comment est-ce possible ? poursuit-elle.

– Apparemment, Gans vous l'avait subtilisé. Vous étiez-vous rendu compte de la disparition de cet objet ?

– Non, j'ai arrêté de fumer il y a six mois.

– Permettez, je dois le garder pour l'instant. Merci, ce sera tout.

Mais non, ce ne sera pas tout ! Si Véronique a piqué l'étui à cigarettes, c'est qu'elle s'est rendue dans la chambre de Justine ! Justine qui n'est descendue qu'à neuf heures et quart ! Justine qui aurait dû s'apercevoir que quelqu'un fouillait sa chambre !

– Quand je vous disais que c'était une voleuse, les drogués sont toujours voleurs, dit Yvette.

– Cette fille se droguait ? demande Justine.

– Oui, comme Marion Hennequin et Sonia Auvare. Apparemment, c'est la mode dans le coin. Toutes droguées !

– Et assassinées, dit Jean-Claude qui nous a rejoints dans le cliquetis de sa carapace métallique. Il me semble que si je pouvais bouger, j'aurais mieux à faire que de trucider mes semblables.

Eh bien, à voir les infos, on dirait que la moitié de la planète ne partage pas ton opinion, Jean-Claude. Quelqu'un se verse à boire près de moi. Yann encore ? C'est au moins son sixième verre et il n'est pas midi. Justine se mouche, puis inhale vigoureusement quelque chose qui sent la menthe et la résine de pin.

– J'ai ouï dire que Sonia et Marion se connaissaient ? dit-elle.

« Ouï dire ! » J'ai « ouï dire » ! Non, mais franchement ! Qui « ouït » encore de nos jours ?!

– Elles se connaissaient toutes ! lui répond Yvette. Je vous dis, un vrai village de fous !

– C'est l'époque qui est folle, commente sombrement Lorieux, revenu sans que je l'entende.

Mercanti laisse échapper un soupir excédé.

– Dites-moi, madame Lombard, reprend Lorieux d'un ton lugubre, vous n'avez entendu personne entrer dans votre chambre ce matin ?

Enfin !

– Je n'ai reçu aucune visite, lui répond Justine.

– Personne n'a ouvert la porte ? Vous n'avez entendu aucun bruit suspect ? Vous qui avez l'oreille si fine…

– Rien. Sauf si quelqu'un est entré pendant que j'étais sous la douche… avec le bruit de l'eau… J'aime la faire couler à fond, comme une cascade jaillissante chassant les ombres de la…

– Merci, madame Lombard, la coupe-t-il. Vous avez noté, Mercanti ?

– Il a repris du poil de la bête, me chuchote Yvette.

– Où est Schnabel ? ajoute Lorieux.

– Chef ! crie Schnabel au même moment. Chef !

Martèlement de godillots, halètements.

– Venez vite !

– Que se passe-t-il encore ? demande Francine.

– Dans la chambre du grand débile, venez, insiste Schnabel.

Ils s'éloignent au pas de course. Yvette qui veut les suivre est arrêtée par un des gendarmes.

– Désolée, madame, dit la jeune voix de Morel, personne ne sort d'ici, c'est la consigne.

– Qui est-ce qu'on a zigouillé, cette fois ? demande Yann, la voix pâteuse.

– Je ne peux pas vous répondre, monsieur. Veuillez attendre ici.

– « Veuillez attendre ici », le singe Yann complètement éméché, avant d'ajouter : J'en ai marre de votre cirque à la con !

– Pardon, monsieur ? Je crois que je vous ai mal entendu.

– Parfaitement, cirque à la con. Feriez mieux de mettre la main sur le tueur au lieu de nous faire chier.

– Je vous conseille de vous calmer, monsieur. Je vous conseille très sérieusement de vous calmer.

– Et moi, je te conseille d'aller te faire foutre !

– Papiers d'identité ! aboie Morel.

– Je te pisse au képi !

– De quoi ?!

Morel appelle ses collègues à la rescousse, bruits d'empoignade, protestations d'Yvette, de Francine et de Laetitia, grognements, vociférations de Yann.

– Se donner en spectacle comme ça, alors qu'une femme vient de mourir, me dit Jean-Claude, je trouve ça navrant. Ils n'ont donc aucun respect pour les morts ?

– Vous savez bien que l'homme moderne refuse l'idée de la mort, lui dit Justine tranquillement comme si des gens n'étaient pas en train de se battre à côté d'elle.

– Moi aussi, je refuse l'idée de la mienne, lui répond Jean-Claude sur le même ton. Ça ne m'empêche pas d'éprouver de la compassion pour celle des autres.

Ils poursuivent leur débat philosophique pendant que je reçois un képi sur les genoux, puis c'est Yann qui s'affale sur moi, bon sang ! en plein sur mes blessures. On le relève, je reçois un coup de coude dans l'estomac, cavalcade, Tintin grogne, « aïe », crie Laetitia, bruit de chute, Justine empoigne mes cheveux, « c'est vous, Élise ? » non, c'est le poisson rouge, « ils me font peur », tire pas si fort, merde ! Bruit mat de coups. Claquement sec de menottes.

– Qu'est-ce que c'est que ce bordel ?! hurle Lorieux. Gaaarde-à-vous !

– Cet homme nous a insultés et attaqués ! explique Morel.

– On verra ça plus tard, lui renvoie Lorieux. Madame Atchouel, où sont les pensionnaires ?

– Dans la salle de jeu, avec leur infirmier, au cas où vous ne l'auriez pas remarqué.

– J'apprécie votre coopération. Morel, arrêtez de saigner du nez et suivez-moi.

– Enculés ! hurle Yann. Enlevez-moi ces menottes immédiatement !

– Ta gueule, Yann ! lui renvoie Lorieux. J'en ai marre de tes pitreries.

– Pauvre minable, t'as pas le droit ! Je suis un citoyen libre !

– Emmenez le citoyen libre dessaouler dans la camionnette.

– Déjà ivre à onze heures du matin ! Mais où va le monde ?! soupire Francine apparemment plus choquée par l'ivresse matinale de son éducateur que par la décapitation d'une jeune femme dans son ascenseur.

– Je comprends pourquoi Sonia te trompait avec tous les monos ! crie encore Yann.

Silence de mort. Quelqu'un se racle la gorge. On entraîne Yann à l'extérieur. La porte d'entrée se referme.

– Ça ne m'étonne pas, me chuchote Yvette. Elle avait vraiment mauvais genre.

J'écarte les commérages d'Yvette comme un essaim de mouches importunes. Ce qui m'intéresse plus que les élucubrations avinées de Yann, c'est de savoir ce que Schnabel a trouvé.

La porte de la salle de jeu s'ouvre, la voix indignée d'Hugo lance :

– Mais enfin, c'est ridicule, il vous dirait n'importe quoi pour se rendre intéressant !

– Madame Atchouel, annonce Lorieux, je suis obligé d'emmener cette personne à la caserne. Je vous serais obligé de faire prévenir sa famille.

– Qu'est-ce qu'il a fait, ce pauvre Christian ? s'indigne Yvette. Vous ne voyez pas que c'est un innocent !

– Un innocent dans la chambre duquel on a retrouvé l'arme du crime ! lui renvoie Schnabel.

– Schnabel ! Pas un mot ! ordonne Lorieux.

– Christian ne ferait pas de mal à une mouche, voyons ! s'écrie Francine. Aucun de nos chers résidents n'est dangereux !

– Dites-le à Véronique Gans, lui rétorque Lorieux. Allez, on l'embarque !

– Vé'onique nique nique, se met à chanter Christian.

– Les gars comme ça sont parfois mus par une pulsion irrésistible, nous dit encore Lorieux. Vous n'avez jamais lu *Des souris et des hommes* ?

– … Nique nique nique ta mè'e…

– Il a l'air plutôt vicieux, fait observer Mercanti de sa voix de pasteur vertueux.

Lorieux s'adresse à Christian :

– Allez, mon vieux, on a quelques questions à te poser. Mercanti, dites aux gars d'aller faire le nécessaire là-haut. Qu'ils me passent tout au peigne fin.

– Je vous accompagne, lance Martine. Il va être terrorisé s'il se retrouve seul avec vous et puis je suis la seule à le comprendre.

– Ben, jusqu'à maintenant, ça a pas l'air trop difficile à saisir, hein chef ? ricane Morel.

– Suffit, Morel ! Allez chercher l'estafette.

– Je vous rappelle que j'ai pris l'ascenseur avec lui à huit heures quarante, c'est dans ma déposition, déclare Martine. Je ne vois donc pas comment il a pu tuer quelqu'un puisque, à huit heures cinquante, l'ascenseur ne contenait aucun cadavre. Ce n'est pas bien de s'acharner sur une âme sans défense.

– Il a pu remonter pendant le petit déjeuner. Apparemment, la surveillance n'est pas un des points forts du Centre, lui renvoie perfidement Lorieux.

– Vous savez, ajoute Martine, le pauvre enfant a l'habitude de ramasser tout ce qu'il trouve.

– Et de le cacher sous son matelas ?

– Parfois, ça dépend. Il invente aux objets d'autres fonctions que celles que nous leur connaissons.

– Le problème n'est pas tant de savoir pourquoi il a caché la pièce à conviction, mais comment il se l'est procuré.

– Vous suggérez que cette force sans maître s'est trouvée en présence du corps sans vie de la jeune monitrice ? demande Justine.

Lorieux comprend plus vite que moi que « force sans maître » veut dire « brute sans conscience ».

– Il y a trois hypothèses, madame Lombard, lui répond-il d'un ton plus sec que l'air du désert de Gobi. a) Il s'est effectivement trouvé près du cadavre et a volé la pièce à conviction ; b) il est l'auteur du meurtre et a cherché à cacher l'objet qui lui a servi à assouvir sa colère ; c) on a caché l'instrument du crime dans sa chambre. Vous comprendrez donc pourquoi il est nécessaire que je l'interroge.

– Chef, chef, on nous a crevé les pneus !

– Vous vous foutez de moi, Morel ?

– Les quatre, chef, c'est pas croyable…

– Où est Yann ?

– Le poivrot ? À l'intérieur. Il chante des chansons paillardes.

– Il n'a pas pu sortir ?

– Non, il est menotté à la grille de séparation.

– Nonobstant que j'en ai vraiment plein le cul, se met à hurler Lorieux comme un possédé, vous allez subséquemment appeler des renforts et me faire conduire tout ce joli monde au centre d'interrogatoire ! Finie la plaisanterie !

– 'i 'i 'i, elle a t'op 'i !

– Qui a trop ri, Christian ? demande Martine.

– Fille. ’ouge. ’ouge-go’ge. Hop, pa’tie.

– Partie où ? Dans l’ascenseur ?

– Et ta sœu’ ?! Pa’tie au ciel. Vec Ma-gali.

– Comment peut-il savoir que quelqu’un est mort ? demande Jean-Claude avant que Lorieux ait pu placer un mot.

– C’ara, se met à pleurnicher Christian, C’ara.

– Il veut dire Clara, nous explique Martine. Clara a vu quelque chose ? Dis-nous ce qu’elle a vu.

– Pas vu pas p’is !

– Il est très énervé.

– Où est cette Clara ? demande Lorieux.

– Elle est là, à côté, dit Hugo. Et maintenant que j’y pense, elle s’est comportée bizarrement ce matin.

– C’est-à-dire ? soupire Lorieux.

– On travaillait avec la pâte à modeler et elle s’obstinait à mettre la tête de son bonhomme à côté de lui.

– À côté ?

– Oui, à ses pieds.

Éloignement précipité. Apparemment, tout le monde suit, je reste seule avec Justine et Jean-Claude.

11

– Cette enquête ne me semble pas vraiment menée dans les règles de l'art, nous fait observer Jean-Claude après un bref instant de silence. Les gendarmes ont l'air très énervés, le personnel du Centre complètement dépassé, notre Yann a perdu les pédales et les résidents sont plus que secoués.

– Une aide extérieure nous ferait le plus grand bien, approuve Justine.

Ne t'inquiète pas, ricanè-je *in petto*, Tonton arrive à quatre heures. Peut-être qu'il est mandaté par Scotland Yard, Tonton, et qu'il va nous résoudre tout ça en deux coups de cuillère à pot.

– Dès le début, j'ai senti que quelque chose n'allait pas, reprend-elle entre deux quintes de toux. Taches de matière éparses, pas de cohésion, déflagration permanente. Nous sommes au centre d'une perturbation spirituelle de grande ampleur, et l'affolement ne sert à rien, qu'à accélérer le processus.

OK, mais difficile de garder son calme quand un tueur caché dans l'ombre massacre une jeune femme après l'autre ! Éclats de voix dans la pièce voisine, pleurs suraigus.

– Je suppose que c'est Clara, dit Justine en reniflant. Où est-ce que j'ai mis mon tube de Vicks ?

Mais bien sûr ! Voilà pourquoi elle n'a rien senti dans l'ascenseur ! Elle était occupée à se fourrager dans les narines avec un tube de Vicks Vaporub. Une excuse parfaite.

Quelqu'un court vers nous, suivi par Tintin qui jappe.

– Élise ! crie Yvette tout essoufflée. Clara a vu Vore en train de tuer la Gans.

– Incroyable ! lance Jean-Claude. Je recharge ma caméra et je vous prends, Yvette.

Tintin aboie de plus belle, ravi de ce remue-ménage.

– Tais-toi ! lui crie Yvette. Hugo s'est souvenu que vers neuf heures elle avait demandé à aller aux toilettes, reprend-elle. Mais en fait, elle voulait monter dans sa chambre pour manger des bonbons en cachette. C'est Émilie qui nous a dit qu'elle y cachait des bonbons. Alors, Clara s'est mise à pleurer et a tout avoué. Elle a voulu prendre l'ascenseur, mais il était bloqué. Elle est montée à pied au deuxième et, là, elle a encore appuyé sur le bouton, les portes se sont ouvertes et elle a vu ! Elle a vu !

– Vu quoi ? demande Justine avec nervosité.

– Le corps de la malheureuse étendu par terre et le tueur qui tenait la tête à la main ! Comme la tête de saint Jean-Baptiste ! Il a tourné son horrible visage grimaçant vers elle et il a posé un doigt sur ses lèvres en faisant « chut ». Et il a agité des ciseaux géants dans sa direction ! Elle s'est fait pipi dessus de peur, elle est redescendue à toute vitesse et elle n'a rien dit à personne. Là, elle est en pleine crise de nerfs, Martine va lui faire une piqûre.

– Mais à quoi est-ce qu'il ressemblait, le tueur ? demande Justine d'une voix oppressée.

– À un vampire ! chuchote Yvette. Livide, enveloppé dans une grande cape noire, avec de grandes dents pleines de sang et des yeux globuleux !

– C'est ridicule, dit Jean-Claude d'un ton dubitatif. (Il est abonné à *Tales from the Crypt*.)

– Elle n'en démord pas ! assure Yvette avec un humour involontaire.

– Vore, le dévorateur, murmure Justine. Vous nous avez ramené un démon particulièrement cruel et puissant, Élise.

Bien sûr, c'est ma spécialité, ramener des démons, cirer les pompes de l'Antéchrist, préparer l'Apocalypse…

– Vous croyez vraiment qu'il s'agit d'une créature surnaturelle ? lui demande Jean-Claude.

– Que savons-nous de l'univers ? lui renvoie Justine avant d'éternuer.

– Pffff ! On sait que les vampires n'existent pas, rétorque Yvette.

– Pouvez-vous le jurer sur la tête d'Élise ? lui réplique perfidement Justine.

Yvette se tient coite.

– Ça expliquerait tout, dit Jean-Claude.

Je ne vois pas en quoi, mais bon. Moi, ce qui m'intéresse, c'est que Clara a vu le meurtrier à l'œuvre à neuf heures, disons neuf heures cinq. Pendant que Lorieux nous interrogeait en bas. À neuf heures vingt, Schnabel est monté fouiller le bâtiment à pied. La seule personne à être sortie de l'ascenseur est Justine à neuf heures quinze. Si le tueur n'est pas ressorti par l'ascenseur, il est donc redescendu à pied du second étage. Il aurait donc dû croiser Schnabel. Sauf s'il s'était planqué dans une des chambres. Non, Schnabel n'a trouvé personne. Alors, où est-il passé ? Il n'a pas pu s'évaporer !

Sauf si c'était Justine. Cette idée me taraude. Justine se débarrassant de son déguisement et de son arme chez Christian, au second justement, avant de nous rejoindre tranquillement à neuf heures quinze. Allons, Élise, me dit Psy en tirant sur sa barbe, ce n'est pas parce que Justine couche avec ton tonton chéri que tu dois voir en elle une meurtrière sadique !

Bruits de voix. L'alto de Lorieux dominant les autres :

– Alors, Morel ? On en est où avec les renforts ?

– Le problème, c'est que Gendreau et Pollain sont de contrôle sur la nationale. Ils en terminent avec le contrevenant basané qu'ils sont en train de verbaliser et ils arrivent.

– Un vampire, grommelle Lorieux. Où est-ce que cet enfoiré a bien pu planquer son déguisement ?!

– Vous pourriez surveiller votre langage devant nos chers résidents. Vous représentez la force armée de la nation, tout de même !

– Ha ha ha ! ricane Lorieux. Est-ce que vous ne pouvez pas empêcher vos chers résidents de brailler ?! Ils me pompent le cerveau.

– Ils sont bouleversés, on le serait à moins, non ! proteste Francine, toutes griffes dehors. Et d'ailleurs, à qui la faute, sinon à votre incompétence ?

– Elle vous insulte, chef.

– La paix, Morel. Mercanti, je veux qu'on passe la baraque au peigne fin une deuxième fois.

– Pour chercher un masque en caoutchouc et une cape, comme dans *Scream* ? dit Morel qui a des références cinématographiques.

– Exact. Comment va le témoin ?

– Elle s'est calmée, répond Martine, mais je crois qu'il vaut mieux attendre un peu avant de l'emmener déposer.

– Et pour le gars Leroy, qu'est-ce qu'on fait, chef ? demande Morel, zélé.

– On verra. Il ne va pas s'enfuir.

Conciliabule à voix basse entre Lorieux et Mercanti.

Laetitia et Léonard nous rejoignent, duo de pas hésitants. Échange de commentaires. Profusion d'exclamations incrédules et choquées. On se croirait dans une volière.

Qui a crevé les pneus de l'estafette ? La question me percute comme un missile sol-sol. J'ai soudain la conviction qu'y répondre, aussi anodine qu'elle puisse paraître, résoudrait tous les mystères.

Bruit de la porte d'entrée, odeur de tissu humide, un gendarme vient annoncer que la météo prévoit une aggravation de la tempête, la route d'accès au village – elle est sinueuse et traverse des gorges profondes – va être coupée par précaution.

– Quelle tempête ? demande Lorieux.

– Ben..., il a recommencé à neiger depuis ce matin à l'aube, mon adjudant-chef. La route d'Isola est déjà impraticable.

– Qu'est-ce que vous voulez que ça me fasse ?

– Ben..., Gendreau et Pollain viennent d'appeler, ils sont bloqués en bas, sur la nationale, pour réguler le trafic. Y a plein de touristes en rade. Et donc subséquemment, on n'aura pas de renfort et on aura des problèmes pour regagner la gendarmerie avec les témoins.

– La voiture du labo ?

– Ben, ils sont déjà quatre dedans, chef.

– Je crois que le Centre dispose d'un minibus ? dit Lorieux.

– C'est exact, répond Hugo plein de zèle. Il est au garage.

Lorieux se fait remettre les clés par une Francine extrêmement réticente et ordonne à Morel d'aller chercher le véhicule. Morel sort en courant. Je me demande la tête qu'il peut avoir. J'imagine un grand dadais avec les oreilles décollées. Il me fait penser à un caniche qui voudrait se faire passer pour un berger allemand. Schnabel, c'est le dogue, solide, sérieux ; Mercanti, je le verrais bien en pitbull ; et Lorieux ? Lorieux est petit, noir et blanc, avec un museau pointu et de grandes oreilles, l'œil vif, la truffe humide. « La voix de son maître », je ne me souviens plus du nom exact de cette race de chiens.

J'aime bien l'idée d'une tempête de neige. Le spectacle de la nature dans ses débordements a quelque chose de fascinant, de grandiose. Enfin… pas la nature humaine.

– Je ne m'étais même pas rendu compte qu'il neigeait, est en train de dire Laetitia. Avec tout ce qui s'est passé…

– Je suis toute tourneboulée, dit Yvette. Je vais faire un peu de tisane. Quelqu'un en voudra ?

– Mon adjudant-chef, mon adjudant-chef, vous allez pas le croire !

– Quoi encore ? grogne Lorieux.

– Les quatre pneus ! Avec des clous !

– Nom de D… ! jure Lorieux.

Puis, se reprenant :

– Aucune importance, on peut tout aussi bien installer un QG provisoire ici. Je réquisitionne cette pièce.

– Mais il vous faut un ordre écrit ! s'écrie Francine. Il est hors de question que j'héberge une dizaine de gendarmes sentant le chien mouillé dans mon salon !

– À la guerre comme à la guerre, lui renvoie Lorieux. Nous régulariserons la situation ultérieurement. En cas de flagrant délit, l'officier de police judiciaire que je suis se doit de prendre les mesures nécessaires à faire cesser le trouble manifeste à l'ordre public et nous pouvons considérer qu'un meurtre et des crevaisons volontaires de pneus constituent un trouble manifeste. Morel, je veux trois hommes en faction autour de la maison, personne n'entre, personne ne sort.

– Et les gars du labo ?

– Ils restent ici. On risque d'en avoir encore besoin.

– Ils vont râler, commente Morel. Et pis, le commandant, il aime pas trop les heures sup…

– Je m'en fous ! Il s'agit de meurtres, Morel, de meurtres au pluriel, pas de vendre des timbres-poste !

– Ben, on n'est pas tellement plus payés, marmonne Morel entre ses dents, style « si j'aurais su, j'aurais pas venu ».

– Yann doit geler dans votre camionnette, dit Yvette.

– Ça le dessaoulera, lui rétorque Lorieux d'un ton sec. Mercanti, vous me rassemblez tout le monde dans la salle à manger. Quelle heure est-il ?

– Midi vingt.

– Schnabel, dis à la cuisinière de nous servir quelque chose à manger.

– C'est ça, pillez mes provisions, espèce de Huns ! lui lance Francine.

– On vous remboursera.

– Mais j'y compte bien ! Madame Raymond !

Claquement précipité de talons vers la cuisine. Une certaine lassitude m'envahit. Toujours cette impression de jouer à mon insu dans une pièce de théâtre. Mais c'est peut-être bien ce qu'on fait. On joue dans une pièce écrite par Vore, et on s'agite comme des pantins pendant qu'il s'amuse du spectacle.

Le déjeuner est assez folklorique. Les enquêteurs d'un côté, les résidents de l'autre, Yvette et moi au milieu. Les deux troupes évitent de se parler. Yvette passe son temps à faire circuler le sel et la moutarde. Lorieux a fait porter un sandwich à Yann qui l'a jeté au visage du gendarme.

– Tu aurais dû lui faire lécher par terre, a laissé tomber Mercanti de son ton froid.

Dans les situations insolites, les vrais instincts se révèlent. Mercanti n'est pas seulement un pitbull froid et bien dressé, mais un pittbull en manteau de cuir noir.

Après le repas, vite expédié, les gendarmes ont recommencé à s'activer, telles des fourmis poursuivant un but à première vue non décelable, et les résidents, regroupés autour de chère Francine, font semblant de se distraire sans s'occuper des fourmis. De temps en temps, quelqu'un déplace mon fauteuil en disant « pardon ». Je suis peut-être sur une ligne stratégique de la plus haute importance.

Émilie vient rôder autour de moi, me demande si j'aime un type dont je ne connais pas le nom et se met à me raconter des pans entiers d'un feuilleton télé. Je reconnais *Urgences* lorsqu'elle me hurle pour la dixième fois : « Schtétochcope ! Vite, vite ! En salle de ranimation ! Préparez-moi une solution de solution ! » en me promenant de long en large à toute allure. Brusquement, au moment où elle est en train de pratiquer une délicate « ablation de la souris » (la rate ?), elle s'exclame « ça pue ! », lâche le fauteuil et part en courant.

Force est de reconnaître que c'est vrai. Suivant mon flair, je fais rouler mon fauteuil lentement, plus près de l'odeur. Je tends la main : un vide devant moi. À gauche : une paroi métallique. L'ascenseur, resté portes ouvertes. Est-ce que personne n'a pensé à le nettoyer ? Est-ce qu'il y a du sang partout, des lambeaux de chair et d'os collés aux parois ? Berk ! Je vais pour reculer, pas le temps, on empoigne le fauteuil et on me pousse sans ménagement dans l'autre sens.

– Interdit de venir ici ! Retournez avec les autres ! me lance Morel, le poil hérissé.

Je m'éloigne en lui faisant discrètement un doigt d'honneur.

– De quoi ?! De quoi ?!

Démasquée ! Vite mon bloc : *« Pipi. »*

– Pipi ? lit-il, incrédule.

Je confirme : *« Besoin de faire pipi. Aidez-moi. »*

Un truc infaillible pour faire fuir les enquiquineurs : il s'éloigne à toute allure. Je rejoins le groupe en me guidant au son.

Bernard surgit près de moi et me fourre un livre dans la main. Il adore qu'on lui lise des romans pour jeunes. *Fantômette*, particulièrement. Je le lui rends. Il insiste. Inutile de lui écrire que je n'y vois rien puisqu'il ne sait pas lire. On dirait que toutes les difficultés de communiquer entre humains se rejoignent ici ! Il finit par s'éloigner avec son livre en marmonnant : « Rien ne sert de courir, il faut partir à point, de toute façon Fantômette gagne toujours. » Tant mieux pour elle. Élise aussi gagne toujours, n'est-ce pas, Psy ? Je m'approche d'Yvette.

« Quelle heure est-il ? »

– Trois heures dix, me répond-elle distraitement. Vous disiez donc que pour le canard à l'orange…

« Où est Justine ? »

– Justine, Élise vous réclame.

Mais non, bougre d'andouille !

– Où êtes-vous, Élise ? me demande Justine.

– Elle est là, répond Laetitia, près de la fenêtre.

Décidément, je me retrouve toujours près de cette foutue fenêtre, comme les phalènes attirées par la lumière. Le propre des créatures éphémères ? Justine me rejoint.

– Moi aussi, je voulais vous parler, me dit-elle à voix basse. Je vais avoir besoin de vous.

Elle se tait comme si j'allais répondre, puis reprend :

– Il me faut un vecteur pour communiquer avec les hautes puissances.

J'ai l'impression qu'elle va m'énerver.

– Une prise de ciel, en quelque sorte. Une masse énergétique immobile traversée de puissants courants.

Elle veut m'électrocuter ?

– À travers vous, je pourrais me brancher sur les entités d'en deçà et obtenir des réponses. Votre cerveau endommagé laissera plus librement circuler les ondes.

Mon « cerveau endommagé » ! Je fais semblant de me tromper de bouton et je lui écrase les pieds avec délice.

– Aïe ! Ce que vous pouvez être…

Elle s'interrompt, quinte de toux.

– Laetitia et Léonard sont d'accord pour participer. On va s'installer dans la cuisine pendant que Mme Raymond fait sa sieste.

Et la voilà qui attrape mon fauteuil et me roule sans me demander mon avis. Après quelques heurts sans gravité, on entre dans la cuisine qui est toute chaude : exhalaisons de rôti, de romarin, d'ail et de crème au chocolat.

La cuisine de l'ogresse. Yvette m'a dit que la pièce avait été restaurée à l'ancienne, carrelage noir et blanc, un réchaud à six feux et la vaste cheminée du XIXe en état de marche. Peut-être que le sentiment de terreur éprouvé à l'époque dans ce bâtiment était prémonitoire. Peut-être que j'avais eu la prescience des événements mauvais qui allaient s'y dérouler.

Quelqu'un tapote du bout des doigts sur la longue table centrale.

– Arrête ça, Léo, dit Justine. Laetitia est là ?

– Je suis là, au bout, dit Laetitia. À côté de Léonard.

Justine avance avec précaution en poussant le fauteuil le long de la table, m'immobilise, fait pivoter le fauteuil pour que je sois de face, prend ma main gauche valide et la pose sur la table. La droite reste sur mes genoux, comme Yvette l'a mise ce matin.

– Voilà.

Elle repart en arrière, chaise qu'on tire, elle s'assoit.

– On ne ferme pas les volets ? demande Laetitia.

– Non, laissons les éléments nous imprégner de leur colère ! Laissons le blanc manteau de la neige absorber la fureur et le sang.

Retour en arrière, trente ans auparavant, séance de spiritisme au collège. J'ai toujours trouvé ça ridicule. Je soupire. Personne n'y prête attention.

– Allons-y. Laetitia, donnez la main à Léonard. Léonard, ta main. Élise, donnez-moi la vôtre.

Je lève la main avec mauvaise grâce, tâtonnements, ses doigts agrippent les miens avec force, secs et chauds.

– Et maintenant, on se concentre ! nous ordonne-t-elle.

Nous restons silencieux quelques secondes, Justine respire profondément et murmure des phrases dans une langue que je ne peux identifier, sur un rythme lent. Une douce torpeur m'envahit, le calme de la cuisine, la chaleur bienfaisante, la douce odeur de nourriture familière, le froufroutement de la neige qui tombe… neige…

tombe… qu'est-ce qui est enseveli derrière le secret des pneus ?

– Ô forces de l'inframonde, ô âmes migrantes, venez à nous !

Je sursaute, j'étais en train de m'endormir. Justine répète son injonction sépulcrale, je réprime un bâillement.

– Mooort, murmure une voix d'enfant.

Hein ?

– Vous avez entendu ? lance Laetitia, une nuance de panique dans la voix.

– Chut ! lui intime Justine. Oui, nous avons entendu. Viens, n'aie pas peur, délivre-nous ton message !

Je prends soudain conscience du fait qu'il ne fait plus chaud. Il fait froid. Et la pièce ne sent plus la cuisine, mais les fleurs fanées.

J'ai peur.

– Mooort, répète la voix, fragile, ténue… Mooort. Tous mooorts !

Quel est le truc ? La main de Laetitia serre ma main inerte, à la broyer. Léonard s'agite sur sa chaise.

– Mort ? Qui sera « mort » ? demande Justine à voix basse.

– Toouuus !

– Oh, mon Dieu ! balbutie Laetitia.

– Silence ! lui ordonne de nouveau Justine. Esprit, de qui parles-tu ?

L'esprit ne répond pas. Une certaine tension règne dans la pièce. Justine m'écrase les doigts.

– Esprit, je te somme de répondre !

Un rire. Un rire sale et vicieux.

Quelque chose m'effleure le visage, comme une aile ou une patte d'araignée, mais comme je ne peux pas crier, je me contente de déglutir. La pièce sent encore autre chose. Une odeur désagréable. L'œuf pourri. Le soufre. Le soufre associé aux présences diaboliques.

Non ! Je comprends à l'instant même où Justine répète sa question et où « l'enfant » répète « toouus » avec un gloussement pervers.

Je fais bondir mon fauteuil en arrière, Laetitia me lâche, je tiens toujours Justine qui se met à crier, je resserre mes doigts autour des siens, série de détonations assourdissantes, odeur de fumée piquante, hurlement de Laetitia, sans lâcher Justine je continue à reculer. La fenêtre, je cogne dans la vitre, la fumée se fait plus dense, une lutte désordonnée se déroule tout près de nous, Justine trébuche, je la relève à la force du poignet, Laetitia hurle encore, re-avancer, prendre de l'élan, puis reculer à fond, vite !

La vitre se brise sous le choc, violente déflagration, comme un coup de canon, air froid air chaud, je m'envole ! Tourbillon, je tombe à la renverse, j'entends crier Justine au-dessus de moi, je suis suspendue dans le vide, le fauteuil, où est mon fauteuil ? Je tombe, atterrissage dans la neige, un corps me choit dessus, violente douleur dans mon bras blessé, ma joue, je sens les blessures se rouvrir, goût de sang, odeur de feu, le feu, là-haut, des cris, choc sourd, odeur de chair brûlée, les cris de Laetitia, stridents, tout près, puis le silence, halètements, crépitement de flammes. La sirène à incendie se déclenche enfin.

– Mes cheveux, mes cheveux, gémit Laetitia.

Justine s'appuie sur moi pour se relever et je ne peux pas crier. Je l'entends qui tâtonne dans la neige.

– Laetitia ? appelle-t-elle d'une voix cassée, inaudible.

– Mes beaux cheveux…

Il neige à verse. Les flocons glacés piquent comme des échardes. Il y a un drôle de bruit. « Clac clac clac. » Je prends conscience que c'est moi qui claque des dents. On court dans tous les sens dans la maison, les mots nous parviennent ouatés mais nets : « Par ici avec l'extincteur ! » « Bordel ! On n'y voit rien avec cette fumée ! » Yvette crie mon nom à plusieurs reprises, Justine essaie de répondre, mais ça donne un « On est là ! » aussi ridicule qu'un couinement de souris. J'ai horriblement froid. Impression d'être naufragée dans l'Arctique et qu'à bord du bateau que je ne peux rejoindre la radio diffuse une dramatique.

– Ça va, on maîtrise la situation.

J'ai reconnu Mercanti.

– Chef, chef, y a un des gagas, là, dans le couloir.

Morel.

– De Quincey ! De Quincey ! Vous m'entendez ? Qu'est-ce qui s'est passé ?

Ça, c'était Lorieux.

– Bbbom-be, réussit à articuler Léonard.

– Quelqu'un est blessé ? Qui a lancé la bombe ?

– Ca-g-ou-le…

– Il est tombé dans les pommes ! constate Morel.

Justine essaie toujours de crier, sans résultat, Laetitia répète « mes cheveux ». Je serre mon bras contre moi en attendant qu'on nous trouve, du sang chaud et poisseux coule entre mes doigts, j'en ai aussi plein la bouche, ça me dégoûte, je crache, je me barbouille la bouche de neige froide, mes doigts m'élancent, le froid me brûle les joues.

– Chef, regardez ! s'écrie Morel. Une boîte de soufre, c'est elle qui a explosé, elle a dû s'auto-enflammer, c'est hyper dangereux ces trucs-là, faut être con pour garder ça dans une cuisine !

– L'explosion a brisé les vitres, ça a dû faire un sacré appel d'air ! constate Mercanti.

Deux secondes plus tard :

– Oh merde, elles sont là en bas !

– Qui ? s'enquiert Lorieux.

Puis :

– Oh non, je rêve ! Allez les chercher, vite. On arrive ! nous crie-t-il.

Personne ne lui répond.

– Ma chérie, ma chérie, où es-tu ? lance soudain une voix puissante.

Tonton ! Enfin ! Piétinements, bousculades, plusieurs hommes courent en haletant dans la neige.

– Laissez-moi passer ! Justine, tu es là ? Ça va ?

Arrêt de mon cœur. Larmes de sang.

– Et toi, Élise, ça va, mon petit ? Mais qu'est-ce qui s'est passé ? Oh là là, vous n'êtes pas jolies à voir ! Et la gamine, là, il faut s'occuper d'elle, elle a le crâne tout pelé !

– Poussez-vous, monsieur, vous gênez.

On m'extirpe de mon tas de neige, on me soulève, couverture, mains solides qui me ramènent à l'intérieur. Intérieur, vide intérieur où je tombe au ralenti, mon oncle et Justine enlacés, enfoirés, je lui ai sauvé la vie, à ta Justine. On remonte Laetitia, ses cheveux ont brûlé, heureusement la chute dans la neige fraîche a éteint les flammes, c'est Léonard qui l'a jetée en bas, il a essayé de se battre avec l'homme à la cagoule caché dans la vaste cheminée, mais il n'a pas pu, il a rampé hors de la pièce pendant que l'autre s'enfuyait. S'enfuyait par où ? Lorieux secoue un Léonard hébété, qui a encore plus de mal que d'habitude à s'exprimer.

– Il est parti par où ? hurle-t-il.

– Ce garçon est en état de choc, voyons ! lui dit mon oncle.

– Vous, j'aurai quelques questions à vous poser ! lui lance un Lorieux peu amène. Mercanti, fais asseoir monsieur dans la salle de jeu, j'arrive.

– Je ne quitte pas ces dames, dit mon oncle d'un ton ferme. Pas tant qu'elles n'auront pas reçu les soins nécessaires.

– L'ambulance ne peut pas passer, il y a eu un éboulement ! crie Schnabel dont j'entends grésiller le radiotéléphone.

Vif comme l'éclair, Lorieux demande à mon oncle :

– Au fait, comment êtes-vous monté ?

– Je me suis fait déposer par l'hélicoptère du secours en montagne, le pilote est un ami de longue date.

– Notre hélico ! rugit Morel. Chef, il a détourné l'hélico !

– Il devait monter chercher un gamin qui s'est blessé à la tête et qu'il fallait redescendre à Nice d'urgence. Fracture du crâne, explique mon oncle sans se démonter. Bon..., si on s'occupait un peu de nos blessés à nous ?

– Je crois que je n'ai rien, dit Justine.

– Et toi, Élise, ça va ?

Super, Tonton ! Et tout ce rouge dont je suis barbouillée des pieds à la tête, c'est de la confiture de fraise !

– Vous voyez bien qu'elle est blessée ! lance Yvette accourue en trombe.

– Ah, Yvette !

– Mes condoléances pour votre filleule, déclare Yvette, toujours soucieuse des convenances, même en plein bombardement.

– Merci. C'est un sujet qu'il m'est pénible d'aborder, répond mon oncle à mi-voix, et je reconnais bien là sa répugnance à évoquer ses sentiments personnels. Ça me fait plaisir de vous voir, reprend-il. Vous n'avez pas changé d'un pouce !

– Eh bien, vous si. Vous avez maigri !

– J'ai fait un petit régime, histoire de me remettre en forme.

Et patati et patata, et je saigne et tout le monde s'en fout, heureusement qu'il y a Hugo et Martine pour assurer. Martine dit qu'elle va s'occuper de Laetitia, les brûlures sont superficielles, avec de la Biafine ça ira. Elle l'emmène dans la salle de soin en lui murmurant des choses gentilles. Laetitia pleure : « Je suis chauve, c'est affreux. » Yvette repart en courant, appelée à grands cris par Francine. Hugo vérifie que Léonard n'a rien de grave, hormis quelques contusions dues à sa lutte contre l'agresseur masqué.

– On pourra se débrouiller avec ce qu'on a sur place, nous assure-t-il. Je vais vous refaire vos pansements, Élise.

Pas trop tôt ! Il passe sur mes plaies un truc qui pique affreusement, me fait me rincer la bouche avec un autre truc qui pique encore plus, gaze, sparadrap, la momie sur roulettes est bientôt réparée et il me laisse pour passer à Léonard. Coup de langue vigoureux sur les mains, c'est Tintin tout affolé par la fumée et l'agitation. Je lui tapote la tête, il veut grimper sur mes genoux, mais où suis-je assise ? C'est mou, c'est du cuir : le canapé. Où est mon fauteuil ? Tintin saute sur mon estomac, se pelotonne contre moi.

– C'est toi qui as adopté le chien de Sonia ? me demande mon oncle d'une voix émue.

Tiens, il se rappelle que j'existe.

– Je vais vous chercher de l'eau. Il faut boire après un choc, ajoute-t-il. Assieds-toi aussi, Justine.

Elle s'assoit à côté de moi. Tintin se tortille pour se faire caresser.

– Ah, c'est le chien ? Je croyais que c'était votre vieille couverture. Je suis désolée, ajoute-t-elle, je ne pensais pas que…

Comment ?! Tu n'avais pas lu dans la boule de cristal qui te tient lieu de cervelle que Vore allait surgir et lancer une bombe ? Et qu'est-ce qu'il faisait dans la cuisine ? Il ne pouvait pas y être caché depuis le matin, Mme Raymond l'aurait vu. À moins que Mme Raymond ne soit Vore. J'ai mal à la tête. Et si Lorieux était le grand-père de Magali ? Et chère Francine un travesti héroïnomane ? J'ai l'esprit ouvert, allez-y.

Mon oncle Fernand revient avec deux verres d'eau tiédasse. Je bois avidement. Il me tapote la tête comme si j'étais Tintin, dommage que je ne puisse pas remuer la queue. Je sens le velours de son pantalon contre mon bras. C'est comme si je le voyais, d'un coup, avec ses éternels pantalons côtelés, chemise en popeline l'été, col roulé en laine l'hiver. Et avec lui, l'odeur de l'enfance des rires et de la famille.

– Vous ne pouvez pas rester là, dit-il, c'est trop dangereux. Dès demain, je vous ramène à Nice. Trois meurtres ! Dont un ce matin même ! Et maintenant une bombe !

Justine tousse à fendre l'âme. Je n'ai plus de carnet, ni de stylo. Me voilà bien.

– Comment va Léonard ? reprend mon oncle qui semble débordant d'énergie.

Léonard fait « hon hon ».

– En pleine forme, le héros ! répond Hugo à sa place. Demain, il aura l'air comme neuf !

– Si Élise n'avait pas brisé la vitre, nous serions peut-être tous morts, fait observer Justine.

Par moments, j'aime bien Justine.

– Élise a toujours été une dure à cuire ! renchérit mon oncle avec un à-propos dont il ne semble pas se rendre compte.

– Monsieur Andrioli, désolé d'interrompre ces émouvantes effusions familiales, mais si vous voulez bien me suivre, le coupe Lorieux.

– À tout à l'heure, les filles, soyez sages !

Tintin saute à terre et s'éloigne avec lui. J'entends la voix de mon oncle alors que la porte se referme :

– Qui est-ce que vous interrogez en premier, le chien ou moi ?

– Il est très inquiet, me dit Justine. Il fait toujours l'imbécile quand il est anxieux.

Je sais, merci. Des pas qui s'approchent.

– Lae-ti…

– Elle va bien. Elle est allée s'allonger, dit Martine. Et tu devrais en faire autant.

Léonard grogne quelque chose.

– C'est la panique au salon, reprend Martine. Clara est cachée sous la table, Émilie s'est enfermée dans les toilettes, Bernard mange son livre et Christian saute à pieds joints sur le canapé. Je n'ai pas la force de le faire descendre.

– Je viens, dit Hugo en soupirant.

– Et Francine a laissé tomber sa théière favorite.

– Ça, c'est un drame ! dit Hugo en s'éloignant, suivi de Léonard et de Martine.

Justine et moi, de nouveau seules. Des gendarmes passent en courant et grommelant dans leurs talkies-walkies. Les techniciens de scène du crime semblent dépassés par les événements et commencent à s'engueuler copieusement. L'odeur de fumée imprègne tout. Avec celle de la neige, ça évoque un feu de bois romantique. Et dans le rôle de la bûche, je bûche mon rôle.

– Est-ce que vous savez que le Père Noël est en fait un très vieux démon scandinave ? C'est pour ça qu'il est habillé en rouge, me dit soudain Justine.

Ce doit être la fatigue, mais je suis prise d'un fou rire nerveux. Je m'entends hennir stupidement sans pouvoir m'en empêcher et plus Justine me demande si ça va, plus je hoquette. Le Père Noël ! Descendant en rappel dans les cheminées, le couteau entre les dents ! Un démon communiste, le Père Noël, venu de Sibérie, oh ! j'en ai mal au ventre…

Cheminée. La cheminée ! L'énorme cheminée de la cuisine ! C'est par là qu'il est parti ! Vore ! Je saisis le bras de Justine et je le secoue, un papier, un stylo, vite !

– Fernand ! piaille Justine d'une voix mal assurée.

Puis comme je la secoue toujours : « Fernand ! » nettement plus fort.

– Que se passe-t-il encore ? demande Lorieux en entrebâillant la porte.

– Laissez-moi passer, voyons, proteste mon oncle en forçant le passage. Je suis là, tout va bien !

– Non, pas vraiment, Élise me semble très… heu… fatiguée, marmonne Justine.

Je lâche son bras et lève le mien pour mimer avec application le geste d'écrire. Lorieux pige au quart de tour et me tend son carnet et un stylo, enfin !

« Le conduit de la cheminée. »

– Bon Dieu ! s'exclame-t-il. Morel, prenez deux hommes et allez explorer la cheminée. Que quelqu'un monte sur le toit !

– Sur le toit ? Mais c'est vachement glissant avec la neige.

– Je m'en fous. Je veux savoir si on peut passer par la cheminée de la cuisine et s'il y a des traces de pas dans la neige sur le toit ! Allez, fissa !

– Astucieux, ça, Élise, me complimente mon oncle. Elle a toujours été douée pour les énigmes, ajoute-t-il pour étayer ma légende. Elle réussissait tous les jeux dans le *Journal de Mickey*.

J'ai l'impression d'entendre Mercanti glousser. Sur ce, on reste tous plantés là, comme des inconnus dans la salle d'attente du dentiste. L'ambiance étrange qui règne au CLMPAH en état de siège a apparemment déjà déteint sur mon oncle. Tout le monde toussote à tour de rôle. Quelqu'un fait craquer ses doigts. Mercanti fait craquer ses godillots. Justine fredonne « Tombe, tombe la neige… », mon oncle sifflote *La Madelon*. Sans s'en rendre compte, Mercanti lui emboîte le pas. Quelques notes, puis une mesure, puis deux. Puis c'est Lorieux qui s'y met. Et quand Morel revient, il trouve deux aveugles blotties sur un canapé et les trois hommes censés leur apporter soutien et réconfort en train de siffler « vient nous servir à boire… » en canon.

– Heu… Excusez-moi, chef.

– Ah, Morel ! C'est pas trop tôt !

– Dupuy est tombé du toit, chef.

– Merde !

– Oui, chef, vu que la neige est glissante et qu'y en a une bonne couche.

– Il est blessé ?

– Non, chef, il a atterri dans la citerne qu'était pleine d'eau glacée.

– Tout va bien, donc ?

– Non, chef, parce qu'on a mis un moment pour le sortir et il est tout bleu et il claque des dents comme s'il avait une paire de castagnettes dans la bouche.

– Dites aux femmes de lui faire boire de la tisane, de le mettre sous une couverture près du feu, de lui plonger les pieds dans une bassine d'eau tiède, ordonne Lorieux.

– Quelles femmes, chef ?

– Les vieilles, Morel. Bon sang, vous voyez bien que les autres sont indisponibles !

Morel prend le départ.

– Halte !

Crissement de talons.

– Est-ce qu'il y avait des traces de pas sur ce foutu toit ?

– Oui, chef, près de la sortie de la cheminée. Quelqu'un y a marché récemment et les pas allaient jusqu'à une gouttière, même que c'est en se penchant pour mieux voir que Dupuy…

– C'est bon, rompez !

Morel sort en courant.

– Ma nièce avait donc raison ! triomphe Tonton. C'est par là que votre type se glisse dans la baraque, et c'est par là qu'il a dû foutre le camp après avoir tué la pauvre Véronique.

– Vous connaissiez Véronique Gans ?

– Vous êtes monté sur ressort ou quoi ? Oui, je connaissais Véronique Gans. Comme tout le monde. Une fille pas très sympathique. Elle s'était engueulée avec Sonia à cause de Payot.

– Payot ? répète Lorieux.

– Oui, le mono. Sonia lui plaisait et ça ne plaisait pas à Véronique. Enfin, ça n'a pas grand-chose à voir avec votre affaire. On en était à la cheminée.

J'entends presque Lorieux grincer des dents quand il répond :

– Exact.

– Seulement, reprend mon oncle pensivement, il n'a pas pu passer par la cheminée ce matin, pendant que Mme Raymond préparait le petit déjeuner. Elle l'aurait vu. Il faut donc qu'il soit entré avant qu'elle prenne ses fonctions. À quelle heure commence-t-elle ?

– Mercanti, à quelle heure la cuisinière commence-t-elle le matin ?

– Sept heures trente, mon adjudant-chef.

– Où s'est-il planqué pendant près d'une heure et demie ? demande mon oncle.

– Il a pu se cacher dans les escaliers, personne ne s'en sert, lui répond Mercanti.

Ou dans une chambre. Dans la chambre de Léonard qui était sorti se promener. Dans celle de Justine qui n'a pas entendu Véronique entrer et lui voler son étui à cigarettes. Quelle drôle d'idée d'ailleurs de voler un truc pareil ! Mais quelqu'un a-t-il vérifié si elle n'avait pas emporté autre chose ? J'agite les doigts, Lorieux me repasse son carnet. J'écris ma question.

– *« A-t-on vérifié si Véronique Gans n'a rien volé d'autre à Justine que son étui à cigarettes ? »*, lit mon oncle à voix haute. Quel étui à cigarettes ? Tu ne fumes pas.

– Je ne fume plus, le reprend Justine.

– L'étui que vous lui avez offert, dit Lorieux en même temps.

– Ah ! dit mon oncle.

– À vrai dire, avec toute cette agitation, je n'ai pas pensé à vérifier si autre chose avait disparu, explique Justine. Tu veux m'accompagner, Fernie ?

Fernie ! Jamais rien entendu de plus ridicule ! « Fernie-Branca » ?! Pourquoi pas Féfé ? Tout le monde sait bien que le diminutif de Fernand, c'est Nanou, en tout cas c'est comme ça que l'appelait ma tante.

Fernie et sa dulcinée quittent la pièce avec Tintin. J'enfonce mon doigt dans le coussin en cuir comme si je voulais le trouer. Et je n'imagine absolument pas que c'est l'œil de Justine. De toute façon, pour ce qu'ils lui servent, ses yeux, à cette menteuse. Pourquoi menteuse ? Ah, mais oui, l'étui à cigarettes ! Mon oncle avait l'air de tomber de la lune. Attention, Élise, importante déduction en vue : si mon oncle ne lui a pas offert d'étui à cigarettes, Véronique n'a pas pu le lui voler. Mais elle l'avait sur elle. Enfin, elle avait sur elle un étui à cigarettes portant les initiales de mon oncle.

– Vous voulez un autre verre d'eau ? me demande Lorieux, affable.

Il m'a fait perdre le fil ! Je secoue la main.

– Bon, je vous laisse un instant. Essayez de vous reposer.

OK, ciao ! Où j'en étais ? Ah oui. a) Si Véronique n'a pas volé l'étui à Justine, pourquoi Justine a-t-elle prétendu le contraire ? b) Cet étui appartient-il à mon oncle ? c) Pourquoi était-il en possession de Véronique Gans le matin même où elle vient au CLMPAH rencontrer quelqu'un qui a des « choses importantes » à lui confier ? d) L'a-t-elle volé à mon oncle ? Et, dans ce cas, on en revient au a). e) Mon oncle avait-il donné un étui à cigarettes en argent massif à Véronique Gans ? f) Est-ce que je vais me taper tout l'alphabet sans trouver de réponse ?

Il faut que j'aie une conversation entre quatre yeux avec Tonton.

J'aimerais bien récupérer mon fauteuil pour pouvoir au moins me déplacer. Là, j'ai l'impression d'être une vieille poupée de chiffons oubliée sur une étagère. Des gendarmes vont et viennent sans m'adresser la parole. Ohé, je suis là, je suis vivante ! Peut-être que je suis devenue invisible ? Un fantôme. Quand je pense à cet enflure de Vore jouant les esprits… Mais pourquoi ? Pourquoi ?! Pourquoi ! Il y a bien une raison à tout ce merdier. On ne tue pas des gens pour s'amuser. On ne lance pas des bombes pour le plaisir. Voulait-il réellement nous éliminer ? Ou, selon la théorie de Jean-Claude, n'est-ce encore que de la poudre aux yeux ?

Pourquoi Tintin est-il toujours derrière mon oncle ?

J'essaie de me déplacer sur le canapé, j'ordonne à ces foutues jambes de glisser sur le côté. Peine perdue. Ah, j'ai une idée : je m'agrippe au dossier avec mon bras valide et j'essaie de me hisser à la force du poignet. Plaf, je retombe sur les coussins, toute de travers. Je me demande de quoi j'ai l'air, à demi retournée, les jambes tordues. Apparemment, ça n'intéresse que moi.

12

Ça fait combien de temps que je croupis sur ce canapé ? Vore a peut-être tué tout le monde. Ne déconne pas avec ça, Élise. « Vore ». C'est quoi, « Vore » ? Un concept. Une abstraction. La représentation du Mal. On n'arrive même plus à imaginer un être de chair et de sang, on dit « Vore » et c'est comme si on disait « Croquemitaine ». Je ne comprends pas à quoi rimait ce cirque dans la cuisine. Jean-Claude a raison : si ce type voulait tous nous tuer, ça lui serait facile. Alors ?

Ah, enfin quelqu'un ! On se laisse tomber sur le canapé à côté de moi, du côté de ma mauvaise main. On va me remettre d'aplomb. On ne me remet pas d'aplomb. On respire lentement. Effluves de tabac. Les Gitanes de Tony. Je me prends à rêver que Tony est venu me faire une surprise.

– Il y a une chose que vous devez comprendre, me chuchote une voix que je ne connais pas et dont je ne peux dire si c'est celle d'un homme ou d'une femme, il y a une chose que vous devez comprendre : c'est que la vie est une tartine de merde.

Puis la personne qui fume des Gitanes se lève. Ses pas vers la porte. Hep, attendez ! La porte se referme. Et je reste le nez dans mes coussins. Je n'ai aucune idée de l'identité de mon interlocuteur. Et je ne peux pas dire que sa gaieté m'ait ravigotée. C'est quoi déjà, la citation exacte ? « La vie est une tartine de merde dont on mange un peu tous les jours. » Encore un qui a le moral au beau fixe. Bon, j'en ai ras le bol d'être coincée là ! Je tapote des doigts contre le mur. La porte, de nouveau. Si c'est encore pour me sortir une citation à la noix…

– À quoi est-ce que vous jouez ? On voit votre culotte ! me tance Yvette.

Normal, je joue à la dinde sur canapé. Yvette m'empoigne et me redresse en ahanant.

– Le gendarme gelé commence à se réchauffer, me dit-elle. On lui a enlevé ses vêtements mouillés et on lui a donné un des pyjamas de Yann. À propos de Yann, Lorieux a accepté qu'on le rentre à l'intérieur, vu le froid. Il est attaché au radiateur de la salle à manger, ça fait drôle. Ils ont remonté votre fauteuil, il est intact, vous voulez qu'on vous remette dedans ?

J'ouvre et referme tous mes doigts pour dire « oui », c'est un signal convenu entre Yvette et moi : on a plein de petits raccourcis comme ça.

– Je vais chercher quelqu'un.

Mon visiteur inconnu a donc eu une vue imprenable sur ma culotte. Faut croire que ça ne l'a pas beaucoup émoustillé. J'espère au moins que ce n'est pas cette déplorable vision qui lui a inspiré sa réflexion sur la vie !

Yvette revient avec Morel et ils m'assoient dans mon fauteuil préféré. Je tâte les accoudoirs, les roues avec amour. Oh, cher fauteuil, quel bonheur de te retrouver, avec tes jolis petits boutons et ton odeur d'hôpital et d'acier ! Tu es le fougueux alezan qui me permet de caracoler à travers le monde, Élise la *lonesome cowgirl* peut repartir à l'aventure ! J'en profite pour me cogner dans les tibias de Morel qui n'ose pas râler. Je deviens facétieuse en vieillissant. Attendez que j'aie la maladie d'Alzheimer en plus, qu'est-ce qu'on va rigoler !

Yvette me pousse jusque dans la salle à manger. Dans la salle de jeu, la télé diffuse des dessins animés. J'entends rire Clara.

– Mme Raymond et Francine sont allées faire l'inventaire des dégâts, m'informe Yvette. Ça va mieux, brigadier ?

Une voix mâle grommelle :

– On fait aller.

– Je vous prépare un autre grog.

J'en prendrai bien un aussi, je suis frigorifiée. Je lève la main, Yvette m'ignore. Le brigadier Dupuy renifle et éternue toutes les dix secondes. Le feu crépite dans la cheminée. Je me rapproche de l'âtre. Bonne chaleur, bonne odeur apaisante. Yvette revient avec le grog et repart, tout affairée. Je respire l'odeur du rhum chaud avec jalousie.

– Ah, tu es là ! On te cherchait !

Mon oncle.

– Apparemment, il ne manque rien dans la chambre de Justine.

Évidemment : difficile d'inventer que Véronique lui a volé quelque chose alors que les gendarmes ont fouillé le corps et n'ont rien trouvé.

– J'ai vu ton portrait : superbe ! Et celui de Léonard : impressionnant. Les photos sont sympas aussi, qui les a prises ?

– Quelles photos ? demande Justine.

– Comment « quelles photos » ? Celles que tu as punaisées au-dessus de ton lit.

– Je n'ai pas punaisé de photos.

– Ah ? Peut-être Yvette ou Mme Atchouel. On voit Élise assise sur la terrasse dans son fauteuil et devant la fenêtre de la salle à manger, derrière un rideau… très artistique. Et une fille rousse en train de jouer avec une corde à sauter.

– Qu'est-ce que tu racontes ? dit Justine.

– Les cadrages sont assez réussis. Je ne connais pas la fille rousse, assez jolie, une vingtaine d'années, une chevelure magnifique. Mais un regard bizarre…

– Magali…, articule Justine. Une photo de Magali au-dessus de mon lit ?

– Et d'Élise, aussi, je viens de te le dire. Très nettes, prises sans doute avec un zoom.

Une photo de moi sur la terrasse. Une photo de moi derrière la fenêtre. Il m'a prise en photo avant de m'agresser. Et il est allé afficher ça chez Justine, en sachant qu'elle ne pouvait pas les voir. Mais Léonard, lui ? Stylo.

« Est-ce que Léonard a vu ces photos ? »

– Mais je n'en sais rien ! proteste mon oncle.

– Qu'est-ce qu'elle a écrit ? demande Justine.

« Demande à Léonard. »

– Pour quoi faire ? me rétorque mon oncle, perplexe.

– De quoi est-ce que vous parlez ? s'énerve Justine.

– Oh ! Deux minutes, Justie, s'il te plaît.

Justie ! « Justie et Fernie vont en bateau… »

– Élise veut que je demande à Léonard s'il a vu ces putains de photos, lui explique-t-il en soupirant.

– Ne sois pas grossier, Fernie, ça ne te va pas. Si Léonard les avait vues, il m'en aurait parlé, je suppose.

– Il te demande la permission de pisser, aussi ? ricane mon oncle.

– Fernie !

– Mais qu'est-ce que vous avez toutes les deux à vous exciter comme ça sur ces photos ?

– Il faut savoir qui les a prises, lui répond Justine. Fernie, sois gentil, va chercher ces photos et appelle l'adjudant-chef.

– Tu débloques !

– Non, je ne débloque pas. Élise m'a très bien comprise. Fais ce que je te dis, s'il te plaît. La fille rousse, c'est certainement Magali, celle qui s'est soi-disant suicidée avec une corde à linge. Et tu dis qu'elle est photographiée avec une corde à sauter.

– Mince ! J'ai dit corde à sauter, mais c'est un fil en plastique, elle le tient devant elle, alors j'ai pensé...

– Chéri, cesse de penser et va chercher les photos.

Mon oncle s'éloigne précipitamment. Je tousse, Justine tousse, le gendarme tousse.

– J'ai entendu votre conversation, nous dit-il. ...fectivement, on peut se demander qui c'est qu'a pris ces photos, voyez c'que j'veux dire ?

Décidément, même les gendarmes ont du mal à s'exprimer correctement de nos jours !

Reniflement, éternuement, il reprend :

– Y a une sale ambiance, ici, quelque chose de pas net. Moi, je viens d'Auvergne et, ces choses-là, je les sens. C'est pas les flics qu'y faut, c'est un exorciste. Y a des gosses qui sont morts dans cette baraque, du temps du sanatorium, et ça, ça porte toujours malheur.

Je repense à la petite poupée dénudée traînant dans le Centre alors abandonné, à ma sensation d'être épiée par une ogresse.

– Les égrégores..., soupire Justine, les égrégores qui planent au-dessus de nous sont très néfastes. Nous dégageons trop de colère, trop d'amertume.

– Quand j'étais sur le toit, là-haut, et que j'ai vu ces traces de pas qui allaient vers le vide...

Il baisse la voix :

– Je me suis penché et j'ai vu ce visage blanc sans yeux et cette cape noire qui volait au vent, j'ai eu un coup au cœur ! Et ce con de Morel qui se met à gueuler, j'ai sursauté et boum badaboum !

Il se tait un instant... pour méditer sur la connerie de Morel ?

– Quand ils m'ont sorti de la citerne, j'ai regardé en haut et y avait plus rien ! Nada !

– Vous en avez parlé à votre chef ? s'enquiert Justine.

– Oui, il dit que c'est le déguisement du meurtrier. Mais je suis pas sûr que ce soit un déguisement. Peut-être que ce type, c'est le vent froid de la nuit qui a pris forme. Peut-être qu'on ne peut pas l'attraper.

Et hop, le club des mystiques s'agrandit.

– Vous savez, reprend le brigadier, quand je suis tombé dans cette eau glacée et noire, j'ai eu l'impression de glisser dans un tunnel gélatineux au bout duquel il y avait une lumière.

– Vous avez sans doute perdu connaissance, dit Justine, et entr'aperçu une force vitale.

– Peut-être, mais je suis sûr qu'il y a quelque chose au fond de l'eau, et qui sait si je suis tombé là par hasard ?

– Le meurtrier aurait planqué quelque chose dans la citerne ? se demande Justine à voix haute.

– Voilà les photos, s'écrie mon oncle en faisant irruption. Où est le petit Lorieux ?

– Je vous conseille de ne pas parler comme ça du patron, lui renvoie Schnabel qui passe en courant. Il a l'air d'un gamin, mais croyez-moi, il peut faire mal ! Il est champion de kickboxing.

Quel dommage que le kickboxing soit inefficace contre le vent de la nuit armé d'un coupe-boulon !

– Vous me cherchez ? demande Lorieux sur ces entrefaites.

– J'ai trouvé ces photos dans la chambre de Justine et elle a insisté pour que je vous les montre, lui explique mon oncle.

– Je ne savais pas que ces photos se trouvaient au-dessus de mon lit, je ne connaissais pas leur existence, précise Justine.

– Voyons… Élise, encore Élise, Magali, avec, oh non ! Elle est dans votre chambre, Élise, je reconnais le papier peint, et elle tient la corde à linge à la main ; elle n'a pas vu qu'on la prenait en photo, elle regarde quelque chose par la fenêtre.

– Elle guette quelqu'un ? suggère mon oncle.

– Vous lui aviez donné rendez-vous dans votre chambre ? me demande Justine.

Je balaie l'air de la main.

– Qu'est-ce qu'Élise a répondu ? demande Justine dans le vide.

– Quelqu'un a pu dire à Magali qu'elle devait attendre Élise dans sa chambre..., marmonne Lorieux.

– Et pourquoi devait-elle apporter une corde à linge ? lui demande mon oncle.

– Le type a pu lui raconter n'importe quoi.

Le stylo. *« Magali avait reconnu Vore à la télé, elle croyait que c'était un ami à moi. »*

– Oui, ça se tient. Il la convainc d'aller là-haut, la rejoint, la photographie et la tue, conclut Lorieux, sinistre. Comme il a photographié Élise avant de l'agresser. Là, sur la terrasse au soleil, et là, dans l'entrebâillement de la porte-fenêtre. L'emmanché ! Au fait, j'avais raison pour le déguisement. Dupuy l'a vu accroché à la gouttière.

– Il nous a dit qu'on n'avait pas réussi à l'attraper, dit Justine.

– Il n'y était plus ! proteste Dupuy.

– Il a dû s'envoler avec le vent. On le retrouvera plus tard, dans un arbre ou ailleurs.

« Pourquoi est-ce qu'il n'a pas emporté le coupe-boulon ? »

– Bonne question, Élise. Quelqu'un veut répondre à Élise ?

– C'est quoi, la question ? demande Justine.

Lorieux la lui lit.

– Il voulait qu'on le trouve dans la chambre de Christian, dit-elle.

Quel intérêt ? Et puis il y a autre chose qui me tracasse : il n'a pas pu s'engouffrer dans la cheminée déguisé en vampire après avoir tué Véronique pour la bonne raison qu'on était tous en bas et Mme Raymond à ses fourneaux. Donc, il a monté le déguisement plus tard. Donc, la vraie question est : pourquoi ne l'a-t-il pas laissé dans la chambre de Christian avec le coupe-boulon ?

Une idée prend forme. Il tue Véronique, planque l'arme du crime, cache cape et masque sous son pull, emprunte l'escalier et vient se mêler à notre petit déjeuner sans attirer l'attention, parce que c'est l'un d'entre nous. Hugo, Yann ou Léonard par exemple.

Tous ces indices qui se télescopent comme des autos tamponneuses, j'ai l'impression qu'on me passe une fraise de dentiste sur le cerveau. Il faut que j'arrête de penser, au moins dix minutes. Deux minutes. Une minute, une minute de silence mental !

J'en peux plus, j'étouffe, faut que je pense !

Tiens, où est-ce qu'ils sont encore tous passés ? Ils m'ont laissée seule avec l'allumé d'Auvergne.

– Ma pauvre dame, est en train de me dire le visionnaire en képi, ça doit pas être rigolo pour vous tous les jours. Mon père était dénoueur d'aiguillettes. Il aurait peut-être pu vous aider.

S'il connaissait un sort contre les bombes irlandaises, pourquoi pas ? Mais pour le moment, mes petits malheurs passent au second plan. Ce qui compte, c'est d'arrêter le massacre. Arrête de te prendre pour Dieu, me dit Psy qui commence sérieusement à me gaver. Je ne me prends pas pour Dieu, lui renvoyè-je. D'ailleurs Dieu n'arrête jamais les massacres. Psy grogne en tirant sur sa barbe.

Yvette, fidèle à ses habitudes nourricières, ramène un rab de grog que Dupuy lape avec avidité. Moi, je m'humecte les lèvres en silence.

– Ah, ça fait du bien ! dit Dupuy. Ça me rappelle celui du vieux Mauro.

– Vous connaissiez Mauro ?

– Plutôt, oui ! Il y a trois mois, on buvait encore la goutte ensemble ! Vous savez, poursuit-il en baissant de nouveau la voix, Mauro m'avait confié un secret, rapport à la fille Auvare.

Mes oreilles se dressent comme celles d'un chien de chasse. J'approche mon fauteuil jusqu'à toucher une cheville poilue et une couverture humide.

– Dis donc, Dupuy, quand tu auras fini d'écluser les réserves de rhum de la baraque, ça t'ennuierait de venir nous aider ?

La voix de Schnabel a claqué, rude. Dupuy s'excuse, se lève péniblement en éternuant et, grommelant dans sa barbe, va chercher son uniforme, qu'Yvette a séché et repassé. Je reste suspendue aux effluves de rhum qui marquent la place où il se tenait, j'en aurais presque les mâchoires qui claquent comme un chat qui vient de rater un oiseau.

On s'approche de moi, odeur d'ultra-propre : Mercanti qui émet un petit rire sarcastique.

– Vous me faites penser à une araignée au centre d'une toile, lâche-t-il. Vous tissez votre fil sans relâche, vous tendez vos pièges, et vous vous fichez complètement de ce qui peut bien arriver aux autres.

Alors là, je suis suffoquée ! De quel droit me dit-il ça ? Qu'est-ce qu'il voudrait que je fasse ? Que je hurle ? Je ne peux pas. Que je coure en tous sens en m'arrachant les cheveux ? Je ne peux pas. Que je pleure vingt-quatre heures sur vingt-quatre ? Ça, je pourrais, mais le fait est que ce n'est pas dans mon tempérament. La passion du lendemain l'emportera toujours en moi sur la tristesse du présent.

– Mais ça n'a pas d'importance, reprend-il, en posant sa main glacée sur ma nuque, j'aime mieux les petites créatures têtues, on a plus de plaisir à les faire plier.

Au-delà de « suffoquée », y a quoi ?

– Avec le froid, votre chemisier est très suggestif, me susurre-t-il encore, ça pourrait donner des idées à des gens mal intentionnés.

Mon chemisier. Je sens mes mamelons durcis par le froid, zut zut zut. Je tâte les boutonnières, évidemment il y en a une qui est ouverte, je la referme maladroitement, il pose sa main sur la mienne et en profite pour me frôler vicieusement.

– Je vais vous aider, là, voilà, une petite fille bien sage et bien boutonnée.

Virez-moi ce mec ou je vais vomir. Heureusement, Yann appelle de l'autre pièce.

– Putain ! Je crève de soif, donnez-moi à boire, merde !

– Le devoir m'appelle, à tout à l'heure, jolie poupée !

Il s'en va après avoir laissé traîner ses longs doigts glacés sur ma bouche. Ce type me fait froid dans le dos. De l'autre côté de la cloison, conversation inaudible. J'espère qu'il ne va pas passer Yann à tabac. Tintin se met à gronder sourdement et Yann lui ordonne de se taire. Les pas de Mercanti qui s'éloigne rapidement.

Je fais avancer mon fauteuil jusqu'à la porte, je cherche la poignée à tâtons, je la tourne : rien. Je suis enfermée à clef ! La panique me gagne. Je tape contre le chambranle. Personne ne vient. Je tape encore.

– Pourquoi diable voulez-vous entrer dans le placard ? me demande soudain Yvette d'une voix lasse.

Tous mes repères ont disparu, je suis trop perturbée, il faut que je me calme. Je la laisse me ramener près de la cheminée, me passer un pull en laine en me faisant part de ses inquiétudes. La nuit est tombée depuis un moment, les gendarmes vont organiser un bivouac, avec quart de garde et tout et tout. On se croirait dans un film de guerre, maintenant.

– Votre oncle est dehors avec Justine, poursuit Yvette, déversant un flot de paroles ininterrompu, ils avaient besoin de prendre un peu l'air. Les gendarmes fouillent la propriété pour retrouver le déguisement de l'assassin. Les gars du labo ont saupoudré toute la cuisine avec leur truc et maintenant il faut tout nettoyer. Les pensionnaires ont été regroupés avec Martine et Hugo dans la salle de jeu, même Laetitia : Lorieux n'a pas voulu qu'elle reste toute seule dans sa chambre. Elle a un gros pansement autour de la tête, comme un turban, on dirait une hindoue !

Je me demande quel pouvait bien être le secret de Mauro concernant Sonia. Est-ce que c'était en fait sa propre fille ? Ou une enfant qu'on lui avait confiée ?

– Tout à l'heure, je me disais qu'on aurait mieux fait d'aller dans les Alpes du Nord, mais quand je vois toutes ces avalanches, reprend Yvette, on aurait pu être ensevelies sous la neige ou brûler dans un tunnel en feu… Au fond, on est aussi bien ici. Au moins, on sait qu'on est en danger, tandis que tous ces pauvres gens, ils ont été frappés comme ça, paf, sans s'y attendre, ça a dû être terrible.

Si ce n'est pas être positif !

– Je vous laisse, je vais aider Mme Raymond. En plus, elle n'a pas trop envie de rester toute seule dans sa cuisine, ajoute-t-elle à voix basse.

Yvette sort, Francine entre. Nouveau flot de paroles.

– Je n'en peux plus, lâche-t-elle en se laissant tomber dans le canapé, qui couine. Quelle horrible journée ! J'aurais dû me douter que ça allait mal tourner quand Yvette a gagné hier soir. Je suis rompue ! Et tous ces hussards en goguette dans mon établissement ! Heureusement que vous ne pouvez pas voir ça, c'est à hurler ! Tout juste s'ils ne nous enferment pas à la cave avec une ration d'eau et une tranche de pain par personne ! Quand je pense qu'ils ont pu soupçonner ce malheureux Christian ! Et même Clara ! Pourquoi pas moi tant qu'ils y sont ? Ils feraient mieux de s'occuper de Yann. Je le dis depuis le début. Enfin, j'espère que votre oncle arrivera à leur faire entendre raison. Ça vous dirait un peu de thé ? J'ai mis de l'eau à chauffer. Comme je dis toujours, il ne faut pas se laisser abattre !

Exit la porteuse de thé. Je tourne la tête de droite à gauche en me demandant à qui ça va être le tour.

– Les pneus ont été crevés avec une perceuse-visseuse électrique à batterie portable.

Allons-y pour Lorieux.

– On vient de la retrouver. Devinez où ? Dans la citerne. Dupuy s'est souvenu d'avoir vu briller quelque chose au fond de l'eau. On a mis une heure à la repêcher avec une ligne improvisée. Devinez quoi ? Je suis sûr que c'est avec ça qu'on a crucifié Marion Hennequin. Pourquoi l'avoir cachée ici ? Parce que c'est là que vit son propriétaire ! Tout nous ramène à ce foutu Centre. La réponse est ici, entre ces vieux murs. Dès demain, je boucle tout et tout le monde. Direction, la garde à vue à Entrevaux. Je demande à être dessaisi de l'enquête et je refile le bébé à mon successeur. Et je me paie quinze jours de congé aux Baléares.

Puis il se lève et sort. Quelle heure peut-il bien être ? Je n'ai pas faim, mais ça ne veut rien dire : je n'ai pas très faim en ce moment. Dans la pièce à côté, Tintin aboie, puis la voix de Yann s'élève :

– Il n'y a personne ?

Je roule jusqu'à lui en me guidant au son.

– Élise ! Ça me fait plaisir de vous voir.

Je m'approche de lui à le toucher, je tends la main, il la prend, la serre entre les siennes menottées.

– Vous êtes gentille. Je porterai plainte pour brutalités policières. Ils n'ont pas le droit de me frapper et de me garder enchaîné. Ça me fait bien rigoler qu'on leur ait crevé les pneus pendant que j'étais enfermé comme une bête dans leur estafette à la noix. Et la bombe, c'est moi qui l'ait lancée, peut-être ? Ils n'ont plus aucune raison de me traiter comme ça !

– Il y a là quelqu'un qui pense autrement, dit Lorieux qui est revenu sans que je l'entende.

– Payot ! s'exclame Yann, mais qu'est-ce que tu fous là ?

– Il est venu à ski, nous explique Lorieux, il a trouvé le journal intime de Véronique dans son panier à linge sale.

– Espèce de salaud, s'écrie soudain Payot, comme s'il ne pouvait se contenir, tu t'es bien foutu de ma gueule !

– Je ne comprends pas…, proteste Yann sans grande conviction.

– Je sais tout, t'entends ! Combien de fois, quand et comment ! Elle a tout marqué !

– Écoute, Hervé, ne dramatise pas !

– Je dramatise pas, tu t'es envoyé Véronique derrière mon dos ! Tu t'es tapé Sonia et elle est morte, et maintenant, c'est le tour de Véro !

– Qu'est-ce que vous avez dit à propos de Sonia ? s'enquiert Lorieux d'une voix de croque-mort.

– Des conneries ! répond Yann. Rien que des conneries.

– Des conneries ? Dis tout de suite que Véronique était une menteuse !

– Une camée et une menteuse ! jette Yann, méprisant.

– Quoi ?! Non, mais vous entendez ça ?! Attention, c'est que je sais des choses, moi !

Pendant qu'ils s'engueulent, j'attrape mon stylo.

« Véronique parle-t-elle de son séjour à l'hôpital ? »

– Oui, elle en parle, hurle Payot après que Lorieux lui a lu la question, c'est même là qu'elle a rencontré cet enfoiré, enfoiré, va ! Elle parle de Sonia qui venait voir souvent sa cousine, Marion Hennequin, et ce salaud, vous croyez qu'il ne la connaissait pas, Marion ? Tu te l'es faite aussi, hein ?!

– J'ai l'impression que vous souffrez tous d'un problème d'ego, ici, laisse tomber Yann.

– Tu mériterais que je te casse la gueule ! hurle Payot.

– Qu'est-ce qu'il se passe ? demande mon oncle. On vous entend crier depuis la salle de jeu.

– Hervé Payot est un ami de Véronique Gans, lui dit Lorieux, comme si ça expliquait tout.

– Véronique était une jeune fille très impétueuse, dit mon oncle.

– Je croyais que vous la connaissiez à peine ? s'étonne Lorieux.

– Je l'ai rencontrée en allant voir Sonia, pendant sa cure. Véronique venait encore pour sa psychothérapie.

Tiens, je croyais que c'était l'inverse.

– Et vous connaissiez aussi Marion Hennequin ? demande Lorieux dans un silence soudain tendu.

– Oui, je connaissais Marion, dit mon oncle d'une voix brisée. Pauvres, pauvres petites, c'est tellement absurde !

– Qu'est-ce qui est absurde ? lâche soudain Lorieux. Que vous les ayez tuées ?

– Tuées ? Mais qu'est-ce que vous croyez ? Que j'irais assassiner ma propre fille ! hurle mon oncle.

Sonia ! Le voilà, le secret !

– Mais vous n'avez pas d'enfants ! s'exclame Yvette qui vient d'entrer.

– Qu'est-ce que vous en savez ? lui jette-t-il. Ma femme était stérile, et moi… moi, j'étais un coureur, marmonne mon oncle. Je ne pouvais pas résister à une jolie femme – excuse-moi Justie – alors, parfois… il y a eu quelques bavures, quoi.

– Quelques ?! appuie Lorieux.

– On ne prenait pas la pilule comme aujourd'hui ! proteste mon oncle. Et les préservatifs, moi, ça me…

– Fernie ! Si tu allais discuter de tout ça en tête à tête avec l'adjudant-chef ? suggère Justine d'un ton ferme.

– Tu as raison.

– Merde, pour une fois que c'était passionnant ! s'écrie Yann.

– Salaud ! répète Payot. Tu rigoleras moins quand j'aurai parlé à l'adjudant !

– Du calme ! ordonne Lorieux. Morel, détachez le prévenu, donnez-lui à boire et surveillez-le. Payot, suivez-nous, j'ai des questions à vous poser.

Une porte claque.

13

– Si j'avais pu penser ! dit Francine dans le silence revenu. Un homme si correct…

– Les hommes ne pensent qu'à ça, déclare Yvette. Enfin… pas mon Jean, bien sûr…

– Dommage pour vous ! lance Yann. J'ai les mains complètement engourdies ! Quelqu'un veut bien me donner un verre d'eau ?

Je les écoute distraitement. Mon oncle est le père de Sonia. OK. Mais qui est la mère ? Justine ? Non, Justine n'aurait eu aucune raison d'abandonner son enfant, elle est célibataire et se soucie peu du qu'en-dira-t-on. Une femme mariée, donc.

– Avec tout ça, à quelle heure est-ce qu'on va manger ? se lamente Francine. J'ai envie de faire un premier service pour les résidents.

– Faut attendre les ordres du chef, lui réplique Morel.

– Ne soyez pas ridicule, mon garçon. Je ne vais pas attendre sa permission pour nourrir mes hôtes !

– D'après ce que j'ai compris, vous êtes tous en état d'arrestation ! Alors, à partir de maintenant, c'est la ferme !

– La ferme ? répète Francine. Quelle ferme ?

– Il veut dire « fermez-la » ! lui explique Yann.

– Ah ça ! Je ne vais pas me laisser intimider par un gendarmaillon de canton ! s'écrie Francine. Sus aux cuisines, tous avec moi !

Elle s'élance vers la cuisine, suivie de Yann, ravi de l'insurrection, d'Yvette, et des pensionnaires, tout heureux de courir, pendant que Morel appelle à l'aide. Mercanti et Schnabel rappliquent.

– Si tu nous déranges encore pour une connerie, petit, je te jure que tu retournes finir ton BTS technico-commercial ! lui jette Schnabel après l'avoir écouté. Et range ce flingue, il n'est pas en chocolat !

– De nos jours, on ne trouve plus de personnel correct ! commente Mercanti. Tout va bien, Élise ?

Je garde mon poing bien fermé sur mon genou. Il me soulève le menton de sa main aux relents de poudre à récurer.

– Vous avez l'air fatiguée. Vous voulez que je vous aide à vous mettre au lit ?

Plutôt crever. Je secoue la tête pour me libérer, il accentue la pression de ses doigts.

– Le chef nous attend ! lui crie Schnabel. Magne-toi.

Il me lâche comme à regret et murmure, trop bas pour que Schnabel l'entende : « OK, gros porc, on y va. » Ce type me débecte. Je vais demander à Yvette si je peux dormir dans sa chambre.

Pendant que les insurgés mènent un joyeux ramdam dans la cuisine, Morel fait les cent pas en marmonnant entre ses dents. Dommage que je n'aie pas une balle en caoutchouc à lui lancer, ça l'occuperait.

Quelque chose me tracasse. Quelque chose dont je devrais me souvenir. Des bribes de phrases. Lorieux me parlant de Marion ? Ou Yann ? Non, tout au début de l'enquête, Lorieux : « Je disais simplement que vous offrez une certaine ressemblance avec la victime. Couleur des cheveux, des yeux, silhouette… » Et Yann : « En fait, moi je trouve que vous ressemblez plus à Sonia. D'ailleurs, c'est marrant, mais Sonia ressemblait aussi à Marion »… Pourquoi est-ce que je pense à la ressemblance entre Sonia et Marion ? Entre Sonia, Marion et moi. Sonia est la fille de mon oncle. De mon oncle et de… Mais oui ! Je me précipite sur mon stylo.

Claquements de talons, deux personnes arrivent. Morel se précipite en criant « chef, chef ! », Lorieux l'écoute cinq secondes, puis lui dit d'aller voir dehors s'il y est. Morel sort, heureux d'avoir une mission.

– Élise, nous avons pas mal avancé, me dit Lorieux. Payot m'attend dans le bureau de Mme Atchouel, aussi je serai le plus bref possible. Votre oncle a reconnu un certain nombre de faits…

Avant qu'il ait pu finir sa phrase, je brandis fièrement le bloc-notes :

« Sonia était la sœur de Marion. »

– Comment est-ce que tu le sais ? me demande mon oncle, stupéfait.

– Comment est-ce qu'elle sait quoi ? veut savoir Justine, soupçonneuse.

Il ne lui répond pas. Je griffonne à toute allure :

« Déduction. Sonia ressemble à Marion parce qu'elles ont la même mère, mais Sonia me ressemble aussi et je te ressemble, donc... »

– Cette gamine m'étonnera toujours ! lance mon oncle à la cantonade. Oui, c'est vrai, j'avais une aventure avec Marcelle, heu… je veux dire Mme Gastaldi, quand elle s'est mariée. En fait, elle était enceinte de Marion. Ça s'est bien passé, ni vu ni connu, mais ensuite son mari a eu de graves problèmes de prostate et, malheureusement, elle est de nouveau tombée enceinte, de Sonia cette fois, et ce ne pouvait pas être lui, et elle n'a pas voulu avorter…

– Quoi ?! lance Justine. Qu'est-ce que tu es en train de nous dire, Fernie ?!

– Le monde n'était pas comme aujourd'hui, Justie, rappelle-toi ! lui renvoie mon oncle. Marcelle était une femme respectable dans une petite ville de province, mariée à un homme riche et puissant, OK ? Marcelle est donc partie suivre une « cure thermale », poursuit mon oncle, puis elle a abandonné le bébé, sous X. Je… c'était quand même ma fille, je l'ai reconnue et je l'ai confiée à Mauro. Voilà.

– « Voilà ! », répète Justine, mais Fernie…

– Non, pas « voilà », dit Lorieux de sa voix pointue. Continuez.

– Tout ça s'est passé il y a bientôt trente ans. Entre ta tante et moi, Élise, ça n'allait pas très fort. J'ai eu, heu…, des relations avec pas mal de femmes…

Pas très fort ? Moi qui me souviens d'un couple uni, toujours d'accord. « Elle a de la chance, Huguette, disait Maman, Fernand la traite comme une petite reine. » Une petite reine cocue jusqu'à la moelle, ma pauvre Maman. Du coup, l'idée que Maman et Fernand aient pu… à l'insu de Papa, et que moi… Mon cœur bat la chamade, mais non, arrête ton cinéma, Élise, ce besoin d'être en permanence une héroïne, c'est ridicule !

Fernand reprend :

– C'est un peu compliqué. Bref, il y a une dizaine d'années, je rencontre Justine, j'étais veuf, assagi, ça se passe bien entre nous, on devient de bons amis. L'an passé, elle a fait un voyage à Venise en compagnie de personnes à autonomie réduite et, à son retour, elle m'apprend qu'une rumeur court comme quoi je suis le fondateur du CLMPAH et que j'ai un fils qui y réside !

Je lève le bras, mon oncle me le rabaisse.

– J'y viens. Oui, je suis le fondateur du Centre, et oui, j'ai tenu à rester anonyme, tu vas comprendre pourquoi, Élise. Un jour, j'ai reçu une lettre. Une lettre toute simple qui me disait que j'avais un fils. La mère, qui était très jeune à l'époque, avait tenté de faire passer le bébé toute seule, dans les conditions que tu peux imaginer. On a pu le sauver, mais il est resté handicapé. Un problème au cerveau, je n'ai jamais vraiment su, elle a toujours refusé de me revoir ou de me dire le nom de l'enfant. Pour moi, ça a été comme une prise de conscience, je me suis fait horreur, j'ai décidé de réparer mes fautes comme je pouvais.

J'ai la tête qui tourne. Tous ces gosses qui jaillissent du néant comme des lapins d'un chapeau, mon oncle en géniteur tourmenté, des centaines de cousins et cousines avec mes cheveux noirs et mon nez distingué, est-ce qu'on se fout de moi ?

– Et ce fils, on me dit aujourd'hui qu'il est ici !

– Hmm, fait Lorieux apparemment échaudé par cette ténébreuse saga familiale, excusez-moi, mais je dois retourner voir Payot.

– Où est-ce que j'en étais ? se demande mon oncle à voix haute (et je le comprends). Ah oui, reprend-il, au CLMPAH. Mme Atchouel pense que je suis juste un généreux donateur, et je préférerais que ça reste comme ça. Je ne tiens pas à me mettre en avant, tu comprends ?

Oui, tu as bien assez mis comme ça… Élise ! tonne Psy. *Mea culpa*. Mais ce garçon ? J'ai bien ma petite idée sur la question.

– Combien as-tu d'enfants, exactement ? demande Justine d'une voix pointue.

– Heu… Je ne sais pas. Écoute, Justie, je n'ai jamais voulu t'ennuyer avec mes histoires de famille…

– Je dois reconnaître qu'elles sont gratinées ! explose-t-elle. On dirait un mauvais roman-feuilleton… Tous ces secrets !

– Ils n'ont plus de raison d'être maintenant que ma pauvre petite Sonia n'est plus ! achève mon oncle avec lassitude.

Je l'imagine, la tête entre les mains, plein de sombres réflexions. Justine tapote nerveusement le guéridon de marbre, très loin de la plénitude zen. Des gens passent, affairés. Le ronronnement de la caméra de Jean-Claude. Il ne doit pas en perdre une miette. C'est sûr que ça change des films animaliers. Encore que… ici comme ailleurs, c'est toujours la loi de la jungle. « Les êtres humains ne sont pas que des animaux, Élise ! » m'assène Psy. Ouais, eh ben, c'est dommage, parce que les autres mammifères ne s'entre-tuent pas, eux !

On me bouscule, sans s'excuser, comme si j'étais un meuble.

– Tu as fait tomber quelque chose, Élise, me dit soudain mon oncle.

Je me tâte, ah oui, mon carnet n'est plus là. Je l'entends se baisser, le ramasser.

Qu'est-ce qu'il fait ? Ah, il lit certainement mes notes. Il s'éclaircit la gorge. Il doit comprendre à quel point on vit un cauchemar.

– Ah ! s'exclame-t-il, mais alors…

Il s'interrompt brusquement. Morel vient d'entrer, je reconnais son pas juvénile.

– Quoi donc, Fernie ? s'enquiert Justine.

– Rien, rien, bougonne mon oncle.

– Vous gênez pas pour moi, lance Morel. Apparemment, je compte pour du beurre ! Je ne suis que gendarme auxiliaire, ajoute-t-il, et puis j'm'en fous !

– Le problème, ici, ce sont toutes ces énergies négatives, me chuchote Justine, ça empêche de voir à travers les ombres. Tu devrais aller manger quelque chose, Fernie, lance-t-elle à haute voix, et rapporte donc un sandwich à Élise.

Il s'éloigne en marmonnant : « Quelle histoire, non mais quelle histoire ! », suivi de Morel qui lui pose des questions sur le métier d'entrepreneur. Justine met sa main sur mon bras.

– Je comprends maintenant pourquoi il voulait que je découvre qui était son fils ! Quand il a su que la fille Gastaldi avait été assassinée, il a dû être choqué, mais quand il a su que Sonia elle aussi… la coïncidence était trop énorme ! Deux sœurs, dans la même région ! Et son fils, ici !

A-t-il eu peur qu'on le tue aussi ? Ou bien… La réponse me frappe comme une évidence : à qui profite le crime ? Au dernier parent survivant, quel qu'il soit. À lui, les 2 millions de francs des Gastaldi, *via* Marion et *via* sa sœur Sonia et donc…

– C'est affreux, dit soudain Justine, mais je suis en train de me dire que Marion était la seule héritière des Gastaldi, elle n'avait plus de famille à part Sonia, et Sonia elle-même n'avait pas de famille à part ce demi-frère dont a parlé Fernand. J'espère que ce n'est pas…

Elle laisse sa phrase en suspens.

Je la termine à sa place dans ma tête : un assassin.

Mais si c'est bien Léonard dont on parle et s'il est vraiment infirme, comment aurait-il pu commettre ces crimes ? Marion a été tuée à Digne et Sonia dans le sous-sol de la discothèque. J'écris rapidement la question, zut, c'est vrai, elle ne peut pas la lire, je reste plantée là mon papier à la main à ressasser mille questions.

Rien ne se tient.

Et je trouve que mon oncle manifeste bien peu de chagrin pour le meurtre de celles qui s'avèrent être ses propres filles !

L'idée qu'il ment m'effleure, mais je ne vois vraiment pas dans quel but inventer un truc pareil. Justine respire difficilement. Elle doit avoir du mal à digérer les nouvelles.

Je me sens étrange, comme droguée. Ça ne m'est arrivé qu'une fois, à Boissy, quand j'ai été enlevée par l'assassin des enfants. Même sale sensation dans la bouche et impression que tout se mélange.

Il y a quelque chose qui cloche. Il y a *tout* qui cloche.

– On dirait qu'il fait soleil, dit tout à coup Justine.

C'est vrai. Je sens un chaud rayonnement sur mes épaules. La tempête est donc finie ?

Mais il n'y a pas de soleil à sept ou huit heures du soir.

– Je me demande ce que fabrique Fernie. Et où ils sont tous passés ?

Impression d'entendre ricaner. Justine a dû entendre la même chose, car je la sens pivoter vivement.

– Il y a quelqu'un ?

Pas de réponse, comme d'habitude. Je saisis son bras et tapote sa montre vocale. Penser à dire à Yvette de m'en acheter une comme ça.

– Vous voulez savoir l'heure ?

Elle appuie sur le petit bouton et la montre couine : « Vingt heures deux minutes quatre secondes » avec l'accent japonais.

– Mon Dieu ! Déjà ! s'exclame Justine.

Fait pas soleil à vingt heures, Justie, réveille-toi ! Les flics ont dû brancher des projos. Ils recherchent certainement le déguisement de Vore. Mais des projos braqués sur l'intérieur du bâtiment ?

– Attendez-moi là, je vais voir ce que fait Fernand, continue-t-elle.

Tu parles que je vais attendre là toute seule. Je m'agrippe à son bras et elle est obligée d'avancer en me traînant.

– Mais lâchez-moi, voyons ! Je ne peux pas vous tirer, c'est ridicule. J'ai besoin de mes deux mains pour me diriger.

Nouveau ricanement.

Alors là, j'ai vraiment la trouille.

Justine essaie de se dégager, je raffermis ma prise, j'ai l'impression que ma main est une serre d'aigle refermée sur la cuisse d'un agneau.

– Fernand ! bêle-t-elle, en se mettant à courir droit devant elle.

Mon fauteuil cahote derrière, je me cogne dans plein de trucs, Justine aussi, « Fernand ! Fernand ! », pas de Fernand, Justine prend un virage serré, le fauteuil bascule, je la lâche et je pars en flèche dans le décor.

Bang, quelque chose me tombe dessus, quelque chose de brûlant, une lampe, quelqu'un crie « Attention ! », on me pousse en arrière, bruit de verre brisé, « Vous ne faites vraiment que des bêtises ! » me dit Mercanti en laissant filer ses sales doigts sur ma poitrine, je m'entends crier « Tonton ! » en silence, l'image de Mercanti violant et tuant Marion et Sonia me semble tout à coup affreusement réaliste.

Il accentue ses caresses, je reste impuissante, la bouche ouverte sur mon silence, il va abuser de moi, là, pendant que tous les autres s'empiffrent dans la cuisine et que les gendarmes s'agitent dehors. Je réussis à dégager ma main, je la lève, index et majeur tendus, à toute vitesse, percute son visage, saisit son nez, le serre, il grogne « Conasse », j'ai repéré ses yeux, je lâche le nez, et mes doigts raidis fusent vers ses orbites, contact mou, il hurle, m'attrape le poignet, le tord violemment, mais c'est dingue ! des pas, deux hommes, vite, « Stop ! hurle brusquement Schnabel. Arrête immédiatement ! Tu as perdu la tête ou quoi ?! » Je pense « bavure » de toutes mes forces : Schnabel appuie sans le faire exprès sur la détente de son pistolet et flanque deux balles dans les genoux de ce salaud de Mercanti. Doux rêve !

– Je devrais te casser la gueule ! ajoute Schnabel dans le silence qui est revenu.

– Qu'est-ce qu'on fait ? murmure le gendarme qui l'accompagne.

– Schnabel ! Fazzi ! appelle soudain Dupuy de l'extérieur. Venez voir ! Vite !

Schnabel lance « Tu perds rien pour attendre ! » avant de sortir en courant avec Fazzi.

– Oh, vous saignez de nouveau, ça s'est rouvert, constate Francine en s'adressant à moi. Je vais prévenir Martine.

– Qu'est-ce qu'il y a ? demande Martine comme si elle n'attendait que ça.

Je n'écoute pas la réponse de Francine. J'écoute un bruit que je connais bien. Le ronronnement de la caméra de Jean-Claude. Pourquoi les flics lui permettent-ils de filmer ça ? Quelque chose essaie de jaillir de mon cerveau embrumé, quelque chose que je sais sans le savoir. Je me laisse manipuler par Martine sans réagir, occupée à presser mentalement ma matière cervicale pour en faire jaillir la vérité.

Crashhhhh ! Je sursaute, Martine aussi.

– La lumière ! crie Francine.

– Tout a sauté ! répond Yann de loin.

– C'est sûrement à cause de la tempête, crie Lorieux d'une pièce voisine. Ohé, dehors, est-ce qu'il y a de la lumière au village ?

– Plus rien, chef ! hurle Morel.

Dehors, j'entends Schnabel engueuler Dupuy :

– Alors, Eugène, où elle est, cette foutue cape ?

– Encore envolée !

– Schnabel, on a des lampes de secours dans l'estafette ? lance Lorieux en entrant dans la pièce.

– Je vais voir ! lui répond Schnabel par la fenêtre.

– Qu'est-ce qu'on fait ? demande Martine à voix basse, sans que je sache à qui elle s'adresse.

– On arrête pour le moment, répond Mercanti sur le même ton.

– C'est vraiment la poisse, dit Francine.

Ça ne ressemble pas à Francine, cette remarque. J'ai soudain très envie d'être près d'Yvette, de mon oncle et même de Justine, parce que je crois que je suis en train de perdre la tête. J'entends des voix, j'imagine des dialogues absurdes, je deviens folle.

J'entends s'affairer dans l'obscurité, des « aïe » fusent. Les voyants paniquent vite dans le noir. Pour moi, qui vit une panne de courant perpétuelle, ça ne change rien.

– Je fais quoi avec les autres ? demande Martine.

– Pour l'instant, rien, lui répond Mercanti. Elle a failli me crever l'œil, cette conne, ajoute-t-il à haute et intelligible voix.

Hallucinations auditives. Je serre l'accoudoir du fauteuil. Il a l'air vrai.

– Bon, de toute façon on avait presque terminé, dit Mercanti. On verra la suite demain.

On empoigne mon fauteuil, on me fait avancer, si jamais c'est Mercanti...

– Quelle histoire de fous ! me chuchote la voix qui fume des Gitanes en rangeant mon fauteuil contre un mur.

– Voilà une torche, chef ! lance Schnabel de sa voix puissante. J'ai essayé le GPHS, continue-t-il en articulant soigneusement, j'ai pu appeler la caserne. La route est de nouveau praticable pour les engins spéciaux, ils nous envoient du renfort. Ils seront là dans la nuit.

Un silence suit ces paroles. Tap tap des chaussures de Lorieux.

– OK. Rassemble les hommes, qu'ils mangent, et puis on organisera des tours de garde. Mercanti, va dire à la mère Raymond de leur préparer quelque chose.

– Dans le noir ? réplique Mercanti avec insolence.

– Elle a une lampe-tempête et des bougies, ça devrait aller.

– OK, maugrée Mercanti en s'éloignant.

Ouf, bon débarras !

– Je reviens, dit Lorieux en tournant les talons.

Claquement de briquet, inspiration, odeur de Gitanes, l'homme à côté de moi fume.

– Qu'est-ce qu'on va faire maintenant ? demande-t-il sans que je sache à qui il s'adresse.

– On va faire le nécessaire, lui répond Martine en fermant la fenêtre à double vitrage. Éteins-moi ce réservoir à cancer, tu fais une cible parfaite.

– Une cible pour qui ? s'étonne mon voisin.

– Tu as oublié qu'il y avait un psychopathe en liberté ?!

– Il ne s'attaque qu'aux femmes, réplique le fumeur avec nonchalance.

– Dieu seul connaît l'avenir !

– Compris ! grogne l'homme, maussade.

En voilà un qui n'a pas l'air traumatisé. Et Martine qui le tutoie ! Pourquoi est-ce que mon oncle et Justine ne reviennent pas ?

Et que fait Jean-Claude ? J'ai bien entendu la caméra, mais lui n'a pas pipé mot.

– Ah, la lumière est revenue ! s'exclame joyeusement Martine, alléluia !

Une série de détonations. À l'extérieur. Comme une pétarade de pot d'échappement. Mais les pots d'échappement ne crient pas. Est-ce que j'ai vraiment entendu crier ? Le vacarme de la tempête étouffe tout. Est-ce que je suis la seule à avoir entendu crier ?

– Tout va bien, lance Mercanti en entrouvrant la porte. Schnabel essaie de faire démarrer l'estafette.

Oh, le ton faux sur lequel il a dit ça ! Je suis sûre qu'il ment. Il s'est passé quelque chose dehors, quelque chose de grave. Est-ce que j'ai entendu des coups de feu ? Mais dans ce cas, pourquoi Mercanti mentirait-il ?... Sauf si... Oh, mon Dieu !... Si c'est lui, si c'est lui Vore, et qu'il les a tous tués ?! Mon stylo, vite.

– *« Êtes-vous sûr de Mercanti ? »* lit le fumeur par-dessus mon épaule.

Zut.

– Bien sûr qu'on en est sûr ! répond-il. Ça fait quatre ans qu'on se connaît ! Il est solide, Mercanti, on peut compter sur lui.

Non, vous vous trompez, c'est un vicieux et un menteur ! Mais comment le prouver ? Si j'écris *« Mercanti m'a tripotée »*, j'entends déjà les commentaires : « Elle fantasme, la mousmé ! Elle s'est pas vue ?! » et autres gracieusetés répandues sous nos cieux machistes.

La porte s'ouvre à la volée, bouffée de vent glacé, quelques flocons volent jusqu'à moi.

– Tout est en ordre, dit Mercanti d'une voix posée, bien différente de celle dont il a usé avec moi.

– Et Léonard ?

– Il est dans sa chambre.

Donc, ils soupçonnent bien Léonard.

– À quelle heure les renforts doivent-ils arriver ? demande encore Mercanti.

– Dans la nuit, d'ici trois, quatre heures, je pense, ils doivent rouler au pas, avec le verglas et la neige.

Conciliabules à voix basse. J'ai beau tendre l'oreille, je n'entends pas. Mon voisin s'étire, craquement d'articulations, puis lance à la cantonade :

– Si on allait grignoter ? Après, on n'aura plus le temps.

Ils passent devant moi, direction la cuisine. J'écoute attentivement, mais je ne décèle aucune présence dans la pièce. Je suis apparemment seule. J'actionne le bouton du fauteuil et le fais avancer tout doucement le long du mur, en m'immobilisant dès que je rencontre un obstacle. Si on suit un mur, on arrive forcément à une porte. Puis au couloir. Et à la porte d'entrée.

Mes épaules sont crispées dans l'attente de la main qui va se poser sur elles tandis qu'une voix haineuse me dira « Coucou ! ». Mais je roule dans le couloir sans problèmes. Encore un mètre, cinquante centimètres, je tends la main pour ouvrir la porte, pas la peine, elle est entrebâillée et bat au souffle irrégulier du vent. J'écarte le battant, je m'engage sur la rampe prévue pour les fauteuils roulants, la neige m'assaille, me fouette par paquets tourbillonnants, mais le froid me fait du bien après l'atmosphère confinée de la maison.

Arrivée au bas de la rampe, j'hésite. Je n'entends rien d'autre que le mugissement du vent dans les bois. Mon fauteuil avance avec difficulté dans la couche de neige fraîche qui ne cesse de grossir. Je ne sais pas trop où aller, j'avance tout droit. Aucun bruit de voix. Où sont les hommes en faction ? Je ressens soudain une envie pressante d'uriner, et mes poils se hérissent. Je connais cette sensation. C'est la peur. La vraie peur. La peur d'avancer dans le noir en sachant qu'un monstre vous y attend.

Ahhh ! On m'a touchée ! Une grosse main mouillée ! Je pousse un hurlement que personne n'entend. La main glisse mollement le long de mon cou, de mon épaule – Mercanti ? –, s'écarte et une grosse masse haletante choit près de moi, bloquant le fauteuil.

Je me penche au maximum. Mes doigts effleurent un tissu rêche, humide, garni de boutons. Une vareuse. Pas de panique, du calme. Une vareuse recouvrant un torse d'homme. Une vareuse trouée, mes doigts accrochent les bords déchiquetés du tissu, et un flot humide m'inonde le visage, odeur de cuivre, oh ! mon Dieu ! du sang, un geyser de sang qui m'asperge sans que je puisse l'éviter. Je secoue la tête comme une folle, le sang gicle, chaud, tellement chaud, spasme de terreur incontrôlable, je sens que je me fais dessus sans pouvoir me retenir, urine chaude sur mes cuisses, sang chaud sur mes joues, j'arrive enfin à reculer !

Non, je dois savoir si l'homme est vivant. J'avance de nouveau, me place de biais du mieux que je peux, mon cœur me fait mal à force de battre, allez, les doigts, courage, vareuse, torse massif, un menton charnu, une épaisse moustache comme du poil de chien humide. Schnabel !

Je touche ses lèvres. Pas de souffle. Pas le moindre souffle. On a abattu Schnabel ! Il vient de mourir, là, sous mes yeux inutiles ! J'enfonce bêtement mes doigts dans la bouche sans souffle, je touche les dents, la langue, absurde sensation que la bouche va me mordre, vite, ôter mes doigts, mais elle ne mord pas, pas plus qu'elle ne respire.

Marche arrière ! Prévenir Lorieux ! Je recule, je fais pivoter mon fauteuil, j'avance lentement, je discerne maintenant l'odeur de métal et d'essence de l'estafette. Et l'odeur du sang. Je laisse traîner ma main contre la roue. Et ils sont là, sous mes doigts. Des corps. Enchevêtrés. Au moins cinq ou six. La brigade de Lorieux.

Oh non ! Ils ne peuvent pas être tous morts ! Et je suis seule avec eux et est-ce que quelqu'un me regarde, est-ce que le canon d'un pistolet est pointé vers ma tête ? Chair de poule, poils hérissés. Regagner le Centre, vite, merde, je me suis trompée, le fauteuil bondit en avant, aïe, je viens de me cogner dans un nouvel obstacle qui rebondit, vient heurter mes genoux et reste appuyé contre.

J'avance la main. La retire comme si je l'avais plongée dans un nid d'araignées. Je viens de toucher des cheveux. Ce qui repose contre mes genoux inertes, c'est une tête.

Je la soulève avec répulsion pour l'écarter et elle me dit :

– Pitié ! ... voulais juste trouver... boulot...

Morel ! Morel est vivant !

Je le tiens par les cheveux comme une tête coupée, son corps est agité de tremblements qui se répercutent dans ma main, je ne sais pas si je dois le lâcher, qu'est-ce que je dois faire ?!

– ... dû rester... à l'IUT, dit encore Morel.

Puis il ajoute « Maman ! » dans un sanglot.

Il me bave sur les genoux du liquide qui détrempe le plaid, je sens les larmes couler sur mes joues, larmes de peur, de détresse, de compassion ? Je n'en sais rien, je sais qu'il va mourir, il faut qu'on m'aide, et je ne peux pas appeler, ni le laisser. Le laisser ? Aller chercher du secours ? « Maman ! », répète Morel, puis il se tait, devient tout mou et retombe en arrière, choc métallique, certainement contre l'estafette.

J'ai l'impression que la neige tombe à l'intérieur de moi, me remplit, se tasse, devient dure, dangereusement dure. L'odeur du sang frais et des hommes morts se mêle à l'odeur ozonée de la neige. Je ne sens plus mes cuisses souillées, je ne sens plus la couche de sang sur ma peau, je ne sens plus qu'une immense colère qui m'envahit.

Quelqu'un vient de tuer ces hommes. Mercanti ?

– Vous êtes vraiment trop curieuse, me dit-on affablement comme pour répondre à ma question.

Mais ce n'est pas Mercanti. C'est Dupuy. Le brave Auvergnat.

Objet métallique appuyé contre ma tempe. Un canon de pistolet automatique ?

– C'est pas un flingue surnaturel, me glisse-t-il au creux de l'oreille, avant de ricaner : Ça t'a plu notre p'tite conversation tout à l'heure ?

De penser que Dupuy est Vore et qu'il s'est copieusement foutu de ma gueule me met encore plus hors de moi. Évidemment qu'il a retrouvé la perceuse, c'est lui qui avait dû la planquer dans la citerne ! Et comme il devait rigoler en nous parlant du déguisement sur le toit ! Une phrase me revient soudain comme une gifle : « Il y a trois mois, on buvait encore la goutte… » Il y a trois mois, le vieux Mauro était mort. Je suis trop conne !

– « Le secret du vieux Mauro », susurre-t-il, tu sais ce que c'est ? C'est que c'était un sale vicelard ! Il se tapait ses brebis, le vieux cochon. Remarque, ajoute-t-il, t'es un peu comme une brebis, t'as l'air affolée et pis tu peux pas t'défendre…

Il promène le canon de son arme sur mon nez, mon menton, c'est ça, amuse-toi. Hors de sa vue, je serre le poing contre la roue du fauteuil, frustration, je voudrais le frapper ! Il y a quelque chose contre la roue. Du cuir sous mes phalanges. Du cuir. Du tissu humide. Un corps.

Il me force à ouvrir les lèvres, enfonce le canon de son arme entre mes dents serrées, quel effet ça fait une balle tirée à bout portant dans la bouche ? Une balle qui se creuse un chemin dans le palais, pulvérise le cerveau, est-ce qu'on s'en rend compte ? Je sens l'acier froid contre mes lèvres. « Suce, me dit-il, suce ou je tire. » Enfoiré, enfoiré !

Ma main tâte le corps étendu à mes pieds, du cuir, un ceinturon, je suce le métal gelé, mes doigts courent le long du cuir, centimètre par centimètre, là ! Là, une crosse, solide, rigide, refermez-vous tout doucement sur elle, les doigts, sortez-la de son étui, voilà, « Voilà, c'est bien, tu es sage ! » me dit Dupuy, vas-y l'index, glisse-toi sous la détente, oui, comme ça.

Zip de fermeture Éclair, « Tu sais quoi ? Je crois que tu vas me montrer ce que tu sais faire ! », oh oui, tu vas voir comme je sais y faire, il écarte son arme, ne juge pas utile de me la braquer sur la tête, je l'entends la ranger, il respire vite et fort, croche ma nuque, doigts enfoncés dans mes cheveux sans douceur, m'attire contre lui, chair tiède sentant le suint pressée contre mes lèvres, index pressé sur la détente, je lève la main le long de ma hanche, plier le coude à angle droit, l'acier froid effleure ses testicules dénudés et chauds, il sursaute, trop tard, brigadier !

Étrange sensation pendant la fraction de seconde où on passe à l'acte. Et l'acte appartient déjà au passé.

Il hurle. Comme Sonia sur le répondeur. Comme Marion dans le squat. L'odeur de la poudre est suffocante. Ses cris vont certainement attirer quelqu'un. Je l'écoute sans émotion, j'espère qu'il va mourir. Je ne me savais pas si cruelle. Je ne me savais pas capable d'être sourde à des hurlements de souffrance. Il s'effondre, en gémissant, il va peut-être me tirer dessus, je recule de deux mètres, je pivote : regagner la maison, avant qu'il récupère ses moyens.

– Mais… mais qu'est-ce que…, balbutie-t-on depuis le seuil. Qu'est-ce que ça veut dire ?

Lorieux.

Je l'entends courir, se précipiter vers les corps entassés. Quelques secondes s'écoulent encore, Dupuy continue à crier.

– Mais ils sont morts, tous morts ! lâche Lorieux avec stupéfaction, sauf Dupuy…

– Bon sang ! crie quelqu'un d'autre qui a surgi près de nous.

Mercanti.

Il passe devant moi en courant et en criant :

– Elle est devenue folle !

Ah non ! Non ! Mon stylo, vite. Je pose l'arme sur mes genoux pour pouvoir écrire.

« Dupuy est Vore ! »

Lorieux se racle la gorge :

– Donnez-moi cette arme, vous risquez de blesser quelqu'un, me dit-il en la ramassant.

« Il m'a attaquée ! Il les a tous tués ! »

Je ne sais pas s'il m'a lue parce qu'il marmonne :

– Schnabel, le petit Morel et les autres, mon Dieu ! ce n'est pas possible !

Il ne croit tout de même pas que… Comment aurais-je pu ? La première aveugle championne de tir !

J'entends Mercanti adresser des paroles de réconfort à Dupuy :

– Tiens bon, on va te soigner, ça va aller.

– Je vais crever, répond Dupuy, cette salope m'a crevé !

– Mais qu'est-ce qui vous a pris ? me demande Lorieux. Qu'est-ce qui vous a pris ?

Il ne voit pas le charnier sous ses yeux ?! J'appuie tellement fort que le stylo troue le papier.

« Dupuy a tué vos hommes ! C'EST VORE ! »

– Il faut prévenir Martine ! crie Mercanti. Il est en train de se vider de son sang !

Lorieux part en courant, me laissant plantée sous la neige à écouter mourir Dupuy. Brouhaha derrière moi. On me bouscule. La voix de Martine, affolée :

– Faut faire un garrot !

La voix de Laetitia, à l'intérieur :

– Alors ?

– Alors, Élise a tiré sur Dupuy ! lui répond Mercanti, morose.

– Il est gravement blessé ?

– Il est foutu.

Dupuy ne crie plus. Quelques secondes de silence. Puis Martine :

– Il a rejoint son Créateur...

Je viens de tuer un homme. C'est la première fois que je tue un être humain. Je devrais être atterrée. Peut-être que l'absence de vision réduit la sensibilité. Peut-être que si je l'avais vu mourir, j'aurais eu envie de vomir ou de pleurer. Mais je me sens froide et sèche comme une pierre du Larzac.

Bruit d'un corps qu'on traîne. Qu'on jette par-dessus d'autres corps. Triste champ d'honneur pour gendarmes morts en service. Où l'usurpateur n'a rien à faire.

Odeur de Gitanes. Le fumeur s'avance sur le perron, j'entends grésiller sa cigarette. D'autres pas, la voix de Martine :

– Pauvre Dupuy, il était si gai !

Et les types, là, par terre, ils étaient pas gais ? Mais t'es super-conne ou quoi ?!

– Mais pourquoi vous a-t-il paru suspect ? enchaîne-t-elle.

– Suce-pet suce-pet suce-pète ! Suce et pète !

– Oh, tais-toi ! lance-t-elle à Christian.

Je ne l'avais pas entendu arriver, celui-là. Pourquoi Dupuy m'a-t-il paru suspect ? Eh bien, disons qu'il y a un tas de cadavres par terre et un Dupuy armé qui me menace, alors, par une aberration mentale inexpliquée, je l'ai trouvé un petit peu suspect !

– Surveille-la, ajoute Martine sans attendre ma réponse, je dois rentrer.

Me surveiller ? Un comble ! Je reste à bouillir d'indignation en compagnie du fumeur et de Christian, à l'abri, relatif, de la marquise en verre filé.

Mercanti s'affaire à je ne sais quoi. Curieux que personne d'autre ne soit venu voir ce qui se passait. Lorieux a certainement empêché les pensionnaires de sortir. Inutile de les traumatiser encore plus. Christian a dû se faufiler. Il reste bien tranquille, ça m'étonne. Craquement d'allumette, bouffée de nicotine.

Quelqu'un siffle *Marinella*. Les premières mesures.

« Marinella, j'ai pris tes jambes pour tes bras et quand je m'en suis aperçu… »

– Avais la bouche su' ton cul ! lance Christian.

Le siffleur reprend, puis Christian braille : « Ma'inella tu pues d'la gueule, tu sens l'tabac ! », puis l'autre se remet à siffler, puis un froid encore plus froid que le vrai froid m'envahit.

Quand Christian chante, personne ne siffle. Quand quelqu'un siffle, Christian ne chante pas.

Est-ce que je suis seule avec lui ? Avec lui qui fume des Gitanes ? Avec le fumeur de Gitanes qui s'exprime tout à fait normalement ?

– Saviez-vous que Dupuy se prénommait Alphonse ? me demande le fumeur.

– Enfonce Alphonse ! aboie Christian.

– Saviez-vous que le second prénom de Francine est Thérèse ?

– Celle qui 'it quand-la-baise ! hurle Christian.

– Et saviez-vous que je vous ai surnommée « Bonnet de nuit » ? me dit-il encore en baissant la voix.

Ses lèvres frôlent mon oreille.

– Nuit nuit ennui ! me disent les lèvres collées à mon lobe.

Si je pouvais fermer les yeux. Ne plus voir dans ma tête, ne plus entendre, ne plus comprendre. Ne plus voir dans ma tête Christian hilare penché sur moi, ne plus l'entendre me dire « Je vous ai bien eue, n'est-ce pas ? », ne plus comprendre que je n'avais rien compris !

Christian ! Pas Léonard ! Christian !

Mais qu'est-ce que Dupuy vient faire là-dedans ?

– Voulez-vous que je vous fasse un peu de lecture ? me propose Christian.

Les mots mettent un moment à se frayer un chemin jusqu'à mon entendement. Il a déjà commencé à lire, en ânonnant :

– « Notes de l'auteur : Peut-on faire torturer Yvette par Vore sans altérer la capacité émotionnelle du lecteur ? Attention aux réactions de rejet face aux outrances ! Pas de grand-guignol ! »

Hein ?!

Il a déjà repris sa lecture :

– « D'autre part, trouver un moyen de rendre Élise moins ennuyeuse. Un amoureux ? La faire coucher avec Vore ? » Vore et Élise, han han han ! halète-t-il.

Je sens ma bouche s'assécher. Froissement de pages qu'on tourne rapidement. Il reprend :

– « Chapitre 2 : Élise rencontre une jeune fille triste qui sait des choses… Chapitre 4 : Yvette et la directrice jouent aux cartes. Élise somnole près de la terrasse… Chapitre 8 : Élise entre dans la chambre et trouve la jeune handicapée pendue… » Alors, ça vous plaît, Élise de mon cœur ?

Élise, bouche bée, bras pendants, dévisageant le vide. Le vide devant mes yeux, le vide dans ma tête.

Tout était donc *écrit* ?

14

– Allez, on va rentrer, conclut Christian.

Il me pousse à l'intérieur.

Comment tout cela pouvait-il être *prévu* ? L'idée absurde, mais angoissante, que je suis vraiment un personnage de livre m'effleure. Est-ce que je n'existe pas ? Mais non, comment pourrais-je avoir des sensations ? Justement, je n'en ai pas, sauf celle d'être un tas de gelée anglaise ballottant sur mon fauteuil, molle et sans goût.

Dedans, des gens discutent. Ils se taisent quand nous entrons. Quelqu'un accourt, faisant vibrer le parquet.

– Élise ! crie mon oncle. Où étais-tu passée ?

– Elle a descendu le brigadier Dupuy, lui balance Mercanti.

Mon oncle rit. Oui, il RIT.

– Ça, c'est un peu gros ! lance-t-il avec bonne humeur.

Est-ce qu'il est ivre ?

– Je vous dis que votre salope de nièce…

– Je ne vous permets pas ! gronde Fernand.

– … vient de tuer Alphonse ! martèle Mercanti.

– Quoi ?! Mais comment est-ce possible ? Ce n'était pas des balles à blanc ? s'étonne mon oncle, la voix tremblante.

La gelée anglaise s'insinue entre mes oreilles, se répand dans mon cerveau. Les synapses englués refusent de transmettre les pensées. Envie de m'arracher les cheveux en hurlant : « J'pige que couic ! »

– On n'utilise pas de vraies balles dans les films ! s'emporte encore mon oncle. C'est une blague !

Un film, c'est ça, y a même un tas de figurants couchés dans la neige qu'attendent d'être payés… Un film. Le mot s'insinue lentement dans ma panique, se fraye un chemin dans la confusion. Suivi de près par « figurants ». Et le ronronnement de la caméra de Jean-Claude.

Des *figurants* ?! Ces salauds tournaient un *film* ? On s'est fichu de moi ?! Comme dans ce film, précisément, où le héros est le seul à ne pas savoir qu'il est filmé ? Ma sensation de jouer dans une pièce était donc vraie ?! Mais oui, les notes que lisait Christian ! Un scénario ! Colère et soulagement mêlés, j'en rirais presque.

– Qui vous a parlé de film ? est en train de dire Mercanti à mon oncle.

– Mais Élise, répond mon oncle, décontenancé. Dans le message qui était tombé par terre.

?!

Je l'entends fouiller dans ses poches. Il reprend :

– Je vous avouerai qu'en arrivant j'étais vraiment désespéré à cause de Sonia et terriblement inquiet. Des flics partout, des histoires de meurtres, de bombe, de blessés, toute une mise en scène ! Remarquable, d'ailleurs. J'ai même fini par raconter ma vie à celui qui joue l'adjudant-chef !

Je suis suspendue à ses paroles, comme un alpiniste à une corde effilochée.

– Ça, vous m'avez bien eu ! lâche-t-il, admiratif. Même si j'ai trouvé plutôt cruel de me laisser croire que ma filleule était morte ! Donc, j'étais sens dessus dessous et puis j'ai trouvé le message d'Élise, attendez, voilà : *« Tonton, ne t'inquiète pas, tout ça, c'est du cinéma ! En fait, tout va bien. Mais c'est top-secret, n'en parle à personne, même pas à Justine, STP, fais comme si de rien n'était, sois le plus naturel possible. Je t'expliquerai plus tard, je compte absolument sur toi, Élise. »*

Mais je n'ai jamais écrit ça ! hurlé-je en silence.

– J'ai trouvé ça un peu tordu, continue-t-il, mais j'étais tellement soulagé ! Élise a toujours eu le goût du mystère, alors je me suis dit que je pouvais bien attendre quelques heures, que vous ayez fini le tournage de votre épisode, pour avoir des explications plus conséquentes.

Laetitia pouffe.

– J'étais sûre que ça marcherait ! lance-t-elle, me faisant sursauter.

– Après, quand j'ai su, ajoute-t-il, j'ai bien vu que tout était bidon : l'adjudant qui ressemblait à une fille, les gendarmes ahuris, cette scène d'explosion dans la neige avec Léonard qui avait l'air d'être passé au maquillage, Yvette qui courait dans tous les sens, l'infirmière la caméra à l'épaule, Mme Atchouel qui déclamait comme « Au théâtre ce soir », bref… je me suis même dit que tout le monde jouait mal, j'avais envie de rigoler.

– Eh bien, cher monsieur Andrioli, en fait, il ne s'agit pas vraiment d'un film…, commence Yann.

Yann ! *Tu quoque !*

– Mais plutôt d'un documentaire, poursuit Laetitia.

– Un docu-drama, précise Francine.

Je suis en train de m'enfoncer les ongles dans la paume de la main jusqu'au sang, ça me fait du bien.

– Vous voyez, l'idée c'était de donner une suite aux aventures d'Élise, reprend Yann.

– J'ai bien compris ! s'exclame mon oncle. Vraiment, jeune homme, je ne suis pas gâteux !

– Oui, mais une vraie suite, reprend Yann, pour permettre un tome 2 aux aventures de votre nièce.

– Très bien, c'est une bonne idée.

– Nous sommes donc tous d'accord, approuve Francine. Voyons, que racontait le tome 1 ? lui demande-t-elle d'un ton de maîtresse d'école.

– Heu… des meurtres d'enfants à Boissy, et comment Élise avait mené l'enquête, tout ça, marmonne mon oncle.

– Et n'avez-vous pas l'impression que son succès est dû au fait qu'il ne s'agissait pas d'un banal polar, mais d'un récit vécu ?

– Heu oui, certainement.

– Vous comprendrez donc que nous ayons décidé de suivre le même *modus operandi.* D'où : a) pour écrire un best-seller à partir d'une histoire vécue, il faut d'abord que le héros – ou l'héroïne – l'ait vécue. Vous êtes toujours d'accord avec moi, monsieur Andrioli ?

– Heu, oui…, murmure mon oncle d'une petite voix.

– Eh bien, b) c'est ce que nous avons organisé, cher monsieur ! lui lance Francine, triomphante. En fait, tout ça a commencé quand B* A* a envoyé cet *e-mail* à sa maison d'édition, précise-t-elle.

Où sont Justine et Yvette ? Allez, venez, approchez, venez rire avec les autres.

– Elle s'est trompée d'adresse et ça a atterri chez nous, au *PsyGot'yK.*

– Au quoi ? demande mon oncle.

– *Le PsyGot'yK.* La revue de l'Art Total. Une forme de reconnaissance de l'art poly-expressionnel. Du Psycho-Art, qui balaie les vieux concepts et les préjugés démodés et puise sa source dans les transmissions synaptiques infra-conscientes de chacun de nous.

Je me dis avec amertume que Justine doit en être la rédactrice en chef… D'ailleurs, je me souviens que Laetitia en a trouvé un exemplaire dans sa chambre. J'avais bien raison de me méfier d'elle.

– B* A* était venue donner une conférence lors d'un colloque que nous avions organisé, nous avions sympathisé et je lui avais donné mes coordonnées, explique Francine. D'où l'erreur de transmission. Le coup d'aile du papillon qui a engendré cet ouragan.

– Quel ouragan ? demande Christian. On n'a pas prévu d'ouragan.

– C'est une métaphore ! lance Yann. N'interromps pas Francine, c'est déjà assez compliqué !

Christian bougonne « pliqué pliqué s'pèce de piqué » entre ses dents.

– Voilà donc ce que B* A* écrivait à son directeur de collection, reprend Francine : *« Cher R* P*, je suis désolée de venir vous importuner, je sais que je suis très en retard dans la livraison d'* Élise 2. La Mort des Neiges, *mais j'ai eu des tas de problèmes et je me trouve devoir payer de lourdes traites pour la maison que j'ai achetée à Cannes. Je vous serais infiniment reconnaissante si vous pouviez me consentir un à-valoir substantiel pour me permettre de me remettre à flot. De toute façon, tranquillisez-vous, tout avance bien, je pense avoir fini d'ici deux mois. Ci-joint le canevas du nouveau roman. »*

« En clair, elle était en panne, ricane Francine. Crise de page blanche. Normal : le premier bouquin était tiré d'une histoire vraie. Et Élise n'est pas un personnage, c'est une personne qui n'appartient à personne, vous me suivez ?

– Bien sûr, dit mon oncle apparemment perdu. C'est quoi, cette histoire de canevas ?

– Un synopsis, si vous préférez.

Je ne pense pas qu'il préfère, mais il fait « hon hon », et Francine se remet à parler comme si ça la démangeait depuis des mois, ce qui doit être le cas :

– Je vous le lis.

– Vous me lisez quoi ? demande mon oncle, tout embrouillé.

– Le texte de B* A*.

– Mais vous me l'avez déjà lu.

– Non, le texte fondateur, ce qui a déterminé la série d'événements conduisant à ici et maintenant.

Mon oncle ne demande plus rien.

– Voilà, je vous le lis ! répète Francine d'un ton ferme. *« C'est l'hiver. Élise doit partir aux sports d'hiver dans les Alpes-Maritimes, à Castaing, chez son oncle. »*

Évidemment, Yvette le lui avait dit.

– *« À Castaing, elle va résider dans un institut pour adultes handicapés »*, ça, nous explique-t-elle, c'est parce que je lui avais appris que je dirigeais le CLMPAH, et que, détail amusant, il se trouvait situé dans le village natal de l'oncle d'Élise ! Imaginez pour un auteur, ça a fait tilt. Comme quoi, on s'inspire bien du réel, murmure-t-elle rêveusement avant de poursuivre : *« Élise se lie d'amitié avec les pensionnaires. Peu après, d'horribles meurtres signés D. Vore se produisent. »*

– J'ai toujours trouvé ça plutôt mince comme point de départ ! lance Mercanti, méprisant.

– Peut-être, mais c'était au moins une base ! lui rétorque Francine. Suivait tout un développement plutôt confus que nous avons décidé de mettre en œuvre, littéralement. Et puis écrire la suite et toucher le gros lot ! poursuit-elle.

– Mais, pour ça, il nous fallait une histoire solide ! dit Yann.

– Quelque chose qui tienne la route ! confirme Laetitia.

– Une histoire vraie que vivrait vraiment Élise, qui écrirait ses vraies petites notes. Et pour qu'elle la vive vraiment, il ne fallait pas qu'Élise ni B* A* soient au courant ! scande Francine comme si mon oncle était sourd ou gâteux.

– Eh bien, nous sommes donc d'accord ! lui répond celui-ci.

– Je crois que vous n'avez pas bien compris, lâche Mercanti. Dans un film, il y a des acteurs. Nous, nous avons choisi de mettre en scène un roman, avec des non-professionnels, pour faire plus authentique, vous saisissez ?

– Des non-professionnels ? répète mon oncle.

– Il s'agit du triomphe de la fiction sur la matière inerte de la réalité ! s'exclame Laetitia. Nous avons incarné, au sens littéral, des héros de roman. On a récrit la vie en direct !

– La vie de qui ? demande mon oncle.

– Mais de tout le monde ! Vous savez ce qu'est un *snuff movie* ? s'excite Yann. C'est un film où on tue réellement des gens. Ça vaut des milliards. Nous, on fait un *snuff book*.

– C'est dégueulasse, dit mon oncle. Qui êtes-vous ? ajoute-t-il brusquement.

– On vient de vous le dire : des personnages de roman ! lui renvoie Martine.

– Je veux dire : vous êtes bien des comédiens ? insiste mon oncle d'une voix soudain altérée.

– Si, signor ! répond Francine. Nous sommes les acteurs de la Commedia Della Vita. Des amis de l'Art, avec le grand A d'Amour, d'Aventure, d'Action.

– D'Assassinat, dit Christian tout fier.

– Ce que je tente de vous faire comprendre, monsieur Andrioli, reprend Francine en détachant soigneusement ses mots, c'est que nous avons mis en scène un *reality show*. Avec Élise, vous-même, Yvette, Justine et nos chers résidents dans leur propre rôle.

– Ça, OK. Mais c'est quoi, ce truc sur les… les…

– *Snuff movies*, répète Christian. Snuff snuff snuff atchoum !

– Comme j'avais commencé à vous l'expliquer, reprend Francine d'une voix pincée, nous avons décidé de donner un coup de pouce à l'auteur en mal d'inspiration… Christian, tu la fermes deux secondes, s'il te plaît…

– Plai plai plai plaisir d'amour ne dure pas toujours…, entonne Christian d'une voix de fausset.

– Ah ah ah, très drôle ! Je disais donc qu'on cherchait une ligne directrice pour lancer Élise dans la bataille contre le fameux D. Vore.

– Mais qui est D. Vore ? demande mon oncle.

– Le tueur imaginé par B* A*. Mais un tueur ne suffit pas, il faut aussi une histoire. Chut, ne m'interrompez pas, écoutez ! Par une heureuse coïncidence, un jour où Léonard se rend à l'hôpital à Nice pour son traitement, il entend une toxicomane se présenter sous le nom de Marion Hennequin. Le nom est assez rare pour qu'il se demande s'il s'agit d'une parente de son ancien condisciple de lycée. Il engage la conversation et, oui, c'est bien la veuve d'Hennequin. Ils sympathisent et Léonard lui présente Yann, qui est le secrétaire de notre association pour la région Sud-Est. Évidemment, Marion succombe au charme de Yann. Et re-coïncidence, il se trouve qu'elle reçoit à la même époque la visite de notre adorable petite Sonia, qui lui apprend qu'elle est sa sœur : le vieux Mauro lui a craché le morceau.

« Du coup, on tenait notre intrigue ! Un tueur sanguinaire assassinait Marion, puis sa demi-sœur, mais loin d'être l'œuvre d'un dément, c'était celle de leur demi-frère qui visait l'héritage ! Un demi-frère vivant au CLMPAH, et tuant sous l'identité de D. Vore ! Vous pigez, mon cher ? ajoute-t-elle vulgairement à l'intention de mon oncle.

J'avais donc bien deviné le... *scénario*. Amère satisfaction.

La voix incrédule de Fernand s'élève dans le silence autosatisfait :

– Vous n'avez quand même pas... Sonia... Marion... Elles sont... ou elles ne sont pas...

Il ne finit pas sa phrase, totalement dépassé par la conversation.

– Vous n'avez pas lu les journaux ? lui demande Martine.

– J'étais en Pologne ! Et je suis passé directement en Italie, où j'ai eu les messages sur mon mobile.

– Et notre chère Justine ? Elle ne vous a parlé de rien ?

– Mais si ! Et j'étais même fou d'inquiétude, proteste Fernand avec véhémence, mais, là encore, le mot d'Élise m'a fait comprendre que j'étais arrivé en plein tournage et que Justine, elle non plus, n'était pas au courant !

J'ai froid et chaud. Je me sens mal. Les souvenirs se télescopent : oui, il est arrivé après qu'on eut emporté le cadavre de Véronique Gans. Il n'a effectivement jamais rien vu. Même pas l'explosion dans la cuisine.

– Vous n'êtes tout de même pas en train de me dire que *vous* les avez *tuées* ? hurle-t-il soudain.

– Bien sûr qu'on les a tuées ! s'exclame Christian.

– Et on va vous tuer aussi et vendre le journal filmé de votre rédemption à la télé ! intervient soudain Martine. Ils achèteront ça des millions pour le passer aux infos !

– Parce que rien n'est truqué, c'est ça la beauté de la chose ! s'enflamme Laetitia. Je suis vraiment infirme.

– Et moi, vraiment fou ! réplique Christian.

Rires. Où sont les autres pensionnaires ? Émilie, Clara, Léonard, Jean-Claude, Bernard… Morts ? Et les techniciens du labo ? Est-ce qu'ils ont tué tout le monde ?

– Vous m'aviez dit qu'Élise allait résoudre un mystère en direct, qu'on allait gagner plein de fric ! marmonne mon oncle, désemparé.

– Mais on va gagner plein de fric ! s'écrie Christian. Fric fric fric Bibi Fricotin !

– Ne vendons pas la peau de l'ours avant de l'avoir tué ! lui renvoie Mercanti. On n'a pas encore trouvé la chute.

– On en a parlé cent fois ! lui renvoie Francine. Écoute : *« Élise découvre que Léonard est le fils de Fernand et donc le demi-frère de Sonia et de Marion et qu'il les a tuées pour s'emparer de l'héritage Gastaldi ! »*

– *« Et il abat Élise avant de s'enfuir »*, précise Martine.

– Vous oubliez que cet enfoiré de Léonard ne veut plus rien savoir, jette Mercanti.

Léonard refuse de continuer leur jeu abject ? Lueur d'espoir.

– On s'en fout. On pourra l'utiliser quand même ! lui répond Yann d'une voix glacée.

– Qui êtes-vous ? répète mon oncle comme un perroquet ivre. Qui êtes-vous ? Dites-moi que c'est une blague, hein, c'est une blague, c'est ça ?!

– C'est vrai, on n'a pas fait les présentations ! s'exclame Laetitia en battant des mains. Vas-y, Yann.

– Bien. Mesdames, messieurs, se met-il à déclamer d'une voix de stentor, vous venez d'assister à la représentation de *La Mort des Neiges*, avec dans son propre rôle notre star-internationale-et-à roulettes : Élise Andrioli !

Applaudissements.

– Dans le rôle de Francine Atchouel : Thérèse, directeur littéraire du *PsyGot'yK*. Ah ! Thérèse ! Notre muse et notre inspiratrice ! Accessoirement, directrice du CLMPAH, grâce à sa formation d'éducatrice spécialisée pour arriérés profonds. Thérèse conduit dans la clandestinité des recherches sur la sculpture de la matière vivante.

Sculpture de la matière vivante… Oh non !

– … et, passionnée de théâtre, a élaboré le concept des « petites pièces vécues », comme elle les appelle, c'est-à-dire des pièces où tout se passe réellement, à l'instar de ces pièces de la Roma antique où les condamnés étaient réellement torturés.

La phrase met quelques micro-secondes à prendre un sens.

– Dans le rôle de la jeune première : Laetitia !

Rires.

– À 15 ans, Laetitia venait d'obtenir son premier rôle dans *Hélène et les Garçons* lorsque l'éthylisme d'un père indigne conduisant bourré l'a obligée à renoncer à tous ses rêves. Laetitia a œuvré alors pour un juste retour des choses : elle s'est occupée du circuit de freinage de la voiture de ce père immonde, lequel s'est du coup littéralement fondu dans la nature. Elle a passé quatre ans dans une cellule de dépersonnalisation avant de pouvoir nous rejoindre.

Une ex-future héroïne de *sitcom* pleine de rancœur. Quatre ans d'internement avant qu'elle maîtrise son rôle de jeune fille normale, guérie. J'entends encore sa voix joyeuse me parler de son père. Son père qu'elle a tué.

– Dans le rôle de Dupuy, poursuit Yann avec une note de tristesse dans la voix, nous avions notre cher Gégène, qui a su hisser la fonction de SDF au niveau de poète, en écrivant ses états d'âme sur la peau de ses congénères à l'aide de tessons de bouteille.

– Paix à son corps ! susurre Martine de sa voix de mère supérieure.

Je me revois en train de m'étonner du langage peu « militaire » dudit Gégène. Sans en tirer une conclusion qui aurait pu nous sauver la vie. « Élise, tu n'es qu'une misérable conne ! », me hurlé-je à l'intérieur de mes tempes serrées par la migraine.

– Dans le rôle du savant fou, Léonard ! braille Yann. Un précurseur qui a anticipé l'action de masse bien avant les lycéens américains. Léonard est un spécialiste de la conversion énergétique des tissus par la combustion. Il a permis à une quinzaine de ses condisciples de libérer l'intégralité de leur énergie corporelle en mettant le feu à son lycée l'année de sa prépa à Polytechnique. Acte d'audace scientifique qui lui a valu de devoir se soumettre pendant dix ans aux rayonnements nocifs des thérapies de groupe !

Je me rappelle brusquement Hugo nous disant que la classe de Léonard avait brûlé. Ce qu'il ignorait, c'est que c'était lui qui y avait mis le feu !

– Dans le rôle de l'infirmière dévouée, nous avons une émissaire divine, reprend Yann, égrenant sa sinistre litanie avec un plaisir évident. Martine torchait des vieux dans un mouroir lorsque Dieu est venu la chercher. Elle travaille en direct avec Lui, guettant les âmes en péril qu'elle soustrait à ce bas monde pour les envoyer en sécurité près de notre Père à tous. Elle a œuvré dans plusieurs hôpitaux avant de rencontrer Francine dans un centre pour enfants autistes.

Une infirmière déjantée qui euthanasie ses malades.

– Dans le rôle de Christian, une victime du totalitarisme normalisant : Christian a passé toute sa vie dans des institutions parce que sa mère était une pute toxico. Sa triste expérience lui a inspiré un roman que les bien-pensants ont refusé. Alors, Christian s'est attaqué au problème de la rédemption féminine *live* avec un certain succès. Et enfin, enchaîne-t-il, dans le rôle de Mercanti, un grand artiste, j'ai nommé DJ KaO, notre acousticien. Formé à la musique électronique et concrète, mais trop novateur, il n'a jamais trouvé auprès du public imbécile l'écho qu'il mérite. Poursuivant inlassablement ses recherches, il travaille sur les fréquences et les sons émis lors des distorsions corporelles, particulièrement chez les enfants.

Distorsions corporelles. Envie de vomir.

Christian imite le roulement du tambour, tout le monde applaudit.

De dangereux psychopathes frustrés dans leurs ambitions « artistiques ». Qui se sont rencontrés par le biais d'une revue d'art se voulant subversive. Et dont ils utilisent les concepts pour satisfaire leurs instincts pervers.

Et nous venons d'assister sans le savoir à la représentation de leur grand œuvre : *Élise et la Mort des Neiges*.

Une œuvre dont il leur reste à écrire la fin.

Qui ne sera certainement pas un happy end.

Et Yann ? Qui est-il ? Et comment Mercanti et Dupuy ont-ils pu intégrer la brigade de gendarmerie ? Ça me fait drôle de constater que stylo et carnet sont toujours sur mes genoux. Mes doigts tremblent tellement que, pendant un instant, j'ai peur de ne pas pouvoir écrire.

– Hé, mais notre Élise préférée veut intervenir ! Voyons… *« Yann ? »* Et puis : *« Comment Mercanti et Dupuy gendarmes ? »*, lit Yann. Mercanti va vous expliquer pendant que nous devons régler certains détails.

Conciliabules. J'entends remuer des objets, claquer des portes. Mercanti s'approche tout près. Bouffées de chewing-gum à la fraise.

– Ma toute petite chérie, me susurre-t-il sans remarquer ma répulsion, je suis le vrai Mercanti ! Il y a bien des curés pédophiles, pourquoi pas des gendarmes assassins ? Le tout est de rester *clean* en surface ! Quant au vrai gendarme Dupuy, il gît au fond des gorges, la sienne plutôt en mauvais état, ha ha ha ! Grâce à Léonard qui s'était introduit dans l'ordinateur de la caserne, nous savions qu'il devait rejoindre la compagnie, où, entre parenthèses, j'avais réussi à me faire nommer récemment en falsifiant un ordre de mutation, à la demande de chère Francine. Gégène a fait semblant d'être tombé en panne dans un lacet. Son futur alter ego s'est arrêté pour l'aider. J'ai jailli de derrière un éboulis en le tenant en joue. On lui a taillé un joli sourire qui ne le quittera jamais.

Je l'écoute avec dégoût tout en me demandant qui est la personne qui vient d'entrer en claudiquant et qui respire si fort près de moi. Justine ? Non, je suis sûre que c'est un homme.

– Francine, tu peux me passer le cahier neuf, là ? demande Yann.

On me dépose un cahier sur les genoux.

– On va pas se priver des conseils d'une pro ! ricane-t-il.

J'agite mon stylo comme un officiant sa clochette. Toujours et encore gagner du temps.

« Vore : déguisement porté tour à tour par membres du groupe ? »

– Non. Raisonnez un peu ! me jette Francine.

Si c'était un déguisement porté par tous, Magali n'aurait jamais pu reconnaître quelqu'un en particulier. Donc, c'est une seule personne qui a tenu presque tout le temps le rôle. Et donc, ce ne peut pas être quelqu'un du Centre, car Magali aurait dit son nom, donc c'est quelqu'un de l'extérieur, donc Dupuy ou Mercanti, puisque Magali ne les a jamais vus au Centre, elle était morte avant leur arrivée en gendarmes. Et vu la voix et la taille de Vore, je dirais Mercanti.

« Mercanti. »

– Gagné ! C'est vrai que vous êtes douée.

– Où est Justine ? demande brusquement mon oncle avec égarement.

– Elle est là où elle doit être ! lui répond Yann d'un ton sans réplique. Bon, maintenant, au boulot : comment va-t-on finir ?

– On n'a qu'à garder ce qui était prévu : Léonard tue tout le monde, propose Christian.

– Bof, fait Mercanti, c'est d'un plat ! Qu'est-ce qu'elle avait prévu, la B* A* déjà ?

– Ben, pas grand-chose. *« Une pensionnaire voit le tueur à la télé... »*

– Ce qu'on s'est fait suer avec ça ! s'exclame Laetitia. On aurait dû sauter ce passage, c'était nul : la gamine voit un type à la télé et le reconnaît, mais en fait elle le reconnaît pas, parce qu'il a une cagoule ! Bravo, le rebondissement !

– En plus, je crevais de chaud sous cette cagoule ! grogne Mercanti.

– *« Élise reçoit une volée de fléchettes... »*, reprend Yann.

– Magali ne voulait pas venir te voir sur la terrasse en train de pousser Élise, j'ai dû la traîner ! s'exclame Martine. Dans le premier épisode, Élise se faisait déjà piquer par une aiguille, continue-t-elle. C'est pas très varié.

– T'as pas remarqué que les auteurs de polars écrivent toujours le même livre sous des déguisements divers ? lui lance Laetitia. C'est parce qu'ils sont vraiment barges, eux ! Névrosés obsessionnels.

Leur conversation me donne la chair de poule. Parce que je suis leur prisonnière bien sûr, mais aussi parce qu'ils sont logiques dans leurs délires. Ce ne sont pas des fous, ce sont des êtres au psychisme totalement perverti. Pour qui nous sommes des sujets d'expérience et d'amusement. Et peut-être même de dégoût ?

Non, pas immoraux, mais amoraux. Pas plus cinglés que des dignitaires du Troisième Reich. Des eugénistes à leur manière. Qui nous tiennent en leur pouvoir et qui se réjouissent à l'idée de nous tuer le plus cruellement possible. Le cauchemar absolu. Être livrée pieds et poings liés à des sadiques armés doublés d'artistes refoulés.

Mon stylo, de nouveau. Chaque seconde qui passe est une seconde de vie supplémentaire, une seconde de répit avant la douleur. Quoi demander ? Ah, oui.

« Élise mangeant de la chair humaine ? »

– Ah ça, c'est une bonne idée de chère Francine ! me dit Yann joyeusement.

– Ça change du thé, approuve Francine.

– Y avait aussi ce passage où le fauteuil d'Élise s'envolait sur une fusée de feu d'artifice ! crie Christian. C'était beau !

– Ridicule ! lui réplique Francine. On l'a remplacé par l'explosion dans la cuisine.

– Ridicule ! lui renvoie Christian. Cule cule je t'en…

– Christian ! lâche Martine, mécaniquement.

Je me demande si j'aurais préféré m'envoler avec une fusée de feu d'artifice aux fesses qu'être là, à la merci de leurs expériences comme un animal de laboratoire. Je repense à Pavlov et à ses travaux sur les animaux et les névroses expérimentales. Immonde. De la torture rationalisée. Et c'est moi qui suis dans la cage.

– Pourquoi on l'a pas fait coucher avec Vore ? demande encore Christian.

– J'allais le faire, mais Schnabel nous a dérangés, lui explique Mercanti en me donnant des frissons rétrospectifs.

– Les flics vont être là d'ici deux heures. On n'a plus trop le temps de tergiverser ! lance Yann nerveusement.

– Les empreintes d'Élise sur l'arme de notre bon Dupuy ? demande Martine.

– Effacées, répond Laetitia.

– Arrêtez ce jeu stupide ! lance soudain mon oncle avec l'optimisme forcené d'un condamné à mort se persuadant qu'il rêve.

– Allez faire un tour dehors voir si c'est un jeu ! Mercanti, emmène-le !

Mercanti l'entraîne hors de la pièce malgré les protestations de mon oncle qui me semble soudain très vieux. J'écris :

« Où est Yvette ? »

– Au frais, dans la citerne ! ricane Yann. Non, rassurez-vous, elle est avec les autres, on n'a pas encore touché à un cheveu de sa tête, me dit-il en appuyant sur « pas encore ».

« Qu'allez-vous faire de nous ? »

– On vous l'a dit, vous allez finir en beauté ! Aussi grandiose qu'à Waco ! Deux dizaines de cadavres se consumant dans l'incendie du Centre, tandis que Léonard vous abat en direct avant l'assaut final du GIGN, m'assène Francine avec enthousiasme. Un scoop exclusif pour *PsyGot'yK*, un livre, un film, la vente de l'enregistrement *live* de tout ce qui s'est passé. Est-ce que vous vous rendez compte qu'on est en train d'écrire une tranche d'Histoire ? Et une sacrée tranche, en plus.

Des cris dehors, des imprécations, je me crispe en attendant le coup de feu, la porte s'ouvre à la volée, chute d'un corps sur le parquet.

– Ce con a essayé de foutre le camp, j'ai dû l'assommer, dit Mercanti en parlant certainement de mon oncle.

– T'as dû frapper fort. Il saigne vachement, constate Christian.

– Les vieux, ça saigne facile, dit Mercanti. Et en plus, leur sang pue. Pas comme celui des gosses. Celui des gosses, c'est comme du pipi d'ange.

– Cet enfoiré de Lorieux n'a qu'à tirer une balle dans la tronche de Tonton, reprend Christian. Élise en larmes, tout ça… Putain, ce serait fort !

Lorieux ! Je l'avais complètement oublié. Est-ce qu'il fait partie de la bande, lui aussi ?

– Ne sacrifions pas la vraisemblance à l'audimat ! est en train de dire Laetitia. Pourquoi Lorieux abattrait-il l'oncle d'Élise ?

Christian marmonne un « j'en sais rien » boudeur. Je laisse échapper un soupir inaudible. Apprentissage de l'art d'écrire par des psychopathes. Nos vies suspendues à une ligne de leur scénario. Une bouffée de haine vient se superposer à la peur et à la colère pour former un mélange au goût âcre, écœurant, qui me donne la sensation que je vais imploser.

– Quel est le problème avec ce qui était prévu ? demande Christian.

– Je trouve ça mièvre, dit Mercanti, y a pas de surprises. Et Élise n'a quasiment rien foutu. Tu parles d'une héroïne !

– Ben, on n'a qu'à garder le passage où elle découvre les corps des gendarmes. Elle comprend que c'est Léonard le coupable, propose Christian.

– Pourquoi ? le coupe Martine.

– Mais j'en sais rien ! Parce que c'est le fils de l'oncle.

– Et comment le sait-elle ? insiste Martine de sa voix sucrée.

– Mais merde ! Parce que c'est l'héroïne, sinon elle sert à quoi, hein ?! proteste Christian.

Ils se creusent tous les méninges pendant dix secondes.

Le carnet : *« Je devine parce que j'ai deviné. Voir mes notes. Déductions. »*

– Voilà, elle devine parce qu'elle a deviné ! approuve Yann, excédé. Mince, vous aviez deviné ?

– Mais qu'est-ce qu'elle a deviné, puisqu'y a rien à deviner ? s'égosille Christian.

– Elle a deviné ce qu'on voulait lui faire deviner, lui explique Francine. Notre chère Élise est vraiment un grand détective.

– Bon, OK, dit Christian. Elle a deviné, alors elle appelle les flics et…

– Elle - peut - pas - parler ! scande Laetitia.

– Ah, j'avais oublié ! Faut dire qu'elle nous facilite pas les choses, marmonne-t-il. En plus, elle est pas très sexy. Pourquoi on n'a pas pris Pamela Anderson ?

– On va pas revenir là-dessus ! tranche Yann. Il se trouve qu'on connaissait l'oncle d'Élise par Francine et qu'on ne connaissait pas celui de Pamela.

– Un homme si charmant, M. Andrioli, minaude Francine. « Qui reveut encore un peu de thé ? »

– On n'a plus beaucoup de temps ! jette Yann que l'humeur folâtre de sa troupe de tueurs énerve.

– J'ai une idée, dit Martine, un truc vraiment génial : en fait, c'est Élise, l'assassin !

– Ah ouais ? lance Christian. Et elle tue à coups de fauteuil roulant ?

– Non, elle a commandité les meurtres, elle se sert d'un tueur professionnel pour avoir de nouvelles aventures et se faire un gros tas de fric.

– Et c'est qui, le tueur professionnel ? demande Yann, intéressé.

– Léonard ! Comme ça, on retombe sur nos pattes.

– Personne n'a jamais pu me dire comment Léonard est censé avoir tué tous ces gens ! maugrée Mercanti. Je veux dire : il n'est pas vraiment très mobile…

– Les personnes à mobilité réduite sont tout aussi capables que les autres de supprimer leur prochain ! lui renvoie Laetitia, furieuse.

– En fait, ton idée, c'est de la merde ! est en train de dire Christian à Martine.

– Je ne te permets pas !

– Moi, je dis que c'est Lorieux, l'assassin, poursuit-il.

– Oui. Ça, c'est beau ! Ça, c'est subversif ! La Loi contre l'Ordre ! approuve Francine en battant des mains.

– Et Élise flingue Lorieux ! s'écrie Yann, enthousiaste.

– Mais qui flingue Élise ? On ne peut pas garder de témoins ! dit Francine, dépitée.

– Et si c'était l'oncle, l'assassin ? propose Mercanti.

– Trop vieux ! dit Laetitia. Lorieux est plus sexy.

– Il nous faut de la méthode ! crie Francine. Sans méthode, on n'en sortira pas ! Le discours influence la forme et la forme révèle le discours ! Nous avons besoin d'un credo esthétique !

Bref silence. Impression d'entendre leurs pensées distordues tournoyer dans la pièce. *Brainstorming* au sens littéral du terme. Mais au fait, si Francine a été internée en HP, comment a-t-elle pu avoir l'autorisation de diriger un établissement de soins ? Je griffonne *« Francine pas HP ? »* sur mon carnet.

– Notre bonne Élise s'enquiert de la santé mentale de chère Francine ! déclare Yann.

Une main me saisit le menton, me force à le relever, une main qui sent le désinfectant. Des lèvres froides et humides comme des limaces frôlent ma joue. Le chewing-gum laisse passer des relents aigres qui me suffoquent. La répulsion me hérisse la peau.

– C'est une longue histoire. Francine a failli connaître l'expérience de l'enfermement, me susurre-t-il, la bouche collée à mon oreille, mais elle a été sauvée à temps...

J'essaie de m'écarter, mais il resserre sa prise et me lèche avec le bout de sa langue : j'ai l'impression qu'un gros ver essaie d'entrer dans mon oreille.

– C'était dans un centre pour enfants-légumes. Le directeur, un vrai béni-oui-oui, s'est ému de quelques débordements et a voulu la dénoncer aux autorités. Mais le pauvre cher a eu un accident avant d'en avoir le temps. Overdose. La plupart des médecins se droguent, tu sais, mon petit ange… Sentant qu'elle était investie d'une mission, Francine-Thérèse a quitté son poste et fondé le journal. C'est un peu notre Sainte Mère à nous, ajoute-t-il en promenant sa langue sur ma joue, mes yeux, mes lèvres désespérément closes.

Je griffonne en refusant délibérément de frissonner sous ses attouchements : *« Mon oncle ? »*

– Oh ça, tu ne devineras jamais, ma poupée en sucre ! C'est Justine qui l'a présenté à Francine à l'occasion d'un vernissage. Il cherchait quelqu'un pour diriger le Centre. Et elle avait toutes les références voulues. Tu vois comme le monde est petit, ironise-t-il en essayant de m'enfoncer sa langue de serpent dans la bouche.

– En attendant de se mettre d'accord sur la séquence finale, si on rangeait tous les gendarmes dans l'estafette, de façon qu'au premier abord on s'aperçoive de rien ? propose soudain Laetitia. Ce serait amusant : les flics arrivent : « R.A.S, mon commandant ! » et soudain, y en a un qui ouvre la porte du car et, paf ! le Musée de Chair de la Mère Tue-Sots ! Poétique et efficace.

– Tue-quoi ? demande Christian.

Toute fière, Laetitia lui épelle son jeu de mots.

– Oui, un peu de mise en scène ne ferait pas de mal, approuve Martine, ça nous donnera le temps de réfléchir.

Brouhaha, portes qui claquent, rires, exclamations.

– À tout de suite, petite chérie ! me lance Mercanti en se redressant et la promesse dans sa voix est comme un bistouri incisant une chair entravée.

Couché à mes pieds, mon oncle respire avec difficulté. Il y a quelqu'un d'autre près de moi, quelqu'un qui n'a pas ouvert la bouche et qui parle maintenant :

– J'ai compris trop tard.

Lorieux.

– Quand j'ai vu un projecteur renversé par terre, et Martine avec la caméra de Jean-Claude à l'épaule, je ne sais pas, j'ai eu une mauvaise sensation… Et quand Schnabel m'a parlé de GPHS, j'ai eu la certitude que nous étions pris au piège.

« GPHS ? »

– Groupe Portable Hors Service. Un code pour signaler que les transmissions radio ont été bousillées. Ça veut dire qu'il n'a pu contacter personne. La cavalerie ne va pas arriver, Élise.

Je digère l'information en silence.

– Je me suis dit qu'il ne fallait pas éveiller les soupçons de celui ou de ceux qui œuvraient dans l'ombre. J'ai essayé de paraître normal. Quand je suis sorti, que je vous ai vue couverte de sang, une arme à la main, mes hommes abattus, tout s'est brouillé dans ma tête, je suis rentré chercher du secours et je suis tombé sur la mitraillette de Schnabel, braquée droit sur ma poitrine. « C'est une belle mécanique, m'a dit Laetitia, et elle fait de jolis trous, je viens de l'essayer sur Hervé Payot. »

« Tout est alors devenu clair. Toutes les convergences qui me ramenaient toujours au CLMPAH. Cette sensation d'être manipulé, de parler à des gens qui récitent des textes appris par cœur, ces coïncidences trop grosses… La vie n'est jamais écrite comme un roman, avec des rebondissements programmés et des mots d'auteur.

Oui, j'avais eu la même sensation. Mais je ne lui ai pas fait confiance. Et maintenant, on va tous le payer. Lorieux continue à parler, d'un ton monocorde :

– Ils ont enfermé tous les autres dans la cave. Moi, ils m'ont passé mes propres menottes, attachées dans le dos.

« Et Hugo ? »

– Je pense qu'il est mort.

Le ton de sa voix me laisse supposer qu'il le sait, mais qu'il ne veut pas m'en parler. Comme si je pouvais m'affoler davantage !

– Ils m'ont montré un exemplaire de leur torchon, *le PsyGot'yK*, la revue de l'Art Total. On dirait du Justine en plus tordu. D'ailleurs, il y avait le compte rendu d'une de ses expositions en première page. D'après Payot, poursuit-il, sautant du coq à l'âne, Véronique faisait chanter quelqu'un. C'est pour ça qu'elle est venue ici ce matin. Ce matin ! Mon Dieu ! on dirait que c'était il y a cent ans ! Payot pensait que c'était lié à son séjour en HP où elle avait été internée d'office après un accès délirant aigu.

Ce fameux séjour en HP où les principaux protagonistes se sont rencontrés : Marion, Sonia, Véronique, Yann. Les trois filles sont mortes. Et Yann est à l'évidence dément. Et ne se trouvait certainement pas là-bas en tant que soignant, mais en tant que *patient*. Docteur Jekyll et Mister Yann, le séducteur aux deux visages. Un schizophrène. Non, je dirais plutôt un psychotique paranoïaque : surestimation du moi, autoritarisme, sentiment de persécution et conduites persécutantes… OK, Psy, c'est du charabia, et je n'ai pas de temps à perdre à analyser leur cas !

Cependant, comment a-t-il pu abuser Lorieux ?

« Yann malade ? »

– Je l'ignorais ! Il m'avait dit qu'il poursuivait ses études pour être éducateur, avec de fréquents stages en psychiatrie. Il ne m'avait pas dit qu'il en était l'objet ! laisse-t-il tomber avec amertume.

Cavalcade, interjections, bouffées d'air froid, ils sont de retour. Un troupeau de psychopathes en liberté piétinant le parquet de ce maudit Centre comme l'incarnation de mes peurs d'enfant.

– Courage ! me chuchote Lorieux.

Oui, on va en avoir besoin.

– Comme ils sont mignons, tous les deux ! lance Laetitia.

Sale petite garce.

– La proposition de Christian a été adoptée à l'unanimité, me dit Yann, ses longs cheveux balayant mon visage, avec sa trompeuse odeur de shampooing frais. Lorieux sera notre assassin et vous l'abattrez avant de périr dans les flammes.

Dialoguer. Leur faire perdre du temps. Mon carnet.

« Encore les flammes ! Ça a déjà servi dans le premier volume », lit Yann à voix haute.

– Elle a raison, fait observer Martine, ça fait un peu copié. En plus y a un Cornwell qui s'appelle *Combustion.*

– Et si elle se suicidait en constatant que tout le monde est mort ? Face à la caméra avec une pancarte autour du cou : « Le monde n'est qu'un tas d'immondices » ? propose Mercanti.

– Sacaca sacaca sacànœuds ! lance Christian.

– J'ai trouvé ! s'écrie Laetitia. Elle se noie dans la neige !

– Elle se noie dans la neige ? répète Francine. Oui, c'est assez romantique. Avec tous les corps autour d'elle, à demi enfouis, les bras levés pour appeler à l'aide, une sorte de *Titanic des Alpes*. Moi, ça me plaît.

Ce rêve où Magali se noyait en mangeant de la neige. Magali.

« Magali ? »

– Oh, c'est moi, dit Martine. Pendant que j'étais censée ranger l'armoire à pharmacie, j'ai vu Hugo aller écouter le match. J'ai dit à Magali de vite monter dans votre chambre, qu'on allait vous faire une surprise. Elle était si heureuse à l'idée de voir bientôt Jésus grâce à la corde magique !

– Et Véronique ? demande Lorieux, vibrant de haine.

– Tiens, il a retrouvé la parole, notre bel adjudant-chef ! se moque Francine.

– Véronique, c'est moi ! dit Christian. C'est pour ça que vous avez trouvé le coupe-boulon sous mon lit. Un trait de génie, non ? L'arme du crime chez l'assassin. Putain ! ce qu'elle était bonne, cette gonzesse ! J'en ai bien profité avant, je vous le jure !

– Marion Hennequin ?

– On s'y est tous mis, dit Yann. Cette salope faisait moins sa prétentieuse qu'à l'hôpital. On s'est bien amusés. Mais elle n'a pas tenu le coup longtemps. Pas comme Sonia.

– Sonia, c'était toi ? demande Lorieux d'une voix qu'il essaie de rendre ferme.

– Eh oui ! T'avais raison de me soupçonner. Le toutou à képi aurait dû suivre son flair !

Une conversation me revient soudain en mémoire, sous un nouvel éclairage sinistre. La voix triste de Sonia s'adressant à Yann : « Tu sais qu'il va se passer des choses terribles. – Mais de quoi parles-tu ? – Je parle de la folie, de la destruction, du mal, voilà de quoi je parle. – Tu sais quelque chose ? » Et puis encore : « Tu sais que rien ne peut arrêter les forces mauvaises quand elles se déchaînent. Elles sont en route, Yann. Elles ont déjà frappé, n'est-ce pas ? – Mais… – Non, tais-toi. Tu n'as pas appris que les mots ne servent à rien ? – C'est stupide. Fais-moi confiance, Sonia ! – La confiance est un luxe au-dessus de mes moyens. Laisse-moi partir ! »

Sonia savait ! Elle savait qu'il était fou ! Elle le soupçonnait d'avoir tué Marion, voilà ce qu'elle voulait dire, mais elle avait trop peur !

– Je me suis saoulé toute la nuit pour être retrouvé comateux le matin, explique Yann à l'intention de Lorieux. Mais ça ne m'a pas empêché de faire du beau boulot. Je pensais à toi, tu vois, ça me stimulait.

J'entends un sanglot étouffé. Lorieux, certainement.

– Regardez, il pleure, le con ! ricane Christian.

Ils vont nous torturer. Nous torturer, nous tuer à petit feu, écrire leurs fantasmes immondes dans notre chair fragile. Il faut gagner du temps !

« Pourquoi Sonia pas enfuie ? »

– Elle était au bout du rouleau, ricane Yann. Droguée jusqu'à la moelle. Je lui procurais tout ce qu'elle voulait, elle n'avait plus aucune volonté et, en plus, elle était malade. Elle se savait condamnée à court terme.

– Tu mens ! s'écrie Lorieux.

– S'il y a vraiment un point sur lequel je ne vois pas l'intérêt de mentir, c'est celui-là. Elle ne voulait pas finir en tas d'os dans un lit d'hosto, c'est pour ça aussi qu'elle est restée. Parce qu'elle savait que c'était la fin et parce qu'elle m'aimait. Alors pourquoi pas moi dans le rôle de la Mort Miséricordieuse ?

– Ordure ! Tu l'as torturée à mort, c'est ça, ta miséricorde ?!

– Tu connais le conte du scorpion et de la grenouille ? lui renvoie Yann.

Vague souvenir d'un récit d'un scorpion qui jure qu'il ne piquera pas la grenouille, puis la tue et s'excuse en disant quelque chose comme : « C'est ma nature, comment as-tu pu croire qu'elle ne reprendrait pas le dessus ? »

– Bien…, commence Mercanti en faisant craquer ses doigts caoutchouteux.

Vite !

« Le chien ? Pas reconnu Yann ? »

– Ah ! Belle question d'Élise ! s'exclame Yann. Où nous voyons que nous avons affaire à une pro ! Quand je me suis présenté à la discothèque, ce soir-là, je portais exceptionnellement la combinaison de moniteur, la cagoule et les gants de « Vore ». Le chien n'a pas senti mon odeur. Et cette petite salope de Sonia l'a balancé par une des fenêtres avant que je puisse m'occuper de lui.

C'est pour ça qu'il a attaqué Mercanti déguisé en Vore sur la terrasse. Il avait reconnu la silhouette de « Vore ».

Une autre question.

« PsyGot'yK ? »

– C'est un raccourci de Psychotique, ce nom ridicule dont on nous affuble, et de Gothique, au sens du roman de terreur du XVIIIe siècle, m'explique Francine de sa voix raffinée.

Mon oncle semble reprendre connaissance, il bouge, se redresse, dit quelques mots incompréhensibles.

– La ferme, pépé ! lance Christian.

Plus rien. Il a dû le frapper de nouveau. Pourvu que son cœur ne lâche pas.

– Bon, revenons à nos moutons, dit Mercanti.

– Bêê bêê bêê…

– Ta gueule, Christian ! jette Laetitia.

– Ta gueule toi-même !

– Le temps presse ! rappelle Yann pour la énième fois. Première question : que fait-on des personnages accessoires ?

– On les éliminera au fur et à mesure. Occupons-nous d'abord des personnages principaux ! suggère Martine.

– On garde l'idée d'installer les techniciens comme s'ils relevaient des indices, avec leurs appareils et tout ? demande Laetitia.

– Ouais, c'était sympa ! approuve Christian.

– Et les autres ? dit Francine.

– J'aime bien les débiles, dit Mercanti. C'est comme les gosses, ça meurt avec des yeux pleins de reproche.

Comme je regrette que ce ne soit pas dans tes tripes que j'aie vidé mon arme.

– Faut les buter ! crie Christian. Faut les buter grave, parce que rien qu'avec ça on pourra vendre la bande en vidéo et gagner un max.

– L'argent n'est pas notre seule motivation ! s'écrie

Francine. Ce qu'on veut, c'est atteindre un niveau d'expression jusque-là inconnu.

– Pour ça, ricane Mercanti, faites-moi confiance. Vous avez entendu ? reprend-il soudain.

Des petits cris, des pas furtifs. Je reconnais le timbre aigu de Clara.

– On dirait qu'il y a des demoiselles en vadrouille ! reprend Mercanti.

Cliquetis métallique. Bruit de pas qui s'éloignent.

Je me prends à imaginer follement que les deux jeunes femmes sont en train de se sauver, qu'elles courent dans les bois, hors de leur portée, vers la liberté, vers la vie.

Christian fredonne *Plaisir d'amour*. Mercanti revient en lançant :

– Regardez ce que j'ai trouvé dans la salle de jeu !

J'entends Émilie qui proteste de sa voix flûtée et Clara qui demande où est Hugo.

– Il est monté au ciel avec Magali, lui susurre Martine. Ne t'en fais pas, tu vas bientôt les rejoindre, ma chérie.

– Moi aussi, je veux aller au ciel ! crie Émilie. La première !

– Si ça peut te faire plaisir, mon petit bijou, lui jette Mercanti. En attendant, tu vas être gentille, très gentille, mon ange, reprend-il. Hein, tu vas être gentille…

Il continue sur ce ton doucereux, bruit de vêtements qu'on froisse, protestations d'Émilie, glapissements de Clara.

– Vous trouvez normal que cette petite conne d'Émilie fasse des manières ? demande-t-il brusquement. Comme si l'argile refusait qu'on la sculpte !

– Bon Dieu, si tu dois t'en servir, sers-t'en ! Mais que ça ne prenne pas cent ans ! grogne Yann.

– Moi aussi, j'en veux ! clame Christian.

– Ça vous dérangerait d'aller faire ça à côté ? dit Francine d'un ton pincé.

– Ah, les femmes ! murmure Mercanti. Amène-toi, Philou chéri. Y a pas de raisons que t'en profites pas.

Il le traîne avec lui. Raclements de godillots qui renâclent sur le parquet.

– Allez, avance !

– Je trouve ça puéril, me dit Martine, toute cette agitation corporelle.

– Espèce de conasse ! s'exclame soudain Mercanti de l'autre côté de la cloison.

Et presque aussitôt, Émilie se met à hurler. De vrais hurlements comme on en entend dans ses pires cauchemars. De plus en plus stridents. J'essaie de ne pas entendre. J'enfonce mon poing dans ma bouche à m'étouffer et je le mords. Francine toussote. Laetitia tourne les pages d'un magazine. Émilie n'émet plus maintenant qu'une longue plainte qui ne cesse pas, la plainte monocorde d'un être à bout de souffrance.

Une détonation. Plainte coupée net.

Martine se met à chantonner : « Plus près de toi, mon Dieu, plus près de toi… » Violente envie de lui écraser la tête sous mes roues.

– Avec du mauvais matériel, on n'obtient pas grand-chose, constate Yann en revenant dans la pièce. Avance, connard ! Ce gros con a essayé d'assommer Mercanti à coups de boule, un vrai héros, notre petit gendarme ! nous explique-t-il.

La vareuse de Lorieux frôle ma joue, bourrade, il trébuche, s'affale à moitié sur moi, odeur de vomi, puis odeur mentholée de Yann, déluge de coups sur Lorieux qui ne desserre pas les lèvres, sa tête ballotte contre ma roue, secouant le fauteuil, j'entends craquer les os de son visage.

– Il s'est évanoui, l'enfoiré ! grogne finalement Yann qui sent maintenant la sueur, une sueur aigre, comme si la démence et la cruauté avaient une odeur.

– Où est ma petite Clara ? demande Martine.

– Elle est à côté, elle secoue la main de sa copine pour essayer de la faire lever ! ricane Christian.

– Bon, quand vous aurez fini de vous amuser ! laisse tomber Francine. Je croyais qu'on était là pour faire quelque chose qui compte dans l'histoire de l'Art ! Violer et tuer une pauvre débile, vous trouvez que c'est signifiant ? C'est de la sous-culture de banlieue merdique. Allez plutôt chercher les autres personnages principaux, qu'on avance ! Par groupe de quatre, ajoute-t-elle.

Assouvis, les hommes acquiescent et sortent. Pour la première fois, j'ai réellement le sentiment de comprendre ce que pouvait éprouver un sujet d'expérience dans le bloc médical d'un camp de concentration.

L'impuissance et la peur absolues.

Oh ! Mon Dieu, donnez-moi mes yeux, mes doigts, un flingue, juste une seconde, juste une seconde, et je ne vous demanderai plus jamais rien, je vous le jure !

Évidemment, personne ne répond. Y a-t-il jamais eu une réponse aux cris lancés devant une fosse ouverte, un mur criblé de balles, une salle de tortures ?

La voix aiguë de Francine me vrille soudain les oreilles :

– Voilà, j'ai fini de rédiger notre déclaration. Le manifeste des PsyGot'yK ! Écoutez un peu, les filles : « Nous, les PsyGot'yK, déclarons la guerre à la normalité, la rationalité, à une société tout entière vouée à l'égalisation par la norme. Nous revendiquons notre différence et notre droit à disposer des peuples comme nous l'entendons au nom de la race supérieure que nous représentons, libres de toute entrave moralisante. Vive le Meurtre ! Vive le Crime ! Vive la Liberté ! »

– Tu as oublié « pour la plus grande gloire de Notre Père Éternel à qui nous devons d'être au-dessus du troupeau », susurre Martine.

– Je pensais qu'on pourrait le lire devant la caméra, avec un gendarme en train de brûler vif en toile de fond.

– L'autodafé de l'Ordre… Pas mal, approuve Laetitia en entonnant : Lorieux au bûcher !

Je me sens secouée de spasmes de haine.

Brouhaha de voix dans le couloir, les autres reviennent. Je suis tellement tendue pour ne rien perdre de ce qui se passe que j'ai l'impression que mes oreilles ont triplé de volume. Chaque bruit a son importance. Ma vie, notre vie, tient peut-être à un infime détail que je réussirais à capter. Les quatre premiers « personnages » entrent.

– Quand c'est pas l'heure, c'est pas l'heure, dit Bernard, et les pies aiment tout ce qui brille.

– Dieu merci, vous n'avez rien ! s'écrie Yvette avant de pousser un hurlement en apercevant, je suppose, le corps d'Émilie dans la pièce voisine et Clara à ses côtés qui pousse des cris inarticulés.

Mme Raymond l'imite :

– La pauvre petite, la pauvre petite !

Claquement sec de deux gifles : Yvette hoquette, sanglot ravalé de Mme Raymond qui balbutie :

– Mais, madame Francine…

– Y a plus de madame Francine, grosse conne ! hurle Christian. Et on va te faire cuire dans ton four de merde !

– Christian, tss ! Pas de vulgarité ! l'admoneste Francine. Nos petits sujets sont déjà suffisamment traumatisés.

Justine appelle « Fernand ? Fernand ? » et Mercanti l'imite en ricanant. J'entends Justine trébucher, puis pousser un cri perçant.

– Du sang, c'est du sang ! Il y a un homme couché par terre, plein de sang !

– « Fernie ! Fernie ! » minaude Mercanti.

– Fernie ! Non !

– Arrête de piailler ou je le termine ! lui jette Mercanti. J'ai horreur des crises de nerf.

Justine reste près de mon oncle et lui parle à voix basse.

– Pourquoi notre frère Léonard n'est-il pas avec nous ? demande soudain Martine comme si elle avait la bouche pleine d'hosties.

– Bonne question. Je vais voir ! lance Mercanti.

– Ils nous ont obligés à descendre à la cave sous la menace de mitraillettes. Ils ont enlevé son appareil à Jean-Claude et ils ont enfermé les gars du labo dans des tonneaux vides, me chuchote Yvette. Et Hugo est mort ! Ils l'ont pendu dans l'escalier ! ajoute-t-elle avec une note d'hystérie.

Inspiration. Se calmer. Stylo :

« Tintin ? »

– Il est dans le cellier, ils l'ont battu, sa plaie s'est rouverte. Mais pourquoi est-ce qu'ils font ça ? reprend-elle, la voix déchirée. Francine, Yann, la petite Laetitia, si gentils, et tout à coup on dirait des monstres ! Tout à l'heure, votre oncle nous a raconté une histoire abracadabrante, comme quoi ce seraient des acteurs, mais les acteurs ne tuent pas les gens !

– Sauf les « actueurs » ! lance Christian qui l'a entendue et qui rit de sa bonne blague. Les ac-tueurs ! répète-t-il. Venez par là, ma bonne Yvette, je vais vous expliquer.

Il l'entraîne, j'entends Yvette se récrier à chaque phrase et le gros rire de Christian. Autour de nous, les autres se chamaillent.

J'entends mon cœur battre dans ma gorge. Rythme rapide. J'éprouve la curieuse et double sensation d'avoir subi une anesthésie générale et d'être en état d'éveil accentué.

– Élise ?

Justine.

– Qu'est-ce qu'ils ont fait à Fernand ?

Comment veux-tu que je te le dise ?

– Qui sont tous ces gens ? reprend-elle. Ils suintent le mal ! Je reconnais leurs voix, mais pas leurs âmes. Je les ai entendus, ils vont nous tuer, mais pourquoi ? Est-ce que ce sont des démons sortis de l'enfer ?

En quelque sorte.

Mon carnet : *« PsyGot'yK. »*

Yvette, revenue près de nous, lit à haute voix.

– Le PsyGot'yK ! s'exclame Justine, mais j'ai fait des expositions avec eux ! Des gens charmants ! On a servi des concombres à la rhubarbe au vernissage.

Elle doit se rendre compte que ce n'est pas vraiment un critère infaillible pour juger autrui, car elle se tait un instant avant de reprendre à voix basse :

– Fernand m'a avoué la vérité tout à l'heure, avant qu'ils l'emmènent. C'était un film, à notre insu. Il l'a appris par votre message. Il adore jouer la comédie, vous savez.

Ouais, sauf qu'il croyait jouer la comédie alors que la vérité se jouait de lui.

– Mais ce n'est pas une farce, n'est-ce pas ? poursuit Justine.

Si, en un sens, une farce cruelle dont nous sommes les dindons.

Tout défile dans ma tête depuis notre arrivée à Castaing. Je réentends chaque phrase, je revis chaque geste sous le nouvel éclairage du complot. Toutes ces incohérences, toutes ces phrases débitées sans passion, ce sentiment que personne ne se sentait vraiment triste. Les faits s'emboîtent comme des éléments du jeu de construction qu'ils étaient. J'achoppe soudain sur un point qui reste obscur.

« Étui à cigarettes ? », lit Yvette.

– Ah ! dit Justine. C'était celui de Fernie. Je ne comprenais pas comment il pouvait être en possession de cette Véronique, j'avais peur qu'on cherche un lien entre lui et la victime, alors j'ai dit qu'on me l'avait volé.

– Et comment était-il en sa possession ? demande Yvette.

« Peut-être Fernand donné Sonia et Sonia à Véronique ? » gribouillé-je, en songeant combien je me suis creusé la tête pour ça, c'est-à-dire pour du vent.

Yvette lit à l'intention de Justine, qui approuve.

– C'est plausible, mais sur le moment, je ne comprenais plus rien.

On était deux.

Des pas, soudain. Deux hommes. L'un qui fait sonner ses talons, l'autre qui semble constamment trébucher. Léonard.

– L-ais-se m-oi !

– Où étais-tu, Léo ? demande Martine, mielleuse.

– F-ati-g-u-é..., marmonne Léonard.

– Pauvre chéri ! grogne Christian. Tu crois qu'on n'est pas fatigués, nous autres, avec toutes ces conasses qui jacassent sans arrêt ?

– De qui est-ce que tu parles ? demande Laetitia, glaciale.

– Ne nous disputons pas ! tranche Yann. Léonard est là, et c'est ce qui compte ! Et nous allons fêter son retour ! ajoute-t-il, la voix mauvaise.

Mercanti laisse échapper un gloussement sinistre.

– Tu as vu Émilie, Léonard ? demande-t-il. Il en reste un peu, si ça te dit...

– Je ne pensais pas à Émilie, les cadavres n'intéressent pas les hommes d'action ! jette Yann. Non, je pensais à notre chère Justine.

– Vous êtes fou ! crie Yvette.

– Toi, la vieille chouette, ta gueule ! lance Christian. Ouais, l'aveugle et le paralytique, ça sera poilant !

– Lâchez-moi ! crie soudain Justine. Vous me faites mal.

Je tourne la tête en tous sens, suivant les sons. Piétinements, halètements, raclements de chaises, de pieds de meubles.

– La première qui bouge, je lui explose la tête ! crie Christian.

– Alors, elle te plaît, ta pouffe ? demande Laetitia à Léonard. Elle te plaît à poil, ça te rappelle de bons souvenirs ?

– Il faut la punir par là où elle a péché ! décrète Martine.

– Exact, approuve Yann. Passe-moi le tisonnier, celui qui est chauffé à blanc.

– Oh ! Vous êtes pas un peu fous ! crie Mme Raymond.

Claque et bruit d'une tête qui heurte violemment un mur.

– Allez, Léo, vas-y, donne-lui-en une bien dure et bien chaude ! gronde Christian.

Laetitia glousse.

– Léonard ? Léonard ? balbutie Justine. Léonard que se passe-t-il ?

– Prends ce tisonnier ! Merde ! tonne Yann.

– N-on, jette soudain Léonard. N-on !

– De quoi ?! Tu ne veux pas ? lui demande Yann d'une voix menaçante.

– Ass-ez fait d-e m-al ! arrive à articuler Léonard. V-eux pl-us !

Je me souviens brusquement de sa curieuse intonation quand il avait dit à Laetitia qu'il avait *mal*.

– Léonard ? appelle encore Justine, éperdue.

– Regarde-moi cette vieille pouffiasse ! lâche Laetitia.

– T-oi, o-rd-u-re ! lui jette Léonard.

– Minable ! lui renvoie Laetitia. Sous-homme !

– Tu connais le sort réservé aux traîtres ? reprend Yann avec l'emphase d'un acteur de série Z.

Ils s'amusent ! Ils jouent en permanence un sentiment ou un autre, dépourvus d'émotions réelles. Ou plus exactement dépourvus de toute émotion qui ne concerne pas leur précieux ego.

– Repends-toi, Léonard ! susurre Martine que je n'arrive plus à visualiser autrement que comme une blatte en soutane.

– J-e v-ous emm-e-r-de ! articule Léonard distinctement. J-e sui-s un ê-tr-e li-b-re !

– Libre de crever comme un con ! lui renvoie Yann dont la voix grimpe dans les aigus.

Le surhomme ne doit pas supporter la remise en question de ses dogmes homicides.

– Changement de scénario ! ajoute-t-il abruptement. Élise croit que Léonard est Vore et le tue !

Il plaque le canon de son arme contre ma tempe, tandis qu'on me force à ouvrir la main et qu'on me referme les doigts sur une crosse en métal cannelé. Quoi ? Qu'est-ce qu'a dit Yann ? Je sens le sang se retirer de mes veines. Ils ne veulent tout de même pas que je…

– Léonard est juste en face de toi, ma poupée d'amour, tu ne peux pas le rater ! me chuchote Mercanti, son haleine aigre dominant maintenant l'odeur de chewing-gum. Si tu le voyais, on dirait un saint prêt pour le martyre !

– Dieu vomit les tièdes ! lance Martine avec conviction.

J'ouvre les doigts, le pistolet choit sur le parquet.

Gifle. Assez violente pour que je n'entende plus qu'un sifflement aigu. Puis d'un coup, la voix de Yann qui me semble tonitruante :

– Mercanti, si elle recommence, tu t'occupes de la chère Yvette. Le traitement spécial avec massage à la perceuse.

On me saisit de nouveau la main, de nouveau la crosse de métal entre mes doigts. On place mon index sur la détente. Cet index que j'ai mis des heures à rééduquer. Sans savoir que d'instrument de libération il pourrait devenir instrument de mort. Et si je l'avais su, est-ce que mon désir de vivre aurait été le plus fort ?

J'ai trois options :

1) Tirer en direction de Yann. Qu'est-ce que ça changera ? Que je l'abatte ou pas, ce sera le signal du grand massacre.

2) Retourner l'arme contre moi.

3) Appuyer sur cette détente. Est-ce que ça sauvera Yvette ? Je ne crois pas.

Trois options et pas quatre. Je ne crois pas utile de tirer sur Yann ou un autre. Je n'ai pas le courage de me tuer. Je suis incapable d'accepter l'idée d'appuyer sur la détente.

Désarroi total.

– Tirez donc, Élise. Léonard s'impatiente. Il a hâte de rejoindre son créateur, me dit Martine avec affabilité.

Quelqu'un se met à chanter. Voix de haute-contre. Haendel. *« Lascia ch'io pianga. »*

– Un vrai miracle ! s'écrie Martine. Dieu lui a redonné sa voix ! Oh ! Quel bel ange il va faire !

– Attendez, faut filmer ça ! dit Laetitia.

Ronronnement de la caméra de Jean-Claude.

J'ai envie de vomir.

– « Mort de Léonard », prise unique ! annonce Laetitia.

Justine marmonne dans la langue mystérieuse. Mme Raymond renifle sans cesse. Ma main tremble si fort que j'ai du mal à tenir l'arme. Et j'ai envie de vomir.

– Qu'est-ce que je fais ? Je commence la vioque ? demande Mercanti avidement.

– Vas-y.

Yvette gémit. Un vrai gémissement de douleur affolé. Je ne sais pas ce que ce salaud lui fait, mais je sais que ça lui fait mal. Je ne veux pas l'entendre gémir comme ça. Flashes auditifs du massacre d'Émilie. Je ne PEUX pas entendre ça.

Haendel emplit le silence puant de sang et de peur. La voix court avec aisance entre les lignes mélodiques, la voix devient cristal pur, eau vive, source jaillissante, souffle angélique.

La nausée augmente.

Vrombissement de la perceuse.

Spasme, déjections, coulée chaude et gluante sur mon menton, mes mains…

– Putain, la conasse dégueule ! crie Christian.

Hurlement d'Yvette.

Hurlement pour de vrai.

Hurlement hurlement hurlement.

Mon doigt se crispe sur la détente.

Explosion.

La voix trébuche, gargouille, se tait.

Le bruit d'un corps tombant sur le parquet, au ralenti.

– En plein dans le mille ! lance Yann en me tapant sur l'épaule.

On m'arrache l'arme avant que j'aie pensé à tirer encore et encore tout autour de moi. Crispation nerveuse de mes yeux, de mes joues, de ma poitrine, je me sens parcourue par une onde de choc qui me secoue comme un jouet, je suffoque, j'essaie de respirer, glaires, aidez-moi…

J'ai tué Léonard.

Ma main essuie ma bouche, mon nez, manche contre mes lèvres souillées, goût horrible. Grand froid dedans. La faculté de penser revient, intacte, détachée, objective.

Moi qui culpabilise quand j'écrase une mouche, je viens d'appuyer volontairement sur la détente d'une arme à feu pour protéger Yvette, je viens de tuer mon deuxième humain en deux heures.

Dupuy, c'était de la légitime défense. Là, c'est un meurtre.

Je sais à cet instant que je suis de la race des survivants, de ceux qui sont prêts à tout pour survivre. Que je suis, moi aussi, un prédateur. Oui, mon désir de vivre sera toujours le plus fort.

Me tirant de ma confusion hébétée, Yann lance :

– Allez, on y va, tout le monde dehors !

15

On empoigne mon fauteuil. C'est Yvette, elle pleure, ses larmes chaudes tombent sur mes mains froides. J'aimerais bien pleurer. Me vider du glacier rampant qui envahit insidieusement mes veines et mes poumons.

– Je suis désolée, me dit-elle en reniflant, mais il a commencé à m'entailler la cuisse avec une pointe à béton. Je suis désolée pour ce pauvre garçon, je ne voulais pas crier… Mais je n'ai pas pu… Il remontait la perceuse vers mon ventre et…

C'est moi, la fautive. C'est moi qui ai tiré.

J'entends claquer des dents Justine, qui est nue.

– Prenez mon gilet, lui dit Yvette, vous êtes plus petite que moi, il vous couvrira.

Bernard est à côté de moi, il respire trop fort, son emphysème d'obèse augmente avec le stress. Il marmonne : « La nuit, on dort. Le chocolat, ça fait mal aux dents » comme un mantra.

– Ce que tu peux être con, mon pauvre Bernard, lui susurre Francine. Je comprends que personne ne veuille de toi.

– Je dois me laver les mains, et une famille c'est pour toujours !

– Oh, ferme-la ! lui jette Martine. Allez, avance ! Quand je pense que j'ai dû m'occuper de ce gros porc pendant tout ce temps ! Vivement que Dieu le récupère !

– Dieu aime les simples d'esprit, ricane Mercanti.

– Dieu aime à les avoir là-haut, près de lui, comme un Père rassemble ses enfants turbulents, lui répond-elle avec onctuosité.

Mercanti glousse. Martine marmonne « Impie ! » entre ses dents. S'il y a une vie après la mort, j'espère que je serai là pour te voir arriver chez saint Pierre, la gueule enfarinée. Te voir jetée dans l'abîme.

L'idée me tourmente un instant que les êtres cruels sont peut-être les préférés de Dieu et que c'est moi qui me retrouverai en Enfer.

La preuve : je m'y trouve déjà.

Ils nous font sortir dans la nuit froide en nous frappant parce qu'on n'avance pas assez vite. Coups de crosse, coups de pied. On s'habitue aux coups. Est-ce une belle nuit pour mourir ? La tempête s'est calmée. Il y a peut-être des étoiles.

La discussion porte sur la manière d'agencer nos corps dans la neige. Doivent-ils être nus ? Doit-on nous laisser mourir de froid ou nous tuer, puis nous ensevelir sous la neige, comme sous une coulée d'avalanche ?

– Quand même, la maison en flammes, c'était mieux ! se plaint Christian.

– Déjà vu, on t'a dit ! lui lance Laetitia. T'es vraiment un arriéré !

– Répète jamais ça ! T'entends ?

– Arriéré !

– Conasse, je vais te le faire bouffer, ton déambulateur !

– Stop ! hurle Yann.

Mais personne ne l'écoute.

Bernard est à côté de moi, marmonnant des mots sans suite. Vite, mon carnet.

– *« Sauvez-vous, ils vont tous nous tuer ! »*, lit Yvette à mi-voix. Je ne vais pas vous laisser !

– Il faut que je me lave les mains, dit Bernard, quand le réservoir est vide, on fait le plein.

– « *Bernard doit partir !* », lit-elle encore, tendue. Oui, il faut que tu partes, va vite, vite ! Tout droit au village ! File !

– Je suis sale, dit Bernard, je suis tellement sale, il faut que j'aille à la salle de bains. Il y a soixante secondes dans une minute.

Il s'éloigne ! Il s'éloigne ! Faites qu'ils ne le voient pas ! Quelqu'un me heurte, une main palpe mes genoux.

– Ah, c'est vous, me dit Justine. Les légions obscures sont rassemblées, elles grondent comme des molosses enchaînés. Toute cette zone va être submergée par le Mal !

– Nous devrions prier, dit Yvette. Notre Père qui êtes aux cieux...

Vous qui nous donnez notre horreur quotidienne...

– Que votre nom soit sanctifié, que votre règne arrive...

Le règne de la Bête, oui, voilà ce qui nous arrive. Justine joint sa voix à celle d'Yvette. Puis c'est Mme Raymond dont je ne trouve plus l'accent si cocasse pendant qu'elle récite « pardonne-nous nos offenses comme nous pardonnons à ceux qui nous ont offensés ».

J'entends Laetitia qui pouffe.

– On dirait vraiment des brebis bêlantes !

Et Martine qui s'extasie :

– C'est dans les moments les plus difficiles que l'on se rapproche le plus de Dieu.

– Où est le gros ? demande soudain Christian.

J'appuie sur le bouton et je fais bondir mon fauteuil.

– Hé, du calme ! me crie-t-il. Elle a failli me faire tomber ! lance-t-il à la cantonade avant de répéter : Où est le gros ?

Nouveau bond en avant, je reçois un grand coup en travers du visage, je sens mon nez qui éclate sous le choc, des larmes me jaillissent des yeux.

– Doucement, on t'a dit ! me lance Yann.

– Attends, je vais la calmer, susurre Mercanti en me soulevant.

J'essaie de me débattre, mais ça ne sert à rien, il me jette dans la neige, se couche sur moi en ricanant, pourvu que Bernard soit loin, du sang coule de mon nez, m'inonde la bouche, je vais étouffer, je… J'entends crier Justine, Yvette et Mme Raymond, Mercanti grogne au-dessus de moi, je ne suis pas là, je suis loin dans ma tête, des coups de feu claquent, chaque détonation me donne envie de vomir, j'en suis réduite à me réjouir d'entendre leurs cris, leurs pitoyables cris de terreur qui veulent dire qu'elles sont vivantes, « Hue hue ! » crie Christian, ils doivent s'amuser à les faire courir dans la neige, brève douleur quelque part en moi, je tourne la tête pour échapper à cette haleine de charogne, Mercanti se relève avec un gloussement satisfait, me redresse, me dit « Alors, heureuse ? », me jette sur mon fauteuil. Je m'en fous !

Mon carnet. Ne pas flancher. Ne jamais flancher.

« Quelle est la raison de tous » je renifle, je m'essuie le nez d'une main rageuse *« ces meurtres ? Je croyais que Léonard tuait pour s'emparer d'un héritage ? En fait, c'est un pauvre cinglé. »*

Je tends la feuille devant moi. Christian lit à voix haute en ânonnant.

– Hé, elle nous insulte !

– Pas du tout, elle a raison ! dit Martine. À quoi ça rime, ce massacre ?

– Ben, si c'est un assassin, c'est normal qu'il assassine ! s'écrie Christian.

– Mais pas n'importe qui, débile ! lui lance Laetitia.

– Bon Dieu ! Je t'avais prévenu !

Claquement d'une gifle à assommer un bœuf. Laetitia pousse un cri aigu. Suivi aussitôt d'une détonation. Une seule. Sèche. Dont l'écho résonne longuement dans la petite cour. Odeur de poudre brûlée maintenant si familière ! Rugissement de douleur de Christian qui monte crescendo comme une sirène.

– Mais t'es malade ! rugit Yann. Mais t'as vu ce que t'as fait ? Christian ! Christian ! Mais elle lui a explosé le genou !

– J'ai mal ! glapit Christian. Oh, j'ai mal !

– Calmons-nous, dit Francine d'un ton apaisant d'institutrice. Calmons-nous. Christian, arrête de crier, s'il te plaît ! Les cris, comme tu as pu le constater, n'ont jamais rien changé à la douleur.

– Ça lui apprendra à frapper une dame ! jette Laetitia.

– Conasse ! braille Christian.

– Vous n'allez pas continuer ! s'écrie Martine.

Yvette, Justine, Mme Raymond, tout près de moi, tremblantes, terrorisées, j'attrape la main de Justine, Yvette me chuchote : « J'espère qu'ils vont s'entre-tuer. » Y a des chances. Mais nous, c'est le moment de saisir la nôtre. Je fais avancer le fauteuil, un tout petit peu. Dieu merci, Yvette comprend mon intention et m'oriente dans la bonne direction. On se déplace centimètre par centimètre, traînant une Justine reniflante qui se tient coite.

Les PsyGot'yK s'engueulent, confrontant leurs théories psycho-artistiques avec véhémence, tandis que Christian geint comme un animal blessé.

– La question fondamentale, c'est le mobile ! hurle Yann. Le putain de mobile !

– La logique, c'est l'impérialisme de la norme ! lui renvoie Francine. Vive l'art libertaire ! À bas les diktats de la raison !

– Vous n'êtes que des amateurs, déplore Mercanti, de foutus amateurs ! On ne fait pas de l'art avec des théories, on fait de l'art avec des tripes !

– Une œuvre poly-expressionnelle, c'était ça le but ! scande Laetitia.

Ils continuent comme ça un moment. Souvenir soudain de cours en fac : « Le pervers trouve trop souvent dans l'association de malfaiteurs l'aide et l'émulation qui étendent son champ d'action et exaltent sa nocivité. » Un club très fermé de sanguinaires.

Francine se met à faire les cent pas en déclamant des bouts de phrases :

– Nos chers résidents... encore un peu de thé... C'est si cher, la bonne chère, ma chère, que nous en cherrons par terre...

Yann lui demande si elle a perdu l'esprit.

– Je me remets mon texte en bouche, pour les flics, riposte-t-elle.

– Mais on ne va pas attendre les flics !

– Parle pour toi ! Moi, je ne sais pas. Après tout, je n'ai jamais été condamnée, je n'ai aucune envie de m'enfuir avec une bande de normalistes.

Pendant qu'ils échangent leurs élucubrations, on avance toujours. La pente de la rampe pour handicapés, Yvette nous emmène dans la maison. Non ! il fallait fuir dans les bois, dans la neige, sous le couvert des arbres et de l'obscurité. Qu'est-ce qu'elle fait ? Elle tripote quelque chose près du mur, grincement métallique, la boîte aux lettres ? Elle prend mon stylo, frappe un objet, crépitement électrique, exclamations furieuses :

– La lumière a encore sauté !

– On n'y voit plus rien !

– Les nuages couvrent la lune, faut attendre une minute.

– Attention, ne tirez pas n'importe où !

– Me laissez pas là, les gars !

– J'ai bousillé le disjoncteur, me chuchote Yvette. Bon, écoutez-moi bien : juste sur le côté, là, le terrain part en pente vers les bois. Justine, asseyez-vous sur les genoux d'Élise, Mme Raymond va vous pousser.

Et elle ? Pas question qu'elle se sacrifie, je...

– Je vais chercher notre adjudant et votre oncle, ajoute

Yvette. On ne va pas les laisser derrière les lignes ennemies.

Yvette dans un film de guerre ! Si les circonstances n'étaient pas aussi tragiques, j'en sourirais.

Elle oriente le fauteuil vers la pente, Justine s'assoit sur mes genoux, paquet de chair froide, dents qui claquent. Mme Raymond enchaîne le « Je vous salue Marie » sur le « Credo », bourdonnement obstiné, comme une mouche se cognant à une vitre.

– Fernand, il faut faire sortir Fernand, balbutie Justine.

– Je m'en occupe ! dit Yvette. Allez, madame Raymond, poussez !

Vigoureuse secousse. J'accélère en même temps, on commence à descendre.

– Hé ! Stop là-bas, stop ! crie Yann. J'ai vu quelque chose bouger dans le noir, dit-il à ses acolytes.

– Où sont les otages ? demande Martine.

– Merde, elles ont filé ! s'exclame Laetitia. Tout ça à cause du cirque de Christian.

– J'aimerais bien te voir à ma place, demi-portion ! grince Christian.

– Tu sais quoi ? Je vais te filmer en train de crever ! lui renvoie Laetitia.

– Évidemment, si on ne surveille pas les personnages, on ne risque pas d'écrire de livre ! fait remarquer Martine d'une voix pincée. Si Dieu avait fait de même avec la Création…

Leurs voix s'éloignent de nous.

La pente s'accélère, Justine se cramponne à mon cou, m'étouffant à moitié, le fauteuil tressaute, ça me rappelle d'autres descentes vertigineuses, d'autres chutes, d'autres peurs que je n'espérais pas devoir affronter une nouvelle fois. Le fauteuil vacille, on manque verser, il se redresse, heurte un obstacle et on dégringole cul par-dessus tête dans un bon mètre de neige fraîche.

– Élise ! Élise ! chuchote Justine.

Je bats du bras pour garder la tête hors de la neige, aucune envie de jouer dans leur *Titanic des Alpes*, je m'accroche à un truc dur et noueux, une branche, les aiguilles de sapin me picotent la peau, Justine est là tout près, elle s'agrippe à mon épaule, je l'entends tâtonner, saisir une branche, on reste là, accroupies, haletantes, à demi enterrées, à claquer des dents en écoutant la nuit.

La roue du fauteuil grince. Où est-il ? Je rampe comme je peux, me cogne dans du métal et du cuir, lever le bras, arrêter cette roue, mes doigts se prennent dans les rayons. Parfois, c'est bien, de ne pas pouvoir hurler. J'arrive à les retirer, la roue ne grince plus.

– Elles se sont barrées, je vous dis ! est en train de crier Yann. Est-ce que quelqu'un peut remettre la lumière ?

Je me demande où est passée Mme Raymond.

– Le disjoncteur a grillé ! crie Martine à Yann. Impossible de remettre le courant. Faut se servir des torches des flics.

– On va tous se faire prendre ! pronostique Francine sombrement. « Vous désirez un peu de thé, commissaire ? »

– Bénissez-moi, Seigneur, parce que j'ai péché…

– Madame Raymond ! On est là ! chuchote Justine. Venez vite !

– J'ai de la neige jusqu'aux oreilles, ma pauvre, je vais rester près de cet arbre.

La voix claire de Laetitia nous parvient parfaitement :

– Il faut les achever. Il est hors de question de laisser des témoins.

– Bon Dieu, on était si près de réussir ! fulmine Yann. Le premier livre *live* !

– Rien qu'avec les photos on faisait exploser le fan-club d'Élise, fait observer Christian entre deux gémissements.

– On pulvérisait le Goncourt ! renchérit Francine.

– Amateurs ! grince Mercanti.

– Où est Lorieux ? demande brusquement Yann.

– Dedans, avec Andrioli, répond Martine.

– J'y vais. Passe-moi un chargeur plein.

Justine et moi guettons les bruits, le moindre son, le temps est suspendu à cette minute où Yann rentre dans la maison pour tuer Lorieux et mon oncle. Est-ce qu'Yvette a pu les aider à sortir ? Les secondes s'éternisent, je m'aperçois que j'ai croisé les doigts et que Justine murmure « s'il vous plaît, s'il vous plaît » en continu.

– Ils ne sont plus là ! hurle Yann. Prenez des torches, il faut les retrouver ! Tir à vue !

Halètements sur ma gauche. Des gens marchent lour dement, font craquer les branches. Justine enfonce ses ongles dans mon poignet. La peur me rétrécit la peau à me faire étouffer.

– Vous êtes là ?

Yvette ! Le soulagement me relâche la peau à la faire craquer.

– Fernand ? murmure Justine.

– Il n'a pas repris connaissance. J'ai eu un peu de mal à le hisser sur les épaules de notre adjudant qui a les mains attachées, je n'ai pas trouvé la clé des menottes ! lâche Yvette d'une traite.

– Fernand ? répète Justine en cherchant à tâtons.

– Là… pied de l'arbre…, énonce Lorieux d'une voix pâteuse. Mâchoire fracturée… peux pas…

– Ne vous fatiguez pas, mon adjudant ! lui intime Yvette en claquant des dents.

Le froid. J'avais oublié que j'avais froid. Justine tremble comme un générateur. On doit offrir un drôle de spectacle, échevelées, tapies dans les bois, aux côtés d'un homme menotté à l'uniforme en lambeaux et un autre gisant, inconscient, à nos pieds.

– Où est Mme Raymond ? demande Yvette.

– Té, je suis là, accrochée aux branches, je bouge pas vu que je m'enfonce !

– Ils ont des torches ! s'exclame Yvette. Ils vont nous trouver. Il faudrait descendre au village.

– On ne peut pas laisser Fernand ! proteste Justine.

– Taisez-vous ! ordonne Lorieux entre ses dents.

Combien sont-ils à s'être lancés à nos trousses ? Laetitia est forcément restée là-haut. Christian est hors de combat. Reste Yann, Martine, Francine, Mercanti.

– Ils font des cercles avec les torches, me souffle Yvette à l'oreille.

La voix de Martine résonne soudain, tout près de nous.

– Ils ne doivent pas être bien loin, surtout avec Élise, dit-elle à un auditeur invisible.

Je retiens mon souffle. Elle est vraiment très près. Craquement de branches, de brindilles. « Crac crac » de bottes dans la neige. Mon cœur bat trop fort. Elle va l'entendre. Elle est grande et forte. Lorieux peut-il la neutraliser les mains attachées ?

– Yvette ! chuchote Lorieux. Lancez… pierre… à droite… fort !

Yvette farfouille autour de nous, puis j'entends le choc clair d'une pierre contre un arbre, sur notre droite. Rafale de mitraillette suivi d'un cri de surprise et de douleur.

– Qu'est-ce qu'il y a ? demande Francine révélant sa position, au-dessus de nous, plus sur la gauche.

– Ce machin a failli m'arracher les mains ! lance Martine. J'ai entendu du bruit sur la droite, à dix mètres ! reprend-elle.

– Bordel, arrêtez de gueuler comme ça ! leur ordonne Mercanti. Ils vont nous repérer !

– Si vous croyez que vous êtes discret ! lance Laetitia depuis l'esplanade. Je vais voir dans l'estafette s'il y a pas des fusées éclairantes.

Comment est-ce que j'ai pu la trouver sympathique ?

On les entend piétiner sourdement, chasseurs traquant le gros gibier en battue.

Quelqu'un s'avance vers nous. Rapidement et puissamment. Craquement de broussailles, respiration forte, la chaleur d'un rayon lumineux passe sur ma peau, j'essaie de me transformer en racine, ça bouge à côté de moi, j'espère qu'Yvette et Lorieux ont foutu le camp, impression d'être un insecte pris au piège et je ne sais pas qui s'avance vers moi, je ne sais pas si on braque une arme vers ma tête, je ne sais pas si une détonation va claquer, si je vis ma dernière seconde. Je suis clouée dans le noir avec la sensation de ce halo de lumière sur ma peau…

– Salut, mon cœur ! s'exclame Mercanti.

Il se penche vers moi, son souffle tiède, le canon de son arme effleurant ma tempe.

– On est contente de revoir papa Mercanti ? dit-il encore. On sait qu'on va se faire défoncer à mort ?

Tout ce que tu veux, allez vas-y, tire, qu'on en finisse !

– Offff !

Son de baudruche qui se dégonfle, quelque chose de dur m'atterrit sur la tête, le pistolet ! J'entends Mercanti grogner, des bruits sourds comme si on cognait dans un sac de sable, un grand craquement et il se tait.

– L'adjudant l'a jeté à terre d'un coup de pied dans la poitrine et l'a assommé à coups de tête, me murmure Yvette avec admiration. Ouah ! Vous auriez vu ça quand il l'a frappé avec la pointe du godillot ! On aurait dit qu'il allait lui perforer le sternum !

– Menottes… attacher…, dit Lorieux.

– Tout de suite !

Yvette se sert des menottes de Mercanti pour l'attacher à l'arbre et on se remet à attendre.

– J'ai son arme. S'il bouge, je lui fracasse le crâne avec la crosse, murmure Yvette.

J'espère qu'il va bouger.

On entend Martine, égarée par notre leurre, continuer à patauger sur notre droite. Ce ne sont pas des guérilleros de terrain. Je vois mal Francine crapahuter sur ses hauts talons. Yann est le plus dangereux. Il a l'habitude de la montagne, et il est sportif.

Coup de feu !

J'ai l'impression d'avoir senti le souffle de la balle.

En même temps, près, de nouveau trop près, la voix de Martine : « C'est rien ! J'ai glissé ! Le coup est parti tout seul ! » et quelqu'un qui pousse un long soupir sur ma gauche, en amont.

– Madame Raymond ? chuchote Yvette à l'adresse du soupir.

– Té, je crois que je suis morte ! répond-elle, surprise.

Plus rien. Bruit de branchages écrasés comme si quelqu'un tombait. Là-haut, Laetitia est en train de gueuler :

– J'ai trouvé des fusées !

– Il ne faut pas alerter le village ! lui crie Yann en retour.

– Mais ça serait beau, comme final, une fusillade sous un feu d'artifice ! lui renvoie Laetitia, la voix déformée par le vent.

– Ça, c'est vrai, approuve Francine, qui longe le remblais au-dessus de nous, ce serait grandiose !

– Pauvres connes ! rugit Christian. Ça guidera les flics vers nous, c'est tout.

– Quel dommage qu'il n'y ait pas assez de lumière pour filmer ! se plaint encore Laetitia.

Le tonnerre gronde, m'empêchant d'entendre la réponse de Yann. Fracas d'un éclair pas très loin. J'ai à peine eu le temps de compter jusqu'à un.

– L'orage recommence ! crie Martine d'une voix qui me laisse à penser qu'elle a peur des orages.

Tonnerre. Éclair. Ces saletés d'éclairs vont remplacer les fusées ! Et le bruit couvre tout : on n'entend plus rien. La neige se remet à tomber.

– Je ne sens plus mes membres, dit Justine. Je crois que je vais dormir un peu.

– Non ! Non ! Il ne faut pas dormir ! Frictionnez-vous ! dit Yvette.

Moi non plus, je ne sens plus mes membres. C'est vrai que dormir est tentant. Comme Tonton qui se repose…

J'ai dû m'assoupir quelques secondes. Tout est silencieux. Est-ce que nos tourmenteurs sont partis ? Est-ce que c'est fini ?

– Salut, la compagnie !

Yann ! Je redresse la tête si vite que je me heurte violemment à une branche. La douleur me réveille complètement.

Il est arrivé par-derrière, il nous avait certainement repérés et a manœuvré pour nous contourner. Je sens son souffle sur ma nuque qui se hérisse. La neige craque sous ses moonboots.

– Yvette, lâchez donc cette arme que vous tenez si mal, ou je serai obligé de tirer dans la tête d'Élise, ce qui n'arrangera pas sa diction ! pouffe-t-il.

Son mat d'un objet chutant dans la neige. Fin de notre dernière chance.

– Mais ils sont tous là, mes gentils petits personnages ! persifle-t-il. La Vaillante Dame de Compagnie, le Tonton Flingué, la Belle aux Yeux Dormants, et *last but not least*, Ben-Hurette sans son char ! Ah, j'oubliais… le Preux Chevalier. Il a une sale gueule, le Preux Chevalier. Tu me fais beaucoup de peine, Philippe, enchaîne-t-il avec délectation. Moi qui croyais te faire plaisir en supprimant cette garce de Sonia. Elle te faisait cocu avec tout le monde. Tu m'as même dit un jour « je voudrais la tuer ! », mais comme tous les faibles, tu es incapable de passer aux actes. Voilà ce qui te différencie de nous. Nous, on parle en actes. Nos mots sont des gestes. On écrit *avec* et *dans* la chair. Oh, et puis ça sert à rien, personne ne pige jamais.

Percuteur qu'on arme.

– Qui est-ce que je descends en premier ?

– Vous n'êtes qu'une ordure ! lance Yvette.

– Oh, mais c'est qu'elle me fait peur, la vieille !

– Vôtre âme pue ! lui jette Justine.

– Et le concombre masqué, il est féroce ! Allez, trêve de plaisanteries. Ah, j'ai oublié de vous dire… j'ai trouvé une fin vraiment super. Élise résout l'énigme : c'est bien Lorieux le tueur fou et elle l'abat. Et elle reste en vie ! C'est pas beau, ça ? Comme ça, elle peut nous resservir une autre fois. Vous allez me dire : « Mais elle va vous dénoncer. » Que nenni, mes biches ! Parce que, avant de mourir, Lorieux lui coupe les deux mains à la hache. Un vrai salaud, ce mec ! Et donc, notre brave Élise, muette et dépourvue de mimines, comment qu'elle va nous dénoncer ? Surtout qu'Yvette étant morte, elle a une nouvelle dame de compagnie. Vachement sympa et très très chic.

– Vous voulez un peu de thé, Élise ? Bouillant ou glacé ?

Francine.

– On va bien s'amuser toutes les deux ! ajoute-t-elle de son ton affecté. Des années et des années ! Bon, pour en revenir aux affaires présentes, mon cher Yann, il me semble que c'est le moment de mettre un point final aux tribulations de nos héros. Dans l'ordre, Andrioli, Justine, Yvette et le beau Lorieux en dernier, conclut-elle, suave.

– Et Mercanti ? Qu'est-ce qu'on en fait ? demande Yann avec une intonation dubitative.

– Il a essayé de violer le cher Tonton, et notre chère Justine lui a fait sauter le caisson ! suggère Francine, sarcastique.

La voix de Laetitia nous parvient par-dessus le grondement du tonnerre :

– Qu'est-ce que vous foutez ? crie-t-elle.

– On vient ! hurle Yann en retour. On les a trouvés !

– Comment allez-vous partir ? parvient à demander Lorieux, malgré sa mâchoire brisée.

– Hein ? Oh, pas de problèmes, les scooters de neige, tu te souviens ? On va foncer jusqu'à Seille et, là, on récupérera une bagnole tout terrain.

Est-ce qu'ils ne vont pas se rendre compte que les renforts mettent trop longtemps à arriver ?

– Allô, allô, ici la Terre ! mugit soudain un porte-voix. Tango-Charlie, répondez-moi !

Facétieuse Laetitia.

– Le vent risque de porter le son au village ! rage Yann. Va lui dire d'arrêter ça.

– Vas-y toi-même, je suis crevée ! proteste Francine.

La voix de Martine, quelque part dans les bois, près et loin à la fois :

– Ouh, ouh, où êtes-vous ? On n'y voit rien !

C'est le moment d'agir, mais j'ai beau me creuser la tête, et ma vie en dépendre, aucune idée ne me vient. Et surtout rien que je puisse mettre à exécution. Je ne sais même pas quelles armes ils ont à la main, ni sur qui elles sont braquées. Yvette et Lorieux, je suppose.

Quelqu'un approche. Quelqu'un de lourd, sa démarche pesante fait tomber la neige des branches. Apparemment, je suis la seule à l'entendre car Yann et Francine poursuivent leur discussion. Espoir d'un commando de gendarmes en treillis, fusil d'assaut à la boutonnière.

– Y avait pas de lumière dans la salle de bains. Qui a bu boira.

Oh non ! Bernard !

– Vilain garçon, ajoute-t-il. Tu seras privé de dessert.

– Hé ! Qu'est-ce que c'est que ça ?

La voix de Yann, tendue.

– Ça, c'est une mitraillette que ce gros con braque sur ton oreille droite, lui explique Francine à voix basse.

– Yann a les mains pleines de sang, il doit les laver, dit doctement Bernard. À Noël, on mange de la bûche.

– OK, mais baisse ce putain de fusil, c'est dangereux ! lui lance Yann.

– Je veux qu'on remette la lumière ! proteste Bernard. J'aime pas le noir ! Pourquoi on va pas au cinéma ?

– Tout ce que tu veux, n'est-ce pas, chère Francine ?

– Mais bien sûr. Bernard, mon chéri, donne ce fusil à Tatie Francine, et on va tous aller au cinéma.

– « Gros con, gros con ! » hurle Bernard en imitant sa voix. La police, c'est le 17 !

– Martine ! appelle Francine en essayant d'avoir l'air cool, on a un petit problème avec Bernard.

– Jamais de problèmes avec Bernard ! crie celui-ci. Bernard n'est pas un débile !

– Bien sûr que non ! lui renvoie Francine.

– Bernard, dit soudain Justine de sa voix calme et profonde, tu sais que Yann dit que tu es gros et que tous les gros puent.

– Conasse ! lui jette Yann.

– Pas bouger ! lui intime Bernard. Je suis le sucre d'orge à sa maman ! Tu veux que je te lave la bouche, Yann ? ajoute-t-il.

– Elle ment ! assure Yann. Allez, pose ce fusil.

– Bernard, dit Yvette, si on se déshabillait tous pour se laver dans la neige ? Dis-leur de poser leurs armes.

– Oui ! s'écrie Bernard, enthousiaste. Tous à poil dans la neige ! Déshabillez-vous ! Le boudin aux pommes, c'est bien meilleur.

– Non, mais t'es pas un peu con ? lui réplique Yann. Tu vois pas qu'il neige, mais qu'est-ce que t'as dans ta tête de gros lard ? Allez, pose ce fusil !

Yann a parlé de sa voix autoritaire, sa voix de chef de meute, il joue son va-tout.

Bernard hésite. Il est toujours tellement obéissant. Mais là, il doit confusément sentir qu'il a un pouvoir, que les autres ont peur de lui. Peur du gros-qui-pue dont Yann se moque si souvent, affectueusement bien sûr…

Une branche craque. Quelqu'un approche en catimini. Bouffée du parfum sucré de la Mère Supérieure des Tarés, Martine. Je suis en train de me demander comment prévenir Bernard quand elle s'exclame d'une voix perçante :

– Ber…

– Hiiii ! crie Bernard, que j'entends littéralement sursauter.

Coup de feu assourdissant.

Un cri de douleur étonné.

Le rire incrédule de Bernard.

– T'as vu ça, Yann ? Pan ! Pan ! Les films, c'est pas pour du vrai.

– Martine ? dit Francine d'une voix hésitante. Martine ?

Pas de réponse.

– Tu vas voir que ce gros con l'a touchée ! râle Yann. Mais c'est pas possible ! Ça vire au cauchemar !

– De toute façon, je savais que ça tournerait mal, lui rétorque Francine, d'une voix pincée. Personne ne veut jamais réfléchir au sens profond de notre engagement artistique. Vous n'êtes qu'une bande de petits bourgeois du crime.

– Je crois que j'ai oublié de fermer le robinet, dit Bernard. Et deux et deux font toujours quatre.

– Je viens avec toi, dit Yvette, comme ça je t'aiderai.

– D'accord, viens. Et puis on se lavera tous les deux.

Yvette passe devant moi, sa main glacée effleure la mienne en signe d'encouragement. Oui, vas-y, sauvez-vous.

– On peut venir aussi ? demande Yann.

– Non. Qui veut tuer son chien l'accuse de la rage et l'été on va à la plage.

– Et moi ? dit Francine, pleine d'espoir.

– Toi, lui renvoie Bernard, tu vas laver ta sale bouche dans la neige. Tout de suite !

– Il est hors de question que…

– Tout de suite ! Et je veux de la crème glacée au dessert !

Soudain, le tonnerre se déchaîne, couvrant leurs voix. Crescendo d'éclairs. Cris de joie de Bernard : « Le feu d'artifice, le feu d'artifice ! » Puis tout explose. Quand le silence revient, l'odeur du feu est toute proche. La foudre a dû tomber sur un arbre, à quelques mètres de nous. J'ai les oreilles qui bourdonnent et les sons me parviennent assourdis. Quelque part de l'autre côté du cocon qui m'entoure :

– Dieu n'est pas content ! Dieu n'est pas content de vous ! profère Justine de sa voix de médium.

– Dieu n'est pas content de Bernard ? demande une petite voix anxieuse.

– Dieu n'est pas content de Yann et de Francine ! crie Justine. Dieu veut que tu les tues !

– Salope ! lui jette Yann.

Un percuteur qui frappe à vide. Plus de munitions. Mais pour qui ? Justine se jette contre moi, pendant que Yann hurle, sans doute à Francine : « Passe-moi le flingue par terre ! » L'arme de Mercanti.

– Tu vois que Dieu a choisi ! crie Justine. Tire, Bernard, tire ! Pan ! Pan !

– Pan ! répète Bernard en appuyant sur la détente. Pan ! Pan ! Pan !

Détonations, hurlements, tirs croisés, on se croirait sur un champ de bataille, avec les balles qui sifflent aux oreilles et ces voix qui s'époumonent, se mêlant en une cacophonie assourdissante. J'attends avec une sorte de curiosité le moment où un projectile va s'enfoncer dans ma chair… J'ai l'impression d'attendre de mourir depuis si longtemps que même la peur s'est émoussée, j'ai le cœur congelé.

Oh, putain ! Oh, putain ! Oh, putain, ça fait mal ! Là, à l'épaule, je sens le trou, je le sens, je peux enfoncer le doigt dedans. Oh ! ça me donne envie de vomir, je suis sûre que ça a traversé l'épaule, un trou rond, dans ma propre chair, j'ai du mal à y croire, sauf que j'ai si mal, et…

Il n'y a plus de bruit. Le grondement de l'orage qui s'éloigne. L'odeur entêtante de la cordite. Des gémissements. Sensation de tampons d'ouate dans les oreilles, je déglutis pour les déboucher, sans succès. Quelqu'un parle dans la ouate.

– Ouuu oooor neiiiige ?

La ouate se déchire brusquement et ça devient :

– Qu'est-ce qu'on fout dehors dans la neige ?

La voix hésitante de mon oncle dans le silence assourdissant.

– Justine ? Mon Dieu, Justine ! Mais, mais qu'est-ce qui s'est passé ? Lorieux ! Réveillez-vous, mon vieux ! Mais c'est un vrai charnier ! Ohé, quelqu'un, venez nous aider !

Une voix, lointaine :

– Va te faire fouuuutre, vieux cooooon !

Laetitia. Elle et Christian sont coincés là-haut. Faits comme des rats. Tonton va aller les descendre et…

Mais je délire. On n'est pas dans un jeu vidéo. La douleur revient, vague bouillante qui me submerge et en même temps les sons s'éclaircissent, j'entends Tonton secouer Justine en répétant son nom, puis il court vers Yvette.

Yvette.

– Ça va, balbutie celle-ci (et je me mets à pleurer de bonheur), ça va, monsieur Fernand, occupez-vous des autres.

– Mais ils sont morts ! hurle mon oncle. Mme Raymond est à plat ventre dans la neige, Yann n'a plus de visage, Mme Atchouel a les tripes qui lui sortent du ventre,

Lorieux est inconscient, l'autre gendarme n'a plus que la moitié du crâne, et le gros garçon…

– Contre les cafards, faut de l'insecticide…

– Il est vivant ! s'exclame mon oncle avec soulagement. Mon garçon, tu es blessé ? Remue tes membres.

– Peux pas, dit Bernard, la jambe est bizarre. Pour les enterrements, on s'habille en noir.

– Fais voir… Oh bordel ! Bouge pas, hein, surtout tu bouges pas ! Comment peut-il rester si calme ? nous demande-t-il.

– Il est très peu sensible à la douleur, explique Yvette, on ne sait pas pourquoi.

J'entends mon oncle se déplacer rapidement, s'agenouiller près de moi.

– Yvette, appelle-t-il d'une voix angoissée, Justine a les yeux grands ouverts, elle cille pas et…

– Elle est aveugle ! souffle Yvette. C'est normal qu'elle regarde dans le vide ! Prenez son pouls. À la carotide.

– Je l'entends ! À peine, mais je l'entends ! Bon Dieu, il faut aller chercher du secours.

– Là-haut, devant la maison, il y a les deux autres. Laetitia et Christian. Ils vous tueront.

– Ah vraiment ? dit mon oncle. On va voir ça. Je vais récupérer les flingues de ceux-là.

– Je crois que les armes sont vides. Ils ont tiré jusqu'à épuisement des munitions.

– Les armées du mal sont en déroute ! dit Bernard avec satisfaction. Mais j'ai mal à la jambe.

– On va s'en occuper. Tu restes là avec Élise.

Un gémissement. Un gémissement de femme.

– J'ai soif, je voudrais un peu de thé, murmure Francine dans un souffle.

– Merde, elle est vivante ! balbutie mon oncle. Mais c'est pas possible… dans cet état…

– Mettez-lui un peu de neige dans la bouche, dit Yvette.

– Vous êtes bien gentille avec cette ordure !

– Elle va mourir, monsieur Andrioli, ça sert à rien de la faire souffrir en plus.

– Je vais pas mourir, dit Francine, je vais pas mourir, aidez-moi à remettre tout ça en place !

Sa voix dérape dans l'aigu, je l'imagine tenant ses intestins à pleines mains.

– Je vais pas mourir…

– Si, tu vas mourir ! lui assure Bernard. Et tu iras en enfer ! Au printemps, la glace fond.

– Vive la désaliénation ! hurle Francine avec une vigueur surprenante. Vive le Centre de Liberté Mentale Pour Adultes Hallucinés !

CLMPAH.

Elle s'étouffe sur le dernier mot. Silence.

– C'est fini, constate mon oncle sèchement. Quand je pense que je lui ai fait confiance ! Elle n'a plus besoin de son manteau en cachemire, ajoute-t-il, j'en couvre Justine et j'y vais.

– Vous allez où ?

– Chercher du secours. Passez-moi l'anorak de Yann, on va le mettre sur les épaules d'Élise. Et vous, prenez mon blouson. J'ai un de ces mal de crâne ! Bon, je vais redresser le fauteuil, voilà, hop !

Il me soulève en ahanant, m'assoit de guingois, me recouvre d'un anorak trempé et qui sent la poudre, la chair brûlée et le sang. Des trucs humides me chatouillent le cou, des morceaux de cervelle ? Je retiens un haut-le-cœur.

Yvette vérifie que Justine respire.

– Elle a une vilaine plaie à la tête, nous dit-elle, et une blessure à l'épaule. Je vais mettre de la neige pour arrêter le sang. Si vous aviez vu ça, on se serait cru dans un western ! Ils tiraient tous à la fois, et le pire, c'est qu'ils avaient l'air heureux. Bernard tout comme Yann et Francine. Ils souriaient. Les balles leur rentraient dans le corps et ils souriaient. Même Mercanti, qui a ouvert les yeux en entendant le vacarme et qui m'a fait un beau sourire quand le haut de son crâne s'est envolé. Je ne le dirai jamais à personne, mais ça m'a fait froid dans le dos, comme si ce n'était pas des humains, vous voyez...

Peut-être que ce n'en était pas. Qui le saura jamais ?

– L'adjudant a l'air mal en point, fait observer mon oncle.

– Yann lui a tiré dessus. Dans les jambes, dans le dos... Je crois que si les secours tardent trop...

Elle ne finit pas sa phrase.

– Et lui, là, il a la jambe déchiquetée... Il faut lui faire un garrot, dit mon oncle à voix basse.

Je comprends qu'il parle de Bernard.

– J'ai suivi des cours de secourisme, dit Yvette, je m'en occupe.

– Mais vous êtes blessée !

– Des bricoles, rien de grave. Juste le pouce cassé, je crois, le gauche, ajoute-t-elle. Je me le suis déjà cassé en 56, en ramassant des champignons.

– On dirait que vous avez sauté sur une mine ! lui rétorque mon oncle.

– On est solides, dans ma famille, ne vous en faites pas pour moi. Je m'en tire mieux que l'autre fois !

Oui, l'autre fois, c'était la fracture du crâne.

La chaleur bienfaisante de l'anorak se répand dans mes veines, ravivant la douleur à l'épaule, pulsante, aiguë. Le bout de mes doigts me lance comme s'ils étaient en feu. Mais je tremble moins. J'imagine que les deux autres là-haut se préparent à nous accueillir à coups de fusil. Miracle, mon carnet est entortillé dans le plaid, et mon stylo toujours accroché autour de mon cou par son cordon.

« Ils vont t'attendre, méfie-toi. Yann a parlé de scooters. En prendre un, aller chercher secours. »

Je tends la feuille, Yvette s'en empare et la lit.

– Élise a raison. Christian est blessé, Laetitia ne peut pas s'enfuir. Il vaut mieux que vous alliez chercher du secours.

– Où sont les scooters ?

– Près du garage, à trente mètres, il faut remonter jusqu'au talus et tourner à gauche. Mais vous allez passer dans une zone dégagée.

– Je n'ai pas le choix, dit mon oncle.

Il se penche, m'embrasse sur le crâne, se penche vers Justine, puis salue Yvette.

– Courage ! nous lance-t-il encore avant d'ajouter : Je te demande pardon, Élise.

Avant que j'aie fini d'entendre sa phrase, il a commencé à s'éloigner.

De nouveau, l'attente, l'estomac noué, le cœur battant. Yvette s'affaire auprès de Bernard qui chantonne « Petit Papa Noël ».

Je compte jusqu'à vingt, lentement.

Rafale de mitraillette. Silence. Nouvelle rafale en continu. Silence.

Silence.

Puis le cri de joie de Laetitia. Triomphant. Barbare.

Ce n'est pas possible.

Pas possible.

– Pourquoi est-ce que Yann s'est mis un masque sur le visage ? demande Bernard. Je crois qu'il va faire beau demain. Est-ce que je pourrais avoir une jambe en plastique ? J'aime bien les jambes de Maman.

Personne ne lui répond. Il se met à gémir. J'écoute désespérément le silence. Yvette me pose une main sur l'épaule. J'entends sa respiration hachée.

– Je vais aller voir, me dit-elle d'une voix tremblante.

« Non. Trop dangereux. »

– S'il est blessé, il faut bien que quelqu'un d'autre aille chercher du secours. Sinon, on va tous mourir.

– Tu n'es pas ma mère ! hurle Bernard. Jésus est mort pour nos péchés.

– J'y vais, me dit encore Yvette.

Elle est déjà partie. Le temps d'un claquement de doigts.

Je sais que mon oncle est mort. Je le sais aussi sûrement que si on me l'avait gravé sous la peau.

Je ne pleure pas. Je n'ai plus de larmes. Je suis vide. Totalement vide.

J'attends la rafale qui va abattre Yvette. Yvette, le pouce cassé, zigzaguant entre les arbres, comme un commando. C'est ridicule.

La rafale. Crépitante. Familière. Le cœur qui rate un battement. Nouvelle rafale, plus longue.

– Demain, il va faire beau, dit Bernard. Il faut prendre sa douche à 39 degrés.

Le ronflement d'un moteur.

Le ronflement d'un moteur !

Merci ! Merci !

Le scooter s'éloigne. Combien de temps pour atteindre le village ? Un quart d'heure ? Et pour revenir avec de l'aide ? Une demi-heure ?

L'orage s'est déplacé sur la vallée voisine, on l'entend gronder en sourdine. Je compte les secondes dans ma tête, je m'embrouille, je suis tellement fatiguée. Oh ! une luciole, non, pas ici, trop froid, je crois que je somnole par instants, il ne faut pas…

Un glissement furtif.

Est-ce que je l'ai imaginé ? J'écoute à me rompre les oreilles.

Rien. Ce doit être une manifestation d'angoisse.

– Pourquoi est-ce qu'elle se cache derrière l'arbre ? demande brusquement Bernard.

Dernier sursaut cardiaque avant l'apoplexie. Puis :

– Coucou, les tarés ! lance Laetitia.

Impossible. Comment a-t-elle pu descendre jusqu'ici ?!

– Vous vous souvenez de l'engin que m'avait bricolé Yann ? me dit-elle comme si elle m'avait entendu. L'espèce de luge avec des skis, dirigeable à la main. Eh bien, ça marche vachement bien ! On peut même conduire d'une main et tenir un flingue de l'autre. Merde ! s'exclame-t-elle soudain. Yann ! La mère Atchouel ! Mercanti !

Elle se reprend :

– Qu'est-ce qui s'est passé ? J'ai entendu des tas de coups de feu...

Je commence à écrire, n'importe quoi :

« Yann les a tués... »

– Le salaud ! crache-t-elle. Toujours à nous parler de l'esprit de groupe, l'union fait la force, « et chacun de nous est une branche de l'étoile du destin », tu parles !

« Yvette est partie chercher du secours. »

– Qu'est-ce que vous voulez que ça me foute ? J'ai tué personne, moi. Ou alors... bouffée délirante ? J'ai oublié. J'ai passé quatre ans en psychiatrie. J'ai un dossier épais comme ça ! Des tas de trucs que je fais et que j'oublie. C'est pas parce que je suis vilaine, c'est parce que je suis folle. C'est interdit d'être fou ?

« Interdit tuer pauvres innocents. »

– L'innocence est un concept rétrograde, me renvoie-t-elle. Un concept de faible. L'innocence, j'en bouffe tous les jours au petit déjeuner. L'art n'est jamais innocent. L'art, c'est de la culpabilité à l'état pur.

« De quoi êtes-vous coupable ? »

– De souffrir, me répond-elle d'une voix triste. Si je m'étais foutu que mon père ne m'aime pas, je ne l'aurais pas tué. Je suis trop sensible, conclut-elle. Pas comme vous. Je savais qu'on avait bien fait de vous choisir pour héroïne, ajoute-t-elle. Vous êtes increvable ! C'est quoi, votre dernière volonté ?

« Survivre. »

Laetitia laisse échapper un petit rire sans gaieté.

– Allez-y, posez-moi vos questions si vous en avez. Vous savez, la dernière conversation entre le méchant et les gentils, avant que le méchant tire.

Elle a envie de parler. Elle a été frustrée de ne pas avoir la vedette. Elle sait que c'est son heure de gloire et qu'elle va être courte. Elle joue à la fois la Pasionaria et la Bonnie sans Clyde.

« Pourquoi Véronique venue CLMPAH ? »

– Pour faire chanter Yann, comme Payot l'avait deviné. Elle avait reconnu un des patients de l'unité psychiatrique, un des meilleurs éléments de l'atelier psychodrame. Elle savait qu'il ne pouvait pas être un éducateur.

« Comment rencontrés, tous ? »

– Par le biais de la revue. Un jour, il y a eu ce colloque sur le thème « Le polar, la peau et l'art ». On s'y est tous retrouvés. Vraiment passionnant. On est vite devenus amis. On avait tellement d'intérêts en commun. Et puis, c'est au cours du colloque qu'on a découvert votre existence. B* A* était venue animer un des débats. « Corps féminin et conscience du soi dans les états traumatiques. » On a évidemment parlé de vous. Ça nous a fascinés. Vous exprimiez dans votre corps l'enfermement qu'on impose à nos âmes. Quand son texte a atterri par erreur sur l'*e-mail* de la revue, on y a vu plus qu'une coïncidence ! « Dans “ handicap”, il y a le “cap” de capable », nous a dit Yann, on allait former un groupe, on allait être capables de changer le cours des choses. Vous seriez un symbole. Une âme saine dans un corps malsain. Exposée aux vicissitudes de l'existence. Nous écririons votre vie, nous ferions de vous une star mondiale ! On irait tous au Festival de Cannes !

Son délire pitoyable me tape sur les nerfs. Mais comment des gens si dangereux peuvent-ils être si grotesques ? Mais comment cette midinette a-t-elle pu tuer mon oncle sans plus d'émotion que si elle écrasait un cancrelat ?! La futilité est-elle le prélude de l'insensibilité morale ?

– Le plus drôle, reprend-elle, c'est que durant le colloque il y a eu une exposition des œuvres de Justine. Son étude sur « la dissonance sonore des âmes ». J'ai eu un choc en la voyant débarquer ici ! Heureusement qu'elle ne risquait pas de nous reconnaître.

Hélas ! Leur diabolique stratagème aurait été éventé et tant de vies épargnées.

Elle tousse. Les tueurs sadiques toussent, éternuent, rient ou pleurent. Je trouve ça obscène, cette humanité de leur corps qui nous les fait croire nos semblables. Certes, nous sommes tous des sacs de peau remplis de chair et d'os pourvus des mêmes orifices avec, à l'abri du crâne, le logiciel qui nous permet de penser. Mais le leur est infecté par un virus qui leur ordonne de détruire. Sans répit, sans repos, sans rémission.

Quand je pense que tu te prélassais sur ton lit en écoutant de la techno pendant que Martine pendait Magali dans la pièce voisine. Magali qu'on avait forcée à voir Vore. Vore. Mon stylo déchire le papier détrempé pendant que j'écris ce qui me vient à l'esprit.

« Cuisine ? »

– Une idée idiote de Martine, avec son goût pour le spiritisme…

« Mercanti-Vore dans la cheminée ? »

– Hmm. Cet imbécile a failli nous faire cramer, il avait mal dosé son mélange explosif. Je voulais m'en occuper moi-même, mais vous savez ce que c'est, avec ces machos à l'ancienne mode ! Heureusement que vous avez brisé la fenêtre ! Je dois vous faire un aveu, à propos de Vore, reprend-elle : il n'existe pas, mais…

– Vore existe, je l'ai rencontré ! coupe Bernard.

– Tu confonds avec Dieu, mon chou ! lui renvoie Laetitia, goguenarde.

– Dieu aussi, je l'ai rencontré ! affirme Bernard.

– C'est ça ! s'esclaffe Laetitia. Ce que je voulais vous dire, c'est que si Vore n'existe pas – ta gueule, Bernard ! – il a quand même été conçu, et pas par nous.

« Je sais : manuscrit B A*. »*

– Non, pas seulement. Votre vénal auteur avait eu la même idée que nous : vous faire démarrer une nouvelle aventure. On en avait parlé au dîner après le colloque. De l'influence du réel sur la fiction et vice versa. On était un peu pompettes et elle nous a dit qu'elle songeait à vous créer un ennemi virtuel, pour voir votre réaction, ce qui en découlerait.

Et elle l'a fait ! Elle m'a envoyé un fax bidon.

– Elle a dû être surprise, la sainte-nitouche, si elle a appris que son Vore de fiction s'est mis à trucider des gens ! ajoute Laetitia en riant.

Bernard marmonne dans son coin :

– Maman est une sainte ! Et on range ses seins dans un soutien-gorge.

– Elle est morte, ta mère ! lui jette Laetitia. Et elle était complètement barje ! Elle t'a jamais laissé sortir de chez elle pendant quatorze ans ! Ah, ça, vous faisiez une sacrée paire !

– Mon père, il est *entreprenant* ! crie Bernard. Et les *entreprenants*, ils construisent des maisons pour leurs enfants débiles !

Très long silence uniquement troublé par les marmottements de Bernard.

– Qu'est-ce que tu veux dire, exactement, Bernard ? demande Laetitia d'une voix frémissante.

Ricanement. Là, sur ma droite, en contrebas, ricanement douloureux qui se termine en toux.

– C'était Bernard, pas Léonard ! arrive enfin à articuler Justine. Qui écoute entend !

– Ah non, pas de charabia à la con ! Expliquez-vous ! ordonne Laetitia.

– Bernard, c'est lui, le fils de Fernie ! chuchote Justine dont la main glacée effleure mon genou. Je viens de le comprendre à l'instant, comme une illumination. Et c'est lui qui va hériter de la fortune Gastaldi !

Bernard est le fils de mon oncle. *Bernard est mon cousin.* Rencontre avec un trou noir. De l'autre côté, la Terre tourbillonne, petite boule de pétanque bariolée lancée à travers l'espace vers le Grand Cochonnet. Élise Andrioli veut chevaucher la Terre, cheveux au vent, étincelles dans la cervelle. Mais le trou noir me refuse, retour à ici et maintenant, dans cette sale boue du temps où le réel s'enlise, retour au cauchemar érigé en logique.

Élise, reprends-toi. Écoute Laetitia pester entre ses dents « mais c'était juste un roman ! » et Justine marteler :

– Le réel ne se modèle pas si facilement, ma petite. Vous avez cru qu'il suffisait de placer Élise sur la scène de votre petit théâtre et de la confronter à d'autres personnages pour que s'écrive l'histoire que vous souhaitiez. Faux ! L'histoire, c'est comme la musique, ça s'écrit aussi avec des silences… des mensonges, des omissions…

– Ta gueule !

– Vous avez voulu faire d'Élise un vrai personnage, poursuit obstinément Justine, en oubliant qu'un personnage appartient d'abord à son auteur. Je suis sûre que vous aurez beaucoup de plaisir à lire ses nouvelles aventures au fond de votre cellule capitonnée, ajoute-t-elle méchamment.

Laetitia met quelques secondes à percuter, puis hurle :

– C'est ridicule ! C'est nous qui avons tout fait !

– Trop fait ! s'exclame Justine. C'est comme « trop-plein » : vous avez débordé !

– B* A* ira en taule, elle aussi ! lance Laetitia avec désespoir.

– Et pourquoi ? Elle profitera du mal que vous avez fait. « Bien mal acquis ne profite jamais », mais « mal bien acquis peut rapporter gros » ! lâche Justine sentencieusement.

– Je vais vous tuer, là, tout de suite, vous abattre comme deux chiennes, et plus personne ne profitera des aventures d'Élise ! grogne Laetitia. Et le fils du vieux con, je vais lui dégommer la tronche, lui…

– Je vous conseille de ne pas toucher à un cheveu de ce garçon ! crie une voix de femme derrière les arbres.

Yvette ! Elle a réussi ! Pam pam pam ! Sonnez clairons, résonnez trompettes !

– Mais qu'est-ce… ? balbutie Laetitia, décontenancée.

– Ici le capitaine Bertrand, du GIGN ! lance une voix d'homme extrêmement sèche, amplifiée par un porte-voix. Vous êtes cernée ! Rendez-vous !

La cavalerie ! Enfin !

– Je suis armée, j'ai des otages ! hurle Laetitia. Je vais les descendre !

– Vous avez trois secondes pour poser votre arme ! lui renvoie le capitaine Bertrand. Vous êtes dans la mire de quatre tireurs d'élite. Et je ne suis pas de bonne humeur. Un !

Ce n'est pas comme ça qu'on négocie au cinéma. J'espère qu'il sait ce qu'il fait.

– Je veux un hélico ou je les tue ! crie encore Laetitia vibrante de rage et de désespoir mêlés.

– Je m'appelle Marc, lance une autre voix, tout aussi glacée. J'ai votre œil droit au bout de mon canon. On vient de trouver les corps de nos camarades, ajoute-t-il, on n'a pas vraiment envie de rigoler. En fait, tout ce qu'on espère, c'est que vous ne vous rendiez pas pour qu'on ait le droit d'appuyer sur la détente.

– Deux !

– Le temps, c'est de l'argent, dit Bernard.

Est-ce qu'elle va obtempérer ou tirer ? Qui vise-t-elle ? Justine ? Bernard ? Moi ? Est-ce que j'ai le droit d'espérer qu'elle vise l'un des deux autres ? Est-ce que je suis immonde d'espérer de toutes mes forces que ce ne sera pas ma tête qui va exploser ?

– Trois...

– C'est bon, je me rends ! crie Laetitia comme dans un western.

J'en ai un hoquet de soulagement.

– Bien. Levez les bras ! lance le capitaine Bertrand. Plus haut !

– Connards ! marmonne Laetitia. Allez tous vous faire foutre !

Et puis elle se met à geindre : « Ils m'ont obligée, je ne voulais pas, je ne savais plus ce que je faisais... », etc., tandis que notre petite clairière est soudain envahie par des dizaines d'hommes aux voix rudes.

Sirènes d'ambulances tout près, assourdissantes, exclamations, interjections, on court sur le parvis, là-haut, voix d'hommes, protestations de Christian « elle m'a tiré dessus ! », piaillements suraigus de Clara, aboiements frénétiques, grésillement de flashes, un hélico approche, Yvette me saute au cou. J'étreins sa vieille main noueuse à la briser.

– Élise, vous allez bien ? me demande une voix que je connais.

La voix qui me pose des questions, qui me demande ce que je ressens, qui me prête des sentiments, des sensations, la voix qui me redonne voix, la voix de mon auteur.

– Quand l'éditeur m'a téléphoné que des meurtres signés Vore avaient eu lieu, me dit-elle en criant pour couvrir le vacarme, je suis revenue par le premier vol disponible.

Normal, un auteur doit sauver son héroïne.

– Quelqu'un se servait de mon manuscrit ! reprend-elle. J'ai contacté la PJ et nous venions d'arriver au village quand Yvette a déboulé chez les gendarmes.

Je me sens si fatiguée, sonneries, moteurs qui tournent, « ouaf ! », poids lourd et velu qui atterrit contre mes jambes, je le serre contre moi, je renifle sa bonne odeur chaude de chien vivant, « le chien est blessé », dit quelqu'un, Bernard pleure, des brancardiers emportent Justine qui demande soudain :

– Où est Fernand ? Dites-lui que je vais bien !

Personne ne répond.

– Dites-lui que je vais bien, répète Justine, il doit être mort d'inquiétude !

Ça, c'est la phrase qui ouvre les vannes, le barrage craque, des tonnes de larmes en furie prennent mes joues d'assaut, ça vient de si profond que j'ai l'impression qu'on me retourne comme un gant et que je vais me vider, un gendarme me parle et je fais « hon hon » entre deux hoquets, j'entends qu'on essaie de déterminer si Lorieux est mort, masque à oxygène, on l'emporte en courant, je pleure, je pleure, impression de nager entre deux eaux salées.

Yvette essaie de me réconforter en me tapotant de-ci de-là, et cahin-caha, je continue à pleurer, la truffe de Tintin sur mes genoux. Des gendarmes rudoient un peu Laetitia qui pousse des piaillements, on soulève mon fauteuil, non, on me soulève du fauteuil, odeur de pharmacie, mains gantées qui me manipulent, gaze, pansements, un petit coup de respirateur et ça repart, on m'étend, on me dit des trucs, aiguille dans le bras, je suis pas malade !

ÉPILOGUE

L'adjudant-chef Lorieux a été décoré de la médaille de la Gendarmerie nationale à titre posthume. Il est mort sans avoir repris connaissance. Il ne sait donc pas comment l'histoire a fini. Je lui souhaite de toutes mes forces de retrouver sa bien-aimée Sonia au creux d'une constellation où ils snifferont pour l'éternité de la poussière d'étoiles.

On l'enterre ce matin avec les honneurs militaires. Nous assistons à la cérémonie, Yvette, Justine et moi, vêtues des mêmes tailleurs sombres que nous portions hier à l'enterrement de mon oncle Fernand.

Un bel enterrement. La neige crissait sous les pas, le soleil était caressant et les villageois nombreux. Le vieux Clary était venu avec son troupeau, et nous nous sommes rendus jusqu'au petit cimetière, accompagnés par les clochettes tintinnabulantes, le bêlement des agneaux et les halètements de Tintin.

B* A* y était aussi, ainsi que Bernard, Jean-Claude, Clara et une éducatrice de la DDASS.

Clara n'arrêtait pas de pleurer. Depuis la mort d'Émilie, elle refuse de parler et reste prostrée des heures entières. Jean-Claude s'est inscrit à un stage de montage vidéo. Il part dans huit jours à Bordeaux.

– Bernard aussi est dans un fauteuil ! a crié Bernard en nous apercevant, et le plâtre, ça sert à construire les maisons.

Mon *cousin* Bernard.

Des tests d'ADN vont être effectués pour confirmer ou infirmer la parenté entre Marion et Sonia, mon oncle et Bernard.

Devant le cercueil de mon oncle, B* A* nous a exprimé toutes ses condoléances.

– Les gens qu'on aime ne meurent jamais ! a dit Justine.

– Alors, aimez-le très fort ! a répondu mon auteur.

Avant d'ajouter :

– Quand vous en aurez le courage, faites-moi passer vos notes, Élise.

– Vous n'allez quand même pas faire un roman avec ça ? s'est indignée Yvette. Avec un drame qui a coûté la vie à vingt personnes ! Ce serait indécent !

Vingt ?! Je recompte rapidement dans ma tête : Marion, Sonia, Magali, Véronique, Hugo, Payot, Émilie, Mme Raymond, Francine, Martine, Yann, Léonard, mon oncle, Lorieux et les six gendarmes. Vingt vies brutalement interrompues.

– Je ne suis que le scribe de la folie des hommes ! lui a renvoyé B* A* avec ce ton patelin qui caractérise les auteurs de polars. Je passerai vous voir pour le contrat, Élise. Vous savez, avec de l'argent, nous pouvons continuer l'œuvre de votre oncle, le CLMPAH, tout ça. Je suis sûre que Justine ferait une merveilleuse directrice.

Attention au thé brûlant sur les genoux !

C'est affreux, mais j'ai toujours la force de rire. Ce doit être une tare génétique. Heureusement, personne ne le sait.

On s'est serré la main, toutes, telles des conspiratrices ou des rescapées d'un naufrage, puis Bernard m'a embrassée sur les deux joues en me disant :

– Je suis désolé, mais je ne veux pas t'épouser. C'est pas parce que t'es pas normale, a-t-il ajouté, mais je préfère les glaces à la vanille.

Et puis tout le monde est parti et on est restées plantées là, comme les Trois Grâces peintes par un barbouilleur du dimanche, Tintin blotti contre mes jambes.

Voilà, la boucle est bouclée. J'ai effectivement vécu les aventures imaginées par mon auteur. Je suis devenue un personnage de roman. C'est peut-être pour ça que je me sens si différente. Différente des vrais gens. De vous. De vous qui marchez, dansez, chantez, criez, éteignez la lumière et posez votre livre. De vous, acteurs mobiles du monde en marche.

Peut-être que mon état, qui réunit l'immobilité de la mort et la vélocité de la pensée vivante, fait de moi un passage, un message, un pont entre le réel et l'imaginaire. Un écran où projeter vos fantasmes (Élise, *Pensées philosophiques*, tome 28).

Peut-être que nous passons tous notre vie à enterrer nos morts ? À recouvrir inlassablement de poudre aux yeux nos peurs et nos chagrins.

La sonnerie du clairon résonne dans le ciel cristallin des Alpes. Montée des couleurs, cliquetis des sabres et, pour finir, une seule note, pure, qui se détache comme une bulle de savon et va flotter dans l'éther infini à la recherche du temps à venir.

DU MÊME AUTEUR

Aux mêmes éditions

Les Quatre Fils du Dr March
« Seuil Policiers », 1992
et « Points », n° P617

La Rose de fer
« Seuil Policiers », 1993
et « Points », n° P104

Ténèbres dur Jacksonville
1994
et « Points », n° P267

La Mort des Bois
Grand Prix de littérature policière
« Seuil Policiers », 1996
et « Points », n° P532

Requiem Caraïbe
« Seuil Policiers », 1997
et « Points », n° P617

Transfixions
« Seuil Policiers », 1998
et « Points », n° P647

La Morsure des ténèbres
« Seuil Policiers », 1999
et « Points », n° P727

Le Couturier de la mort
Seuil, « Points », n° P733, 2000

Descentes d'organes
Seuil, « Points », n° P862, 2001

IMPRESSION : S. N. FIRMIN-DIDOT AU MESNIL-SUR-L'ESTRÉE
DÉPÔT LÉGAL : MAI 2001. N° 50567-2 (55774)

Collection Points

SÉRIE POLICIERS

P18. L'Héritage empoisonné, *par Paul Levine*
P19. Les Égouts de Los Angeles, *par Michael Connelly*
P29. Mort en hiver, *par L.R. Wright*
P81. Le Maître de Frazé, *par Herbert Lieberman*
P103. Cadavres incompatibles, *par Paul Levine*
P104. La Rose de fer, *par Brigitte Aubert*
P105. La Balade entre les tombes, *par Lawrence Block*
P106. La Villa des ombres, *par David Laing Dawson*
P107. La Traque, *par Herbert Lieberman*
P108. Meurtre à cinq mains, *par Jack Hitt*
P142. Trésors sanglants, *par Paul Levine*
P155. Pas de sang dans la clairière, *par L.R. Wright*
P165. Nécropolis, *par Herbert Lieberman*
P181. Red Fox, *par Anthony Hyde*
P182. Enquête sous la neige, *par Michael Malone*
P226. Une mort en rouge, *par Walter Mosley*
P233. Le Tueur et son ombre, *par Herbert Lieberman*
P234. La Nuit du solstice, *par Herbert Lieberman*
P244. Une enquête philosophique, *par Philip Kerr*
P245. Un homme peut en cacher un autre, *par Andreu Martín*
P248. Le Prochain sur la liste, *par Dan Greenburg*
P259. Minuit passé, *par David Laing Dawson*
P266. Sombre Sentier, *par Dominique Manotti*
P267. Ténèbres sur Jacksonville, *par Brigitte Aubert*
P268. Blackburn, *par Bradley Denton*
P269. La Glace noire, *par Michael Connelly*
P272. Le Train vert, *par Herbert Lieberman*
P282. Le Diable t'attend, *par Lawrence Block*
P295. La Jurée, *par George Dawes Green*
P321. Tony et Susan, *par Austin Wright*
P341. Papillon blanc, *par Walter Mosley*
P356. L'Ange traqué, *par Robert Crais*
P388. La Fille aux yeux de Botticelli, *par Herbert Lieberman*
P389. Tous les hommes morts, *par Lawrence Block*
P390. La Blonde en béton, *par Michael Connelly*
P393. Félidés, *par Akif Pirinçci*
P394. Trois Heures du matin à New York
par Herbert Lieberman
P395. La Maison près du marais, *par Herbert Lieberman*
P422. Topkapi, *par Eric Ambler*
P430. Les Trafiquants d'armes, *par Eric Ambler*
P432. Tuons et créons, c'est l'heure, *par Lawrence Block*

P435. L'Héritage Schirmer, *par Eric Ambler*
P441. Le Masque de Dimitrios, *par Eric Ambler*
P442. La Croisière de l'angoisse, *par Eric Ambler*
P468. Casting pour l'enfer, *par Robert Crais*
P469. La Saint-Valentin de l'homme des cavernes *par George Dawes Green*
P483. La Dernière Manche, *par Emmett Grogan*
P492. N'envoyez plus de roses, *par Eric Ambler*
P513. Montana Avenue, *par April Smith*
P514. Mort à la Fenice, *par Donna Leon*
P530. Le Détroit de Formose, *par Anthony Hyde*
P531. Frontière des ténèbres, *par Eric Ambler*
P532. La Mort des bois, *par Brigitte Aubert*
P533. Le Blues du libraire, *par Lawrence Block*
P534. Le Poète, *par Michael Connelly*
P535. La Huitième Case, *par Herbert Lieberman*
P536. Bloody Waters, *par Carolina Garcia-Aguilera*
P537. Monsieur Tanaka aime les nymphéas *par David Ramus*
P538. Place de Sienne, côté ombre *par Carlo Fruttero et Franco Lucentini*
P539. Énergie du désespoir, *par Eric Ambler*
P540. Épitaphe pour un espion, *par Eric Ambler*
P554. Mercure rouge, *par Reggie Nadelson*
P555. Même les scélérats…, *par Lawrence Block*
P571. Requiem caraïbe, *par Brigitte Aubert*
P572. Mort en terre étrangère, *par Donna Leon*
P573. Complot à Genève, *par Eric Ambler*
P606. Bloody Shame, *par Carolina Garcia-Aguilera*
P617. Les Quatre Fils du Dr March, *par Brigitte Aubert*
P618. Un Vénitien anonyme, *par Donna Leon*
P626. Pavots brûlants, *par Reggie Nadelson*
P627. Dogfish, *par Susan Geason*
P636. La Clinique, *par Jonathan Kellerman*
P639. Un regrettable accident, *par Jean-Paul Nozière*
P640. Nursery Rhyme, *par Joseph Bialot*
P644. La Chambre de Barbe-Bleue, *par Thierry Gandillot*
P645. L'Épervier de Belsunce, *par Robert Deleuse*
P646. Le Cadavre dans la Rolls, *par Michael Connelly*
P647. Transfixions, *par Brigitte Aubert*
P648. La Spinoza Connection, *par Lawrence Block*
P649. Le Cauchemar, *par Alexandra Marinina*
P650. Les Crimes de la rue Jacob, *ouvrage collectif*
P651. Bloody Secrets, *par Carolina Garcia-Aguilera*
P652. La Femme du dimanche *par Carlo Fruttero et Franco Lucentini*
P653. Le Jour de l'enfant tueur, *par Pierre Pelot*

P669. Le Concierge, *par Herbert Lieberman*
P670. Bogart et Moi, *par Jean-Paul Nozière*
P671. Une affaire pas très catholique, *par Roger Martin*
P693. Black Betty, *par Walter Mosley*
P706. Les Allumettes de la sacristie, *par Willy Deweert*
P707. Ô mort, vieux capitaine…, *par Joseph Bialot*
P708. Images de chair, *par Noël Simsolo*
P717. Un chien de sa chienne, *par Roger Martin*
P718. L'Ombre de la louve, *par Pierre Pelot*
P727. La Morsure des ténèbres, *par Brigitte Aubert*
P733. Le Couturier de la Mort, *par Brigitte Aubert*
P742. La Mort pour la mort, *par Alexandra Marinina*
P754. Le Prix, *par Manuel Vázquez Montalbán*
P755. La Sourde, *par Jonathan Kellerman*
P756. Le Sténopé, *par Joseph Bialot*
P757. Carnivore Express, *par Stéphanie Benson*
P768. Au cœur de la mort, *par Laurence Block*
P769. Fatal Tango, *par Jean-Paul Nozière*
P770. Meurtres au seuil de l'an 2000
par Éric Bouhier, Yves Dauteuille, Maurice Detry, Dominique Gacem, Patrice Verry
P771. Le Tour de France n'aura pas lieu, *par Jean-Noël Blanc*
P781. Le Dernier Coyote, *par Michael Connelly*
P782. Prédateurs, *par Noël Simsolo*
P792. Le Guerrier solitaire, *par Henning Mankell*
P793. Ils y passeront tous, *par Lawrence Block*
P794. Ceux de la Vierge obscure, *par Pierre Mezinski*
P803. La Mante des Grands-Carmes
par Robert Deleuse
P819. London Blues, *par Anthony Frewin*
P820. Sempre caro, *par Marcello Fois*
P821. Palazzo maudit, *par Stéphanie Benson*
P834. Billy Straight, *par Jonathan Kellerman*
P835. Créance de sang, *par Michael Connelly*
P849. Pudding mortel, *par Margarety Yorke*
P850. Hemoglobine Blues, *par Philippe Thirault*
P851. Exterminateurs, *par Noël Simsolo*
P859. Péchés mortels, *par Donna Leon*
P860. Le Quintette de Buenos Aires
par Manuel Vázquez Montalbán
P861. Y'en a marre des blondes, *par Lauren Anderson*
P862. Descentes d'organes, *par Brigitte Aubert*
P875. La Mort des neiges, *par Brigitte Aubert*
P876. La Lune était noire, *par Michael Connelly*
P877. La Cinquième femme, *par Henning Mankell*
P882. Trois petites mortes, *par Jean-Paul Noziere*
P883. Le Numéro 10, *par Joseph Bialot*